논술로 통하는 시 2

논술로 통하는 시 2

2005년 11월 10일 초판 인쇄 | 2005년 11월 17일 초판 발행

지은이 김윤식 · 조영복 | 펴낸이 이종원 | 펴낸곳 (주)한국문학사 | 편집 이은영 · 홍주완 · 배성은 | 일러스트 오승만 | 북디자인 연장통 | 마케팅 유승철 · 정진희 | 출판등록 제16-15호(1979년 8월 3일) | 서울특별시 마포구 대흥동 433-2 한국문학빌딩 8층 | 전화 02-706-8541~3(편집부), 02-706-8545(영업부) | 팩스 02-706-8544

「논술로 통하는 시」 꿰뚫어보기

문학사적인 지식의 습득이나 문학작품의 역사주의적 이해를 벗어나, 인간과 사회에 대해 사유하는 방식을 작품 읽기를 통해 어떻게 배울 것인가 하는 과제에 대한 진지한 고민을 담았을 뿐더러 기존의 여러 이론들을 재분별하고 새로운 해석들을 비판적으로 독해하면서 일구어진 시선들을 아울러 작품 곳곳에 배치함으로써, 대학에서 요구하는 종합적 판단력과 비판적 사고에 접근할 수 있도록 했다.

중 · 고생들이 반드시 읽어야 할 주요 작품을 중심으로 현대적 감각을 확보한 최근작까지 수록하였고, 아울러 각권의 작품 선별과 작품의 배열 및 분류도 논리적으로 접근함으로써 독자가 문학을 체계적으로 이해하고 문학을 통해 논리적으로 사유하고 표현할 수 있는 단계에 이르도록 배려하였다.

'시를 읽는 독법'은 시를 읽기 전에 작품해석의 상투성에서 벗어나 인간과 세계를 새롭게 사유해 가는 안목과 방법을 안내함으로써 문학이라는 은유를 통해 확장적으로 사유해 가는 '생각의 지도'를 엿볼 수 있게끔 했다.

각 교과간의 통합적 이해를 중시하는 현행 교육과정을 가장 적확하게 반영한 '통합교과형 작품해설' 형식을 취하고 있다. 각 주 하나하나에 작품 해석에 결정적인 역할을 하는 내용을 담고 있어 비판적 · 창의적 독해를 가능하게 했다.

'다시보는 시인 & 시세계'는 은유의 세계를 이루는 시를 제대로 이해하기 위해 그 바탕이 되는 시인의 삶과 시세계를 깊이 있는 시선으로 다시 들여다봄으로써 사유의 폭을 확장시켰다.

'나와 세계를 만나는 시읽기'는 일상적 언어의 세계와는 다른 층위에 놓인 시를 그에 맞는 '시의 문법'으로 이해함으로써 삶의 기조를 이루는 자기이해와 아울러 세계를 향하는 시읽기로 나아가게 해준다.

작가와 작품을 더 깊숙하고 다양하게 접근하는 데 도움되는 '다채로운 읽을 거리'와 '사진자료들', 그리고 '일러스트' 등을 다양하게 배치하여 작품 읽기의 즐거움을 배가시켰다.

작품 말미에 있는 '언어논술 Q & A' '통합논술 Q & A'는 학교 현장에서 이루어지는 토론학습 및 수행평가시 참고자료로 이용할 수 있을 뿐더러 논술을 준비하는 학생들에게 독창적 창의적 · 논리적 · 논술로 나아가는 든든한 디딤돌 역할을 할 것이다. 특히 '통합논술 Q & A'는 작품에서 읽어낼 수 있는 가장 심화된 문제의식에 기반을 두어 출제하였기에 내실 있는 도움을 줄 것이다.

논술로
통하는
시
2
세상을
향해
눈뜬다

김윤식 · 조영복 지음

㈜한국문학사

책을 펴내며_

　'문학을 어떻게 읽고 이해하는가' 하는 것은 문학전공자에게나 독자들, 혹은 현장의 교사들 모두에게 어려운 문제다. 이 책을 꾸미면서 가장 중심에 두었던 생각이 바로 이 문제였다. 문학사적인 지식의 습득이나 문학작품의 역사주의적 이해를 벗어나 인간과 사회에 대해 사유하는 방식을 작품 읽기를 통해 어떻게 배울 것인가 하는 과제는 표피적인 작품 해석으로 간단히 풀리는 것이 아니다. 그 일은 그간 쌓아 온 인간의 인문과학적 인식과도 궤를 같이하는 것이며 언어의 구조물인 작품 속의 언어에 대한 오랜 사유를 통해 비로소 달성되는 것이기도 하기 때문이다. 이 책에서 우리는 이러한 과제를 풀어 보려 노력했다.

　문학에 가해진 기왕의 여러 해석들을 분별하고 대학의 연구진들이 최근까지 해 왔던 연구 논문들이 제기한 새로운 해석들을 비판적으로 독해하면서 새롭게 일구어진 시선들을 작품 분석 곳곳에 배치했다. 해석의 상투성을 넘어 작품을 통해 인간과 세계를 새롭게 사유해 가는 안목과 방법을 새겨 넣기 위해 매진했다. 문학이라는 은유를 통해 확장적으로 사유해 가는 '생각의 지도'를 그리려 노력했다. 그리하여 독자들로 하여금 '문학이라는 창을 통해 어떻게, 무엇을 읽을 것인가'라는 과제에 자연스럽게, 그러나 깊이 있게 도달하도록 최선을 다했다. 그리고 이것이 각 대학에서 논술이 요구하는 가장 핵심적인 내용임을 새삼 확인하기에 이르렀다.

　『논술로 통하는 시』 시리즈는 전체 2권으로 구성되어 있다. 작품 선별도 그렇거니와 작품의 배열과 분류도 독자가 체계적으로 문학을 이해하고 문학을 통해 논리적으로 사유하고 표현할 수 있는 단계에 이르도록 배려한 바탕에서 이루어진 것이다.

　이러한 원칙 하에 '제1권 내 안의 나를 본다', '제2권 세상을 향해 눈뜬다'로 구분해 보았다. 이 구분들이 물론 뚜렷한 구획선을 가지고 있는 것은 아니지만 문학을 체계적으로 접근하는 나침반 역할을 한다는 점은 분명하다.

　이 책의 특징 중의 하나는 각주일 것이다. 이 각주는 일반적으로 붙여지는 각주가 아니다. 각주는 작품의 세목 해석에 익숙하지 않은 학생들을 위해 붙인 것이긴 하지만 각주 하나하나에 작품 해석에 결정적인 역할을 하는 내용들이 소개되어 있다. 이것이 가능한 이유는 필자들이 늘 고민해 왔고 민감하게 검토해 마지않았던 문학에 대한 연구서, 논문들의 총체적인 비판적 독해에 의해 가능했음을 감히 밝히고자 한다.

　그리고 '시를 읽는 독법' '다시보는 시인&시세계' '나와 세계를 만나는 시읽기' 등은 작품의 근간을 이루는 뼈대와 살을 새로운 각도로 바라보고 분석함으로써 시에 대한 이해도를

6 높이는 역할을 할 것이다. 또한 작가나 작품을 더 깊숙하고 다양하게 접근하는 데 도움되는 읽을 거리와 사진자료들, 그리고 일러스트 등을 다양하게 배치해 작품 읽기의 즐거움을 배가했다.

또한 작품 말미에 있는 '언어논술 Q & A' '통합논술 Q & A'는 학교 현장에서 이루어지는 토론학습 및 수행평가시 참고자료로 이용할 수 있을 뿐더러 논술을 준비하는 학생들에게 독창적·창의적·논리적 논술로 나아가는 든든한 디딤돌 역할을 할 것이다. 특히 '통합논술 Q & A'는 작품에서 읽어 낼 수 있는 가장 심화된 문제의식에 기반을 두어 출제했기에 내실 있는 도움을 주리라 생각한다.

이 책을 펴내는 데는 한국문학사의 인내심 있는 기다림과 세심하고 정성어린 편집과 기획 과정이 없었으면 불가능했을 것이다. 한국문학사 사장님을 비롯해서 편집진 여러분께 깊이 감사드린다.

2005년 11월, 김윤식

〈제2권, 세상을 향해 눈뜬다〉의 체제와 내용_

'시를 어떻게 이해할 것인가' 하는 것은 시를 전공하는 연구자나 시를 읽고 감상하는 독자 혹은 교육 현장에 있는 학생들에게 다 같이 어려운 문제다. 시의 언어는 일상의 공간에서 정보 전달을 주목적으로 하는 언어와는 질적으로 차이가 있기 때문이다. 학생들이 상식적으로 가지고 있는 '시의 언어는 함축적이다'라는 생각은 시어가 일상어와는 다른 차원에 있다는 것을 염두에 둔 것이라 할 수 있다. 그런데, 이 말은 시인들이 쓰는 언어가 일상에서 쓰는 언어와는 다른 언어라든가, 시의 공간 자체가 일상적인 공간과는 분리되어 있다는 뜻이 아니다. 시 텍스트를 읽는 것은 '시의 문법'으로 시어를 이해하는 것이지, 일상의 문법으로 언어를 이해하는 층위와는 다른 것이라는 점을 말하고자 하는 것이다. 시를 읽는 것은 그래서 해석의 단계를 생각하지 않을 수 없다.

특히 교육 현장에서 학생들이 마주한 우리 현대시 자료들은 대체로 역사주의적인 방법을 통해 감상하거나 이해하도록 제시되어 있는 경우가 많다. 그러다 보니 일제시대 시에 나오는 '밤, 어둠'의 이미지들은 주로 '암울한 시대 현실'을 의미하는 것으로 이해되고 있다. 이 같은 시 해석 방식은 학생들에게 거의 '자동화'되어 있어서 일제시대 이외의 시를 이해하는 데도 대체로 적용되어, 다른 방식의 해석을 생각할 수 없게 한다. 학생들 스스로 시를 통한 창의적이고 확장적인 사고를 길러 나가는 길을 차단해 버리고 있는 것이다.

시를 이해하는 것은 은유를 이해하는 것이다. 여기서 은유는 단순한 수사의 차원을 의미하지 않는다. 인간과 역사, 나와 세계, 존재의 '안'과 '밖'에 대한 비산문적, 비일상적, 우회적 언급을 의미한다. 시의 이해가 은유의 이해라면 이는 곧바로 해석의 필요성을 제기한다. 현대시를 접하는 학생들에게 이미 일정한 해석의 틀이 주어져 있을 뿐 아니라 그것이 상투화된 것이라면, 은유를 통한 '자기이해'는 불가능하다. 따라서 이 같은 시 읽기는 '난독증' 환자의 '활자 읽기'에 지나지 않게 된다.

교육 현장에서 학생들이 마주하는 시 및 관련 텍스트를 보고 필자는 이런저런 우려를 하게 되었다. 필자의 이 같은 생각은 이 책에 이러저러하게 반영되어 있다. '시선의 안과 밖'이라는 기준에 따라 제1권과 제2권으로 나누고 제1권 '내 안의 나를 본다' 제2권 '세상을 향해 눈뜬다'로 제목을 붙인 것은 편의적인 것이었다. 시는 기본적으로 '내면 고백체'다. 이 '참을 수 없는' 시 장르의 '폐쇄성'이 시인들로 하여금 시의 서사화, 언어의 해체 등의 길로 들어서게도 하지만, 시인에게 '시선의 안과 밖'이란 본질적으로 구분될 수 없다. 시인의 고백은 자기 '밖'을 향한 절규이며, 자기 외부 곧 시대나 현실에 대한 비판·고발 역시 시인의 내부로부터의 소음(목소리)을 밖으로 투사한 것에 지나지 않는다.

제2권 '세상을 향해 눈뜬다' 는 주로 시인의 시선이 자신의 외부로 향한 시들을 중심으로 엮었다. 앞에서 밝힌 대로 '내부와 외부' 의 개념은 편의상 붙인 것일 뿐, 명백하고 뚜렷하게 구분되는 것은 아니다.

1910년대 우리 시단의 주류는 서구 상징주의 및 낭만주의 영향을 짙게 받은 센티멘털리즘을 주조로 한 시들이다. 상징주의와 낭만주의 시의 번역 및 수용에 큰 역할을 한 것은 『창조』, 『폐허』, 『백조』, 『금성』 등의 동인지였고, 이 동인지 발간에 간여했던 시인들이다. 『창조』 동인이었던 김억의 「봄은 간다」와, 『백조』 동인이었던 홍사용의 「나는 왕이로소이다」가 이 같은 서구 상징주의 및 낭만주의 영향을 받은 시들이다. 이 시기의 시들이 센티멘털리즘을 주조로 하고 있고, 낭만성과 비애로부터 자유롭지 못했던 것은, '암울한 일제시대' 에 기인한 것이기보다는 '나' 에 대한 자각과 내면성의 발견에서 비롯된 것으로 볼 수 있을 것이다.

1930년대의 시적인 테마는 고향, 방언, 지방성이다. 김영랑은 고향 강진을 배경으로 지역적이고 계층적인 성격이 뚜렷한 시를 썼다. 「청명」에서 시인은 일상적 삶의 자연물들을 예지로 읽어 냄으로써 주위 풍경들을 달래고 강진의 말들에 신비성을 부여한다. 정지용은 일제 말기 우울하고 어두운 마음을 한라산, 금강산 등지를 여행하며 달래는데, 「나비」는 그 시절 작품이다. 노장적인 사유에 바탕한 초월적이고 신비주의적인 느낌을 얻기보다는 여전히 내면의 우울에 갇혀 있는 시인의 심정을 읽을 수 있다.

노천명의 「망향」, 오장환의 「귀향의 노래」는 이 시기 시의 주된 테마가 실향, 망향, 귀향의식에 근거하고 있음을 보여 준다. 당시 '고향 상실' 의식은 일제에 의한 국가 상실과 근대화 과정에서 생겨난 고향의 황폐화에서 비롯되는데, 이들 시들이 이러한 1930년대 말기의 시대정신을 바탕에 깔고 있다는 점에서 큰 울림으로 다가온다고 하겠다. 김기림의 「못」에서는 일제 말기를 살아가는 시인의 암암한 내면을 읽을 수 있는데, 그럼에도 불구하고 견자적 자세를 유지하고자 하는 시인의 미래에 대한 전망을 담고 있다는 점이 인상적이다.

박목월은 1930년대의 초월적이고 자연친화적인 시풍을 보여 주는 「나그네」의 세계에서 나아가 해방 이후에는 점차 일상적인 삶에서 소재를 구하게 된다. 「하관」은 육친의 죽음을 통해 이승과 저승, 삶과 죽음의 세계의 단절과 분리를 보여 준다. 신석정의 「꽃덤불」, 박두진의 「어서 너는 오너라」와 「해」는 '해방' 의 당위성과 진정성을 되묻는 시편들이다. 해방은 우리의 힘으로 성취된 것이 아니다. 예견하지 못한 상태에서 온 해방으로 사회적 혼란은 극심한 상태가 된다. 시인들은 해방의 광기와 열정에 휩쓸리기보다는 냉정하게 진정한 해방의 길이 무엇인지 성찰하고 있다.

6 · 25 전쟁 이후 우리 시단은 실존주의 시풍을 강하게 띤다. 전쟁이 주는 공포, 허무와 가난한 삶에 대한 시인의 성찰적 의식이 드러난다. 김규동의 「나비와 광장」은 1930년대 김기림이 등이 보여 준 모더니즘 시풍의 연장선상에 있다. '나비' 와 '광장' 의 대립적인 이미지가 허무주의적인 시인의 시선 속에 녹아들어 있는 시편이다.

서정주의 「무등을 보며」가 보여 주는 초월적인 시선은, 무등산의 자태에서 현재의 가난과 고통을 뛰어넘고자 하는 시인의 정신적 자세에서 나온 것이다. 한하운의 「나」는 '문둥병' 이라는 '천형' 의 사슬에서 풀려 나오고자 하는 시인의 절규를 담은 시편이다. '나는 짐승이다' 라고 외치는 시인의 절규에서 '나는 인간이다, 인간이고 싶다' 는 시인의 피 토하듯 뿜어내는 의지를 읽을 수 있다.

전쟁을 겪은 후 시인들은 단형 서정시 속에 자신의 내면을 짤막하게 고백하는 서정시 형식에서 탈피해 보다 길고 장중한 서사적 흐름 속에 자신의 생각, 사상, 비판의 목소리를 담아내고자 한다. 신석초의 「바라춤」은 1950년대 시의 일반적 경향의 하나인 장편 연작시 중 하나다. 현세의 고뇌를 벗고 절대적 순수 상태로 나아가고자 하는 시인의 철학적이고 형이상학적인 사유가 드러난 시편이다. 이호우는 시조의 단아한 형식 속에 현실의 부조리를 담아내고자 하는 이상을 펼친 시인인데, 「개화」는 단형시조 형식으로 꽃의 개화를 우주의 열림이라는 차원으로 확장시킨 시편이다.

구상은 '응향 사건' 으로 월남한 시인으로, 「초토의 시」 연작에서 전쟁으로 인한 영토의 초토화, 민족 분단의 비극, 인간의 파괴 등을 깊이 있게 천착하고 휴머니즘을 역설하고 있다. 박봉우의 「휴전선」은 전봉건의 「철조망」과 함께 6 · 25 직후 분단 문제를 날카롭게 다룬 대표적인 시로 꼽는다.

김수영은 1960년대에 시의 산문적 기능, 곧 시가 현실 문제에 적극적인 관심을 가져야 한다는 주장을 펼치는데, 이는 신동엽, 유치환 등의 시인에게서 공통적으로 나타난다. 김수영에게 이 문제는 '소시민의식에 대한 부끄러움' 으로 나타난다. 「어느 날 고궁을 나오면서」에는 이 같은 소시민적 삶의 태도에 대한 부끄러움이, 「푸른 하늘을」에서는 혁명의 보이지 않는 힘에 대한 믿음이 나타난다.

유치환의 「뜨거운 노래는 땅에 묻는다」 또한 4·19를 전후한 우리 사회의 혼란과 부패를 비판하고 있는데, 비도와 위선에 맞선 자신의 시를 '노래'라고 인식함으로써 '혼의 노래'에 대응하는 '정신의 시'를 보여 주고 있다.

「종로 5가」는 1960년대 신동엽이 가졌던 시인의 사회적 책무에 대한 인식과 깊이 연결되어 있으며, 「껍데기는 가라」는 '껍데기'와 '알맹이'의 대립을 통해 4.19 혁명의 진정성을 묻고 있다.

조병화의 「의자·7」은 '의자'의 상징성을 세대론으로, 역사의 연속성으로 끌어올리고 있는 시편이다. 황동규의 「기항지·1」은 시인이 가진 삶의 비극적 세계관이 잘 드러나 있는 시편으로 여행시가 갖는 객창감보다는 삶의 근원적 비애에 대한 성찰이 주가 되어 있다. 김광섭의 「성북동 비둘기」는 현재 자주 언급되는 '환경 생태시'의 계보에 속하는 것으로 보이지만, '비둘기'의 소멸이 어떻게 비둘기가 의미하는 '상징적' 기호의 소멸로 이어지는가를 묻고 있다는 점에서 주목된다 하겠다.

김춘수의 「샤갈의 마을에 내리는 눈」은 러시아 출신 유태계 프랑스 화가 샤갈의 그림에서 영감을 받은 것으로 보이지만, 우리말의 아름다움과 풍경이 혼합되어 미묘하고 신비한 정서를 뿜어낸다. 김종길의 「성탄제」는 '산수유' 열매의 붉은 이미지가 주는 의미의 확장이 주목되는 시편이다. '산수유' 붉은 빛깔은 아버지의 나이에 이른 시인이 성탄절에 되새기는 아버지의 사랑과, 그 사랑의 세대적 이어짐과 생명의 의미를 환기한다.

김준태의 「참깨를 털면서」는 도시에서 알 수 없는 분노와 자괴감에 빠져 살고 있는 시인이, 할머니의 '참깨를 터는' 단순한 행위 속에서 삶의 지혜를 깨닫는 과정을 보여 준다. 김종삼의 「민간인」은 비극적이고 참혹한 역사적 사실을 간결한 시적 진술을 통해 드러내면서도 시인의 감정을 철저히 통제함으로써 그 비극성을 오히려 강하게 환기하는 시편이다.

1970년대 이후 우리 시는 근대화 과정에서 드러난 현실의 부조리하고 모순적인 측면에 대한 비판과 고발이 주를 이룬다. '민중시'의 전반적인 확산은 이 시기 시단의 주된 특징이다.

신경림의 「농무」는 근대화 과정에서 '이촌향도' 현상으로 황폐화된 농촌의 신산한 풍경을 담담하게 읊고 있는 시편이며, 「목계 장터」는 무욕하고 탈속적인 유목적 삶에 대한 동경을 담고 있는 시편이다. 쉽고 소박한 언어를 구사해 정서적 친밀도를 강하게 느낄 수 있다. 이성부의 「벼」는 '벼'가 갖는 생태적 특성과 우리 민족적 삶과의 동일성 때문에 '민중시'로서의 성격을 띠고 있다. 조태일의 「국토서시」 또한 민족 공동체적 동일성과 민중적 속성을

'국토'가 강하게 환기시키는데, 1970년대의 대표적인 '민중시'로 이해된다.

　김지하의 「서울 길」과 「타는 목마름으로」는 김지하가 1970년대에 보여 준 현실 비판과 고발의 맥락에 있다. 「서울 길」은 근대화 과정에서 나타난 농촌과 가족 해체 문제를, 「타는 목마름으로」는 '민주화'와 '자유'에 대한 시인의 열망과 그리움을 담고 있다. 김광규의 「희미한 옛사랑의 그림자」는 김수영의 소시민의식과는 또 다른 측면에서 지식인의 부끄러움을 담은 시편이다. 기성세대가 되어 소시민으로 살아가는 시인이, 사회의 부조리와 모순에 대해 주저 없이 비판하고 저항했던 청년기의 열정을 되돌아보며 갖는 회한과 부끄러움이 드러나 있다.

　1980년대의 대표적인 시인으로 이성복과 황지우를 들 수 있다. 이성복의 「그날」은 이미지의 연쇄가 낯설고 충격적인 경험을 이끌어 냄으로써 독특한 시적 경험을 주는 시편이다. 익숙하고 유기적으로 이미지를 연결하는 방식이 아니라 파편적이고 병치적인 연결을 통해 시대의 아픔을 드러내는 방식이 독특하다고 하겠다. 황지우의 「새들도 세상을 뜨는구나」는, 이 땅을 떠나 저 자유와 유토피아의 세계에 닿고 싶다는 시인의 탈현실에의 욕망과 동경, 이 땅에서 그 자유를 이루어야 한다는 당위적 책무감이 '새의 비상'과 '시인의 주저앉음'이라는 문제로 나타난다. '동경'과 '현실'의 이원성과 간극이 1980년대의 우리 현실을 잘 보여 주고 있다.

　1980년대 이후 우리 시단의 주류 중 하나는 '페미니즘'이다. 남성 작가 및 시인과 동등한 차원에서 경쟁하면서 자신의 독특한 목소리를 내는 여성 시인들의 등장은 한국 현대시단에 큰 변화를 가져온다. 고정희는 남성적 가치를 비판하고, 남성이 지배하는 세계의 철폐를 강력하게 주장하면서 여성이 주인이 되는 세계를 주창했던 대표적인 시인이다. 「여자가 뭉치면 새 세상 된다네」는 여성들의 '자매애'로 여성적 가치와 여성적 세계를 구축하고자 하는 시인의 의지를 보여 준다.

　1990년대 이후 우리 시는 이전의 마르크시즘적이고 역사주의에 몰입된 시적 경향에서 탈피하면서 다양한 시적 변화를 모색한다. 개인에 대한 관심, 서정주의로의 복귀, 일상성에 대한 관심, 생태 및 환경 문제, 동양적 사유에 대한 관심 등이 그것이다. 박형준의 「가구의 힘」은 인간이 가진 추억의 힘과 인간 정신의 고귀함을 '가구'라는 일상의 물건을 통해 보여 준다. 시인의 몽상적 사유가 돋보이는 작품이다. 문태준의 「가재미」는 가재미의 형상에서 어머니의 삶과 인생을 이끌어 내고, 어머니의 육체와 시인의 육체를 포개 놓는 시인의 솜씨가 돋보인다. 시에서 비유란 이미지의 외적 유사성이 아니라 시인의 성찰적 시선에서 오는 내면적 유사성에서 비롯된 것임을 보여 주는 시라고 하겠다.

　제1권에 이어 제2권을 읽는 독자들이, 시인의 내부에서 외부로 향하는 시선의 확장을 느낄 수 있다면, 이 책의 소임은 반쯤 다 한 것이다. 나머지 반은 아마 독자들의 '자기 이해'에 있을 것이다. 부디 이 책의 해석이나 주석을 버리고 스스로를 위한 해석의 길을 찾기를 바란다. 눈을 부릅뜨고 노예선을 젓는 벤허처럼 말이다.

2005년 11월, 조영복

봄은 간다

김억

1896~ ? | 평안북도 정주 출생, 본명 김희권, 호는 안서(岸曙) 1907년 오산중학 입학 1913년 일본 게이오의숙 영문학과 입학 1914년 도쿄 유학생 기관지인 『학지광』에 「미련」, 「이별」을 발표하며 작품 활동 시작 1916년 오산학교 교사로 부임, 김소월 지도 1920년 『폐허』, 『창조』 동인 1921년 최초의 번역 시집 『오뇌의 무도』 발간 1923년 근대 최초의 개인 시집 『해파리의 노래』 발간 1950년 6. 25전쟁 중 납북

시집으로 『봄의 노래』(1925), 『안서 시집』(1929), 『안서 시초』(1941), 『먼동이 틀 제』(1947), 『민요 시집』(1948) 등이 있음

시를 읽는 독법

봄밤에 떠올리는 님에
대한 애상적인 정서가
'봄'과 '밤'의 이미지와
어떻게 연결되는가를
생각해 본다.

봄은 간다

밤이도다.
봄이다.[1]

밤만도 애달픈데
봄만도 생각인데[2]

날은 빠르다.
봄은 간다.[3]

깊은 생각은 아득이는데[4]
저 바람에 새가 슬피 운다.[5]

검은 내 떠돈다.
종소리 빗긴다.[6]

말도 없는 밤의 설움
소리 없는 봄의 가슴[7]

꽃은 떨어진다.
님은 탄식한다.[8]

『태서문예신보』, 1918. 11

1) 이 시는 전체적으로 2행 1연으로 이루어져 있는데, 각 연의 이미지 또한 대구적이다. 여기서는 '봄'과 '밤'의 이미지가 대구를 이룬다.

2) '밤'과 '봄'이 구체적인 이미지를 거느리면서 시상이 확대된다. '밤'만 해도 애닯고, '봄'만 해도 생각이 더욱 많아져 깊은 상념에 빠지게 하는데, 이 두 조건이 공존한다는 것이 화자를 더욱 애상에 빠지게 한다.

3) 인생의 덧없음, 세월의 무상함에 대한 인식. 화무십일홍(花無十日紅: 열흘 붉은 꽃이 없다는 뜻으로, 한 번 성한 것은 얼마 못 가서 반드시 쇠한다는 뜻을 이른다)의 의미를 띤다.

4) '아득이는데'는 '아득하다'라는 형용사의 어간에 동사의 연결어미 '~는데'를 붙여 만든 조어. 형용사를 동사처럼 사용하고 있다. 기억의 흐릿함과 상념의 깊음을 의미한다.

5) 화자의 깊은 상념과 슬픔이 새에 투영되어 있다.

6) '검은 내'란 물건이 탈 때 생기는 검은 연기인데, 화자의 흐릿하고 몽롱한 내면을 나타낸 것이다. 종소리가 '빗겨' 울린다는 구절은 비스듬히 기울어진 이미지를 연상시키는데, 여기에는 '흐릿함'과 '몽롱함'의 이미지와 긴밀하게 연결되어 있다. '종소리가 빗긴다'는 표현은 당시 서구 상징주의 시의 번역 과정에서 얻어진 것으로 보이는데, 김억의 다른 시나 이상화 등 당시 시인들의 시에서 자주 목격된다.

7) 말도 없고 소리도 없는 적막하고 고요한 상황. 화자의 우울하고 외로운 상황을 의미한다.

8) '꽃은 떨어진다'는 '화무십일홍'과 의미의 상관성을 갖는 부분이다. 세월의 덧없음과 인생의 외로움 등이 깊은 상념의 주요한 원인임을 보여 준다. 이 대목에서 상념에 빠진 주체는 화자가 아니라 '님'이었음을 밝힌다. 마치 화자가 그 님이 탄식하는 것을 거리를 두고 보는 것처럼 제시되어 있어 묘미가 있다. 관조적인 풍경으로 '봄밤'과 '침묵'의 이미지와 상통한다. 그러나 '님'은 시인의 또 다른 자아이기도 하다.

다시보는 시인 & 시세계

김억의 「봄은 간다」는 당시 유행했던 상징주의 시풍을 강하게 띠는 시다. 상징주의 시풍인 암시, 몽롱, 음울, 절망, 애상 등으로 인해 전체적으로 시적 상황이 모호하다. '밤 / 애달픈데 / 깊은 생각 / 새가 슬피 운다 / 검은 내 / 밤의 설움 / 꽃은 떨어진다 / 임은 탄식한다' 등의 이미지와 사물의 연쇄에서 상징주의의 특성을 찾을 수 있다. 이와 같이 모호한 형상화를 통해 이 시는 봄밤에 느끼는 까닭 모를 상실감과 스스로의 존재에 대한 연민과 슬픔의 감정을 표현하고 있다.

이 시에서 '임'은 '타인'이기보다는 시적 화자의 내면적 자아다. 자기가 자기에게 말하고 듣는 방식은 내면의 목소리를 깊숙하게 반향하는 장치가 되어 독자들의 정서적 감응을 효과적으로 이끌어 낸다.

이 시는 '~다' 형태로 시구가 끝나고 한 연이 2행으로 배분되어 규칙적이고 정돈된 느낌을 준다. 정형적인 율격인 듯하지만 시적 화자의 내면적 서정을 깊숙하게 느끼게 함으로써 형태에서 오는 정형성을 탈피한다.

나와 세계를 만나는 시읽기

「봄은 간다」는 봄밤에 느끼는 애상적 정서와 고뇌가 3 · 4, 4 · 4조의 애조 띤 민요 가락으로 잘 표현된 시다. 1910년대 중반 이후 유행했던 서구 상징주의 시의 영향이 강하게 느껴진다. 간혹 이 시가 일제시대라는 암울한 시대적 상황을 상징하는 것으로 기술된 책이 있으나 의미 있는 해석이라 보기 어렵다. 실증적이고 비교문학사적인 차원에서 본다면 오히려 이 시는 상징주의의 성향을 강하게 띠고 있는 작품으로 보아야 한다. 따라서 '밤'을 암담한 현실로 보고, '봄'을 '해방'이나 '국권회복'의 상징으로 읽는 독법은 지양되어야 할 것이다. 오히려 고려 말 이조년이 지은 「다정가」와 유사한 맥락들을 살펴보는 것이 좋다.

특히 이 시가 상징주의 시의 영향을 받았다고 설명하면서, 다른 한편으로 조국의 암담한 실정을 상징한다고 서술을 하는 것은 모순이다. 위에서 밝힌 대로, 시어나 전체적인 시상 자체가 화자의 내면적인 비애를 읊고 있기 때문이다. 일제시대 발표된 시들에서 나오는 '밤', '봄'을 '역사적인 의미'를 띠고 있다고 이해하는 것은 단편적인 독법에 빠질 위험이 있다. 이 시에서는 '봄 ― 밤'의 이미지가 대립적이기보다는 긴밀하게 조응되어 있는데, 이를 보더라도 '식민지 상황'을 전제한 독법은 설득력을 지니기 어렵다.

「봄은 간다」에서 '님은 탄식한다'는 표현은 사실상 '나는 탄식한다'라는 의미다. 이와 같이 일종의 '돌려 말하는 방식'의 효과에 대해 서술해 보자.

시인의 목소리에는 여러 종류가 있다. 먼저, 가장 일반적인 목소리는 시인이 자기 자신에게 이야기하는 형식이다. 대부분 서정시는 시인의 내면적인 독백을 들려준다는 점에서 이 형식을 취한다. 제2의 목소리는 시인이 다른 사람에게 들려주는 이야기의 형식이다. 교훈시와 같은 것이 이 형태에 속한다. 제3의 목소리는 시인이 아닌 제삼자가 다른 사람에게 이야기를 들려주는 형식이다. 극시가 이런 형식을 취한다.

김억의 이 시는 제1의 목소리를 취하면서도 마지막 연에서는 그것이 마치 제3의 목소리인 양 '님이 탄식한다'고 제시되어 있다. 시인은 자신이 아니라 '님'이 탄식하는 모습을 관조하듯이 보고 이 시를 쓴 것처럼 말하고 있는 것이다. '제3의 목소리'를 흉내내는 시인의 목소리는 자신의 감정을 보다 객관화하는 장치가 된다.

이 시는 전체적으로 애상과 상념에 젖은 화자의 목소리를 담고 있다. 시인이 자신의 걸러지지 않은 감정을 그대로 드러낼 경우, 시적 정제미나 완결미를 갖기 어렵다. 시는 시인이 자신의 감정을 제어하고 절제하면서 집약적인 언어를 통해 드러내는 장르인 것이다.

독자들은 이 시를 읽으면서 화자가 자기 내면을 드러내는 것이라고 생각하게 되지만, 마지막 연에서 이 내면 고백의 주체가 시인이 아니라 '님'임을 알게 된다. 그 반전의 묘미가 마지막 연 '님은 탄식한다'에 있는 것이다. 이 같은 시적 장치가 이 시의 평면적인 감정의 서술을 한 단계 끌어올리는 기능을 하고, 시적 완결성을 배가한다. 독자들로서는 이 '님'이 누구인가에 대한 의문을 가지면서, 시인이 이 '님'을 관조하면서 또한 묘사하는 장면을 동시에 상상하기도 하는 것이다.

'님'과 화자가 동일인일 수 있다는 가능성을 염두에 두고 읽을 때의 묘미도 색다르다. 화자가 스스로를 관조하는 것인데, 인간이 자기 내면을 들여다볼 때의 내밀함은 제1의 목소리가 갖는 고백적 진술보다 더욱 강렬한 것일 수 있기 때문이다.

통합논술 Q & A

김억은 근대 초창기에 서구 상징주의, 낭만주의 시를 본격적으로 번역, 소개한 시인이자 번역가였다. 그의 번역상의 오류와 번역 방식에 대해 이의를 제기하자, 그는 '번역은 창작이다' 라는 주장을 펴기도 했다. 다음 글이 의미하는 바를 생각하면서 김억의 주장을 옹호하거나 반박해 보자.

성경의 창세기에 나오는 '바벨탑 이야기' 가 있다. 사람들이 모여 하늘에 오르기 위한 탑을 쌓고 있었는데, 하느님이 사람들의 말을 다르게 만들어 버려 결국은 반목하다가 흩어져 버렸다는 것이 핵심적인 내용이다. 이는 인간의 언어가 다름으로 해서 발생하는 어려움과, 번역이나 통역의 필요성을 비유하는 것이라고도 할 수 있다.

'번역은 반역이다' 라는 이탈리아의 유명한 경구가 있다. '번역이 반역' 인 것은 두 가지 측면에서 생각할 수 있다. 하나는 번역의 오류나 불가능성에 대한 암시인 것이며, 다른 하나는 번역의 어려움이나 번역의 창조성을 의미하는 것이라 할 수 있다.

먼저, 처음의 경우는 각 나라나 민족의 말이 심층적, 표면적으로 다름으로 해서 생기는 문제다. 보통 번역을 하게 되면 '미묘하고 내면적인 언어의 맛이 잘 살아나지 않는다' 는 말을 듣는다. 특히 일상 언어보다는 인간의 심층 구조와 연결되어 있으면서 수사적이고 은유적인 표현으로 깊은 맛을 살리는 문학 언어의 경우에, 이 같은 번역의 불가능성이 자주 언급된다. 그래서 하나의 언어(출발지의 언어)에서 다른 하나의 언어(도착지의 언어)로 옮기는 것은 결국 가능하지 않다는 것이다. 그러나 이러한 번역 불가능성 주장은 '번역은 고급 정보를 공유하는 하나의 방법' 인데, 해당 외국어를 잘 아는 번역자들만이 정보를 독점하려는 의도를 나타낸다는 비판을 받기도 한다.

후자의 관점은 '반역' 이 되더라도 '번역' 을 통해 얻을 수 있는 많은 장점을 강조하기 위한 맥락이라고 볼 수 있다. 번역을 통해 우리는 타 문화와 지식을 수용하고 인간에 대한 보편적 이해를 보다 확장할 수 있게 된다. 인간이 자신의 생각을 겉으로 드러내기 위해서는 '언어' 가 필요하다.

인간이 언어로 표출한 생각을 다른 문화권이나 언어권에 속한 사람들이 읽고자 할 때는 번역이 필요할 수밖에 없다. 심층적이고 내밀한 부분까지 다른 언어로 번역한다는 것은 쉽지 않고, 시의 운율적 요소를 다른 언어로 표현해 내는 것 또한 번역의 어려움 중 하나다.

그렇다고 해도 번역은 필수불가결하다. '축자적 번역' 은 '글자 그대로의 번역' 을 뜻하는데, 언어의 특성상 이것 또한 거의 불가능하다. 언어의 특성을 고려한다면, '번역' 의 순간 바로 '창조', 곧 반역이 되기 때문이다. 번역가의 과제는 그가 번역하고 있는 언어를 통해 원문의 메아리가 울려 퍼질 수 있는 그런 의도를 찾아내는 데 있다.

따라서 '번역' 은 '반역' 이 되더라도 다양한 문화 수용과 언어의 차이를 극복한 타자적 인간에 대한 이해의 확장을 위해 필요하다. 이것이 '글로벌화한 세계' 를 지향하는 현대 번역의 과제가 아닌가 한다.

자유시가 싹트기 시작하던 1921년 3월, 안서 김억에 의해 발간된 우리 나라 최초의 번역 시집 『오뇌(懊惱)의 무도(舞蹈)』가 끼친 영향은 지대했다. 베를렌, 구르몽, 샤맹, 보들레르, 에이츠 등 서구 상징주의 시인 27인의 시 84편을 수록해 당시 근대 문학과 예술에 목말라 있던 문학 청년들의 인기를 한몸에 받았다.
문학 청년들은 『오뇌의 무도』가 풍기는 데카당적 분위기를 배우며 그 시풍을 흉내냈고, 김억 시의 특이한 종결 어미 '~러라' '~나니'가 널리 회자되었다. 이에 대해서는 춘원조차 다음과 같이 말했다.

아마 한 권의 역서로 이처럼 큰 반향을 일으킨 일은 실로 희한한 일이라 할 것이다. 또 이 시집이 한 번 남으로써 그것이 자극이 되어 많은 시작(詩作)이 일어난 것도 사실이니, 안서의 조선 신시 건설에 대한 공적은 이 『오뇌의 무도』 한 권으로 마멸할 수 없을 것이라 믿는다.

이 시집은 당시로서는 획기적으로 2년 만에 재판을 찍을 만큼 인기를 얻었다. 또한 김억에게는 1920년대에 있어 최고액의 인세와 최첨단을 달리는 시인이란 명성을 안겨 주었다. 심지어 그가 자주 이용하는 경의선 열차에 무임승차를 하여 점잖게 불어(佛語) 원서를 펴 보고 있으면, 승무원이 감히 차표를 보자고 말을 건넬 수 없을 정도였다고 한다.
그러나 이 시집 또한 번역서로서 범하기 쉬운 오역(誤譯)의 텍스트로도 유명하다. '나무'가 '나뭇잎'으로 '벽돌장'이 '철편(鐵片)'으로 둔갑했다는 지적도 있다. 이 오역의 문제는 이후에도 그의 외국어 번역 시집이 나올 때마다 이어졌는데, 어떤 글에서 그는 '시의 번역이란 번역이 아닙니다. 창작입니다'라고 오역에 대한 번역론을 피력하기까지 했다.
번역은 사물의 의미를 정확한 표현으로 살려 내는 시의 작업과 유사하다. 그래서인지 발레리가 포를 번역했듯 동서양이 공히 많은 시인들이 번역에 관심을 기울이지만 훌륭한 시인이 반드시 좋은 번역가인 것은 아니었다.

최초의 번역 시집 『오뇌의 무도』

나는 왕이로소이다

홍사용

1900~1947 | 경기도 용인 출생 1919년 휘문의숙(徽文義塾)을 졸업하고 3·1운동에 참가 1920년 박종
화·정백 등과 문예지 『문우(文友)』를 창간 1922년 나도향·현진건·이상화 등과 함께 동인지 『백조(白
潮)』를 창간

대표시로 『백조는 흐르는데 별 하나 나 하나』, 『나는 왕이로소이다』 등이 있음. 생전에 단 한 권의 개인 작
품집을 발간하지 못했으나 1985년과 2000년에 각각 노작문학기념사업회에서 『홍사용전집』을 발행

나는 왕이로소이다

나는 왕이로소이다. 나는 왕이로소이다. 어머니의 가장 어여쁜 아들, 나는 왕이로소이다. 가장 가난한 농군의 아들로서…….

그러나 시왕전(十王殿)에서도 쫓기어난[1] 눈물의 왕이로소이다.

"맨 처음으로 내가 너에게 준 것이 무엇이냐?" 이렇게 어머니께서 물으시면은

"맨 처음으로 어머니께 받은 것은 사랑이었지요마는 그것은 눈물이더이다." 하겠나이다[2]. 다른 것도 많지요마는…….

"맨 처음으로 네가 나에게 한 말이 무엇이냐?" 이렇게 어머니께서 물으시면은

"맨 처음으로 어머니께 드린 말씀은 '젖 주셔요.' 하는 그 소리였지마는, 그 것은 '으아!' 하는 울음이었나이다[3]." 하겠나이다. 다른 말씀도 많지요마는…….

이것은 노상 왕에게 들리어 주는 어머니의 말씀인데요.

왕이 처음으로 이 세상에 올 때에는 어머니의 흘리신 피를 몸에다 휘감고 왔더랍니다.

그 날에 동내(洞內)의 늙은이와 젊은이들은 모두 '무엇이냐' 고 쓸데없는 물음질로 한창 바쁘게 오고갈 때에도

어머니께서는 기꺼움보다도 아무 대답도 없이 속 아픈 눈물만 흘리셨답니다.

발가숭이 어린 왕 나도 어머니의 눈물을 따라서 발버둥질 치며 '으아!' 소리쳐 울더랍니다[4].

27

그날 밤도 이렇게 달있는 밤인데요,

으스름달이 무리 서고 뒷동산에 부엉이 울음 울던 밤인데요,

어머니께서는 구슬픈 옛이야기를 하시다가요, 일없이 한숨을 길게 쉬으시며 웃으시는 듯한 얼굴을 얼른 숙이시더이다.

왕은 노상 버릇인 눈물이 나와서 그만 끝까지 섧게 울어 버렸소이다. 울음의 뜻은 도무지 모르면서도요.

어머니께서 조으실 때에는 왕만 혼자 울었소이다.

어머니의 지우시는 눈물이 젖 먹는 왕의 뺨에 떨어질 때에면, 왕도 따라서 시름없이 울었소이다.

「나는 왕이로소이다」 공
연 장면

열한 살 먹던 해 정월 열나흗날 밤. 맨재더미로 그림자를 보러 갔을 때인데요, 명(命)이나 긴가 짜른가 보랴고.

왕의 동무 장난꾼 아이들이 심술스럽게 놀리더이다. 모가지 없는 그림자라고요.

왕은 소리쳐 울었소이다[5]. 어머니께서 들으시도록, 죽을까 겁이 나서요.

경기도 화성에 있는 「나
는 왕이로소이다」 시비

나무꾼의 산타령을 따라가다가 건넛산 비탈로 지나가는 상두꾼의 구슬픈 노래를 처음 들었소이다.

그 길로 옹달우물로 가자고 지름길로 들어서면은 찔레나무 가시덤불에서 처량히 우는 한 마리 파랑새를 보았소이다.

그래 철없는 어린 왕 나는 동무라 하고 쫓아가다가, 돌부리에 걸리어 넘어져서 무릎을 비비며 울었소이다.

할머니 산소 앞에 꽃 심으러 가던 한식(寒食)날 아침에

어머니께서는 왕에게 하얀 옷을 입히시더이다.

그리고 귀밑머리를 단단히 땋아 주시며

"오늘부터는 아무쪼록 울지 말아라."

아아, 그때부터 눈물의 왕은!

어머니 몰래 남모르게 속 깊이 소리 없이 혼자 우는 그것이 버릇이 되었소이다.[7]

누우런 떡갈나무 우거진 산길로 허물어진 봉화(烽火) 둑 앞으로 쫓긴 이의 노래를 부르며 어슬렁거릴 때에, 바위 밑에 돌부처는 모른 체하며 감중련(坎中連)하고 앉았더이다.[8]

아아, 뒷동산 장군 바위에서 날마다 자고 가는 뜬구름은 얼마나 많이 왕의 눈물을 싣고 갔는지요.

나는 왕이로소이다. 어머니의 외아들 나는 이렇게 왕이로소이다.

그러나 그러나 눈물의 왕! 이 세상 어느 곳에든지 설움이 있는 땅은 모두 왕의 나라로소이다.

《『백조』 3호, 1923. 9》

떡갈나무

1) '시왕'은 지승에서 죽은 사람을 심판한다고 하는 십 위의 왕이며, 시왕전은 그들을 모신 법당. 사람은 죽어서 시왕 앞에서 죄를 심판받아야 하는데, 그것조차 가능하지 않은 불쌍한 왕이라는 뜻이다.

2) '나'는 어머니의 '사랑'으로 이 세상에 나오게 되었다. 그러나 그것을 '눈물'로 인식하고 있다. 탄생의 그 순간을, 어머니가 준 생명을 눈물이라 한 것은 삶이 갖는 원초적 비극성과 관련이 있다.

3) 젖을 달라는 뜻으로 울음을 울었다는 것이다. '맨 처음으로'한 말, 즉 삶의 시작부터가 울음이었다는 뜻으로 삶 자체의 비극성을 환기한다.

4) 어머니의 대속(代贖)으로 육체의 순결성('발가숭이 어린 왕')이 얻어진 것임을 의미한다. 여기서 '아픈 눈물'을 흘리는 '어머니'는 기독교적인 성모(聖母)의 이미지를 가지고 있는데, 그에 따라 장엄함과 신성함을 느낄 수 있다.

5) 죽음의 두려움 때문에 울었다는 말이다. 이 역시 삶과 죽음의 비극성에 대한 시인의 인식이 드러난 부분이다. 다음 연의 '상두꾼의 구슬픈 노래'를 듣고 울었다는 것, 한식날 할머니 산소에서 울었다는 것 등에서도 이와 같은 삶과 죽음이 갖는 비극성에 대한 인식과 비감이 드러나 있다.

6) 상여를 메고 가는 사람

7) '속 깊이 소리 없이 혼자 우는' 울음에서 보듯이 시인의 울음이 삶과 죽음의 비극성에 대한 인식에서 오는 내면의 울음임을 알 수 있다.

8) '감중련'은 팔괘(八卦)의 하나인 감괘(坎卦)의 상형(象形)으로, 방위는 정북(正北)이며 '물'을 상징한다. 비극으로 점철된 삶에서 벗어나 구원을 얻고자 하나 정작 구원의 상징인 부처는 모른 체하고 있다는 말이다. 결국 삶의 비극은 개인이 홀로 지고 가야 하는 운명적인 것임을 드러낸다.

홍사용은 이상화, 박영희, 박종화 등과 함께 『백조』 동인이었다. '백조파' 라 불리기도 하는 이들의 문학은 낭만주의적인 정열과 감상주의적인 분방함 속에서 싹튼 것이다. 그들은 대체로 '꿈' 을 노래하고 있는데, 그들이 즐겨 꿈을 노래했다는 것은 '꿈으로의 도피' 를 의미하는 것이기보다는 '꿈의 세계만이 유일한 가치 있는 세계' 라는 인식과 관련된 것이었다. 그들은 예술과 현실을 분리해 현실을 하등한 것으로 이해했고, 그들이 발견한 꿈의 세계는 그래서 절대적인 가치를 지니는 것이었다. 참예술을 주장하고 그 세계를 아는 자인 자신은 가치 있는 삶을 살 수가 있었던 것이다.

홍사용의 「백조는 흐르는데 나하나 별하나」 등에도 시인만이 새 시대의 예언자이고 선구자이며 선택된 인간이라는 의식이 드러난다. 「나는 왕이로소이다」와 유사한 맥락이다.

「나는 왕이로소이다」는 데카당하고 과잉된 감정을 표출하는 1920년대 초기 시의 특징을 그대로 가지고 있다고 평가된다. 그러나 여기서 주목할 것은 '나는 왕이다' 라는 시인의 진술이다.

시인은 자신을 '눈물의 왕' 이라고 규정한다. '울음' 은 '노상 버릇' 이며 '울음의 뜻은 도무지 모르겠' 다고 말하고 있다. 이 울음은 어디서부터 오는 것일까. 이 시의 마지막 한 구절, '이 세상 어느 곳에서든지 설움이 있는 땅은 모두 왕의 나라' 때문에 이 울음이 '식민지 현실' 에서 비롯됐다고 규정하는 것은 지나치게 단선적인 해석이다.

삶도 죽음만큼 곤혹스러운 것이며, 삶과 죽음의 비극적 상황을 혼자 지고 가야 한다는 것이 더더욱 내성의 울음을 만들어 낸다. 죽음과 삶에 대한 성찰은 근대 시인들이 발견한 개인 존재의 내면에 의해 가능한 것이며, 개인의 존엄성에 대한 자각이 귀족주의적이고 영웅주의적인 '눈물' 의 왕국을 만들어 낸 것이다. 철저하게 자신을 인식한 인간, 영웅적이고 주체적인 인간, 곧 눈물의 왕이지 않으면 안된다. 눈물의 땅은 시인의 땅이었던 셈이다.

「나는 왕이로소이다」에서 왜 나는 '눈물의 왕' 인지, 그리고 그 '울음' 의 의미는 무엇인지, 시의 구절을 지적하면서 구체적으로 서술하라.

　　시인은 '왕' 으로서 자신을 인식하지만 그러나 그는 '눈물의 왕' 이다. 홍사용은 그것이 '노상 버릇' 이며 '울음의 뜻은 도무지 모르겠' 다고 말하고 있다. 이 울음은 어디서부터 오는 것일까. 이 시의 마지막 한 구절, '이 세상 어느 곳에든지 설움이 있는 땅은 모두 왕의 나라' 때문에 이 울음이 '식민지 현실' 로부터 왔다고 규정하는 것은 지나치게 단선적인 해석이 아닐까.

　　시인은, 처음 태어나서 뱉은 말이 젖 주세요, 으아! 하는 울음 소리였다는 것, 그림자 놀이를 하러 가서 죽음의 두려움 때문에 울음이 났다는 것, 그리고 산비탈로 지나가는 상두꾼의 구슬픈 노랫소리를 들었다는 것, 한식날 할머니의 산소 앞에서 속깊이 소리내어 울었다는 것 등을 말한다. 이 울음을 야기하는 상황에 대한 구구한 서술은 삶과 죽음에 대해 시인이 갖는 비감을 표현한 것이다. 삶도 죽음만큼 곤혹스러운 것이며, 삶과 죽음의 비극적 상황을 혼자 지고 가야 한다는 것이 더욱 내성의 울음을 만들어 낸다. 시인은 '바위 밑에 돌부처는 모른 체하며 감중련(坎中連)하고 앉았더이다' 라고 쓰고 있다. 단 혼자만의 인간, 홀로 고독한 주체의 영웅적인 탄생을 시인은 보고 있었지만 그 영웅은 고독하고 비애에 가득 찬 영웅이었던 것이다.

　　이 시에 나오는 '시왕전에서도 쫓기어난 자' 란 사전적인 의미로는 '불쌍한 자' 라는 뜻이다. 모든 인간이 염라대왕에게 가서 죄의 정도를 가늠받아야 하는데 이 '쫓긴 이' 는 그것도 가능하지 않은 것이다.

　　이 시에서 울음은 구체적인 고통이나 아픔에서 오는 것이기보다는 삶이라는 실존적인 근거에서 오는 내성의 울음이라고 할 수 있다. 시인의 울음은 내면 가득히 장전한 폭약과도 같이 솟구친다. 홍사용은 이 꽉 막힌 삶의 미로에서 서성이며 '모두 수수께끼였지마는' 이라고 말할 수 있을 뿐이다. 그는 『백조』 3호에 같이 실린 「그것은 모두 꿈이었지만은」이라는 시에서 덧붙인다. 누님은 죽어도 모르겠는 것이 '사나이의 마음' 이라는데, 자신으로서는, '모른다 모른다 하여도, 도모지 모를 것은, 나라는 '나' 이올시다' 라고 말이다. 즉 대상화된 '나' 라는 존재, '나' 란 무엇인가에 대해 시인은 의문을 표시하고 있는 것이다. 주어진 것으로서의 '나' 가 아니라 탐색의 대상으로서의 '나' 에 대한 의문을 표시하고 있다. 즉 '나' 에 대한 실존적인 질문이 제기되고 있다.

　　시인은, 내가 누구인지 알 수 없다는 물음에서 더 나아가, 그 누구인지 알 수 없다는 사실 자체가 아프다고 말한다. 내가 무엇인지 정확히 계량도 안 되지만, 그 '안 된다' 는 것이 '나' 의 고통을 더욱 야기한다는 말이다. 이 같은 '나' 에 대한 실존적인 의문을 가지게 됨으로써 시적 화자는 스스로 울지 않을 수 없게 된다. 우리 시인들의 시에 처음 도입된 근대적 인간의 내면은, 시인 스스로 자신을 들여다볼 수 있게 하고 그것이 장엄한 자로서의 시인의 초상을 그리게 했던 것이다.

이같이 주위로부터 단절되고 불행한 의식에 사로잡힌 자아는 사실 지극히 영웅주의적이고 귀족주의적인 의식의 소유자에 다름 아니다. 그러니까 그는 눈물의 '왕'이지 않을 수 없는 것이다. 고독과 불우는 그의 영웅주의를 극단적으로 편향시킨다. 일생 동안 그가 감내해야 할 죽음은 그 자체로 비극적 파토스(정념, 충돌, 정열)를 이루고 그것만으로도 하나의 '속 깊은 울음'의 파노라마를 충분히 만들어 낼 수 있는 것이다. 그가 영웅인 것은 혼자 이 비극적 정황을 스스로 지고 가는 고독한 개인이라는 점 때문이다.

따라서 이 '설움' 있는 땅은 이같이 홀로 내버려진 인간을 스스로 발견해 그것을 시의 주요한 대상으로 삼은 최초의 땅이 아니면 안 된다. 그래서 시인은 굴종의 인간, 복종의 인간이 아니라 철저하게 자신을 인식한 인간, 영웅적이고 주체적인 인간, 곧 눈물의 왕이어야 하는 것이다. 눈물의 땅은 시인의 땅이었던 셈이다. 철저하게 고독하고 비애감에 사로잡힌 인간을 그려 내면서 시인은 스스로 자기연민의 우물에 가엾은 자신을 비춰 보지 않을 수 없었고, 그것이 당대 시의 낭만주의의 깊은 그림자를 만들어 내었다.

통합논술 Q & A

다음 그림은 르네상스 시대 이탈리아의 미켈란젤로(1475-1564)의 작품 「피에타(Pieta)」이다. 이 조각을 감상하면서 홍사용의 「나는 왕이로소이다」에서 이국적인 정서가 느껴지는 이유를 말해 보자.

피에타 상은 십자가에서 막 끌어내려진 예수를 안고 눈물 흘리는 성모마리아 상을 가리킨다. 피에타란 '자비를 베푸소서'라는 뜻이라고도 한다. 미켈란젤로뿐 아니라 많은 예술가들이 이 피에타를 대상으로 그림이나 조각, 음악을 창작했다.

미켈란젤로의 이 조각상은 그의 나이 25살(1499년) 때에 완성한 작품으로 로마 성베드로 성당에 보관되어 있다. 이 작품은 피렌체에 보관중인 다비드상, 그리고 로마 성베드로의 쇠사슬 성당에서 보관중인 모세상과 더불어 그의 3대 작품에 들어간다. 이 상은 미켈란젤로의 작품 중 유일하게 그의 서명을 마리아의 옷자락에 남겨 둔 작품이기도 하다.

사람들의 죄 때문에 십자가에 매달려 죽임을 당한 예수의 형상은 참혹하지만 아름답다. 그것은 인간을 위해 대속했기 때문이다. 그의 죽음은 그래서 장엄하고 고귀하다. 예수를 무릎에 안은 성모의 얼굴은 자세히 관찰해 보면, 예수의 나이에 비해 젊고 아름다운 모습으로 표현되어 있다. 대리석 조각의 아름다움을 잘 살려 성모의 정결함과 고결함을 표현한 것이다.

'왕이 처음으로 이 세상에 올 때에는 어머니의 흘리신 피를 몸에다 휘감고 왔더랍니다'에는 비극적이면서도 장엄한 한편의 내면의 드라마가 있다. 어머니의 대속으로 말미암아 자기 육체의 순결성이 보증된다는 인식은 기독교적이다. 이 시는 기독교적인 문화사의 이미지들이 인간적인 문맥으로 내려온 것이라 할 수 있다. 어머니의 품 안에서 눈물 흘리는 '왕'의 고귀함과 정결함을 드러내고 있기 때문이다. 시인은 어머니의 품 안에서 영원히 어린아이로서 존재하고자 하며, 자기연민에 몸 둘 바 모르는 가엾은 영웅이 되는 것이다. '왕'은 순결하고 고통에 가득 찬 어머니의 초상에 자신의 얼굴을 투사하면서 자기연민의 다른 표정을 만들어 낸다. '눈물 흘리는 성모'의 종교성과 장엄함에 이 '눈물의 영웅'이라는 이미지가 강하게 투사되어 있는 것이다.

위의 조각상에서 나타난 이미지, 피로 얼룩진 순결함과 장엄함의 미학은 이 시에서도 느껴진다. 이 절대적 타자로서의 마리아 숭배는 자신에 대한 사랑이 아닐 수 없는 것이다. 생명의 모든 원천인 어머니의 품에 자신의 내밀한 욕망을 밀어 넣음으로써 시인은 자신의 상처를 치유하고자 한다.

그러나 그 상처란 영웅주의적 주체의 환영이 만들어 낸 가상적인 것이다. 시적 화자의 고통은 그래서 실제적인 것이기보다는 낭만적 불안과 서정적 여성주의에 뿌리내린 관념적인 것이라 할 수 있겠다. 시의 배경은 한국적이고 전통적인 특성을 가지고 있으나, 시의 테마 자체는 외국 문학 텍스트나 관념의 영향이 강하게 드러난다. 이 시에서 피에타 상이 떠올려지는 이유도 여기에 있다.

노작 홍사용이 백조 동인으로 활동하던 당시 문단에는 퇴폐주의, 데카당, 데카당적이라는 말이 유행했다. 그들은 기생방 경대 앞에서 낮잠에 생코를 골며 창작을 꿈꾸었다. 그러한 방자한 생활, 그러나 그것도 그들을 숭배하던 당시 소위 문학소년들의 눈으로 본다면 결코 그리 싫고 몹쓸 짓도 아니었다. 차라리 그 데카당 일파들의 삶은 용감하게 인습이나 도덕에 저항하는, 어디까지나 예술가다운 태도나 생활이라고 찬미되었다.

홍사용은 화가이자 삽화가였던 안석영, 소설가 나도향, 무대 미술가였던 우전과 어울렸다. 그들은 한방에서 기와(起臥)를 같이하느니만큼 여러 동무들 중에서도 제일 뜻도 맞고 교분도 더욱 두터웠다. 연령순으로는 우전이 첫째, 노작이 둘째, 석영이 셋째, 도향이 끝이었다.

정열적이요 양분하기 쉬운 우전과 석영, 냉정하고도 깔끔거리고 이지적이요 또 내성적인 도향과는 그 각자의 다른 성격과 다른 견지에서 가끔 논란이 일고 의견이 충돌하곤 했다.

노작은 말주변도 없거니와 이름까지 한때는 '소아(笑啞)'라고 자칭하던 인물인지라 매양 잠잠히 그들의 시비하는 꼴을 보고 듣기만 하고 앉았던 일이 많았다. 그러다가도 또 어느 틈엔지 모르게 저절로 그 소용돌이 속으로 끌려 들어가서 얼굴에 핏대를 올려 가며 떠들게 되는 일도 있었다.

하다가 그들의 양분이 극도에 달하면 감정적으로 들러붙어 서로 입에 게거품을 물고 싸웠다. 이 같은 일은 항다반 예사인지라 그리 괴이할 것도 없거니와 그리 야릇하게 여기지도 않았다. 아무튼 철없는 아기들같이 매일 아무 악의 없이 싸우기도 잘 싸우고 풀리기도 일쑤 잘 풀리었다. 그들은 매일 기생집을 순례했고 정신적인 연애를 꿈꾸었다.

그들은 기생집에 가는 것을 '돌격'이라고 일컬었고, 그 일행을 '순례단'이라 불렀었다. 순례! 순례! 그 얼마나 거룩한 일컬음이랴. 또 '돌격'이라는 수라살풍(修羅殺風)적 전투 용어보다는 '순례' 그것이 얼마나 운아(韻雅)하고도 청한(淸閑)한 일컬음이냐고 반문하기도 했다. 그들은 정신적인 사랑을 강조함으로써 예술의 절대적 가치를 꿈꾸었던 시대의 천재들이었다.

—노자영의 회상 중에서

시인의 고향 입구 안내석

청명(淸明)

김영랑

1903~1950 | 전라남도 강진 출생. 본명 김윤식 1915년 강진보통학교 졸업 1917년 휘문의숙 입학 1919년 3·1 운동 직후 6개월간 옥고 1920년 일본 아오야마학원 중학부 입학 1922년 아오야마학원 영문학과 진학 1923년 관동 대지진으로 귀국 1930년 『시문학』에 「동백잎에 빛나는 마음」 등을 발표하며 작품 활동 시작, 『시문학』 동인 1949년 공보처 출판국장 역임

시집으로 『영랑 시집』(1935), 『영랑 시선』(1949)이 있음

청명(清明)

시를 읽는 독법

청명한 아침 기운을 맞
는 시인의 예지와 자연
의 소리를 예민하게 들
을 수 있는 시인의 영혼
을 생각한다.

호르 호르르 호르르르 가을 아침
취여진 청명을 마시며 거닐면
수풀이 호르르 벌레가 호르르르 [1]
청명은 내 머리 속 가슴 속을 젖어들어
발끝 손끝으로 새어나가나니 [2]

온 살결 터럭끝은 모두 눈이요 입이라
나는 수풀의 정을 알 수 있고
벌레의 예지를 알 수 있다 [3]
그리하야 나도 이 아침 청명의
가장 고읍지 못한 노래ㅅ군이 된다

수풀과 벌레는 자고 깨인 어린애
밤 새어 빨고도 이슬은 남었다
남었거든 나를 주라
나는 이 청명에도 주리나니 [4]
방에 문을 닫고 벽을 향해 숨쉬지 않엇느뇨

햇발이 처음 쏟아오아
청명은 갑자기 으리으리한 관(冠)을 쓴다
토르륵 시르르 동백화 한 알은 빠지나니 [5]
오! 그 빛남 그 고요함

간밤에 하늘을 쫓긴 별살의 흐름이 저러했다

왼 소리의 앞소리요
왼빛깔의 비롯이라
이청명에 포근 취여진 내 마음
감각의 낯익은 고향을 찾았노라
평생의 못 떠날 내 집을 들었노라⁰⁾

<『영랑시집』, 1935>

38

1) 가을 아침, 시인은 투명하고 명징하게 흐르는 청명한 기운을 흡입하며 자연과 하나가 된다. 그 대기에는 수풀을 스치고 지나가는 바람 소리, 벌레의 울음 소리가 실려 있다. 청명한 대기와 '호르, 호르르' 하는 벌레의 울음 소리가 잘 조응되어 있다. '취여진' 은 '젖어들다' 혹은 '(술 등에) 취하다' 등의 의미를 가진 것으로 풀이된다.

2) '온 살결 터럭끝' 을 통해 취해진 자연은 '내 머리 속 가슴 속' 을 지나 '발끝 손끝으로 새어나' 간다. 따라서 '청명' 은 외부의 기운에서 느껴지는 단순한 청량감이 아니라 내 머리와 가슴을 통해 즉 내면적 소통 행위를 통해 취해지고 걸러지며 의미를 부여받는 것이다. 시인의 감각이 주변 자연 환경과 얼마나 밀도 있게 연결되어 있는지를 알 수 있다. 그러한 자연 환경 속에서 생활을 하지 않은 사람으로서는 감득하기 어려운 경지다.

3) 눈과 입의 모든 감각 기관을 통해 취해진 자연은 시인의 예지를 번쩍이게 한다. 청명은 3연에서 보듯이 '문을 닫고 벽을 향해' 눈을 감은 자의 예지에서 감득되는 것이다.

4) 수풀과 벌레가 밤 내내 빨고도 '이슬' 이 남아 있을 정도로 그 청명한 기운은 여전히 충만하다. 시인이 청명한 기운을 받아들이는 것은 끝이 없다. 시인이 '주린' 것이 '방에 문을 걸고 벽을 향해 숨을 쉬었' 기 때문인데, 밤새 그가 정신적인 단련을 했음을 알 수 있다. 시인의 고독감과 적막감이 느껴지기도 한다. 그 단련을 거친 뒤의 아침에 시인은 더욱 청명한 기운을 맞게 된다.

5) 동백 한 알이 '토르르' 하고 떨어지는 소리를 들을 수 있을 정도로 시인의 영혼의 귀는 맑다. 동백 한 알이 빠져나가는 내밀한 움직임과 간밤 하늘을 길게 긋고 지나가던 유성의 빛나는 흐름을 느낄 수 있을 만큼 시인의 내면은 충만하다.

6) 으리으리한 관을 쓴 햇살, 동백 한 알이 고요하게 빠져나가는 소리, 밤하늘을 긋고 지나가는 별살의 흐름, 이러한 내면적이고 순수한 것들이 모든 소리와 빛깔의 시원이자 근원('앞소리' , '비롯')이며 시인에게는 '감각의 낯익은 고향' 이다. 이 '감각의 낯익은 고향' 은 시인의 '평생 못 떠날 내 집' 이다. 자신이 나고 자란 대지를 기반으로 해서 생활하는 자의 감각이 아니면 체득되기 어려운 경지다.

김영랑은 그다지 많은 작품을 남기지 않았다. 또한 여러 잡지에 두루 시를 발표한 것이 아니라 『시문학』, 『문학』 등을 중심으로 한 동인지 성격의 잡지에 글을 발표했다. 그는 시론이나 기타 잡문을 별반 남기지 않았다. 김영랑 시에 대한 평가와 해석은 주로 '시문학파'의 테두리 내에서 이루어진 경우가 많다. '시문학'은 박용철이 주재한 동인지로, 카프의 정치적인 성격과 대비되어, 탈이념적이고 순수시 지향의 성격을 갖는다고 평가된다.

김영랑은 서구 낭만주의 시인들인 예이츠나 키츠 등의 영향을 받은 것으로도 알려져 있는데, 「두견」, 「묘비명」 등을 키츠와의 영향 관계 속에서 파악하고자 하는 연구도 있다. 시의 어감이나 음악성에 대한 관심, 순수 서정의 경향 등은 이 영향 관계 속에서 이해될 수 있다는 것이다.

그러나 김영랑의 독특한 지역적 기반과 사회적 계층적 성격이 그의 시의 중요한 특징을 이루는 것은 부인할 수 없는 사실이다. 이 「청명」 또한 전라남도 강진을 기반으로 한 그의 지역적 성격과 계층적 성격을 잘 보여 준다.

'시문학파' 중 전라남도 강진 주변을 고향으로 둔 시인은 김영랑과 박용철(박용철은 송정리 출신), 김현구 등이다. 그들은 비슷한 성향의 시들을 썼고 같은 동인지에서 활동했다. 그래서 이들을 '강진시파'라고 지칭하기도 한다. 박용철이나 김현구와의 교유가 단순히 『시문학』 『문예월간』 『문학』이라는 문예잡지를 중심으로 한 것이기보다는 같은 지역적 배경을 가지고 있었다는 것이 특징이라는 것이다.

김영랑의 경우, 휘문의숙 시절과 청산학원 시절을 빼면 그의 삶의 터전은 강진이었고 특히 재혼한 1925년 이래 1948년 서울로 가족들을 솔거해 올라갈 때까지 그는 강진을 떠나지 않았다. 1919년 3·1운동 당시 그는 경성(서울)에서 강진으로 내려가 3·1운동에 참가한 바 있다. 김영랑 시의 시어적 특질과 향토 서정의 본질이 '지역성'에 있다는 점은 주목할 만하다. 김영랑 시 대부분은 고향 강진의 자연 속에서 배태된 것들이다. 강진은 바다, 비, 숲, 섬, 동백 등의 자연이 시적 공간으로 자리잡고 있고 문화적 열의가 문학 청년들의 사색적 감정을 자극하는 곳이었다. '영랑 시를 논의할 때 그의 주위인 남방 다도해변의 자연과 기후에 감사치 않을 수 없다'는 정지용의 지적은 김영랑 시의 바탕에 놓인 강진이라는 지역적 중요성을 언급한 것이다.

김영랑은 강진에 거주하면서 생활을 예술의 경지로 이끌고 간다. '순수서정'은 이 같은 '생활을 예술의 경지'로 끌어올리는 감각과 관계가 있다. 김영랑 시의 음악성과 서정성, 신비주의는 단지 예이츠, 키츠 등의 외국 시인들의 영향 이전에 김영랑이 가꾸고 즐긴 강진의 자연 환경과 분리되기 어렵다. 이 같은 강진의 지역성이 그의 시에 어떤 흔적을 남기고 있는지를 살펴보는 것도 재미있는 시 독법이 될 것이다.

다음은 김영랑의 수필 「춘심(春心)」의 한 구절이다. 김영랑의 시가 독특한 언어감각과 미묘한 음향감을 드러낸다는 지적은 아래 수필과도 관련이 있다. 이를 「청명」과 연관지어 생각해 보자.

전라도서도 이곳 말이란 것이 처음 듣는 이는 아직 말이 덜 되었다고 웃고, 자주 듣는 이는 간지러워 못 듣겠다고 얼굴에 손까지 가리운다. ─여자의 말이 더욱 그러하다. 〈잉─이응─오〉하는 부정어가 어디 또 있는가. 길거리에서 떠드는 말소리가 공중으로 휙 날아 들어 온다. 봄이 아니고야, 봄이 아니고야 그럴 수 없다. 바람이 댓잎 끝을 새어 나오는데 끝이 다 퍼져 버려서 말소리가 타고 오는 것일까.

김영랑은 사물 그 자체의 선명한 인상이나 색감을 선호하지 않았다. 그는 사물의 주위에서 미묘하고 신비한 분위기에 매혹되었다. '스치는', '살포시' 같은 그가 즐겨 쓰던 시어 는 이 같은 그의 취향을 드러낸 것이다. 그는 '봄' 이나 '5월' 에 대한 애착을 '음향이 봄 기운을 탄다' '횅횅 울려 난다' 는 표현으로 드러낸 바 있다. 이 같은 미묘한 음향감에 대한 선호가 '여자의 말' 에 대한 편향성을 낳는다. 그는 강진 말의 낯설음과 간지러움, 여자들의 말에서 울리는 고저 장단의 경쾌한 음향에서 청명감을 맛본 것이다.

강진의 말은 '말' 이라기보다 '토정(吐情)' 에 가깝다는 김영랑의 주장도 그의 언어에 대한 미묘한 감각과 음향감이 강진 방언의 특성과 깊은 관계가 있다. '토정' 은 말이라기보다 본능적인 외침에 가깝다. 김영랑의 표현대로 하면 '등을 꼬집으면 아야야' 하는 것과 거리가 멀지 않다.

봄 기운을 타고 말소리가 멀리 퍼져 나가는 인상을 김영랑은 바람이 댓잎 끝을 새어나오는 데서 유추하기도 했다. 말이 물질성을 띠고 음향화 하는 이 감각은 분명 대숲을 거느리고 산 김영랑의 일상적 경험에서 온 것이다.

영랑의 시는 '회의 석상에서 흔히 놀림감이 되는 전라도 사투리가 이렇게 곡선적이요 감각적이요 정서적인 것' 임을 깨닫게 한다. 시인은 말(소리)의 미묘한 음향감을 모호하고 신비한 자신의 심연으로 읽어 낸다. 이는 두견의 울음소리가 '하늘을 액화 시킨다' 는 감각과도 상통하는 것이며, '거리에서 떠드는 말소리가 공중으로 휙 날아 들어 온다' 는 것이나, '바람이 댓잎 끝을 새어 나오는데 끝이 다 퍼져 버려서 말소리가 타고' 온다는 표현은, 일상에서 얻는 소리들을 미묘한 음향의 세계로 끌어올려 이해한 데서 비롯된 것이다. 위의 시에서 보면, '온 살결 터럭끝(눈과 입의 모든 감각 기관)' 으로 취해진 자연은 내 머릿속 가슴속을 지나 발끝, 손끝으로 새어 나가면서 시인의 예지를 번쩍이게 한다.

'청명' 은 정신적인 고양이나 삶의 초월을 통해 얻어지는 것이 아니라, 시인의 예지를 통해 사물(자연)에서 취득되는 것이다. '청명' 은 동백 잎의 선명한 색상이나 빛깔 자체에서 오는 것이 아니라 문을 닫아 걸고 벽을 향해 눈을 감은 자의 예지에 의해 감득된다. 그에게는 '동백 한 알이 빠져나가는 소리' '별살의 흐름' 이 모든 소리와 빛깔의 시원이며 '감각의 낯익은 고향' 이

었던 것이다.

　김영랑은 강진에서 이 낯익은 감각의 고향을 느꼈고 그것을 '평생 못 떠날 내 집' 이라고 썼다. 낯익은 자연에서 '고향' 을 느끼는 감각이야말로 '5월' 과 '모란' 의 찬란한 상징을 만들어 낸 김영랑의 순수한 내면성이라고 할 수 있다. 김영랑은, '두견' 과 '종다리' 와 '꾀꼬리' 를 구분하고 그들의 생태적 특성을 정확하게 지적해 내기도 하는데, 이는 강진에서의 일상적인 삶의 경험과 그것을 내면의 언어로 읽어 낸 그의 시인으로서의 자질에서 나온 것이다.

통합논술 Q & A

다음은 서정주가 『영랑 시집』 발문으로 쓴 글의 일부다. 이를 중심으로 김영랑 시가 갖는 의미를 지적해 보자.

　우리 국어의 어학사를 안중에 두고 생각하면 20세기에서 우리말의 매력을 맨 처음 의식적으로 가장 많이 정교하게 배합해 낸 공적까지를 갖는다. 그것은 우리말이 고스란히 무시되고 짓밟히던 일정의 식민지 시절에 있어서는 밤길에 흘린 좁쌀을 주워 금강석을 빚어내는 일만큼 어려운 일이었다.

　김영랑이 강진 독립운동을 했고 창씨개명을 하지 않았으며 신사참배를 거부했고 일상에서 늘 한복을 입고 다녔다는 측면에서 민족주의 시인이라는 평가가 있다. 한편으로는, 그가 서양음악에 심취했고 정구장을 만들고 정구를 칠 정도로 현학 취미와 귀족 취미의 '토착적 부르주아' 였다며 비판하기도 한다. 이 두 경우 다 시인 김영랑을 평가하는, 그리고 그의 시를 이해하는 본질적인 면모라고 보기는 어렵다.

　김영랑을 '민족 시인' 으로 평가할 수 있다면 아마도 그의 독립운동 내력이나 검증되지 않는 사회주의 사상과의 접촉에서보다는 우리말 시어의 의식적인 사용과 그것의 가치에 대한 인식에서 찾아야 할 것이다.

　'친일 문장 한 줄' 도 남기지 않은 김영랑의 가치는 자신이 생활하는 터전인 고향 강진의 자연 속에 자신의 영혼을 가두고 대지를 몽상한 그의 시적 이력에서 찾아야 할 것이다. 외래어 문장의 멋스러움을 스스로 거부하고 생성중인 언어인 조선어를 사용했던 것, 강진의 향토성과 자연적 특색이 진하게 배어 있는 방언을 사용한 것 등은 강조될 만하다.

　그의 시에 주로 사용된 하늘, 달, 바람, 샘, 물결 같은 자연 환경과 관련된 언어들은 조선어

전남 강진에 있는 김영랑 생가

와, 조선적 특색을 더 강하게 보여 주는 방언의 범주에 속하는 것들이다. 우리말 사용을 금지
한 일제시대에 '깨트러서 뿌다귀와 모소리가 있는 돌'로 비유된 방언의 힘은 그 자체로 이미
생생히 유동하는 생명을 가진 것인 셈이다.

　박용철은 '사전에 오르는 표준어(標準語)'처럼 '맞부듸쳐서 깎기고 달아져 동글아진 돌'과
는 다르다고 일제시대 시에서 씌어진 방언의 의미를 평가하기도 했다. 1930년대 말기의 일본
의 조선어 사용 금지와 조선어 발표 매체인 신문, 잡지 등의 폐간이라는 현실적인 조건 속에서
유지된 우리의 정서와 조선적 특수성은 바로 이 방언(지방어) 속에 있었고, 따라서 방언의 사
용은 토속주의적 취향의 문제가 아니라 현실 인식에 근거한 가치론적 태도가 내재된 것이다.

김영랑과 박용철 이 두 시인은 생전에 깊은 우정으로 주위의 부러움을 받았는데, 이들의 우정은 일본 아오야마 학원 유학 시절에서부터 싹트기 시작한다. 귀국한 후에도 이들은 고향이 같은 전남인지라 가깝게 지냈다. 수학에 남다른 재능을 지녔던 박용철은 김영랑의 자극으로 시를 공부하기 시작했고, 그 이후 1930년 3월 박용철이 『시문학』을 창간하면서부터는 보다 절친한 사이로 발전하게 된다. 김영랑은 박용철의 지원하에 『시문학』을 통해 활발하게 작품을 발표했다. 이들을 중심으로 '시문학파'가 결성되는데, 그 멤버로는 김영랑·박용철·정지용·정인보 등이 있었다.

김영랑은 박용철이 건강 악화로 요양을 할 때도 함께 가서 지내며 위로를 해 주었고, 박용철은 생전에 본인의 시집은 한 권도 내지 않으면서도 김영랑의 시들을 모아 『영랑시집』을 출간해 주었다. 실로 살뜰한 우정의 소산이 아닐 수 없다. 뿐만 아니라 박용철은 김영랑의 시를 대부분 외고 있었으며, 어느 때 어느 지면에 발표되었다는 것까지도 기억하고 있었다. 오늘날 김영랑이 한국 시문학사 한 켠을 차지할 수 있게 된 것은 그 무엇보다도 박용철의 적극적인 지원에 의해서라고 할 수 있다.

그러나 박용철은 1938년 34세의 나이에 후두결핵으로 몇 개월의 와병 끝에 고통스럽게 세상을 떠났고, 김영랑은 6·25 때 서울 수복 소식을 듣고 '태극기가 보고 싶다'며 성급히 나갔다가 아군과 북한군의 공방전 틈에서 총탄을 맞고 쓰러져 결국 숨을 거두고 만다. 그러나 이들의 우정은 여기에서 끝나지 않았다. 현재 전남 광주시 광주공원 안에는 이 두 시인의 시비가 나란히 세워져 있다. 이들의 아름다운 우정은 사후에도 영원토록 지속되고 있는 것이다.

김영랑 시인의 시비와 박용철 시인의 시비

『시문학』(1930. 3 ~ 1931. 10)―1930년 3월 창간되어 1931년 10월 통권 3호로 종간된 잡지로, 김영랑·박용철·정지용·정인보·이하윤 등이 중심이 되었다. 당시 카프에 반대하며 순수문학을 옹호한 모태가 되었고, 현대시의 시발점이 된 잡지다.

『문학』(1934)―1932년 3월에 창간되어, 현재 알려진 바로 제5호까지 발행되었다. 장현직, 김호규, 김천규 등이 활동했으며, 어떤 경향에도 치우치지 않은 순수문학지다.

『삼사문학』(1934. 9 ~ 1935. 3)―1934년에 창간했다고 하여 '34문학'이라 이름지어진 잡지로, 최초의 동인은 신백수·이시우·정현웅·조풍연 등 네 사람이다. 초현실주의 경향의 작품을 다수 발표했다.

『극예술』(1934. 4)―1934년 4월에 창간된 극예술연구회의 기관지로, 당시 『시문학』을 주재하던 시인 박용철이 발행했다. 한국 최초의 연극전문지로서, 김진섭·유치진·윤백남·이하윤 등이 활동했다.

『단층』(1937. 4 ~ 1938. 3)―1937년 평양에서 발행된 잡지로, 관서지방의 문인들이 의욕적인 활동을 벌여 주목을 끌었다. 주로 심리주의적, 실험적 경향을 띠었으며 레이아웃이 참신한 것이 특징이었다.

『문장』(1939. 2 ~ 1941. 4)―일제 말기의 민족 정서를 대표한 월간 종합 문예지로 고전 발굴에 주력했으며, 신인 추천제도를 두어 우수 신인을 발굴했다. 당시 시 부문의 정지용과 소설 부문의 이태준의 추천을 받아 활동한 신인들로는 박두진, 박목월, 박남수, 조지훈, 이호우, 곽하신, 임옥인 등이 있다.

『인문평론』(1939. 10 ~ 1941. 4)―최재서가 주재한 월간 문예지로 작품 발표 및 비평활동에 주력했다. 김기림, 김남천, 박영희, 백철, 이원조, 임화 등이 주요 필진이었다. 1941년 11월 『국민문학』으로 바뀌면서 일본 침략을 합리화하는 논조를 펼쳐 나갔다.

『시문학』,『문학』,『삼사문학』,『극예술』,『단층』,『문장』,『인문평론』

나비

정지용

1903~ ? | 충청북도 옥천 출생 1918년 휘문고보 재학중 박팔양 등과 동인지 『요람』 발간 1929년 교토 도시샤대학 영문학과 졸업 1930년 문학 동인지 『시문학』 동인 1933년 『가톨릭 청년』 편집 고문, 문학 친목 단체 구인회 결성 1939년 『문장』 추천 위원으로 조지훈, 박두진, 박목월, 김종한, 이한직, 박남수 추천 1945년 이화여자대학 교수 1946년 조선문학가동맹 중앙집행위원 1950년 남북되었다가 평양 감옥에서 폭사당한 것으로 추정

시집으로 『정지용 시집』(1935), 『백록담』(1941), 『지용 시선』(1946), 『정지용 전집』(1988) 등이 있음

유리창에 붙어 있는 나비의 불안한 모습이 절대적 고요와 휴식과는 다소 거리가 있음을 생각한다.

나비

　시키지 않은 일이 서둘러 하고 싶기에[1] 난로(煖爐)에 싱싱한 물푸레 갈아 지피고 등피(燈皮) 호 호 닦아 끼우어 심지 튀기니 불꽃이 새록[2] 돋다 미리 떼고 걸고 보니 카렌다 이튿날 날짜가 미리 붉다[3] 이제 차츰 밟고 넘을 다람쥐 등솔기같이 구부레 뻗어나갈 연봉(連峰) 산맥(山脈)길 위에 아슬한 가을 하늘이여[4] 초침(秒針)소리 유달리 뚝닥거리는 낙엽(落葉) 벗은 산장(山莊) 밤 창(窓)유리까지에 구름이 드뉘니[5] 후 두 두 두 낙수(落水) 짓는 소리 크기 손바닥만한 어인 나비가 따악 붙어 들여다본다[6] 가엾어라 열리지 않는 창(窓) 주먹 쥐어 징징 치니 날을 기식(氣息)도 없이 네 벽(壁)이 도리어 날개와 떤다[7] 해발(海拔) 오천(五千) 척(呎) 위에 떠도는 한 조각 비 맞은 환상(幻想)[8] 호흡(呼吸)하노라 서툴리 붙어 있는 이 자재화(自在畵)[9] 한 폭(幅)[10]은 활활 불피워 담기어 있는 이상스런 계절(季節)이 몹시 부러웁다[11] 날개가 찢어진 채 검은 눈을 잔나비처럼 뜨지나 않을까 무서워라[12] 구름이 다시 유리에 바위처럼 부서지며 별도 휩쓸려내려가 산(山) 아래 어느 마을 위에 총총하뇨[13] 백화(白樺)[14] 숲 희부옇게 어정거리는 절정(絶頂) 부유스름하기 황혼(黃昏) 같은 밤.

등피

자작나무숲

1) 억압받는 삶에서 벗어나 완전한 자유를 구가하고자 하는 의지가 읽힌다. 이는 결국 이 산장의 삶이 절대적 휴식과 안정의 회구에서 비롯된 것임을 의미한다. 「황마차」에서 '가고 싶어 따뜻한 화롯가를 찾아가고 싶어' 라고 했던 바로 그 동경의 공간이 이곳이라는 해석도 가능하다.

2) 새록새록. 새로운 일이나 물건이 잇달아 생기거나 나오는 모양을 지칭하지만, 이 시에서는 시인의 마음이 자유롭고 새롭고 밝게 펼쳐지는 것을 드러낸다. '시키지 않은 일을 서둘러 하는' 시인의 마음은 자유롭고 의지적이다.

3) 난로의 불꽃과 등의 불꽃과 '카렌다' 의 휴일 날짜 표시의 붉은 빛깔에서 자유자재한 마음의 움직임과 함께 펼쳐지는 생명력이 강하게 느껴진다.

4) 다음날 이어질 산행을 암시하는 대목으로, 화자는 산장에서 밤을 지낼 준비를 하고 있다.

5) 산장의 밤이 시계 소리가 크게 들릴 정도로 고요 속에 깊어 가고 있다.

6) 드뉘다. 낮게 드리워 움직이다.

7) 갑자기 날씨가 변덕을 부려 구름이 낮게 깔리고 비가 내리는 모습을 청각적으로 표현하고 있다.

8) 비가 내리는 밤, 늦가을 산장 유리창에 나비가 나타나 있다. 이 '유리창에 붙은 나비' 의 이미지는 「유리창」의 '언날개를 퍼덕이는 산새' 의 이미지와, 「비」의 '누가 나의 쭉지를 편으로 창살에 꽂아' 둔 나비의 이미지와 연관성을 갖는 것으로 보인다. 자신의 불안한 내면을 환상적으로 처리한 솜씨가 돋보인다.

9) 화자는 주먹을 쥐어 유리창을 두드리지만 나비는 미동도 없고 오히려 치는 주먹에 방안의 네 벽이 흔들린다. 시적 화자는 이내 그것이 나비가 아니라는 것을 알아차린다. 인적이 없는 깊은 산장에서 구름이 흩어져 비를 뿌리고 그것이 유리창에 하나의 '나비' 환상을 만들어 낸다. 이를 '해발(海拔) 오천(五千) 척(呎) 위에 떠도는 한 조각 비 맞은 환상(幻想)' 이라 한 것이다.

10) '한 조각 비 맞은 환상' 은 '자재화 한 폭' 으로 변주된다. 자신의 내면을 유리창에 펼쳐 둔 자재화 한 폭으로 설정한 상상력과 이미지의 비약이 놀랍다. '자재화' 는 '자, 컴퍼스, 분도기 따위의 기구를 쓰지 아니하고 손만으로 그리는 그림' 으로 사생화, 상상화 따위를 가리킨다.

11) 창밖에 붙어 있는 나비(환상, 자재화)가 창을 통해 방안의 정경을 들여다보고 있다. '나비' 는 자신의 내면과 마주한 시인의 모습이다. 그것은 낯설기도 하고 부럽기도 한 시인의 혼란한 감정을 나타낸다. '나비' 가 본 방안의 풍경은 '이상스런 계절' 에 있고, 부러운 세계이기도 하다.

12) '날개가 찢어진' 나비는 날아갈 수 없는 존재다. 초월의식보다는 불안함과 두려움이 교차한 감정이 나타나 있다. 이 절에서 이 시에 노장사상이나 초월사상이 나타나 있다고 보기는 어렵다. 유리창에 투시된 자신의 불안한 마음의 풍경이 잘 드러나 있는 구절이다.

13) 하늘의 별들이 바람에 쓸리어 마을로 내려가 총총하게 빛나고 있다. 시간의 경과(밤이 깊어졌음)를 공간화한 구절이다.

14) '자작나무'는 북방의 깊은 산에서 자라는 나무로 껍질이 흰색이다. 이 흰색의 껍질 때문에 어둠의 숲이 희부옇게 빛을 발산하고 있다. 별이 마을로 다 내려간 뒤의 숲의 어둠을 걷어 '부유스름하기 황혼 같은 밤'의 분위기와 조응을 이룬다.

정지용의 후기 시는 산문시의 형식을 띠고 있으며, '바다'가 주를 이루었던 초기 시들과는 달리 주요 공간으로 '산'이 나타난다고 평가된다. 「나비」는 「장수산」, 「백록담」 연작, 「호랑나비」 등과 함께 이러한 특징을 보여 주는 시다. 이 시들은, 대체로 근대적이고 도시적인 삶의 일상들에서 포착된 섬세한 감각들을 보여 주던 이전의 시들과는 주제면이나 형식면에서 차이를 지닌다.

정지용의 후기 시들을 '노장사상' 혹은 '동양사상'으로의 회귀라고 지적하는 평자도 있으나, 그가 다른 시들에서 집요하게 탐색했던 주제들에서 완전히 탈피한 것은 아니었다. 「유리창」1·2, 「황마차」나 「아스팔트」에서 시적 화자가 그린 '동경'의 시선이 이들 후기 시에서도 그대로 나타나 있다.

이 시에서도 '유리창'의 이미지가 포착되어 있는데 '유리창'이 갖는 상징적 의미에 대해 이전의 시들과 비교해서 읽는 것도 재미있는 독법이 되겠다.

나와 세계를 만나는 시읽기

정지용 시에서 주로 나타나는 정서는 '우울'이었다. 우울은 근대적 삶의 공간에서 느끼는 소외의 감정이다. 그런데 「나비」에서는 그러한 우울이 절대적 고요와 휴식의 세계 속에서 변형되어 나타난다. 시인의 내면을 들여다보는 일종의 투시경으로서의 '유리창'의 이미지와, 유유함과 적막의 공간으로서의 '산'이 등장한다. 삶에 대한 초월이나 관조의 자세보다는 우울의 정서가 지배적이라는 점에서 '노장사상으로의 회귀'라고 단정하기는 어렵다.

「나비」에서 시인은 여전히 어떤 정신적 초조감과 일상적 불안감에 놓여 있다. 절대적 휴식과 무념무상의 절정의 공간인 '산장'에서조차 특유의 '유유자적함'을 누리지 못하고 있다. 이 같은 시인의 내면은 일제 말기의 정지용의 삶과 연관지어 추정해 볼 수 있겠다.

'시키지 않은 일이 서둘러 하고 싶기에' 라는 구절을 중심으로 「나비」의 역사적 의미를 읽어 보자.

    '시키지 않은 일' 은 강제성과 억압으로부터의 어떤 해방의 의미를 띠고 있다. 이는 그 동안의 강제된 일과 억압적인 어떤 상황에 대한 인상을 강하게 반항하는 구절이기도 하다. 이를 시대적인 상황과 관련짓는다면, 일제 강점기의 지식인의 삶의 태도를 생각할 수 있다.

    정지용 같은 시인이자 지식인들은 일제시대를 헤쳐 나가기가 쉽지 않았을 것이다. 특히 1930년대 중반기 이후 일제의 강압정책은 절정에 달해서 조선어 사용 금지라는 극도의 언어 정책을 편다. 1940년 8월 10일에는 조선어 작품 발표 매체의 중요한 수단이 되는『조선일보』, 『동아일보』 등의 민간지와 잡지 등을 폐간해 버린다. 결국 문인들은 작품을 발표할 수 있는 통로를 잃어버리게 되는 것이다.

    이 시기에 정지용을 비롯한 조선의 대부분 시인, 소설가, 문필가들은 한순간에 글과 말을 잃고, 발표 매체를 잃고, 문인으로서의 존재 이유를 잃게 되었다. 몇몇 문인들은 결국 일본어 글쓰기를 강요당하면서 일본어로 작품 활동을 강요당하는 지경에까지 이르고 이를 통해 친일 논리를 본격적으로 펴 나가기도 한다.

    '시키지 않은 일이 서둘러 하고 싶기에' 라는 말 속에는 이 같은 일제시대 지식인들이 겪은 다양한 형태의 억압적이고 모순적인 삶의 양태들이 암시적으로 드러나 있다. 산장에 들어와서 남이 시키는 일이 아닌 자신이 하고 싶은 일을 할 수 있다는 그 자유자재한 마음의 여유는 얼마나 시인을 황홀하게 했을 것인가. 그래서 '서둘러' 서 기쁨에 넘쳐 설레는 마음으로 시인은 '그 일' 을 하고 싶은 것이다.

    '난로에 싱싱한 물푸레 갈아 지피고, 등피 호호 갈아 끼워 심지 돋우고, 내일 산행을 점검하면서 카렌다 날짜를 헤아려 보' 는 일은, 억압적이고 강제적인 일들과 얼마나 다른 것이었을까. 시인의 자유로움과 설렘이 가슴 가득히 느껴지는 구절이다.

통합논술 Q & A

다음은 정지용이 해방 후에 쓴 수필의 한 구절이며, 그 다음은『일제말기 한국작가의 일본어 글쓰기론』에 실린 이광수에 관한 한 일본인 문인의 회상이다. 이를 읽고 일제 말기 문인들의 삶에 대해 생각해 보자.

정지용의 수필

『백록담(白鹿潭)』을 내놓은 시절이 내가 가장 정신이나 육체로 피폐한 때다. 여러 가지로 남이나 내가 내 자신의 피폐한 원인을 지적할 수 있었겠으나 결국은 환경과 생활 때문에 그렇게 된 것이었다.

그러나 모든 것을 환경과 생활에 책임을 돌리고 돌아앉는 것을 나는 고사하고 누가 동정하랴? 생활과 환경도 어느 정도로 극복할 수 있는 것이겠는데 친일도 배일도 못한 나는 산수(山水)에 숨지 못하고 들에서 호미도 잡지 못하였다. 그래도 버릴 수 없어 시를 이어 온 것인데 이 이상은 소위 『국민문학(國民文學)』에 협력하던지 그렇지 않고서는 조선시를 쓴다는 것만으로도 신변의 협위를 당하게 된 것이었다.

일제 경찰은 고사하고 문인협회에 모였던 조선인 문사배(文士輩)에게 협박과 곤욕을 받았던 것이니 끝까지 버티어 보려고 한 것은 그래도 소수 비정치성의 예술파뿐이요 프롤레타리아 예술파는 그 이전에 탄압으로 잠적하여 버린 것이니 당시의 비정치적 예술파를 자본주의의 무슨 보호나 받아 온 것처럼 비난한 것은 심히 부당한 일이었다.

위축된 정신이나마 정신이 조선의 자연풍토와 조선인적 정서 감정과 최후로 언어 문자를 고수하였던 것이요, 정치감각과 투쟁의욕을 시에 집중시키기에는 일경(日警)의 총검을 대항하여야 하였고 또 예술인 그 자신도 무력한 인테리 소시민층이었던 까닭이다.

그러니까 당시의 비정치성의 예술파가 적극적으로 무슨 크고 놀라운 일을 한 것이 아니라 소극적이나마 어찌할 수 없는 위축된 업적을 남긴 것이니 문학사에서 이것을 수용하기에 구태여 인색히 굴 까닭은 없을까 한다.

—「조선 시의 반성」, 일부

하미다 하야오 글

나라(奈良) 호텔의 두 번째 밤이었다. 춥기에 바에 가니까 지난 밤에 왔던 가와카미 데쓰타로 씨가 있었다. 옆에는 이광수 씨와 구사노 신페이(草野心平) 씨가 앉아 있었다.

무심코 들어갔더니, 어젯밤과는 공기가 달랐음이 느껴지자마자 구사노 씨가 이광수 씨에 대하여 하는 뱃속 깊은 곳에서 나오는 소리가 들렸다. 그것은 이광수 씨에의 격한 비난이며 그것도 눈물을 흘리는 그런 것이었다.

나는 서먹하여 떠나려 했지만 가와카미 씨의 권유로 의자에 앉아 잠자코 듣고 있었다. 이씨에 대해 구사노 씨와 가와카미 씨가 비판을 가하고 있었다. 이전의 사정은 알지 못하나 반도 작가로서의 괴로움을 우연히 누설한 일에서, 그러한 괴로움을 내세워 어쩌겠다는 것인가. 문학의 괴로움이란 이런 것이 아니다, 라고 야단치고 있는 것처럼 보였다.

나는 여기서 그 논의를 적고자 하지 않는다. 단지 조선 문학의 창시자인 이광수 씨와 평론가 가와카미 씨와 시인이자 난징 정부의 문화공작에 임한 구사노 씨가 정색을 하고 자기를 모조리

딜어 내고 있는 그 진지함에 감동되었음을 고백하고 싶은 것이다.

— 「대회의 인상」, 『文藝春秋』, 1942. 12, 21쪽

가와무라 마나토의 글

이름을 바꾸고, 말을 바꾸고, 이민족의 낯선 고장의 신을 섬기는 신전에 머리를 조아리고, 침략하여 식민지 지배를 하고 있는 나라의 왕의 궁성을 요배하며, 그리하여 그 왕의 인자함을 말로써 할 수 있는 데까지 칭송하고 있다. 그러한 스케줄을 거쳐 온 이민족의 문학자가 술좌석에서 '반도 작가로서의 괴로움'을 입 밖으로 내었음이란 오히려 당연하지 않았을까. 거기에다 대고 그 따위 괴로움을 토로해서 어쩌겠다는 것인가라고 공격하는 일본 문학자야말로 문학자의 이름에 값하지 않는, 델러커시(신중함)가 없음이다. 아니 신중함의 없음이라는 온건한 표현이 아니라 차라리 범죄적인지도 모른다. 그들은 이민족의 문학자들의 그 '내면'을 검열하고 감시하는 검열관, 스파이 몫을 했던 것이다. 적어도 일본인을 제외한 중국, 만주, 몽골, 조선, 대만의 대표자들은 일본어만을 사용 언어로 한, 일본어에의 통역은 있어도 그 거꾸로는 없었던, 이들 이향의 세레모니에 내심으로는 진절머리가 났으리라. 동상이몽의 여행이 도쿄, 이세, 교토, 나라에로 이어져 있었다.

— 「만주붕괴」, 13쪽

일제 말기 문인들의 삶을 친일이냐 배일이냐, 침묵이냐 도피냐 규정하는 것은 단순한 가치 판단일 수 있다. 천황에 대한 충성과 대동아사상을 누구보다 열심히 선전했던 이광수는 '광적인 친일분자'로 규정된 적도 있다.

그러나 이광수 또한 그 내면에는 '반도작가로서의 괴로움'을 떨칠 수는 없었던 것 같다. 이민족(일본)의 낯선 신을 섬기고 신전에 머리를 조아리고 식민지 지배를 하고 있는 나라의 왕의 궁성을 요배해야 하는 이 현실 앞에 '광적인 친일분자' 이광수 또한 자유로울 수 없었다. 더욱이 그는 계몽주의적이고 민족주의적인 시각으로 우리 근대 문학을 개척했던 조선의 대표적인 문인이었다.

그런 이광수가 자신의 희생으로 '전 조선 민족을 구한다'는 명제를 걸고 점차 친일의 길로 들어서게 된 것이다. 그렇지만, 그는 만주인, 일본인, 대만인, 몽골인 등의 문인들이 모인 술자리에서 그 괴로움을 어쩌지 못하고 토로하고 있는 것이다. 이광수는 오히려 문학의 전면에 나섬으로써 결국 친일의 길로 빠져들게 되는 한 예를 보여 준다.

이광수의 경우, 친일이냐 아니냐의 문제를 떠나 그의 삶을 살펴본다면, 계몽적 지식인이자 사상가이기도 했던 한 문인이 망국의 현실에서 어떻게 자신의 삶을 정립해 갔는가를 보여 준다는 점에서 시사적이라 하겠다.

정지용의 글은 '친일도 배일도 못한' 상황에서 겨우 시 몇 편을 지으면서 일제 말기를 지낸 시인의 자괴감을 드러낸다. 일제 말기로 가면 조선어로 된 시를 쓴다는 것 자체가 신변의 위협을 당하던 상황에서 조선 시인들이 선택할 수 있는 것은 거의 없었다. 친일문학잡지인 『국민문학』에 일본어로 된 시를 발표하든지 아니면 호미를 들고 밭을 갈든지(생활인이 되든지), 아니

면 산수에 숨어서 시를 쓰지 않고 침묵하는 것뿐이었다는 것이다. 그나마 끝까지 버틴 문인들은 소수 비정치성의 예술파 문인들이었다는 것이 정지용의 주장이다. 그들은 신변의 위협을 느끼면서 겨우 몇 편의 비정치적인 시를 쓸 수 있었다. 그것은 위축된 조선의 정신이기는 하지만 조선의 자연 풍토와 정서 감정과 언어 문자를 고수하는 방법이었다는 점에서 과소평가할 수 있는 것이 아니었다.

이 점에서 일제시대 말기의 비정치적인 경향을 띤 일군의 문인들의 문학 행위는 가치 있는 것이다. 그것은 우리말을 지키는 최후의 보루로서 그들 존재의 의미를 그 자체 내에 가지는 것이라 할 수 있다.

망향(望鄉)

노천명

1912~1957 | 황해도 장연 출생 1930년 진명여고보 졸업 1934년 이화여자전문학교 영문학과 졸업, 재학 중 『신동아』에 「밤의 찬미」 발표, 『조선중앙일보』 학예부 기자 1935년 『시원』 동인 1950년 조선문학가동 맹에 관여한 혐의로 9·28 수복 후 투옥 1951년 출감 1955년 서라벌예술대학 출강, 이화여자대학 출판 부 근무

시집으로 『산호림』(1938), 『창변』(1945) 등이 있음

망향(望鄉)¹⁾

언제든 가리라.
마지막엔 돌아가리라.
목화꽃이 고운 내 고향으로

아이들이 하눌타리 따는 길머리론
학림사 가는 달구지가 조을며 지나가고²⁾

등잔 심지를 돋우며 돋우며
딸에게 편지 쓰는 어머니도 있었다.

둥굴레 산에 올라 무릇³⁾을 캐고
활나물 장구채 범부채를 뜯던 소녀들은
말끝마다 꽈 소리를 찾고⁴⁾

개암쌀을 까며 소년들은
금방망이 놓고 간 도깨비 얘길 즐겼다.

목사가 없는 교회당
회당지기 전도사가 강도상을 치며 설교하던 촌⁵⁾
그 마을이 문득 그리워
아라비아서 온 반마(斑馬)처럼 향수에 잠기는 날이 있다.⁶⁾

언제든 가리 나중엔 고향 가 살다 죽으리

모밀꽃이 하이얗게 피는 촌
조밥과 수수엿이 맛있는 고을
나뭇짐에 함박꽃을 꺾어오던 총각들
서울 구경이 소원이더니
차를 타보지 못한 채 마을을 지키겠네.[7]

무릇, 범부채, 장구채

꿈이면 보는 낯익은 동리
우거진 덤불에서
찔레순을 꺾다 나면 꿈이었다.

〈『인문평론』, 1940. 6〉

1) '고향' 으로 표기한 경우도 있으나 '망향' 이 처음 발표할 때의 제목이다. 1930년 대 말에 두드러진 주제 즉 '향수, 귀향의식, 실향의식' 등과 관련지어 감상할 수 있다.

2) 달구지가 느릿느릿 지나가는 모습을 그리고 있다. 느리게 지나가는 달구지의 모습은 영원의 시간을 통과해 나가는 듯하며, 평화로움과 고적함을 동시에 거느린다. 기억 속의 풍경이기에 환상적이면서도 아련한 느낌을 준다.

3) 줄기와 잎을 조려 먹는 구황식물이다.

4) 소녀들이 옹기종기 모여 산나물을 뜯는 아름다운 장면이다. 노천명은 자신의 수필 한 구절에서 봄에 산나물 을 뜯으러 갔던 시절의 '행복' 에 대해 말한 바 있다.

"원추리며 접중화는 산소의 언저리에 많이 나는 법이겠다. 봄이 되면 할미꽃이 제일 먼저 피는데 이것도 또한 웬일인지 무덤들 옆에서 많이 핀다. 바구니를 가지고 산으로 나물을 뜯으러 가던 그 시절이 얼마나 행복했는지 그 당시에는 느끼지 못했던 일이다. 예쁜이, 섭섭이, 확실이, 넷째는 모두 다 내 나물 동무들이었다. 활나물, 고 사리 같은 것은 깊은 산으로 들어가야만 꺾을 수가 있다. 뱀이 무섭다고 하는 나한테 섭섭이는 부지런히 칡순을 꺾어서 내 머리에다 갈아 꽂아주며, 이것을 꽂고 다니면 뱀이 못 달려든다는 것이었다."

— 노천명, 「산나물」 중에서

5) 시골 마을의 아주 작은 교회이기에 목사가 없다. 목사를 대신해서 전도사가 강도(講道)상을 치며 열변하는 모습이 재미있게 그려져 있다.

6) 이 작품에서 시인이 그리고 있는 고향은 순수하고 소박한 듯하지만, 사실은 모던하고 이국적이다. 얼룩말을 가리키는 '반마' 나 '아라비아' 라는 말에서 그러한 풍취를 느낄 수 있다. 일제시대 당시에도 서울에서 해주, 장 연까지의 길이 그리 멀지는 않았음에도 시인은 고향을 먼 이국처럼 그리고 있다. 멀고 먼 이국이어서 갈 수 없는 곳, 그러기에 고향은 시인이 꿈에서나 볼 수 있는 일종의 황홀경의 환상에 지나지 않는다. 이어지는 연에서 시인 은 '언제든 고향에 가서 살다 죽겠다' 고 절절하게 말하지만, 마지막 연에서 보듯, 그것은 '우거진 덤불에서 찔레 순을 꺾는 꿈' , 곧 꿈을 통해서만 가능한 것이다.

7) 멋쟁이 총각들은 서울과 도회를 동경하지만 그 꿈을 이루지 못한 채 마을을 지키며 늙어 가고 있을 것이다.

다시보는 시인 & 시세계

「망향」은 노천명이 1940년 『인문평론』 6월호에 발표한 시다. 1940년이면 흔히 말하는 일제 암흑기에 해당한다. 1940년 『조선일보』, 『동아일보』가 폐간되고, 1941년에는 일제 말기 우리 잡지의 양 날개를 이루고 있던 『문장』이 폐간된다. 『문장』과 다른 하나의 날개였던 『인문평론』은 『국민문학』으로 바뀐다. 곧 『국민문학』은 한국어 반 일본어 반의 친일잡지가 된다.

우리말을 더 이상 쓸 수 없게 되자 모든 언어의 저장물이자 기록물이며 정신의 유산인 문학 행위는 거의 불가능하게 된다. 그래서인지, 1930년대 말경 두드러지게 나타나는 주제는 '고향 탐색' 혹은 '망향, 실향의식' 이다. 언뜻 떠올려도 이 시대는 전원을 그리는 시들이 많이 나왔던 때다. 신석정의 「그 먼나라를 알으십니까」(1939)나, '왜 사냐건 웃지요' 라는 구절로 유명해진 김상용의 「남으로 창을 내겠소」(1934)도 이때 나왔다. 윤동주의 「별 헤는 밤」(1941)도 실은 고향과 유년의 기억에 관한 시라는 점에서 이 같은 시대정신이 반영되어 있다고 할 수 있다. 백석, 오장환, 이용악, 정지용의 시들도 대부분 고향을 그리거나 귀향의식을 보이거나 실향의식을 드러내는데, 1930년대 말기의 시대정신은 결국 '귀향의식', '망향의식' 의 테두리 내에서 설명할 수 있을 것이다. '고향! 언제든 돌아가리, 돌아가서 죽으리, 죽어서 그곳에 묻히리.' 라고 시인은 읊었다. 그러나 노천명은 결코 고향 장연에 돌아갈 수 없었다. 6 · 25가 났다. 그 사이에 노천명은 부역과 그로 인한 수형 생활을 하게 된다. 그리고 분단을 맞게 된다. 1957년 6월 16일, 그는 겨우 마흔다섯의 나이로 혼자 쓸쓸하게 삶을 마감한다. '노천명' 하면 떠올려지는 '고독'과 '향수'가 이 시에도 여전히 살아 있는지 살펴보는 것도 재미있는 독법이 되겠다.

나와 세계를 만나는 시읽기

노천명은 당대의 최고 엘리트 여성이었다. 고향은 황해도 장연이지만 서울에서 여학교를 다녔고, 조선일보, 매일신보 등에서 기자 생활을 하기도 했다. 그런데 이 화려한 도시 신여성이 이 시에서 시골 장연의 고향 풍경을 그리고 있다. 고졸하고 소박한 고향 풍경이 그에게 그리운 이유는 무엇인가.

고향은 무엇인가. 본질적인 것, 근원적인 것, 모태적인 것을 이른다. '실향' 혹은 '망향'은 그 순수 본질을 잃었다, 훼손당했다는 의미를 포함한다. 이 시대 '실향의식'은 '국권 상실 의식'을 대체해 놓은 것이라는 평자들의 견해를 참조하자. '시대적 의미'가 이 망향의식에 배어 있다는 뜻이다. 그런 이유로 당시 망향, 고향, 실향의 주제들은 독자들에게 아주 짙고 깊숙한 정서적 효과를 주게 된다. 물론 고향의식이 일본이 식민지 정책을 강화하기 위해 내건 '조선주의, 향토주의' 의 연장선상에 있었다는 비판도 가능하지만, 그보다는, 당시 독자들에게 '고향'을 담은 시들이 보다 강력한 실감으로 다가왔다고 보는 편이 나을 것이다. 이는 일제 말기의 시대정신과도 통해 있었다고 볼 수 있다.

황해도 장연의 풍속이나 습속이 「망향」에 어떻게 묘사되었는지를 살펴보고, 이 시의 풍경에 대한 느낌을 말해 보자.

시인은 자신의 고향인 황해도 장연의 자연 풍경을 묘사하면서, 그 풍경 속에서 자연과 하나가 된 인간의 모습을 그리고 있다. 장연은 목화로 유명하다. 봄에 피는 목화꽃과 메밀꽃이 어우러져 피어 있는 풍경은 장관을 이룬다. 이런 풍경들 사이로 아련하게 떠오르는 기억을 시인은 그리고 있다. 달구지가 느릿느릿 영원의 시간을 통과해 가듯 학림사를 지나간다. 졸음에 겨워하는 소의 발걸음이 보이는 듯하다. 도무지 바쁜 것이라곤 없는 평화로운 풍경이다. 학림사는 눌지왕 때 아도화상이 창건한 유명한 사찰로, 건물은 6.25 때 불타 대부분 소실되고 현재는 5층 석탑과 사적비만 남아 있다고 한다. 그러나 노천명이 살던 시대에는 유명한 명승지였다. 소가 달구지를 끄는 풍경은 흔한 것인데도, 아련하면서도 환상적으로 느껴진다. 노천명의 기억 속 풍경이기 때문일 것이다.

노천명의 시집 『창변』에도 이 시가 실려 있는데, 그 다음 대목으로 '대낮에 잔내비가 우는 산골'이 추가되어 있다. 환상적인 측면이 더 강해진 것이다. 거기에 이 지방 특유의 습속들이 그려진다. 소녀들이 나물을 따면서 '꽈' 소리를 찾는 것은 장연의 특이한 풍속인 듯하다. 소년들은 개암쌀을 까먹으며 도깨비 이야기를 한다. 너무나 작은 마을 교회에는 목사가 없다. 전도사가 목사를 대신해 강도상을 치며 열변하는 모습도 재미있다. 나뭇짐에 함박꽃을 꺾어 지게를 장식할 줄도 아는 멋쟁이 총각들도 있다. 그들은 서울 구경이 소원이지만, 차 한 번 타지 못한 채 마을을 지키며 늙어 간다. 고향이란 무릇 정지된 시간, 끊어진 필름의 한 조각처럼 순간으로만 존재하는 것이다. 그러기에 고향은 거기 그 시간에 그대로 정지해 있다. 기억 속의 고향은 변화나 발전을 거부한다. 변화무쌍하게 발전해 가는 고향은 이미 추억이나 향수의 대상이 아닌 것이다.

노천명이 이 시에서 그리고 있는 고향은 순수하고 소박한 듯하지만 사실은 모던하고 이국적이다. 노천명은 여학교를 나오고 신문기자 생활을 했으며 시인으로 활동했던 당대의 최고 엘리트였다. 신여성이 '고향'과 '전통'을 말한다는 것은 특이한 것이다. '아라비아서 온 반마처럼 향수에 잠긴다'는 표현에 주목해 보자. '반마'는 얼룩말을 가리킨다. '아라비아, 반마'라는 말에서 이국적인 풍취가 난다. 일제시대 경성(서울)에서 해주는 그렇게 먼 길은 아니었을 것이다. 해주에서 장연까지의 길도 비교적 가까웠을 것이다. 그러나 시인은 고향을 먼 이국처럼 그리고 있다. 멀고 먼 이국이어서 갈 수 없는 곳, 그러기에 고향은 꿈에서나 보는 황홀경에 지나지 않는다. '우거진 덤불에서 찔레순을 꺾다 나면 꿈이었다'고 마지막에 쓰고 있다. 언제든 돌아가리, 돌아가서 죽으리, 죽어서 그곳에 묻히리라는 시인의 내면이 참 절절하지만 거기에는 꼭 불가능할 것 같은 비극성이 내재되어 있다.

1930년대 시인들에게 고향은 물리적인 공간이 아니라 심리적인 공간이었던 것이다. 도달하기 불가한 것. 그러기에 고향의식이 상실의식으로 바로 전이되었던 것이다.

통합논술 Q & A

인간은 왜 고향에 갈 수 없는가. '고향'이 갖는 의미를 다양한 척도를 통해 고찰해 보자. 자신의 독서 체험을 통해서나, 현실적이고 시사적인 측면에서도 생각해 보자.

왜 고향이 그리운가. 쉽게 가지 못하기 때문이다. 공간적으로 멀리 있어서, 물리적으로 차단되어 있어서, 심리적으로 갈 수 없어서, 그리고 마지막으로는 존재론적으로 격리되어 버려서일 것이다. 대처에 공부하러 왔거나, 돈 벌러 온 경우, 학업을 다 마치고, 혹은 돈을 많이 벌어서야 가겠다는 결의가 고향행을 머뭇거리게 한다. 정치적인 제약 때문에 갈 수 없는 경우도 있다. 유배자들이나 망명자들이 이에 속할 것이다. 북한을 떠나 온 실향민들이나 탈북자들도 그러하다.

고향과 인간이 물리적으로 차단되는 경우는 근대화의 한 풍경 속에서 '고향'이 사라졌기 때문이다. 산업화나 개발 논리, 예컨대 댐 건설 등으로 고향을 잃는 경우도 있다. 일제시대 현진건의 「고향」이나 1970년대 황석영의 「객지」가 보여 주었던 세계가 여기에 속한다. 대학을 가기 위해 자신의 고향인 벽촌을 탈출할 수 있었던 자들은 대학 교육을 받고 도시 생활에 익숙해진다. 대학 교육을 받고 도시인으로 살아가면서 점차 '신분상승'을 하려는 찰나에 있는 지식인들에게, 자기 탯줄을 끊은 고향은 가난하고 볼품없었던 지난 흔적과 같은 것이어서 지극한 부끄러움의 대상이 된다. 심리적으로 고향은 결코 돌아갈 수 없는 존재가 되어 버린다. 씻어 버리고 싶은 자신의 흔적인 것이다. 이청준의 「눈길」의 주인공은 그래서 갈등하고 고민한다.

무엇보다 인간이 견디기 힘든 것은 시간에 의해 부식당하는 고향이라고 하겠다. 이 경우는 실존적인 문제가 개입된다. 과거는 이제 돌아갈 수 없다. 고향은 과거의 흔적이나 추억의 형태로만 존재한다. 대부분의 성인들에게, 동심과 순수를 간직했던 자신의 유년 시절은 영원히 갈 수 없는 나라가 된다. 현재 훼손 상태에 있는 자신의 실존으로는 결코 다가갈 수 없는 세계인 것이다. 인간에게 유년의 고향은 영원히 갈 수 없는 과거의 것, 혹은 도달할 수 없는 것이며 동경의 형식으로만 존재한다는 낭만주의자들의 고향도 비슷한 맥락에 있다.

대부분의 사람들이 이 '고향 상실'의 항목 중 한두 개에는 해당될 것이다. '고향의식'은 인간에게 보편적으로 존재할 수 있는 것이다. 상실했으되 동경한다는 점에서, '고향의식'은 '상실의식'이자 '망향의식'이며 동시에 '귀향의식'인 것이다.

62 「망향」에서 각종 야생화나 식물 이름, 나물 이름은 대부분 순수한 우리말로 된 것들이다. 이것이 갖는 의미를 말해 보자.

시인은 '둥굴레 산'에 아무렇게나 피어 있을 야생화 이름을 열거하고 있다. 무릇, 활나물, 장구채, 범부채 같은 이름을 읊조릴 때 이 시가 갖는 정서적 효과는 더욱 배가된다. 1945년에 펴낸 시집 『창변』에는, 여기에, '접중화, 싱아, 뻐꾹채, 마주재, 기록이, 도라지, 체니곰방대, 곰취, 참두릅, 개두릅' 같은 것들이 더 추가되어 있다.

고향 상실 의식은 일제 말기의 민족적 시련과 쉽게 동화되어 시인들에게 내면화된다. 이는 이 시대 시인들에게 고향을 읊는 것이 왜 문제인가 하는 것을 말해 준다. 그리고 왜 우리말로 된 이 시들이 암흑기를 통과해 나가면서 우리의 귀중한 정신적 유산이 되는가를 말해 준다. 이렇게 아름다운 우리말은 하나의 정신적 풍경을 이루고 있고 그 속에서 혼과 생명을 뿜어내고 있다. 저 수많은 야생화, 토종 초목들의 이름을 떠올리는 것만으로도 공동체의 삶 속에 우리가 존재하고 있는 듯 느껴진다. 그것은 논리의 문제가 아니라 정서적인 문제이며, 민족적 삶의 심층적인 지대에 존재하는 내면적인 공감에 의한 것이다.

고향의 풍경 속에서 공동체적인 삶을 더불어 나누는 사람들, 소년, 소녀들, 총각들, 회당지기 목사의 얼굴에는 정서적인 친근감이 있다. 상상 속에서조차 그들은 우리의 이웃이라는 강렬한 유대감으로 묶여 있다. 그리고 끈끈히 이어지는 그 고향의 습속들을 생각해 보자.

일제시대 우리말로 된 문학은 그 자체로 정신적 유산이다. 『조선일보』, 『동아일보』 등의 신문이나, 『문장』 등의 잡지, 우리말로 된 모든 매체가 사라지고 난 뒤 작가들이 느꼈던 정신적 황폐감이 이를 반증해 주고 있다. 60여 년이 지난 지금도, 우리는 이 시를 읽고 심미적 체험과 아련한 향수와 감동에 젖는다. 60여 년 전의 그곳 고향 사람들과 혹은 그들의 조상들과 우리 사이에 단단한 끈이 이어져 있다는 것을 새삼 깨닫게 되는 것이다.

귀향의 노래

오장환

1918~ ? | 충청북도 보은 출생 1930년 안성보통학교 졸업 1931년 휘문고보 입학 1933년 『조선문학』에 시 「목욕간」을 발표하며 등단 1936년 『낭만』, 『시인부락』 동인 1937년 『자오선』 동인 1946년 조선문학가 동맹 맹원, 월북

시집으로 『성벽』(1937), 『헌사』(1939), 『병든 서울』(1946), 『나 사는 곳』(1947) 등이 있음

귀향의 노래

시를 읽는 독법

가슴속에 쌓인 분노가 기독교적이고 예언자적인 시선으로 점차 풀리면서 가열한 생의 의지로 변이되는 측면을 주목한다.

굴팜나무로 엮은 십자가[1], 이런 게 그리웠었다
일상 성내인 내 마음의 시꺼먼 뻘
썰물은 나날이 쓸어버린다
깊은 산밭에서 새벽녘에 들려오는 쇠북소리나
개굴창에 떠내려온 찔레꽃, 물에 배인 꽃향기.[2]

젊은이는 어데로 갔나, 성황당 옆에…… 찔레꽃 우거진 넌출 밑에 뱀이 잠
자는 동구 안 사내들은 노상 진한 밀주에 울고[3]
어쩌나, 이곳은 동무의 고향
밤그늘의 조금 따라 돛 단 어선들은 떠나갔느냐

가차운 바다 건너 작은 섬들은
먼 조상이 귀양가서 오지 않은 곳[4]
하늘을 바라보다 돌아오면서
해바라기 덜미에 꽂고
내 번듯이 웃음 웃는 머리 위에 후광을 보라

목수여! 사공이여! 미장이여! 열두 형제는 노란 꽃잎알[5]
해를 쫓는 두터운 화심(花心)에 피는 잎이니
피맺힌 발바닥으로 무연한 뻘을 지나서 오라.[6]

찔레꽃

〈『춘추』, 1941〉

1) 2연의 '머리 위의 후광', 3연의 '노란 꽃잎알' 등과 함께 기독교적인 상징으로, 시인의 속죄의식을 엿볼 수 있다. '이런 것이 그리웠다' 는 말속에서 시인이 자신의 삶의 방향성을 새롭게 설정하고자 하는 것을 알 수 있다.

2) '뻘' 은 아득하면서도 넓게 그리고 뻑뻑하게 펼쳐져 있다. '뻘' 의 이미지는 꽉 막혀 버린, 가혹하고 고통스러운 내면과 관계가 있다. 시인은 늘 무엇인가 '성내인' 상태에 있는 것이다. 그런데 이 마음의 '뻘' 을 '썰물' 이 쓸어가 버린다. 그 물결에는 새벽녘의 쇠북소리, 찔레꽃 향기가 잠겨 있다. 청아하게 울리는 북소리와 은은한 향기로 '뻘' (꽉 막힌 가슴)은 잠시 풀어진다.

3) 젊은이들은 어디로 갔는지 다들 보이지 않고, 어딘가에도 떠나지 못한 사내들만이 고향을 지킨다. 그들은 마치 삶의 전선에서 뒤쳐져 하릴없는 사내들로 보인다. 알 수 없는 분노와 체념을 밀주로 달래는 퇴락한 이들의 가슴에는 횅댕그래 찬바람이 분다.

4) 가까이 보이는 작은 섬들은 조상이 귀양 간 곳이라지만 실제로는 시인의 마음의 유배지와 같은 곳이다. 여기에 그려진 항구는 쇠락과 체념과 허무만이 존재하는 그런 곳이다.

5) '열두 형제' 는 예수의 열두 제자를 가리키며, 이를 해바라기의 꽃잎에 비유하고 있다. 베드로와 안드레아 형제, 그리고 야고보는 어부였으며, 도마는 목수였다.

6) 애상과 분노의 노래를 되풀이하는 것이 아니라 남보다 앞서 귀향의 노래를 부르려는 시인의 예언자적 모습을 볼 수 있다. 삶의 부조리함, 귀향이 불가능했던 현실적 조건 등과 같은 부정적인 상황을 무너뜨리려는 의지가 드러나 있다. 시인은 생명의 의지와 적극적인 힘이 실려 있는 귀향의 노래를 부르고 있다.

다시보는 시인 & 시세계

오장환은 1930년대 중반 무렵 등단한 시인들 중 악마적이고 퇴폐적인 시적 경향을 보여 특이한 존재로 주목받았다. 그는 서정주가 주간한 시인부락의 동인이었고, 김기림, 김광균 등과 교유하면서 모더니즘 문학의 세례를 받은 것으로도 알려져 있다. 전통 부정과 문명 비판, 인간의 육체에 대한 관심, 항구를 떠돌며 청춘의 비애와 울분을 토한 시적 편력, 절절한 고향의식, 그리고 해방공간에서의 계급문학 진영의 가담 및 월북 등은 그의 시가 단순한 한 가지 주제나 경향으로 모아질 수 없음을 말한 것이다.

『귀향의 노래』는 1941년 『춘추』지에 실렸던 시다. 비탄과 애상의 정서 가운데 힘이 느껴진다. 이 시에는 바다, 뻘, 섬, 항구와 같은 떠남과 돌아옴의 이미지가 있다.

나와 세계를 만나는 시읽기

'항구'는 떠나고 돌아오는 자들의 공간이다. 그러나 「귀향의 노래」에서 '항구'는 떠난 자들이 돌아오지 못하고 남은 자들은 떠나지 못하는 불모와 절망의 공간이다. 항구에 남아 '밀주'를 마시는 바다 사나이들의 가슴에는 휑댕그레 찬바람이 분다. 삶의 전선에서 뒤처진 사람들이 느끼는 신산하고 퇴락한 삶의 이미지다. 시인은 자신의 심정이 무연한(아득하게 넓은) 뻘과 같다고 말한다. 아득한 뻘밭의 이미지는 빽빽하고 암암한 분위기를 상기시키는데 이는 고난과 가혹함의 상징이다. 그러나 시인의 마지막 목소리는 이 뻘밭같이 꽉 막힌 삶을 부정한다. 시인은 '동무'들에게 피맺힌 발바닥으로 뻘밭을 건너오라고 외친다. 이는 자기의 외부를 향해 내뱉는 목소리기보다는 자기 내면을 향해 외치는 목소리다. 여기에서 시인의 순교자적 의지를 읽을 수 있다.

오장환의 시 중에 「고향 앞에서」라는 시가 있다. 이 시 제목이 암시하듯, 그는 고향 '가까운' 곳에는 갈 수 있었지만 실제로 귀향은 한 번도 이루어지지 않은 채 떠도는 삶을 살았다. 그러나 그는 점차 밤기차와 적막한 항구에서 느꼈던 애수와 우울과 분노가 범벅된 고독감을 퇴폐의 감정으로 녹여 간 것이 아니라 점차 그것을 통해서 어떤 방향성을 찾으려 한다. 그러한 내면을 이 「귀향의 노래」에서 느낄 수 있다.

그는 전고미증유(前古未曾有)인 억압적인 현실 가운데서 어떤 태도를 취하고자 했다. 그렇게 해서 씌어진 이 시는 남보다 먼저 부르는 예언자의 노래가 된다. 「귀향의 노래」에서는 '퇴폐의 시인'으로 알려진 오장환의 면모를 찾기 어렵다. 그보다는 기독교적 순교의식과 예언자적인 의지가 잘 살아 있다.

「귀향의 노래」에서 시인의 '귀향'이 가능하게 된 것은 무엇 때문인지 시상의 전개에 따라 구체적으로 서술하라.

　　오장환의 시는 애수와 고독, 그리고 신산함으로 가득 차 있지만 그 속에는 탐미적인 시선과 동경과 이상이 있다. 시인의 마음은 저 무연하게 펼쳐진 뻘밭처럼 꽉 막혔고 어둡다. 분노와 원죄의식으로 반죽된 마음의 뻘밭을 썰물이 와서 휩쓸고 간다. 원한을 썰물이 쓸어가 버린 것이다. 그 물결에는 새벽녘 쇠북소리가 잠겨 있고, 그것은 선지자의 목소리처럼 청아하게 울려 퍼진다. 물에 젖은 찔레꽃 향기도 은은하게 그려져 있는데, 그래서인지 뻘밭처럼 뒤엉켰던 분노와 고독이 잠시 마음의 자물쇠를 풀어 준다. 마음의 휴식을 얻은 것이다.

　　젊은이들은 다들 어디로 갔는지 보이지 않는다. 남아 있는 자들은 밀주에 몸을 녹이는 하릴없는 사내들이다. 그들은 삶을 체념한 채 술로 연명하고 있는 듯 보인다. 시인의 '동무'는 배를 타고 어디론가 떠났다. 저기 보이는 앞바다의 섬은 조상이 귀양 간 곳이라지만 실제로는 시인의 마음의 유배지와 다름없다. 섬을 떠나지 못한 사람들은 겨우 밀주를 마시면서 인생을 달래고, 떠난 사람들이 간 곳이 어디인지를 알지 못하는, 그런 사람들이 존재하는 곳이다. 그래서 시적 자아가 체념하는 것은 어쩌면 당연해 보인다. 그래서 귀향의 날짜를 헤아리는 것은 불가능하다.

　　뻘밭은 시인이 '무연하다'고 표현할 정도로 끝없이 펼쳐져 있다. 뻘밭의 저 끝지점에서 다른 한 지점까지 그 거리는 너무나 아득하다. 때문에 동무들의 귀향은 불가능해 보인다. 그러나 저 아득하게 펼쳐진 뻘밭을 발바닥에 피맺히듯 달려오는 것은 분명 모태적인 것, 귀향의 본능이라고 할 수 있다. 그 아득한 거리를 찰나로 관통하는 시인의 질주하는 상상력에서 자유의 의지가 느껴진다.

　　그런데 마지막 연에서 시인은 귀향의 노래를 부른다. 시인의 시선은 예언자의 시선이 된다. 앞서의 애상과 체념과 허무는 점차 소멸한다. 열두 형제는 예수의 열두 제자를 말하는 것이다. 시인은 그것을 해바라기의 열두 꽃잎에 비유한다. 이 종교적인 심성으로 시인은 비로소 남보다 앞서서 귀향의 노래를 부를 수 있게 된 것이다. 이는 귀향 자체가 불가능했던 현실과 그 현실의 폭압적 상황을 무너뜨리는 것과 같다. 그래서 시인은, '피맺힌 발바닥으로 무연한 뻘을 지나서 오'라고 말하는 것이다. '무연한 뻘밭을 달려오는' 고난의 어린양들에게서 귀향의 의지와 생명의 힘이 느껴진다. 시인의 예언자적 시선이 가열한 귀향의 노래를 부르게 했던 것이다.

「귀향의 노래」에서 '선인장'이 의미하는 것은 무엇인지 생각해 보자. 오장환의 전기적 사실을 찾아보고, 다음 글을 참조해서 서술해 보자.

오장환 시집 표지(이중섭 그림)

피맺힌 발로 무연한 백사지를 헤매이는 청년들이여! 숨막히는 열사 속에서 건강한 육신이
가시 돋구고, 몇 해석을 벌러 가슴이 무여질 듯 피어나오는 선인장의 빨간 꽃송이, 그 빨간 꽃
송이의 꿈을 아끼지 않으려는가.

　　　　　　　　　　　　　　　　　　　－ 오장환, 「방황하는 시정신」(『인문평론』, 1940. 2) 중에서

　선인장은, 열사의 사막에서 온갖 모래 바람과 태양의 열기를 견디며 백 년 만에 꽃을 피운다
고 알려진 식물이다. 그래서 백년초(百年草)라고도 부른다. 날카로운 가시로 치장한 채 원색의
몽우리를 틔우는 이 농염한 꽃의 생명력은 무엇보다도 단 한 번의 화려한 성장을 위해 백 년을
준비하는 그 시간의 장엄함에 있다 할 것이다. 선인장에는 아름답고도 가열한 생명의 힘이 있
다. 오장환은 선인장이 꾸는 이 백 년의 꿈을 꾸었던 시인이었을 것이다.

　시인은 이 선인장 꽃을 통해 절망과 체념 대신 희망을 꿈꾸었다. 백 년 만에 한 번 피는 선인
장 꽃의 꿈을 시인은 품었던 것이다. 퇴폐적이고 병적으로 육체를 탐닉하고 데카당한 편력의
삶을 살았던 것으로 알려진 오장환의 이력을 떠올리면 참 의아한 느낌을 준다.

　일제 말기에 조선시단에 세 명의 신세대 시인들이 나타난다. 젊고 혈기에 가득 찬 그들은 오
만해 보일 정도로 자존심 또한 대단했다. 당시 시단은 이 젊은 신인들을 가리켜 '현시단의 삼
재(三才)'라고 불렀다. 그 세 시인이 바로 오장환, 서정주, 이용악이다. 이들 중 서정주를 제외
하고는 다 월북 작가가 된다.

　오장환의 시는 서정주나 이용악에 비해 특이한 점이 있었다. 그의 시는 보들레르풍의 퇴폐
성과 탐미적인 경향이 강했고 그러면서도 내적 생명력이 살아 있다고 평가된다. 오장환이 니
체를 사숙(私淑)한 이유도 크게 작용했을 것이다.

　1930년대 시인들은 여행을 자주 다녔다. 정지용, 백석, 김기림 등 내로라하는 시인들 대부
분이 여행을 즐겼고, 여행시를 많이 남겼다. 여행은 집, 땅, 고향으로부터의 멀어짐을 의미한
다. 무엇이 그들을 집 밖으로 내몰았는가 하는 것은 일제시대를 생각하면 얼른 이해되는 것이
기도 하다. 그들은 불행한 현실, 집, 땅, 고향을 떠난 자리에서 마음의 여유와 위안을 얻고자
했다.

　그런데 여행은 역설적으로 귀향의 의지나 향수를 읊조리게 만든다. 인간은 객창감에서 자
유롭지 못하다. 여행지로 향하자마자 집이, 땅이, 어머니와, 아내와, 남편이, 아이들이 그리워
진다. 그래서 1930년대에는 '고향시'가 많이 나왔다. 그런데 오장환은 특이하게도 향수를 달
래거나 귀향의 의지를 보이기보다는 애상과 우울과 고독과 방탕으로 가득 차면서도 탐미적인
경향의 작품들을 내놓았다. 그에게는 체질적인 방랑벽이 있었던 것이다. 퇴폐적 삶이 던져 주
는 달콤쌉쓰레함을 자신의 시적 정열에 관통시키는 맛을 즐기는 시인이었다. 그는 밤기차에
앉아 진한 커피를 마시면서 다른 아침과 다른 도시를 맞는 꿈을 꾸곤 했다.

　오장환이 밤기차를 타고 갔던 곳은 주로 항구였다. 거대한 무역선과 화려한 선착장이 있는
그런 이름난 항구가 아니라 매춘부와 아편쟁이와 실업자와 퇴역자들이 우글거리는 그런 항구
라는 것이 특이한 점이다. 신작로의 온갖 쓰레기와 먼지가 낯선 바람에 휘말려 가는 쓸쓸하고

적막한 항구가 그가 찾은 곳이다. 거기서 그는 주로 매춘부와 실업자를 만났고 또 같이 뿌리뽑힌 자로서의 연민과 동정을 그들과 나누게 된다. 항구란 떠나기 위해 돌아오는 곳이다. 정착민보다는 떠돌이의 신산한 삶이 퇴락한 거리를 지배하는 곳이다. 그래서 그의 고향은 '고독' 그 자체일 수밖에 없었고 그런 삶을 고스란히 담아낸 그의 시는 대부분 애상과 비탄으로 가득 찰 수밖에 없었다.

이 같은 인식은 산문 「방황하는 시정신」에 잘 나타나 있다. 그는, 설산에서 거리를 나다니며 고독과 싸우고 그로부터 고고한 정신성을 찾았던 니체의 짜라투스트라를 보고자 했다. 시인은 그것을 '꿈이자 숙명의 길이며 진실한 마음'이라 부른다. 그는 시대와 현실의 맨 앞에서 고난의 십자가를 짊어진 선지자의 목소리를 시에서 드러내고자 했다. 비록 항구를 편력하면서 귀향하지 못하고 떠돌았지만, 그의 고독과 방랑은 귀향 의지의 이면이었을 것이다. 산문에서 그는, "피맺힌 발로 무연한 백사지를 헤매이는 청년들이여! 숨막히는 열사 속에서 건강한 육신이 가시 돋구고, 몇 해씩을 별러 가슴이 무여질 듯 피어오르는 선인장의 빨간 꽃송이, 그 빨간 꽃송이의 꿈을 아끼지 않으려는가" 하고 말한다.

「귀향의 노래」는 바로 피맺힌 발로 뻘밭을 달려오는 바로 이 청년들의 영원한 노래, 정신 방랑의 가향(家鄕)이었던 것이다. 선인장 꽃은 백 년 만에 가슴이 무너질 듯 피어오른다. 그 벅찬 선인장 꽃의 꿈을 꾼 시인의 귀향 노래는 아름답고 의지적이다.

못

김기림

1908~ ? | 함경북도 성진 임명 출생. 본명 김인손 1921년 보성고보 중퇴 후 도일 1926년 일본 니혼대학
문학예술과 입학 1930년 졸업 후 조선일보사 입사 1930년 『조선일보』에 「간도기행」 등을 발표하며 등단
1933년 이효석 · 조용만 · 박태원 등과 구인회 창립 1935년 장시 「기상도」 발표 1936년 일본 도호쿠제국
대학(동북대학) 영문학과 입학 1945년 조선문학가동맹 가입 및 활동 1950년 6 · 25전쟁 중 납북, 1988년
사망한 것으로 추정

시집으로 『기상도』(1936), 『태양의 풍속』(1939), 『바다와 나비』(1946), 『새 노래』(1948) 등이 있음

못

시를 읽는 독법

못(丁, 澤)의 이중적 이미지가 주는 느낌을 살리면서 상징적 의미를 탐색해 본다.

모—든 빛나는 것 저 아롱진 것을 빨아 버리고
못은 아닌 밤중 지친 동자(瞳子)처럼 눈을 감았다[1]

못은 수풀 한복판에 뱀처럼 서렸다
뭇 호화로운 것 찬란한 것을 녹여 삼키고[2]

스스로 제 침묵에 놀라 소름친다
밑 모를 맑음에 저도 몰래 으슬거린다[3]

휩쓰는 어둠 속에서 날(刃)처럼 흘김은
빛과 빛깔이 녹아 엉키다 못해 식은 때문이다[4]

바람에 금이 가고 빗발에 뚫렸다가도
상한 곳 하나 없이 먼동을 바라본다[5]

〈『춘추』, 1941. 2〉

1) 밤중의 모든 사물이 보이지 않는 상황과 못이 모든 사물을 흡착해 버린 상황이 비교되어 있다. 모든 것이 소멸된 상황인데, 이는 한 역사의 소멸을 상징하는 것이기도 하다. 일제 말기의 어두운 삶이 암시적으로 드러난 구절이다. '지친 동자처럼 눈을 감았다'에서 역사에 대한 전망이 불가함을 알 수 있다.

2) 첫 연의 의미상의 반복이지만, '뱀처럼 서린' 구절에서 날카롭고 섬뜩한 시선이 느껴진다. 1연의 '눈을 감은' 못이 실제적으로는 '예리하고 섬뜩하게' 살아 있음을 암시하는 구절이다. 길고 구불구불한 뱀이 주는 인상 또한 끊이지 않고 이어지는 시간의식과 관계가 있다.

3) 침묵의 절대적 경지는 '외침'이나 절규가 주는 효과보다 내적으로 엄숙함과 장엄함을 가진다. 역사에 대한 예리한 시각의 이면이다. 침묵을 지키고 있는 '못'은 스스로 증언한다. '밑 모를 맑음'은 못의 순결성과 진정성이 생명력을 띠고 있음을 말하는 것이며 그러기에 '으슬거린다'. 이 '으슬거린다'는 말 속에 영원한 생명력을 지닌 '못'의 존재가 느껴진다. 시인은 스스로 침묵하면서도 살아 있는 못의 존재성을 부각시키면서 궁극적으로 역사의 전망을 말하고자 했던 것이라 할 수 있다.

4) 어둠 속에서 빛나는 '날'의 예리함을 '흘김'이라 표현한다. 차고 날카롭고 냉각된('식은') 이미지에서 못 丁과 못(潭)의 이중적 효과가 강화된다. 그래서 이 시가 '못 丁'을 의미한 것이라 언급한 글도 있다. 모든 찬란한 빛과 빛나고 아롱진 것(찬란한 역사)을 집어삼킨 '못'은 침묵하면서도, 저 스스로 맑은 정신을 유지하면서 예리하고 날카로운 시선을 버리지 않는다. 차고 냉각된 시각, 예언자적이고 지성적인 시각이 느껴진다.

5) 시인의 미래에 대한 전망은 낙관적이다. 바람에 금이 가고 '볕발'에 뚫려도 못은 상한 곳 하나 없다. 그 못은 '먼동'을 바라본다. 지성적인 통찰력을 가진 시인의 예언자적인 시선이 느껴지는 대목이다.

「요양원」(『조광』, 1939.9), 「공동묘지」(『인문평론』, 1939.10), 「흰 장미같이 잠드시다」(『인문평론』, 1940.4), 「못」(『춘추』, 1941.2), 「연륜」(『춘추』, 1942.5), 「청동」(『춘추』, 1942.5) 등이 일제 말기에 남긴 김기림의 시편들이다. 이 시편들은 공통된 특징이 있다. 이른바 '오전의 시'로서의 밝고 명랑한 성격을 상실하고 있다. 대신 침묵한 채 고여 있는 내면의 목소리가 어두운 상념을 뚫고 솟아나 있고 어둡고 우울한 이미지들이 주가 되어 있다. 그가 재직하던 『조선일보』가 폐간되고, 조선어 사용이 전면 금지되면서 시인이자 지식인으로서 그가 느꼈을 당혹감과 암울함을 추측할 수 있다.

「요양원」은 지루한 역사의 종언을 말함으로써 일제 말기의 삶을 부정하고 있으며, 「공동묘지」에서는 '아무 무덤도 입을 벌리지 않도록 봉해 버렸지만, 묵시록의 나팔소리를 기다리는 귀를 쫑그린다'는 시인의 예언자적 목소리를 전하기도 한다. 「청동」에서는 '도도히 흘러온 역사를 담을 청동그릇 하나를 꿈꾸면서' 역사에 대한 전망을 피력하기도 한다.

일제 말기 시편들은 역사에 대한 성찰과 상징적인 어법이 눈에 띈다. 이 시들은 김기림을 '피상적이고 경박한 모더니스트', '시인으로서의 자질 부족'이라고 평가할 수 없는 근거들을 분명하게 보여 준다. 시인의 새로운 임무를 역사에 대한 전망에 걸었던 그의 일제 말기 신념이 잘 드러나 있는 시편들이라고 하겠다.

나와 세계를 만나는 시읽기

김기림이 일제 말기에 남긴 시들은 모더니스트 시인이자 평론가로 알려진 그의 인상과는 다소 다르다. 특히 『기상도』에서 보여 준 '재치와 풍자'의 어법은 거의 찾기 어렵다. 초창기, 그가 일본 유학에서 돌아와 『조선일보』에서 사회부 기자를 하면서 썼던 간도지방 조선인들의 삶을 그린 시들이나 도시를 산책하면서 느낀 심정을 그린 시들에는 우울과 어두운 시인의 내면이 드러나 있다. 그 같은 우울과 센티멘털리즘은 『기상도』등 1930년대 중반기경의 작품에서 잠깐 사라지지만, 1930년대 후반기에 오면 다시 살아난다. 인생과 삶과 죽음에 대한 성찰적인 시각이 나타나고 따라서 상징적인 어법이 눈에 띈다. 1939년 이후의 중요한 변화라고 할 수 있다.

'못'은 여기서 '못[丁]'과 '못[潭]'의 이중적 의미를 가진 것인데, 시의 전체적인 문맥으로 보아 '못[潭]'의 의미로 판단된다. '못[丁]'은 금속성의 날이 주는 예리한 인상의 이미지와 역사에 대한 날카로운 인상이 교차되면서, 못[潭] 바깥의 것들을 깊숙이 빨아들이는 흡착력과 강인함이 미묘하게 결합된다. '못[丁]'의 금속성의 날카로움과 '못[潭]'의 침묵의 절대적 경지는 이중적인 울림을 준다. 김기림의 일제 말기 역사에 대한 깊이 있는 전망을 느껴볼 수 있는 시다.

다음은 당시 평론가였던 이원조가 김기림의 시집을 읽고 피력한 소회다. 김기림의 이전에 쓴 시를 비판하는 맥락에서 씌어진 것임을 알 수 있다. 이원조가 말하는 '고향' 이란 궁극적으로 무엇인지 일제 말기 김기림의 전기적 삶과 시대 현실을 고려하면서 서술해 보자.

　　'씨네마 풍경' 이니 '손풍금' 이니 '삐드 大佐' 니 무수한 현대적 지식, '건방진 굴뚝' '튜립 같이 밝은 대합실' 둥둥의 한없는 기어(綺語) 가운데서 수족과 같이 경쾌하던 형의 풍금이 또 언젠가 '못' 가에서 약간의 흥분 그러나 초췌한 얼굴로 변한 것을 보았을 때, 나는 나 스스로 옳지 편석촌이 시의 고향으로 돌아왔나부다 했습니다.
　　편석촌 형! 시의 고향은 형이 앞서 부르짖던 모더니즘의 군호가 아니라 우리 여러 사람이 다 같이 느끼는 이 심정의 세계 -- 거기는 '공동묘지' 이기도 하고 '못' 가이기도 한가 봅니다.

-- 이원조, 「시의 고향」 중에서

　　이원조는 일본에서 프랑스 문학을 공부한 지성인이었으며 당대 유명한 평론가였다. 이원조의 형은 시인 이육사인데, 당시에는 이육사보다 이원조가 더 유명한 인물이었다. 이원조는 앙드레 지드 전공자답게 지드의 『파류드』, 『유리앙의 여행』, 『탕자의 귀가』를 예로 들어 김기림의 고향이 새삼 어디인가를 묻고 있다. 모든 인습, 전통을 버리고 떠난 여행에서 탕자는 아무것도 얻지 못하고 갖은 고난의 편력을 다하게 된다. 오히려 허무와 피로만을 가지고 온 탕자의 귀향처럼 김기림의 현대시를 찾아 떠난 편력 또한 뚜렷하게 눈에 보이는 성과가 없었다.

　　김기림은 그의 장시 『기상도』 등에서 현대문명의 병적인 징후에 대한 우울한 진단과 그것을 비판하는 풍자적이고 지성적인 시선을 보여 주지만, 시적 언어의 모습을 띤 것은 아니었다. '씨네마 풍경', '손풍금', '삐드 大佐' 와 같은 외래어나 서구와 관련된 어휘, 지식과 관련되는 어휘나, '건방진 굴뚝', '튜립같이 밝은 대합실' 등등의 유치한 비유를 사용한 정도에 그쳐 있었던 것이다. 이원조를 이를 '한없는 기어(綺語)' 라고 비판한다. 이원조는 그런 김기림에게 시의 고향을 찾으라고 주문한다. 김기림이 여전히 '시의 고향' 으로 돌아오지 못하고 겨우 '무거운 가슴을 안고' '공동묘지' 에 서 있다고 판단했기 때문이다.

　　이원조는 시인 김기림에게 시의 '고향' 을 주문한다. 그것은 모더니즘의 구호로 가능한 것이 아니며 그러기에 『기상도』의 세계는 아니었다. 시적 공감과 심정의 공유를 가능하게 하는 세계, 그 세계는 김기림이 일제 말기에 쓴 「못」이나 「공동묘지」의 세계였던 것이다. 무겁고 어두운 탕자의 내면(공동묘지)과 '낭만적 동경' 으로서의 심정의 세계(못가)가 융통해 있는 세계다. 심정으로 우리를 달래 주는 것, 즉 시혼의 공감을 가능하게 하는 시를 이원조는 주문했던 것이다. '씨네마 풍경', '손풍금', '삐드 대좌', '튜립같이 밝은 대합실' 처럼 겨우 현대문명적 수식어구를 붙여 만든 시어로 현대시를 논하는 김기림의 모더니즘의 구호가 이원조는 마땅찮았던 것이다. 이는 기자였던 김기림의 흔적이 묻은 저널리즘의 언어이지 시인의 언어는 아닌 까닭이다.

　　여기서 이원조가 말하는 시의 고향, 곧 '공동묘지'이기도 하고 '못가'이기도 한 시의 세계는
삶과 문학이 조응하는 세계였고, 문학의 장래를 통해 미래를 예견하고자 했던 일제 말기의 시의
임무에 상통하는 것이었다. 그것은 민간신문이 폐간된 뒤 낙향해 교사로서의 삶을 꾸려 가고
있던 김기림이 마주친 일제 말기의 어두운 내면 풍경이었던 것이다.

　　다음 시는 김기림이 일제 말기에 쓴 「공동묘지」이다. 「못」과 비교하면서, 또 일제 말기의 다른
시편들을 찾아 서로 비교해 보자. 이 시편들을 통해 이 시대 시인이 처한 현실과 그에 대응했던
시인의 자세를 생각해 보자.

　　일요일 아침마다 양지 바닥에는
　　무덤들이 버섯처럼 일제히 돋아난다.

　　상여는 늘 거리를 돌아다 보면서
　　언덕으로 끌려 올라가곤 하였다.

　　아무 무덤도 입을 벌리지 않도록 봉해 버렸건만
　　묵시록의 나팔 소리를 기다리는가 보아서
　　바람소리에조차 모두들 귀를 쫑그린다.

　　조수(潮水)가 우는 달밤에는
　　등을 일으키고 넋없이 바다를 굽어본다.

— 『인문평론』, 1939. 10

　　「공동묘지」에 나타나는 무덤의 이미지는 묵시론적인 예언자의 목소리를 깔고 있을 뿐 아니
라 역동적인 생명의 움직임을 보여 준다. '늘 돌아다 보면서 끌려 올라가는 상여'의 이미지는
폭력적이고 강압적인 힘에 의해 끌려가는 피동성과 죽음을 떠올리게 하고, 입을 벌리지 못하도
록 강제당한 채 엎드려 있는 무덤에는 강제성과 굴욕성, 죽음의 이미지가 깃들어 있다.

『인문평론』

　　그러나 그 무덤은 '묵시록적인 나팔 소리'에 귀를 쫑긋하는 내적 에너지와 생명력을 가지고
있다. 조수가 우는 달밤에 등을 일으키는 무덤에서 묵시록적인 장엄한 미래와 예언자적인 목
소리를 들을 수 있다. '넋없이 바다를 굽어보는' 무덤 이미지에도 장엄한 예언의 시선이 깔려
있다. 이 같은 예언자적이고 엄숙한 '죽음'의 이미지는 일제 말기를 살면서 시의 장래를 예견
하고 우리말의 운명을 조심스럽게 낙관했던 지식인 김기림의 목소리를 반향한 것이다.

이 같은 예언자적인 지성은 「못」에서 더욱 선명하게 제시된다. 못이 모든 '빛나는 것 아롱진 것'을 내장하고 '뱀처럼' 몸을 웅크리고 있는 것에서, 단단하고 장엄한 역사의 에너지를 본다. '밑이 모를 정도의 맑음'과 '어둠 속에서' 선연하게 빛나는 '칼날'의 예리함을 스스로 가진 못은 어떤 절대적인 경지에 다가서 있는 정신의 에너지가 아닐 수 없다. 강렬하고도 냉혹한 에너지를 저장한 시선이다. 이 모순어법(옥시모론)적인 수사법이야말로 김기림이 당대를 헤쳐 나갔던 절대적 정신의 경지를 대변해 주는 것이다.

김기림은 '녹아 엉키다 못해 식은' '밑 모를 맑음'이라고 이 경지를 말해 놓았다. 바람에 금이 가고 빗발에 뚫렸다가도 '상한 곳 하나 없이 먼동을 바라본다'고 시인은 썼다. 이 절대성의 차원에서 시인은 '시의 장래'를 생각하고, 일제 암흑기를 뚫고 나가고자 했던 것이다. 그러하기에 김기림은 일제 말기를 침묵하면서 이른바 '친일'에서 벗어날 수 있었다. 「못」의 시편에 울리는 그의 내면적 의지처럼, 김기림은 정신의 절대성을 믿고 이를 묵시론적으로 승화하는 예언자적 태도를 스스로 가지고 있었던 것이다.

이 시기의 다른 시편인 「요양원」을 보면, '지리한 역사의 임종을 고대'한다는 말이 나온다. 일제 말기는 '지루'하다고 표현할 정도의 어두운 시기였던 것이다. 그는 이 시기를 고통스럽게 인식하면서도, 그 종말의 시간이 다가올 것이라는 희망을 포기하지 않았다. 김기림은 또 「청동」에서는, 여러 역사를 산 듯 어두운 빛을 허리에 감은 청동그릇 하나를 앞에 두고 여러 가지 꽃 향기를 담을 미래의 시간을 그려 보기도 했다. 당시 현재의 시간을 견디면서 이를 미래적인 전망과 연결하고자 했다. 이것이 그가 침묵하면서도 어두운 일제 말기를 헤쳐 나갈 수 있었던 요인이었던 것이다.

김기림은 모더니스트 시인으로 알려져 있지만, 그는 처음부터 기자로서 사회생활을 시작했다. 그는 『조선일보』에서 실시한 제1기 공채 시험에서 합격해 '신문기자의 꽃'이라는 사회부 기자가 된다. 김기림은 무엇이든 시험을 쳐서 되는 일이라면 자신 있다는 태도였다. 수재형이었다. 그는 조선일보 공채 합격 통지서를 받아들고 '만약 종로의 보신각에 불이 났다면 어떻게 기사를 쓰겠느냐는 문제가 나왔는데, 그때 내가 쓴 답이 맞은 모양이지' 하면서 유쾌한 웃음을 웃었다. 『철필』은 그를 소개하면서, "신문계에는 초보이면서도 외근 구역으로 가장 까다로운 종로서를 맡아 맹렬히 활동하고 있고 앞날의 많은 기대를 갖고 있다"고 했다. 김기림은 종로경찰서 외에도 동대문서와 각 사회단체를 출입했고 각 사건현장에 특파돼 필명을 날린다. 그는 잠깐 신문기자 생활을 그만두고 동북제대로 유학을 떠난다.

김기림이 유학시절 운동을 하다 몸을 다친 소식을 전하자 이상은 '다칠 몸이라도 가지고 있는' 김기림을 부러워하기도 했다. 김기림의 취미는 권투였다. 비쩍 말라 체력에 콤플렉스를 느꼈을 법한 이상의 반응이 재미있다.

김기림을 비롯한 문인기자들은 일제 말기로 접어들면서 우리말로 된 문학을 발표하기는커녕 일상적인 차원에서조차 조선어를 말할 수 없는 상황에 부딪친다. 『조선일보』, 『동아일보』가 폐간되고 조선어 잡지들도 줄줄이 친일을 강요당하거나 서서히 폐간되었다.

1940년 8월 10일 『조선일보』가 폐간되자 김기림은 경성(서울)에서의 모든 것을 접고 고향인 함북 경성으로 들어간다. 환멸과 분노와 우울이 그의 내면을 지배했을 것이다. 함북 경성중학에서 김기림은 영어와 수학을 가르쳤다. 당시 학생 중에는 훗날 시인이 된 김규동(金奎東)과 영화감독이 된 신상옥(申相玉)이 있었다.

어린 학생들의 눈엔 『조선일보』 학예부장을 지낸 유명한 시인이 시골학교 교사로 온 것이 의아하게 보였던 모양이다. 어느 날 김규동이 "저, 선생님 같으신 분이 왜 여기 내려오셨어요?"라고 물었다. 도수 높은 안경을 쓴 시인 선생은 하늘에 허한 눈길을 주며 답했다.

"조용히 혼자 울 곳을 찾아왔다."

궁핍한 생활 속에서도 외출 시에는 단정하게 정장을 하고 꼿꼿한 걸음으로 멀리 앞을 내다보며 스포티한 걸음으로 "영국 신사처럼 걷던 훤칠한 키의 스승"으로 제자들에게 기억되던 김기림은 그렇게 일제 말기를 울분과 침묵으로 지냈던 것이다. 그가 남긴 「청동」의 한 구절처럼, "도도히 흘러온 먼 세월"이 "가지가지 향기를 피우는" 꽃으로 피어나게 하는 그런 청동 그릇 하나를 그 시절 그는 꿈꾸고 있었는지도 모른다.

- 『조선일보 사람들』, 랜덤하우스중앙

나그네 외 1편

박목월

1916~1978 │ 경상북도 경주 출생, 본명 박영종 1933년 대구 계성중학교 재학중 동시 「통딱따통딱따」, 이 『어린이』에, 「제비맞이」가 『신가정』에 각각 당선 1939년 『문장』에 「그것은 연륜이다」, 「산그늘」 등이 정지 용의 추천으로 발표되어 등단 1946년 김동리・서정주 등과 함께 조선청년문학가협회 결성, 조선문필가 협회 사무국장 역임 1957년 한국시인협회 창립 1973년 『심상』 발행 1974년 한국시인협회 회장

시집으로 『청록집』(공동시집, 1946), 『산도화』(1955), 『란・기타』(1959), 『청담』(1964), 『경상도의 가랑 잎』(1968), 『구름에 달 가듯이』(1975) 등이 있음

나그네

술 익는 강마을의 저녁 노을이여─지훈(芝薰)

시를 읽는 독법

'구름에 달 가듯이' 가
는 나그네의 '느림'의
행보를 주목하면서 여
백의 미를 느껴 본다.

강나루 건너서
밀밭 길을

구름에 달 가듯이 [1]
가는 나그네

길은 외줄기
남도(南道) 삼백 리

술 익는 마을마다
타는 저녁 놀

구름에 달 가듯이
가는 나그네

〈『상아탑』, 1946. 4〉

1) 행운유수(行雲流水). 유유자적함을 의미한다.

박목월의 「나그네」에는 세 개의 풍경이 겹쳐 있다. '나그네, 남도 삼백 리, 저녁 놀이' 그것이다. 이 작품에서 동적인 이미지는 구름 속을 지나가는 달의 모습이 전부다.

그런데 '구름에 달 가듯이'라는 말이 암시하는 것처럼, 그 움직임조차 물이 흐르듯 매우 자연스러워 어디 한 군데 막힌 데가 없다. 이 구절은 아무것에도 얽매이지 않고 유유자적하게 길을 가는 나그네의 행로가 잘 드러나 있다. 구름에 달이 지나갈 때 아무것도 이를 막을 수 없듯, 나그네의 행로를 붙잡는 것은 아무것도 없는 것이다. 직유법인 '~가듯이'의 단촐한 사용, 1연을 제외한 모든 연에서 명사형으로 종결한 것이 이 시에서 사용된 시적 기교의 전부다. 이들 풍경이 빚어내는 모습은 거의 동양화에 가깝다. 시인은 이러한 풍경을 통해 자연과 인간의 조화를 간결한 언어로 표현하고 있다.

「나그네」는 7·5조의 음수율, 3음보 율격의 간결한 민요조 가락에 의존하고 있다. 이러한 7·5조의 리듬은 3연에서 5·7조로 변용되면서 파격의 멋까지 더하고 있다. 이 시는 조지훈의 「완화삼」에 대한 화답시(和答詩)로 씌어졌다고 한다. 후일 청록파라는 이름으로 한국 시문학사에 한 획을 그은 두 시인의 만남은 한국적 정감과 정신을 시로 표출한 예로 기억되고 있다.

조지훈이 다분히 선비적인 정신에 의존했다면, 박목월은 보다 토속적이고 서민적인 정감의 표현에 능했다. 조지훈의 시에 한자어가 많은 반면, 박목월의 시는 거의 순수한 우리말로 구사되고 있는 것이 이를 반증한다.

이 시에서 나그네의 행운유수(行雲流水)와도 같은 유유자적함은 구름을 따라 흘러가는 달의 움직임에 비유되어 있다. 나그네의 처지는 세속적인 집착과 속박에서 벗어난 동양적 해탈의 경지를 표상한 것으로 볼 수 있다.

그러나 이 시가 발표된 시기(1946년)를 고려할 때, 일제 말기의 나라 잃은 백성의 체념과 달관을 담은 것이며, 동시에 그러한 현실에서 저만치 떨어져 있는 시인 자신의 표상을 의미한다는 평가도 있다.

박목월의 「나그네」는 조지훈의 시 「완화삼(玩花杉)」에 대한 화답시로 씌어졌다고 한다. 조지훈의 「완화삼」을 찾아보고 「나그네」와 비교해 보자. 그리고 두 시인 사이에 오갔을 감정의 교류를 연상하며 두 시의 관계를 설명해 보자.

완화삼

차운 산 바위 위에 하늘은 멀어
산새가 구슬피 울음 운다.

구름 흘러가는
물길은 칠백 리

나그네 긴 소매 꽃잎에 젖어
술 익는 강마을의 저녁 노을이여.

이 밤 자면 저 마을에
꽃은 지리라.

다정하고 한 많음도 병인 양하여
달빛 아래 고요히 흔들리며 가노니……

'완화삼'은 원래 '꽃무늬 적삼을 즐긴다'는 뜻을 가지고 있다. 강마을에 퍼진 술 내음과 저녁 노을은 나그네의 긴 소매에 길게 드리운 꽃무늬 그림자를 통해 흥취를 더하게 된다. 그러나 조지훈은 강마을의 평화로움과 저녁 노을의 아름다움만 노래한 것은 아니다. '차운 산 바위' 위에 하늘이 멀고 산새가 구슬피 우는 어떤 비애를 드러내고 있다. 그 이유는 무엇일까. 인간의 삶이 본질적으로 고달파서일까. 아니면 일제 강점기의 현실이 그만큼 어둡고 절망적이었기 때문일까. 아무튼 산새가 구슬피 울듯, 시적 화자는 '다정함과 한 많음'의 고통을 안고 길을 걷고 있는 것이다.

그러나 박목월은 차운 산 바위 위의 먼 하늘과 이에 고통받은 나그네의 시름을 제거하고, 단순한 여백의 미를 담고 있는 풍경으로서의 나그네의 이미지를 부각해 좀더 밀도 높은 서정시를 꾸몄다. 즉 「완화삼」이 이상과 현실 사이의 거리에서 발생하는 비애를 다루고 있다면, 「나그네」는 이상 속에서 행복하게 떠도는 나그네의 정취를 부각시킨 것이다.

두 시는 시어의 사용에서도 다소의 차이를 보인다. 조지훈은 '다정도 병인 양하여'를 시조

「다정가」에서 차용한 흔적을 보이는 등, 다분히 전통적이고 고전적인 어조에 의존하고 있다. 반면 박목월은 토속적이고 일상어에 가까운 순수한 우리말을 사용하여 보다 평이하고 친근한 정서를 드러내고 있다.

그러나 이 두 편의 시는 상이점보다 유사점이 더 많다. 이는 두 시인의 정신 세계가 당대의 삶과 현실로부터 일정한 거리를 취하면서 자연과 인간의 보다 본연적인 정서에 맞닿아 있기 때문이다. 고전과 인간과 자연에 대한 순수 서정을 노래한 '청록파' 시 세계의 일단을 보여 주는 것이다. 이들은 서구 취향의 시들에서 발견되는 이국 정취와 관념을 부정하고, 자연과 인간 사이의 평화로운 공존을 말하고자 했고 자연과 전통의 아름다움을 재발견하고자 했다.

통합논술 Q & A

「나그네」는 매우 단순한 시다. 그렇지만 최고의 '낭만시' 라는 평가를 받기도 했다. 이 시를 중심으로 시에서 '낭만성' 의 의미를 정리해 보자

현실 속의 인간은 시간의 제약 속에서 살아간다. 어떤 위대한 사람도 시간의 구속에서 벗어날 수 없는 까닭에, 시간이 흘러감에 따라 늙고 병들고 죽어 가는 것이다. 인간에게 있어 비참한 굴욕은, 인간이 결국 시간의 노예에 지나지 않는 데서 비롯된다고 할 수 있다.

호메로스의 작품 「오디세이아」는 인간이 시간 앞에서 얼마나 무기력하며 굴욕적인가를 가르쳐 준다. 오디세우스는 자기 앞에서 생명을 바쳐 충성하던 부하들을 버리고 혼자 도망쳐 목숨을 부지한다. 겨우 살아남은 그는 배고픔을 견디지 못해 허겁지겁 음식을 먹는다. 그 때 비로소 그는 자기가 부하들을 내버려 둔 채 혼자 탐식했다는 사실을 깨닫고 부하들을 잃은 슬픔에 통곡한다. 자기를 위해 목숨을 바친 부하들의 죽음조차도 몇 시간의 굶주림 앞에서는 아무 것도 아니었다는 것을 깨달은 것이다. 몇 시간의 굶주림을 참지 못해 짐승처럼 먹을 것만 찾았던 자신의 행위를 떠올리며 인간이란 얼마나 보잘것없는 존재인가 통감하게 되는 것이다.

극단적으로 말하면 세상의 모든 위대한 것이나 아름다움도 시간 앞에서는 위력을 잃는다. 아름다운 꽃도 시들면 누추해져 쓰레기통에 버려지며, 아름답고 순수했던 사랑도 시간이 지나면 빛이 바래게 마련이다. 그러므로 인간이 시간 앞에 무력하다는 점을 인정하고 나면, 이 세상의 모든 사물은 평범한 역사(누적된 시간)의 퇴적물로 가득 차게 되는 것이다.

반면 시는 기본적으로 무시간성(無時間性)이라는 특성을 가지고 있다. 자연과 동화되는 순간에 느끼는 아름다움, 곧 즉흥적으로 느끼는 순간적 충동을 드러내는 것이 시 양식의 본질이

1971년에 출간된 박목월 시선집

기 때문이다. 시인은 꽃을 바라볼 때 꽃이 곧 시들고 말 거라는 인식을 개입시키지 않으며, 아름다운 여인을 바라볼 때 그 사랑이 식고 변색되는 순간을 염두에 두지 않는다. 다만 그 순간의 아름다움에 거리를 두지 않고 동화됨으로써, 그 아름다움에 참여한다. 이런 까닭에 시는 소설보다 역사와 현실, 시간의 논리에 둔감하다. 문예학자들은 이를 '시인과 세계의 동일화'라고 설명한다.

「나그네」라는 시에도 당시의 시대 상황이나 현실에 대한 생각은 매우 약화되어 있다. 이 작품의 시인은 과연 저 나그네는 어떤 고민이 있기에 길을 떠났는가, 혹은 장차 어디에 정착할 것인가 등의 질문을 개입시키지 않는다. 다만 구름 속에 지나가는 달, 길게 뻗은 외줄기 길의 아름다운 곡선, 타는 저녁 놀을 배경으로 홀연히 길을 가는 나그네가 만들어 내는 풍경을 표현하고 있을 따름이다. 역설적으로 말해 이 시에 고도의 낭만성이 배어 있다면, 그 이유는 사실성과 현실성을 그만큼 포기했거나 낭만성으로 그 현실을 초월하고자 했기 때문이라고 볼 수 있다.

목월의 본명은 박영종이다. 영종은 대구에 있는 미션 계통의 학교 계성(啓聖)중학을 다녔다. 그 시절 학적부 기록에 의하면 학업 성적은 그다지 좋은 편이 못 되고 그저 온순하고 부지런한 학생으로만 되어 있다. 그러나 사실 그 시절 영종은 평범한 중간치 학생이 아니라 특별한 학생이었다. 그리고 그 특별함은 학적부를 기록했던 교사도 도저히 따를 수 없는 성질의 것이었다. 그것은 바로 영종이 계성학교 재학중에 이미 동요 시인으로 각광을 받았다는 사실이다.

영종은 1932년 열여섯인 계성중학 3학년 때부터 동요를 써서 서울서 발간되는 아동 잡지에 투고하기 시작했고, 그 이듬해에는 기성 동요 시인으로 대접받으며 동시를 발표했던 것이다. 따라서 이 무렵부터 이미 영종은 평생을 문학에 걸기로 뜻을 굳히고 학우들에게 나는 장차 시인이 될 것이라 했으며, 학우들 역시 그러한 그를 '시인'이란 별명으로 불렀다.

당시 학생 영종은 학우들 사이에서 인기가 높았다. 그것은 그가 작품을 발표할 때마다 또박또박 받은 원고료 덕이었다는 일화도 있다. 한창 혈기왕성한 학우들의 배고픔을 해결해 주는 영종의 원고료야말로 그가 누린 최대의 인기 비결이었을 것이다.

졸업 후 사회 생활을 하면서도 계속 동요 시인으로 이름을 날리던 영종은 본격적으로 성인 대상의 시를 쓰기로 결심했다. 그 당시 권위 있는 순문학 잡지 『문장』에 응모하려고 작품을 정서까지 해 놓았다. 그런데 며칠을 두고 거기에 서명할 이름 때문에 고민에 빠졌다. 박영종이라는 본명은 이미 아동문학계에 알려져 있는 이름이라 그대로 쓸 수 없었기 때문이다.

그렇게 며칠을 심사숙고한 끝에 나무 목(木) 밑에 달 월(月)을 받친 목월(木月)이라는 이름을 지었다. 이는 그가 평소 좋아했던 두 시인 수주(樹洲) 변영로와 소월(素月) 김정식에게서 따온 것이다. 이 목월이란 이름으로 드디어 그는 1939년 『문장』에서 정지용에 의해 추천을 받는다.

정지용의 찬사와 함께 시작된 그의 시는 이후 '북에는 소월(素月), 남에는 목월(木月)'이라는 찬사를 받을 정도로 우리의 애상적이고 토속적인 정취를 잘 그려 내 한국 시단에 한 획을 긋게 된다. 소월의 이름을 따 필명을 지은 몫을 한 것이다.

하관

관(棺)이 내렸다.
깊은 가슴 안에 밧줄로 달아 내리듯.[1]
주여
용납하옵소서.
머리맡에 성경을 얹어 주고
나는 옷자락에 흙을 받아
좌르르 하직(下直)[2] 했다.
그 후로[3]
그를 꿈에서 만났다.
턱이 긴 얼굴이 나를 돌아보고
형님![4]
불렀다.
오오냐. 나는 전신(全身)으로[5] 대답했다.
그래도 그는 못 들었으리라.[6]
이제
네 음성을
나만 듣는 여기는 눈과 비가 오는 세상.
너는
어디로 갔느냐.
그 어질고 안쓰럽고 다정한 눈짓을 하고.
형님!
부르는 목소리는 들리는데

내 목소리는 미치지 못하는
다만 여기는
열매가 떨어지면
툭 하는 소리가 들리는 세상.

〈『란(蘭)・기타』, 1959〉

1) 장례식 풍경임을 알 수 있다. 인간은 가슴속에 죽은 자를 묻는다고 한다. 그것은 죽은 자에 대한 산 자의 슬픔이 얼마나 크고 깊은가를 말해 준다. '깊은 가슴 안에 밧줄로 달아 내리듯' 이라는 표현은 슬픔의 극한, 죽은 자에 대한 시적 자아의 사랑의 깊이를 표현한 것이다.

2) 관을 내린다는 뜻과 이별한다는 뜻을 동시에 담고 있는 중의적(重意的) 표현.

3) 시상의 전환이다. 현실과 꿈의 경계선이며 사랑하는 아우를 이제 현실에서는 만날 수 없다는 절망적 상황을 암시하는 구절이다.

4) 이 시가 아우의 죽음으로 인해 씌어졌음을 알게 하는 대목이다. 시의 구체적인 동기를 보여 준다.

5) 아우에 대한 절실한 그리움이 강렬하게 드러나 있는 시어. 아우와의 해후를 얼마나 절실하게 원했는가 하는 점이 '전신으로' 라는 시어에 집약되어 있다.

6) 아우와 나, 저승과 이승, 죽음과 삶의 영원히 건너뛸 수 없는 경계를 의미한다. 슬픔은 이로부터 비롯된다.

7) '다만' '여기' 등의 시어는 '아우' 와의 결별 혹은 아우와 만나지 못하는 것에 대한 확인의 의미. 삶과 죽음의 경계선적 의미가 뚜렷하게 느껴진다.

8) 이는 상황의 대조다. '아우' 가 있는 저승은 눈과 비가 오지 않는 초월적 공간이며, '나' 가 있는 세상은 열매 떨어지는 소리가 들리는 곳이다. 이 공간의 물리적 · 질적 차이가 아우와 나의 단절을 더욱 깊게 하며 '나' 의 심정은 이로 인해 더욱 절망적인 상태가 된다.

청록파 시절 박목월은 향토색 짙은 자연이나 한의 세계를 다루면서 전통적인 7·5조의 음수율에 기반한 시를 썼다. 그는 이 순수 자연을 통해 심혼의 세계를 그려 내고자 했다. 섬세하고 고적한 자연의 풍경은 섬세한 시인의 내면을 정직하게 표출한 것이었다. 그러나 해방 이후의 시들은 이전의 정형성 짙은 운율에서 벗어나 폭과 넓이를 확대해 가면서 일상적 삶의 문제로 눈을 돌린다. 이는 시의 내재적 긴장감의 균열과 허무주의의 침윤을 가져오기도 한다.

「하관」은 초기의 민요조 가락과 향토색 짙은 서정성이 사라진 대신 일상적인 삶의 체험에서 오는 슬픔이 담담하게 그려진 시다. 사랑하는 아우를 잃은 슬픔이 짙게 배어 나오는 이 시에는, 시인의 죽음에 대한 인식과 허무주의적 인생관이 동시에 드러나 있다.

나와 세계를 만나는 시읽기

「하관」은 아우의 장례를 지내는 모습으로 시작된다. 그 후로 시적 화자 '나'는 꿈속에서 아우를 만난다. 아우에 대한 사랑과 그리움이 아우를 꿈속에서 만날 수 있게 한 것이다. 그러나 꿈은 꿈일 뿐 그의 목소리는 아우에게 다가가지 못한다. 그것이 '나'와 아우와의 거리를 더욱 멀게 한다. 이승과 저승은 너무 멀리 있고 그 양 세계에 사는 사람들은 꿈속이 아니면 만날 수 없다. '나'는 아우가 '형님!' 하고 부르는 듯한 환청에 시달리면서 아우에 대한 그리움으로 애태우고 있다. 죽음과 삶의 경계가 확연히 분리되어 있어서 '나'는 아우를 만나지 못한다. 이승과 저승의 거리는 아우를 만날 수 없다는 것 때문에 더욱 부각된다.

'여기'에 대한 확인은 아우와의 단절감의 강조다. '눈과 비가 오는 세상', '열매가 떨어지면 툭 하는 소리가 들리는 세상'은 이 단절감이 비유적으로 표현된 것들이다. 그것은 아우를 만나지 못하는 시인의 비애를, 죽음과 삶의 차이를, 이승과 저승의 차이를 보여 주고자 한 것이다.

이 시는, 초기의 '청록파' 시절의 고적하고 정결한 내면 공간을 보여 주던 시들과는 다르다. 이 시는 시인의 관심이 일상으로 옮겨 가면서 허무주의적 속성을 드러내기 시작하는 시기의 작품이다.

「하관」에서 '이제' '다만' '여기' 등의 부사어가 많이 사용되는 이유에 대해 생각해 보자.

　　이 시는 삶과 죽음, 이승과 저승, 아우와 나 사이의 합일할 수 없는 슬픔을 나타낸 것이다. 아우의 죽음으로 인해 시적 자아는 극단의 고통과 슬픔에 빠져 있다. 그의 아우에 대한 사랑과 그리움은 아우의 장례식을 치른 후에도 아우의 목소리를 듣는 듯한 환청이나 아우에 대한 꿈을 꾸는 것으로 표현되어 있다. 꿈속에서 아우는 자신을 '형님!' 하고 부르고, 자신은 아우에 대한 절실한 그리움 때문에 '전신'으로 대답하지만 그 대답은 아우에게 이르지 못한다. 이것이 그를 안타깝게 한다.

　　그는 환청이나 꿈을 통해 아우의 모습을 보고 아우가 자신을 부르는 소리를 들었다고 여기지만, 사실 그의 대답은 결코 아우에게 전해지지 않는다. 그래서 그에게 '여기'와 '그곳'의 차이는 더욱 뚜렷하게 부각될 수밖에 없는 것이다.

　　'이제' '다만' '여기' 등의 부사어는 자신과 아우와의 합일할 수 없는 물리적 · 시간적 · 공간적 거리에 대한 자각이자 확인이다. 아우가 있는 세상에 비해 내가 있는 '여기'는 눈과 비가 오는 곳, 혹은 열매가 떨어지면 툭 하는 소리가 들리는 곳이다. 이것은 이승에서의 물리적 · 합법칙적 질서가 지배하는 공간임을 확인하는 것이다. 아우와의 거리에 대한 새삼스런 확인이며 이로 인해 '나'의 슬픔은 더욱 극대화된다. 즉 '다만' '여기'가 공간적 · 물리적 거리의 극대화를 의미한다면, '이제'는 아우의 죽음에 대한 확인이며 이제 아우와 만날 수 없다는 데 대한 시간적 · 정서적 거리감의 극대화인 것이다.

　　시간적 · 물리적 · 정서적 거리감의 극대화는 아우와의 단절감을 강조함으로써 아우의 죽음을 내면화해서 수용하기 힘들게 한다. 그 결과 시적 자아는 이승적 삶의 한계를 더욱 절실하게 인식하고 허무의식에 사로잡히게 되는 것이다. 그 허무의식의 언어적 표출이 '이제' '다만' '여기'와 같은 단절성을 띤 부사어로 나타난 것이다. 언어 기호는 곧 내면 의식의 표출이다.

통합논술 Q & A

동양의 인식론은 '죽음'이 '삶'과 분리되지 않는, 초월적인 죽음의식이 일반적이다. 그러나 「하관」은 '이승과 저승의 확연한 갈라짐'을 보여 주고 있다. 향가 「제망매가」와 비교해, 그 이유를 설명해 보자.

전통적으로 동양에서 '죽음'은 초월적이고 명상적으로 인식된다. 이승에서의 '죽음, 슬픔, 고통' 등은 초월 정신에 의해 극적으로 승화되거나 극복된다. 이 주제는 이미 신라 향가인 「제망매가」에서 드러난 바 있다.

「제망매가」는 누이의 죽음이 동기가 된 시다. 같은 부모로부터 태어나 어느 날 갑자기 혼자 떠나 버린 누이의 죽음에 시인은 주체할 수 없는 슬픔을 느낀다. 그 슬픔은 종교적 초월 의지에 의해 극복되는데, 그것이 바로 '미타찰'이라는 내세에 대한 믿음이다. 내세에서의 만남을 기약하며 시인은 현실의 슬픔을 억누른다. 죽음을 '절망'이나 '단절'로 인식하기보다는 종교적으로 초월하고자 하는 바람을 담은 것이 「제망매가」의 주제다.

'죽음'은 이별을 전제하고 이는 현실의 고통을 가져다 주지만, 후일 다른 세계에서의 만남을 필연적으로 내포하고 있으므로 죽음이나 죽음으로 인한 슬픔은 극복할 수 있다. 초월적 세계에서 삶과 죽음은 분리될 수 없으며 그것은 합일적인 것이다. 이 같은 초월적 · 명상적 죽음 의식이 우리의 전통적 죽음의식이었다.

반면 「하관」은 죽음과 삶, 이승과 저승의 세계를 확연히 갈라놓고 있다. 시인의 슬픔은 여기서 비롯된다. 시인은 아우의 죽음을 안타깝게 생각할 뿐 아니라, 아우에 대한 그리움이 너무나 절절해서 꿈이나 환청을 통해 아우를 만나기도 한다. 그것이 한갓 꿈이며 환청이라는 사실을 확인하면서 시인은 더욱 절망과 비탄에 빠지게 된다. 이 시가 감동을 주는 이유는 그 고통스러움이 인간적 깊이를 지니고 있기 때문이다.

「제망매가」에서처럼, '지금은 비록 슬프고 괴롭지만 언젠가 저승에서 누이를 만나 못 다한 정을 나눌 수 있으리라'는 인식은 초월적이어서 누구나 쉽게 사유할 수 있는 것은 아니다. 평범한 인간의 입장에서는 이 같은 초월적 인식으로 슬픔을 제어하기가 쉽지 않다는 뜻이다. 「제망매가」가 승려가 쓴 시라는 사실이 이 시를 이해하는 데 도움이 될지 모르겠다.

그러나 「하관」은 이제 아우를 만날 수 없다는 사실을 확인하고 인정함으로써 슬픔을 슬픔 그대로 내버려 두는 격이다. '나'는 '죽음'을 초월할 수도, 아우와의 결별의 아픔을 삭이지도 못한다. 초월적이지는 않되 인간적인 느낌을 준다. '나'의 슬프고 비통한 심정은 아우와 자신과의 합일되지 않는 거리감에 의해 강조되는데 그것이 이 시가 갖는 인간적인 슬픔의 함량이 아닌가 한다.

평범한 세속인의 입장에서는 슬픔은 슬픔일 뿐이다. 슬픔은 시간이 지나면 조금씩 잊히게 된다. 망각을 통해 슬픔을 극복하는 것이 오히려 일상의 삶을 살아가는 평범한 원리이기도 한 것이다.

꽃덤불

신석정

1907~1974 | 전라북도 부안 출생. 보통학교 졸업 후 향리에서 한문 수학. 1924년 『조선일보』에 시 「기우
는 해」 발표. 1931년 『시문학』 3호에 시 「선물」을 발표한 후 『시문학』 동인으로 본격적인 작품 활동 시작.
1972년 문화포장 수상.

시집으로 『촛불』(1939), 『슬픈 목가』(1947), 『빙하』(1956), 『산의 서곡』(1967), 『난초잎에 어둠이 내리
면』(1974) 등이 있음.

꽃덤불

태양을 의논하는 거룩한 이야기는
항상 태양을 등진 곳에서만 비롯하였다. [1]

달빛이 흡사 비오듯 쏟아지는 밤에도
우리는 헐어진 성(城)터를 헤매이면서
언제 참으로 그 언제 우리 하늘에
오롯한 태양을 모시겠느냐고
가슴을 쥐어뜯으며 이야기하며 이야기하며
가슴을 쥐어뜯지 않았느냐? [2]

그러는 동안에 영영 잃어버린 벗도 있다.
그러는 동안에 멀리 떠나 버린 벗도 있다.
그러는 동안에 몸을 팔아 버린 벗도 있다.
그러는 동안에 맘을 팔아 버린 벗도 있다. [3]

그러는 동안에 드디어 서른 여섯 해가 지나갔다. [4]

다시 우러러보는 이 하늘에
겨울밤 달이 아직도 차거니
오는 봄엔 분수(噴水)처럼 쏟아지는 태양을 안고
그 어느 언덕 꽃덤불에 아늑히 안겨 보리라 [5]

〈『신문학』, 1946〉

『신문학』, 1946

1) '태양은 항상 태양을 등진 곳에서 이야기된다' 는 말은 일제 강점기를 그린 시들의 주된 테마가 된다. 한용운은 '임의 침묵' 혹은 '부재' 속에서 '임의 존재' 를 이야기했다. '부재의 존재론' 으로 이를 설명하는 논리와 동일한 인식이다. '있어야 할 누군가가 부재한다' 는 인식을 한다는 것은 '누군가가 존재했다' 는 사실과 그 누군가가 이제 '부재한다' 는 사실을 동시에 인지한 데서 온다. 이는 그 '부재한 누군가' 가 반드시 '존재해야 한다' 는 당위론으로 이끈다. 이것이 '부재의 존재론' 이다. '부재가 존재를 증명한다' 는 역설은 여기서 비롯된다. 그래서 '침묵' 은 '부재' 이며 '이별' 은 '만남' 의 미학이며, '부재' 는 '존재' 의 증명이 되는 것이다. 신은 '지금 여기' 에 없음으로써 존재하는 것이다. 이는 일제 강점하에서의 광복(조국)의 염원을 총체적으로 드러낸 표현이라 평가받는다

2) 조국 광복에 대한 염원이 얼마나 절박하고 깊었던가를 알 수 있다. 천하를 유랑하면서도 조국 광복을 위한 노력을 아끼지 않았기 때문이다. '오롯한 태양' 이 주는 건강하고 생명력 있는 이미지는 해방된 조국에 대한 열망의 충실함과 강렬함, 그리고 그것의 지속성을 보여 준다.

3) 조국 해방을 위한 노력을 하는 과정에서 목숨을 잃은 벗과 만주나 시베리아, 중국 등지로 떠나 버린 사람들을 말한다. '봄을 팔아 버린 벗' 은 생계나 목숨을 위해 일제에 동조하거나 협력한 자를 말한다. '밤을 팔아 버린 벗' 은 실제로 일제에 가시적으로 협력까지는 아니더라도 내면적 변절자, 패배주의자들을 말한다. 그만큼 일제 강점기 35년의 세월이 길고 고통스러웠으며 지난(至難)했음을 의미한다.

4) 이 시가 역사적 배경을 가지고 있음을 단적으로 드러낸 문장으로 광복 직후에 씌어졌음을 알 수 있다. 시를 역사적 배경을 통해 이해하는 경우와 내적 구조 분석을 통해 이해하는 경우, 일제 강점하의 작품을 지나치게 역사적 배경 속에서 이해하는 것은 지양해야 할 사항이다. '밤' 을 '암울한 일제 식민지 지배의 상황' 이라는 고정된 의미로 해석할 때, 그것은 시를 상투적으로 이해하게 한다. 시는 사물을 새롭게, 다르게 인식하는 것을 주된 목표로 삼는다. 우리가 독서하는 방식도 마찬가지다. 보다 깊이 있는 시각을 통해 상징적 문맥 속에서 시를 이해하는 것이 필요하다.

5) '다시 우러러보는 하늘' 은 광복의 의미에 대해 자아가 다시 한 번 숙고하고 있음을 알게 한다. '달' 은 주로 '태양' 과 대립적인 이미지나 상징으로 쓰인다. 즉 '달' 이 변화, 냉혹, 시간의 추이, 계절의 섭리 등의 의미를 띠는 반면, '태양' 은 불변, 절대가치, 강렬함, 따뜻함 등의 상징적 의미를 띤다. 완전한 광복이 이루어지는 시간이 '다시 오는 봄' 으로 표현되어 있다. 그때 시인은 아늑하고 따뜻한 '꽃덤불' 속에 한 번 더 안겨 보겠다는 의지를 재확인한다.

신성적의 시는 주로 해방 이전의 「그 먼 나라를 알으십니까」나 「아직 촛불을 켤 때가 아닙니다」와 같은 초기 작품을 중심으로 널리 이해되었다. 따라서 그의 시는 서구적인 목가시풍이나 전원시적인 경향을 보여 준 것으로 평가받았다. 그의 시에 드러나는 목가적인 자연세계나 미지의 세계에 대한 동경으로 구체화되는 '꿈' 의 세계는, 불투명하고 동화적이며 신비적인 분위기를 생성하기도 했다. '촛불을 켤 때' 와 '그 먼 나라' 로 설정되는 시간적 · 공간적 세계는 현실세계의 시간 · 공간과 대립적으로 존재하면서 시인이 동경해 마지않는 미지의 유토피아적 세계를 상징한다.

신석정이 그려 낸 이 같은 이상세계는 지나치게 서구화되어 있고 현실에서 벗어난 초월적인 공간으로 설정된 것이라는 비판을 받기도 한다. 신석정은, 이 같은 세간의 비판에 대해 '우리가 공상하는 세계란 언제나 현실에 대한 불만과 관련되어 있다' 고 말함으로써 자신의 시가 철저히 현실에 닿아 있음을 밝히기도 했다. 「꽃덤불」은 그가 이전의 시에서 보여 준 자연친화, 동화적 분위기, 전원시적 경향을 떨쳐 버리고 역동적이며 생명력 있는 현실감각을 표현했다는 데서 그 특징을 찾을 수 있다.

광복(光復)을 '빛의 회복' 이라 할 때 그 빛의 강렬함을 극적으로 제시해 줄 수 있는 단어는 '태양' 일 것이다. '태양을 다시 갖는다' 는 것은 일제 강점기를 산 사람들의 내면에 깊숙이 타오르는 조국 광복에 대한 강렬한 염원을 의미하는 것이기도 했다. '태양이 없는' 일제 암흑기와 '태양이 다시 떠오르는' 광복이 항상 대립적인 이미지로 제시되는 것은 '태양' 이 주는 이미지가 '빛, 광명, 희망, 생명력' 등을 띠기 때문이다.

「꽃덤불」에서 '꽃덤불' 은 이 태양 빛이 무더기로 쏟아지는 빛의 '난폭한' 세례를 의미하면서 '꽃' 이 상징하는 희망과 축복의 이미지가 조화롭게 제시된 시어다. '꽃덤불' 은 '한꺼번' 에 '무더기' 로 '덩어리째' 와 같은 의미의 연관성을 갖는 시어다. 희망이 우리 민족에게 한꺼번에 무더기로 주어졌음을 의미한다는 점에서 이 시어는 강렬하고 역동적인 생명의식을 담고 있다.

특이하게도 시인은 아직 완전하고 실질적인 광복이 이루어지지 않았다고 말하고 있다. 이는 당시 광복의 감격과 새 나라 건설에 대한 희망에 들떠 있던 여타 시인들과 다른 점이다. 대부분 시인들은 이성적이기보다는 감정적으로 그리고 맹목적으로 당대 현실을 낙관하고 있었다. 그러나 주지하듯 광복 이후 해방공간은 혼란 그 자체였고 '새나라 건설' 에 대한 온 민족의 기대와는 달리 신탁과 분단으로 이어지는 비극의 시대이기도 했다.

신석정의 이 시는 심정적인 차원이기는 하지만 새 나라 건설을 위한 구체적인 조건을 놓치지 않고 있다. 그 냉철함이 '진정한 광복' 에 대한 시인의 염려와, 그럼에도 포기하지 않은 희망을 더 강력하고 내밀하게 드러내는 힘이 되고 있다. 그것이 마지막 연의 '겨울밤 달이 아직도 차거니 / 오는 봄엔 분수(噴水)처럼 쏟아지는 태양을 안고 / 그 어느 언덕 꽃덤불에 아득히 안겨 보리라' 는 의지로 표현되어 있다.

다음 글은 해방기의 혼란한 현실에 대한 한 소설가의 글이다. 광복을 맞는 열광적인 기쁨이나 환희 대신 이 작가는 냉철하고 분석적인 시각으로 당대 현실을 보고 있다. 신석정 시인의 현실 인식 태도와 비교해 보자

　　허지만 너의 문학은 어째 오늘날도 흥분이 없느냐, 왜 그리 희열이 없이 차기만 하냐, 새 시대의 거족적인 열광과 투쟁 속에 자그마한 감격은 있어도 좋을 것이 아니냐고들 하는 사람이 있는 데는 나는 반드시 진심으로는 감복하지 아니한다. 민족의 생리를 문학적으로 감득하는 방도에 있어서, 다시 말하면 문학을 두고 지금껏 알아 오고 느껴 오는 방도에 있어서 반드시 나는 그들과 같은 방향에 서서 같은 소망을 가질 수 없음을 아니 느낄 수 없는 것이다.

―허준, 「잔등」 서문에서

　　허준의 「잔등」은 만주에서 서울로 돌아오는 귀환의 과정에서 일어나는 일들을 소설화한 것으로, 귀환의 '여로'가 곧 이 소설의 내면 구조가 된 작품이라고 평가되고 있다. 다른 소설들과는 달리, 이 소설의 주인공에게는 해방의 감격이나 고통스러웠던 만주에서의 삶에 대한 탄식, 새로운 세계에 대한 희망 따위가 없다. 청진 역전에서 주인공은 국밥집 노파를 만나는데, 그곳에 명멸하는 불빛을 보면서 그는 자신의 여로가 거의 끝난 것이나 다름없다고 생각할 뿐이다.

　　주인공이 바라보는 해방공간의 현실은 분석적이고 냉철하다. 맹목적 광기와 열정과 이념적 쟁투가 난무하던 현실을 바라보면서 주인공은 객관적인 시선으로 현실을 바라보고 자신을 정리하고 있는 것이다. 이와 같은 주인공의 현실 인식은 작가 허준이 쓴 위의 서문에서 그대로 나타나 있다. 새 나라 건설에 대한 거족적인 열정과 이념의 투쟁 속에서 작가는 그것을 비판적으로 바라본다. 해방공간의 정치적 암투와 이념적인 편가르기를 생각해 보면, 해방공간에서의 지식인의 열정은 곧 맹목이기도 했던 것이다.

　　이에 비추어 보면 당대의 상황을 '아직 겨울밤 달이 차다'고 말한 신석정의 인식은 의미 있는 것이다. 곧 새 나라가 건설되어 근대적 세계와 정신의 왕국이 건설될 것이라고 믿었던 김기림의 경우, 그의 「새나라 송」을 보면 그 현실 인식이란 것이 얼마나 무모하고 맹목적인 열정의 소산인가를 쉽게 확인할 수 있다. 해방공간에서 문학인들은 좌우로 나누어져 일제시대 카프 대 반카프 진영으로 나누어 벌이던 이념 투쟁과 문학 투쟁을 재연하고 있었다.

　　해방공간에서는 이 같은 조직 싸움과 이념 싸움이 일제시대보다 훨씬 치열하게 전개된다. 신석정의 '아직 꽃덤불에 안길 때가 아니다' '새봄에는 가능하리라'는 진단조차 낙관적으로 보일 만큼 해방공간의 정치적 현실은 암울한 것이었다. '신탁'과 '분단'으로 이어지는 우리 역사가 이를 잘 증거하고 있다. 그러나 신석정이 위의 시를 통해 보여 주는 현실에 대한 판단은 맹목적인 열정으로 시대를 감싸 안던 다른 시인들의 태도와는 분명 다른 것이다.

「꽃덤불」에서 시인은 왜 태양을 의논하는 이야기는 항상 태양을 등진 곳에서만 가능하다고 했는지, 시인이 진정으로 그리고 있는 '태양'의 모습은 어떤 것인지에 대해 생각해 보자.

우리는 존재하는 것의 소중함을 평소엔 별로 실감하지 못하다가 그것이 부재할 때 그 때서야 그것의 '존재'를 인지한다. 마치 고도의 도시 티베트에서 산소 부족을 경험한 후처럼 말이다. 일제 강점기에는 서정시편에서조차 '태양'으로 표상되는 조국 광복을 드러내 놓고 표현하지 못했을 것이다. 그러나 우리 민족의 가슴속에서 '태양'은 숨겨진 열망으로 타오르고 있었다. '부재'는 그 '존재에 대한 강력한 갈망'을 '내면화'한다. 그것은 '존재'에 대한 향수를 극대화하고 이것이 존재할 수 있는 구체적 방안을 도모하게 하고, 곧 행동과 실천으로 이어지게 한다.

만해의 「님의 침묵」은 '님'으로 상정되는 모든 포괄적인 대상, 곧 긍정적·이상적 존재로서의 대상들이 '침묵함으로써 존재함'을 역설적으로 드러낸다. '이별이 미의 창조가 되는 것, 복종이 사랑보다 더 긍정적 가치를 띠는' 이유는 그것이 부재의 존재론을 역설적으로 보여 주기 때문이다. 우리가 신을 인지하거나 신성을 느끼는 이유도 같은 원리다.

우리의 일상에 신이 존재하고 있거나, 신의 신비한 힘을 직접적이고 가시적으로 보거나 느낄 수 있다면 신은 인간에게 더 이상 필요한 존재가 될 수 없고 따라서 그는 절대자로서 인간에게 군림할 수 없을 것이다. 신은 여기 없지만 어딘가 존재하면서 우리를 내려다보고 있다고 믿는 것 자체가 인간을 위로한다. 신이라는 존재는 이 '타락한 세상'에서는 절대로 나타날 리가 없는 것 아닌가. 그리고 세상이 완전히 '이상적인 세계'로 변한다면 신은 더 이상 인간에게 필요치 않을 것이다.

일제 강점기와 같은 타락한 세상에서 '님'은 결코 나타나지 않는다. '침묵'한 채 '존재 증명'을 할 뿐이다. 그것이 '님'에 대한 갈망을 낳고 '님'의 존재에 대한 인간의 내밀한 의지를 다지게 한다. '부재함으로써 존재하는 것'이다.

태양을 등진 속에서 태양을 의논하는 것은 '부재에 의해 존재를 확인하는 것'이다. 존재(조국, 광복)를 확인하기 위해 많은 사람들이 독립운동을 하고 감옥으로 끌려갔으며, 음지에서 양지에서 자신을 희생했다. 그 과정에서 많은 사람들이 죽고, 끌려가고, 떠나고, 심지어 훼절하기까지 했다. 서른 여섯 해가 지나자 우리 민족은 '오롯한 태양'(완전한 광복)을 볼 수 있다고 생각했지만 그것은 잠깐이었다. '겨울밤 달'로 표상되는 현실은 아직 차고 냉혹할 정도로 '오롯한 태양'을 갖지 못했음을 말해 주고 있다. 해방공간의 현실은 혼돈 그 자체였던 것이다. 아무도 광복이 하루아침에 올 것을 몰랐으므로 그 혼돈은 더욱 가중되었다.

그러나 혼란한 현실을 바라보는 시인의 눈은 역설적이게도 희망적인 미래에 대한 신념으로 나타난다. 시인은, 진정한 조국 광복의 그날을, 오는 봄의 햇살 가득 쏟아지는 태양 빛의 세례로, 꽃덤불의 이미지로 그려 내고 있다.

전북 해창공원에 있는 「파도」시비

어서 너는 오너라 ^{외 1편}

박두진

1916~1998 ┃ 경기도 안성 출생 1940년 『문장』에 정지용의 추천으로 「향현」 「묘지송」 등을 발표하며 등단 1946년 조선청년문학가협회 결성에 참여 1949년 한국문학가협회 결성에 참여 1956년 제4회 아세아 자유문학상 수상 1962년 서울시 문화상 수상 1970년 3·1 문화상 수상 1976년 예술원상 수상 1981년 연세대학 교수로 정년 퇴임 1984년 박두진 전집 간행 1989년 제1회 정지용문학상 수상

시집으로 『청록집』(공동시집, 1946), 『해』(1949), 『오도』(1953), 『거미와 성좌』(1962), 『하얀 날개』(1967), 『고산 식물』(1973) 등이 있음

어서 너는 오너라

복사꽃이 피었다고 일러라. 살구꽃도 피었다고 일러라.[1] 너희 오오래 정들이고 살다 간 집, 함부로 함부로 짓밟힌 울타리에, 앵도꽃도 오얏꽃도 피었다고 일러라[2]. 낮이면 벌떼와 나비가 날고, 밤이면 소쩍새가 울더라고 일러라.

다섯 물과 여섯 바다[3]와, 철이야, 아득한 구름 밖, 아득한 하늘가에, 나는 어디로 향(向)을 해야[4] 너와 마주 서는 게냐.[5]

달 밝으면 으레 뜰에 앉아 부는 내 피리의 설운 가락도 너는 못 듣고, 골을 헤치며 산에 올라, 아침마다 푸른 봉우리에 올라 서면, 어어이 어어이 소리 높여 부르는 나의 음성도 너는 못 듣는다.[6]

어서 너는 오너라. 별들 서로 구슬피 헤어지고, 별들 서로 정답게 모이는 날, 흩어졌던 너의 형 아우 총총히 돌아오고, 흩어졌던 네 순이도 누이도 돌아오고, 너와 나와 자라난, 막쇠도 돌이도 복술이도 왔다

눈물과 피와 푸른 빛 깃발을 날리며 너는 오너라……. 비둘기와 꽃다발과 푸른 빛 깃발을 날리며 너는 오너라…….

복사꽃, 살구꽃, 앵두꽃, 오얏꽃

복사꽃 피고, 살구꽃 피는 꽃, 너와 나와 뛰놀며 자라난, 푸른 보리밭에 남풍은 불고, 젖빛 구름, 보오얀 구름 속에 종달새는 운다.

기름진 냉이꽃 향기로운 언덕, 여기 푸른 잔디밭에 누워서, 철이야, 너는 닐닐닐 가락 맞춰 풀피리나 불고, 나는, 나는, 두둥실두둥실 봉새춤* 추며, 막쇠와, 돌이와, 복술이랑 함께, 우리, 우리, 옛날을, 옛날을, 뒹굴어 보자.

〈『청록집』, 1946〉

『청록집』, 1946

102

1) 복사꽃, 살구꽃, 모든 꽃들이 피었다는 것은 무엇인가 희망과 낙관에 차 있음을 의미한다.

2) 오랜 세월 동안 폐허처럼 버려져 있던 곳에서 솟아나는 새로운 희망의 징후를 느낄 수 있다.

3) 오대양(五大洋) 육대주(六大洲), 즉 지구촌을 뜻함.

4) 향(向)해야.

5) 광대한 세상에 홀로 어디로 가야 할지 방향을 잡지 못하는 막막한 심정이 나타나 있다.

6) '나' 와 '너' 의 거리감을 表現하고 있다.

7) 『장자』의 「소요유편(逍遙遊篇)」에 나오는 것으로, '곤(鯤)' 이라는 물고기가 변해서 된 것이라 알려진 상상의 새. 날개 길이가 삼천 리나 되고 단번에 구만 리를 난다고 한다. '봉새춤' 은 봉새가 커다란 날개를 벌리고 추는 춤을 묘사한 것.

다시보는 시인 & 시세계

박두진의 초기 시 가운데 「어서 너는 오너라」보다는 「해」를 기억하는 사람이 더 많을 것이다. '해야 솟아라, 해야 솟아라, 말갛게 씻은 얼굴 고운 해야 솟아라'로 시작되는 「해」와 이 시의 정서는 매우 유사하다. 마치 친구를 부르듯 해를 불러내 다정하게 대화하는 듯한 분위기를 전해 주는 「해」는, 반복법과 점층법을 구사하면서 그 특유의 적극적이고 진취적이며 남성적인 세계를 보여 준 바 있다.

「어서 너는 오너라」는 「해」와 유사하게 흥겹고 활기차며 정감이 넘친다. 함께 자랐던 '철이'가 복사꽃과 살구꽃이 피던 마을로 돌아오기를 기원하는 시인의 의지와 열망이 잘 드러나 있다. 이 시는 철이와 함께 놀던 과거의 시절을 기억하면서, 아직 돌아오지 않은 철이를 기다리는 화자의 안타까운 현재의 심경을 유장한 산문 리듬과 거칠 것 없는 구어체 문장에 담아내어 화자의 미래에 대한 희망을 강렬하게 내비친다. 호격이나 쉼표, 생략 부호 등의 빈번한 사용과 시어의 반복은 광복에 대한 시인의 제어할 수 없는 유토피아적 의지를 나타낸다고 볼 수 있다.

나와 세계를 만나는 시읽기

박두진은 이 시기의 작품들에서 산문시의 리듬에 가까운 표현을 자주 사용했다. 반복과 나열, 점층과 영탄은 그의 시가 정제된 시형보다는 산문적 리듬을 강하게 띠고 있는 것과 관련이 있다. 그는 절제되지 않은 감정을 유장한 산문 리듬에 실어 보내면서 해방을 맞이하는 우리 민족의 희망과 기쁨을 잘 드러내고 있다. 별다른 형식적 장치 없이 활기찬 리듬으로 격정적인 서정을 실어 보내고 있다는 점에서 이 시의 다이내믹한 감각성은 거칠 것이 없다고 평가된다.

「어서 너는 오너라」는 해방 직후에 발표되었지만, 해방을 예견하면서 해방 이전에 미리 써 둔 작품으로 알려져 있다. 그럴 경우, '너'는 단순히 시인의 어릴 때 친구인 '철이'를 말하기보다는 해방된 '조국'이며, 이런 점에서 이 시는 뿔뿔이 흩어졌던 민족 공동체가 다시 한마음으로 뭉치기를 기원하는 의미에서 씌어졌다고 할 수 있다. 1연은 함부로 짓밟힌 울타리에 꽃이 피고 나비가 날게 되었다고 노래함으로써 '너'가 돌아온 기쁨을 형상화하고 있다. 2~5연에서는 어린 시절 함께 자랐지만 지금은 멀리 떨어져 있는 철이를 간절하게 부르며 희망과 평화의 땅으로 모두 돌아오기를 바라는 마음을 반복과 생략을 통해 강조하고 있다. 6연은 풍요롭고 이상적인 세계가 한 편의 영화처럼 그려져 있고, 7연은 철이와 '나'가 만나서 그 평화롭고 풍요로운 세계에서 마음껏 뛰노는 모습을 그리고 있다. '닐닐닐' 등의 독특한 의성어가 이런 평화로운 분위기에 더욱 선명한 인상을 준다.

「너는 어서 오너라」의 표현 기교는 매우 단순하다. 기법을 중심으로 이 시의 특성을 말해 보자.

이 시는 산문시의 유장한 리듬을 사용해 봄을 맞이하는 환희와 광복의 기쁨을 효과적으로 표출하고 있다. 특히 '오너라'의 반복을 통해 밝고 희망적인 세계에 대한 열망을 강렬하게 제시한다. 그러면서도 쉼표를 적절히 배치해 산문조의 길고 지루한 리듬을 극복하고 있다.

1연에서는 복사꽃, 살구꽃, 벌떼와 나비, 소쩍새 등을 나열함으로써 '너'를 맞는 희열을 표현하고 있는데, '~고 일러라'라는 시구를 네 차례 반복해 생동감 있는 리듬감을 독특하게 부여하고 있다.

2~5연에서는 '너'인 '철이'와 '내'가 서로 멀리 떨어져 있음을 밝히고, '너'가 돌아오기를 안타깝게 바라는 마음을 형상화했다. '눈물과 피'로 점철된 시간을 넘어 '푸른 빛 깃발' '비둘기' '꽃다발'이 상징하는 희망과 평화의 땅으로 모두 돌아오기를 바라는 마음이 잘 드러나 있는데, 시어의 반복과 나열을 통해 이를 더욱 강조한다. '나'와 '너'의 거리감은 간절하게 '너'를 부르는 '나'의 목소리에 의해 극복되며, '너'에 대한 친밀하고 애절한 느낌으로 되살아난다.

마지막 연에서는 '널널널' 등의 독특한 의성어를 구사하면서 봄의 풍경을 더욱 선명하고 인상적으로 만든다.

'너'를 맞이하는 희망과 기쁨을 절제되지 않은 산문시의 유장한 리듬과 반복과 나열, 영탄법을 구사하면서 다이내믹하게 표현한 점이 이 시의 특징이라고 하겠다.

「너는 어서 오너라」는 조국 광복의 염원을 노래한 작품으로 알려져 있다. '너'의 의미를 생각하면서 구체적으로 지적해 보자.

이 시는 일단 희망찬 봄의 도래에 기뻐하면서, 봄의 따뜻함과 평화로움을 만끽하는 시적 화자의 감상이 잘 드러난 시로 이해해야 할 것이다. '복사꽃이 피었다고 일러라'의 첫 줄부터 '우리, 옛날을, 옛날을, 뒹굴어 보자'에 이르는 마지막까지 내용 전체가 모두 봄을 맞이하는 기쁨으로 가득 차 있다. 그러므로 '너'는 곧 '봄'으로 해석할 수 있다.

그러나 이 시가 단순히 봄을 예찬하는 것만은 아니라는 점은 '함부로 짓밟힌 울타리' 등의 표현에서 드러난다. 예전에 어떤 이유로 정답던 마을 공동체가 깨어졌다. 시인은 '별들 서로 구슬피 헤어지고', '흩어졌던 너희 형 아우'라고 쓰고 있는 것이다. 그런데 '복사꽃이 피'고 '살구꽃도, 앵도꽃도, 오얏꽃도 피'면서 떠났던 사람들이 돌아왔다. 흩어졌던 마을 사람들과 친구들이 봄꽃이 핀 이제서야 돌아와 서로를 불러 모으고 있는 것이다. 일제의 지배를 '겨울'로, 해방을 '봄'으로 환치해 이해하는 일반적인 독법을 적용해도 큰 무리는 없다고 할 것이다.

따라서 '너'는 일제의 탄압을 견디다 못해 삶의 터전인 고향을 떠난 유이민(流移民)으로 해석할 수 있다. 이 경우 이 시에는 오랜 세월 동안 고국 땅을 떠나 '다섯 물과 여섯 바다'에 흩어져 있던 우리 민족이 다시 조국 땅에 모여 민족 공동체의 삶을 건설하자는 결의가 담겨 있다고 볼 수 있겠다.

그런데 좌우의 이데올로기 쟁투로 혼란을 겪고 있던 해방공간에서 '완전한 광복' 즉 '완전하게 빛'을 찾는 것은 해방 이후 우리 민족에게 부가된 궁극적 과제였다. 이를 염두에 두고 이 시를 읽어 볼 필요가 있다. 따라서 '너'는 완전한 광복을 상징한다고 볼 수 있다. '푸른 봉우리에 올라 서면, 어어이 어어이 소리 높여 부르는 나의 음성도 너는 못 듣는다'는 구절은 이데올로기의 대립으로 인해 아직 화합의 장에 들어서지 못한 '너'를 설득하는 목소리로 해석할 수 있다.

이러한 해석을 밀고 나가면, 이 시는 조국의 해방 후에도 여전히 민족의 완전한 화합을 이루지 못한 것을 안타까워하는 시로 해석된다. '비둘기와 꽃다발과 푸른 빛 깃발을 날리며 너는 오너라'라는 구절에서 '비둘기'나 '꽃다발', '푸른 빛 깃발'에는 이 시어들이 가지는 상징적 의미나 색채의 선명함 못지않게 축제와 희망의 염원이 서려 있다. 이것들이 구어체의 목소리와 시각적 이미지를 통해 보다 조화롭고 건강하게 결합한다.

결론적으로 박두진이 바라는 이상향은 조국의 광복이 이루어진 곳, 좌우익의 대립이 사라진 곳, 성서 속의 유토피아가 실현된 곳, 동양적 이상향인 '무릉도원'일지도 모른다. 다만 기독교적인 세계관을 가졌다는 박두진의 전기적 사실을 고려한다면, 목가적인 풍경으로 묘사된 '복사꽃 마을'은 기독교적 이상향을 역동적이고 생명력 넘치는 자연에 투사한 것이라 볼 수 있다. 이는 현실로부터의 도피나 심미적인 자연관을 의미한다기보다는 비극적인 시대를 관통하는 시인의 역사의식이 내재된 자연관이라 할 수 있을 것이다. 즉 그의 시에 나타나는 자연은 기독교적 유토피아주의와 역사와 시대의식이 조화롭게 결합된 것이라고 평가할 수 있겠다.

해

시를 읽는 독법

'해'가 갖는 상징적 의미와 이 시가 갖는 역동적 리듬을 관련시켜 읽어 본다.

해야 솟아라, 해야 솟아라, 말갛게 씻은 얼굴 고운 해야 솟아라. 산 너머 산 너머서 어둠을 살라 먹고, 산 너머서 밤새도록 어둠을 살라 먹고, 이글이글 앳된 얼굴 고운 해야 솟아라.¹⁾

달밤이 싫여, 달밤이 싫여, 눈물 같은 골짜기에 달밤이 싫여, 아무도 없는 뜰에 달밤이 나는 싫여……²⁾

해야, 고운 해야, 늬가 오면 늬가사 오면, 나는 나는 청산³⁾이 좋아라. 훨훨훨 깃을 치는 청산이 좋아라. 청산이 있으면 홀로라도 좋아라.

사슴을 따라, 사슴을 따라, 양지로 양지로 사슴을 따라, 사슴을 만나면 사슴과 놀고,

칡범을 따라, 칡범을 따라, 칡범을 만나면 칡범과 놀고…….⁴⁾

해야, 고운 해야, 해야 솟아라. 꿈이 아니라도 너를 만나면, 꽃도 새도 짐승도 한자리 앉아, 워어이 워어이 모두 불러 한자리 앉아, 앳되고 고운 날을 누려 보리라.⁵⁾

〈『상아탑』 6호, 1946. 5〉

경기도 안성에 있는 「고향」 시비

1) '해'는 절대적 가치를 띠는 것으로 시대적 배경과 관련해서는 '조국 광복'을 의미한다고 할 수 있다. 시인은 이 '해'가 주는 절대치를 자기 시적 여정이 총체화된 것으로 이해한다. 활활 타오르는 밝은 '빛'은 광명을, '앳된 얼굴'은 순수와 평화를 상징한다.

2) '달밤'은 '해'와 상대적인 개념으로 이해된다. 인간의 상징적 상상력을 연구하는 학자들은 '달'을 '해'와 대립적인 이미지로 이해한다. '달'은 눈물·골짜기·밤 등과 어우러져 번민·고통·비애로 가득 찬 어둠의 세계를 상징한다.

3) '청산'은 시적 자아가 그려 내는 이상적 세계로, '해'가 솟아난 세상의 아름다움과 평화로움을 의미한다. 시인이 그려 내는 열망이 해가 충만한 청산으로 표현된다.

4) '사슴' '칡범'이 '노'는 세계는 약육강식의 법칙이 지배하는 세상을 부정하는 의미다. 일체의 존재와 생명의 영위가 모순이 없이 영원한 '사랑'의 섭리에 의해 조화되고 질서를 갖는 세계로, 환희와 평화가 존재하는 절대 세계를 의미한다.

5) 처음의 반복이다. 이상적 세계에 대한 갈망이 당대적인 것이면서 인류 보편적인 영원성에 대한 믿음과 같이 함을 의미한다. 모든 자연과 더불어 평화와 광명의 환희를 누리겠다는 시인의 의지가 잘 드러나 있다.

상징학자들에 의하면, '태양'이 주는 상징성은 '달'과의 차이 때문에 더욱 선명해진다고 한다. 그 현상의 변화와 순환적 반복의 특성 때문에 '달'은 시간의 척도로 이해되는 반면, '태양'은 불변의 형상을 가짐으로써 인간이념의 절대치나 궁극적 이데아의 세계를 상징하는 경향이 있다. 태양이 갖는 항구 불변성과 자율성은 힘·지성·절대적 권력을 이끌어 낸다. 이에 근거해 고대 이집트 왕들은 자신을 태양의 아들이라 칭하며 '파라오'라 이름을 지었다. 그것은 절대자의 상징이자 현세적인 것으로부터의 초월을 의미하기도 했다.

고대 그리스에서 태양의 신 아폴론은 파괴적이면서 순환적인 낮의 천체의 힘을 소유한 자로 나타난다. 아폴론적인 것과 디오니소스(도취·광란·열정을 상징하는 술의 신)적인 것은 예술에 있어 이성과 감성, 질서와 무질서, 조화와 도취 등의 대립쌍으로 인식되기도 한다. '태양'은 보통 영웅들과 관련을 맺는데, 대지와 어둠인 죽음과 싸우고 극적인 승리를 쟁취하는 영웅들의 이야기는 신화에서 가장 일반적인 형태를 취한다. 헤라클레스나 오르페우스의 신화는 태양과 관련 있는 상징들로 가득 차 있다. 카뮈는 올바른 삶의 길은 죽음으로 이끄는 것이 아니라 태양으로 이끄는 길이라 주장했다. 박두진의 '해'가 주는 상징성을, 시대적인 배경을 생각하면서 읽고 이를 원형 상징의 의미와 비교해 보자.

나와 세계를 만나는 시읽기

「해」는 8·15 해방이라는 역사적 계기에 의해 쓰여진 것으로, 세기적인 격동의 역사 앞에 선 시인의 극적이고 장엄한 열정을 느낄 수 있다. 시인은 이 시를 그 동안 자신의 시적 역량이 총체화된 작품으로 평가한 해설을 남기고 있다. '그때까지의 과거로부터의 내 시적 성장의 내적인 팽창과 압축된 긴장과 울불(鬱怫)했던 정서와 소용돌이치며 분화하려 했던 사상의 도가니가, 일단은 이 8·15의 촉발적이고 탄력적이고 혁명적이고 노도적인 계기를 맞아 비로소 그 물문을 연 셈이었다'고 회고한 바 있다.

이 시는 8·15라는 시대적 배경과 그로 인한 시인의 내적 열망이 어우러져서 고도로 응축된 시 정신을 드러낸다. 산문적 진술이 지배적임에도 불구하고, 수사적 측면에서 반복법을 널리 사용하고 상징적인 언어를 구사함으로써 단조로움을 극복하고 있다. 급박하게 호흡을 이끌고 가면서 생겨나는 시의 이 리듬감은 새로운 세계에 대한 시인의 열망을 점층적으로 강조하는 효과를 주면서, 해·칡범·사슴·노루 등이 갖는 생명력과 역동적 이미지를 연결한다.

'해'는 시인의 말대로 상징적 절대체로서의 의미를 가진다. 이는 8·15 이후 시들이 상투적인 시적 진술이나 직접적 감정의 표출을 보이는 것과 대비되는 것으로, 이 시가 '서정시의 한 정점'으로 평가받게 된 원인이 되었다.

박두진의 시 「해」에 나오는 '해'는 어떤 절대적인 가치를 지향하는 시인의 의지와 관계 있다. 그것은 조국 광복이라는 절체절명의 시대적 임무를 의미하기도 하지만 초시대적인 가치를 지닌 것이기도 하다. 이 시에서 '해'를 비롯한 시적 대상들이 '희망' '꿈' 등의 의미로 상투화되지 않은 이유에 대해 시인의 전기적 사실을 바탕으로 생각해 보자.

　박두진은 일제 말기 우리말로 된 시를 발표할 수 없게 되자 시를 써서 책상 밑에 숨겨 두었다. 이 시기에도 그는 시작 활동을 게을리 하지 않고 시인의 시대적 사명에 대해 고민했던 것이다. 그는 분명 어두운 시대를 밝은 '빛'에 대한 열망으로 이겨 낸 시인이라 할 수 있다. 그의 대표작으로 불리는 시 「해」도 그러한 경우에 속한다.

　박두진은 기독교적 윤리의식과 정결성을 바탕으로 사회 구조적 부조리와 부정, 악에 대해 고발하고 저항하는 시적 자세를 견지해 왔다. 그의 기독교적 유토피아주의는 일제 때 시를 쓰면서도 조금도 흐트러지지 않고 오히려 공고해졌다. 일제시대는 타락한 시대이므로 '신'은 우리 민족에게 도래하지 않고 있다고 믿었을 것이다. 그것은 신의 부재가 존재를 증명한다는 '부재의 존재론'을 바탕에 깐 것이다. 그가 미래에 대한 견자(見者)의 자세로 일제 강점기를 견뎌 낼 수 있었던 것은 선은 악을 물리칠 수 있다는 종교적 믿음과 구원에 대한 갈망 때문이었다. 그 갈망은 단순히 조국의 해방을 향한 것만은 아니다. 평화와 자유의 메시지를 띤 인류사의 보편적이고 절대적인 가치를 지향한 것이었을 때, 그의 시적 의지는 최고도로 완성된다.

　그는 '내가 펴고 싶던 사상, 내가 갖춰 보고 싶던 자세, 내가 적극화하고 싶던 자연과 인류와 온 실재에 대한 절대적 가치인 이념'의 실마리를 이 시 「해」를 통해 구현하고자 했던 것이다. 그래서 '칡범'이나 '사슴' 등의 자연물들이 강자, 약자 식으로 단순화한 대상들이 아니라 영원한 사랑의 섭리와 조화, 질서를 구현하는 궁극적이고 이상적인 우주의 한 존재로 자리잡고 있는 것이다.

　그는 해가 고운 얼굴을 썼고 인류에게 떠오르는 날을, 무한한 광명이 비치고 온갖 사물과 자연들이 조화와 질서를 누리면서 평화 공존을 이루는 날로 설정하고 있다. 그것은 조국의 해방이 우리 민족에게 생명력과 비전이 넘치는 계기를 마련해 주었음을 의미할 뿐 아니라, 그 자체가 인류사 절체절명의 과제이자 절대적 가치를 띤 의무임을 제시한 것이라 할 수 있다. 그는 자신의 이 같은 사상을 시적 활동을 통해 구체화 하고자 했으며, 인류사의 보편적이고 영원한 진선미적 가치체계로 연결될 수 있다고 믿고 있다.

　따라서 「해」는 시인의 시적 지향과 윤리적 결단의 자세가 구현된 것이다. '해'는 시인이 궁극적으로 지향하는 절대적 가치의 의미이자 이 시의 영구한 생명력을 보장해 주는 상징이기도 한 것이다.

'해'의 상징성은 유일함, 절대불변, 강렬함 등의 속성을 바탕으로 한 것이다. 그래서 예술의 여러 방면에서 '태양'은 남성적 힘이자 절대권력으로 표상된다. 이것은 사물을 '유사성'에 의해 인지하는 인식상의 관습에서 기인한다. 우리 삶에서 이러한 유사성으로 사물을 인식하는 실례를 들어 보고, 그것이 의미하는 바를 밝혀 보자.

호두를 많이 먹으면 머리가 좋아진다고 해서 성장기 어린아이들에게 많이 먹여야 한다는 속설이 있다. 이 같은 인식은, 그것의 과학적 효능을 일단 접어 두면, 뇌의 모양새와 호두 알의 모양이 유사한 데서 기인한다. 아파트 엘리베이터에 '4'자 대신 'F'를 표기하는 것은 '죽을 사(死)'자가 아라비아 숫자의 '4'와 발음이 같다는 이유다. 이는 죽음에 대한 공포와 이를 기피하고자 하는 인간의 심리를 보여 준다. 번개가 치면 자신이 무슨 잘못을 저질러서 하늘이 벌을 주는 것은 아닌가 하는 두려움이 생기는 것도 마찬가지다.

이러한 것들은 미신이나 속설을 넘어 인간 존재의 본질적 모습을 반영한 것이라 볼 수 있다. 인간은 자연 현상에서 두려움을 느낄 뿐 아니라 그와 유사한 사물이나 대상에게서도 공포와 두려움을 느낀다.

'자라 보고 놀란 가슴 솥뚜껑 보고 놀란다'는 속담은 바로 유사성에 의해 인간이 느끼게 되는 공포의 원천을 잘 보여 준다. 인간의 나약함은 우리 생활 전반을 지배한다. 한 치 앞도 내다볼 수 없는 인간 운명의 불예측성이 이 같은 유사성에 의한 공포를 만들어 낸다고 할 수 있다. '까마귀가 울면 좋지 않은 일이 일어난다'는 예감도 마찬가지다.

이러한 예들은 결국 자연 앞에 선 인간의 나약함을 보여 주는 것이지만, 다른 한편으로 생각하면 그 나약함을 뚫고 인간의 역사를 만들어 온 인간의 의지를 역설적으로 반영하고 있는 것이기도 하다. 인간의 역사는 자연 앞에 선 인간의 내적 공포와 두려움을 극복한 결과일 수도 있는 것이다. 인간은 이러한 운명의 예측 불가능성을 잠재우고 앞날에 대한 공포감을 완화하고자 '신' 혹은 '주술적 힘' 그리고 '무속'에 기댄다. 이 같은 일종의 '신비주의'는 불가지의 권능, 마술적 힘에 대한 인간의 의존을 표한 것이다. 신비주의가 운명론의 속성을 띠기도 하지만 그것은 보통 현실을 위무해 주는 힘이 되기도 한다. 그러나, 신비적 힘에 대한 지나친 기대는 인간의 주체의지를 소멸하고 허무주의에 빠지게 만들어 생의 의욕을 상실하게 하기도 한다.

과학적이고 체계적으로 현실을 분석하고 그 분석을 통해 앞날을 예견할 수 있는 것은 인간만이 가지는 이성적 판단력에 근거해 있다. 계몽주의가 근대 이후 강력한 빛을 발할 수 있었던 것은 이러한 인간 이성의 적극적 발현 때문이다. 과학주의에 대한 맹신, 현대화와 합리주의 등이 인간 이성을 절대화한 서양중심주의 사고의 산물임을 비판하는 논리도 있음을 잊어서는 안 되겠다.

그럼에도 불구하고 신비주의나 마술주의가 인간 삶에 너무 깊이 개입하면 현실적인 삶에 대한 의욕은 소멸되며 인간은 예정설이나 운명론에 자신을 내던지게 된다. 현재 없는 불확실한 미래가 여전히 존재하게 되는 셈이다.

유사성으로 사물을 인식하는 태도는 분명 인간 정신구조의 한 단면을 드러낸 것이다. 과학적이고 분석적인 사고를 통해 사물을 인식하고 현실을 바라보는 자세와 비교해 볼 때, 이 같은 사고방식은 감성적인 측면에서 이해할 수 없는 것은 아니나 일종의 근거 없는 비관주의와 운명론을 이끌어 낸다는 점에서는 그것을 극복하는 문제가 가로놓여 있다고 할 수 있다.

나비와 광장

김규동

1925~ | 함경북도 종성 출생. 평양종합대학 조선어문학과 2년 중퇴 1948년 『예술조선』에 「강」이 입선
되어 등단 1951년 김경린 · 박인환 등과 『후반기』 모더니즘 그룹 동인 활동 1959년 자유문인협회상 수
상, 민족문학작가회의 고문 역임

시집으로 『나비와 광장』(1955), 『현대의 신화』(1958), 『죽음 속의 영웅』(1977), 『하나의 세상』(1987),
『오늘밤 기러기떼는』(1989), 『느릅나무에게』(2005) 등이 있고, 시선집 『깨끗한 희망』(1985), 산문집 『시
인의 빈손』(1994) 등이 있음

나비와 광장[1]

현기증 나는 활주로의
최후의 절정에서 흰 나비는
돌진의 방향을 잊어버리고
피 묻은 육체의 파편들을 굽어본다.

기계처럼 작열한 심장을 축일
한 모금 샘물도 없는 허망한 광장에서
어린 나비의 안막을 차단하는 건
투명한 광선의 바다뿐이었기에—[2]

진공의 해안에서처럼 과묵(寡默)한 묘지 사이사이
숨가쁜 Z기의 백선과 이동하는 계절 속
불길처럼 일어나는 인광(燐光)의 조수에 밀려
이제 흰나비는 말없이 이즈러진 날개를 파닥거린다.[3]

하얀 미래의 어느 지점에
아름다운 영토는[4] 기다리고 있는 것인가
푸르른 활주로의 어느 지표에
화려한 희망은 피고 있는 것일까.

신도 기적도 이미
승천하여 버린 지 오랜 유역—[5]

그 어느 마지막 종점을 향하여 흰 나비는
또 한 번 스스로의 신화 와 더불어 대결하여본다.

《『연합신문』, 1952〉

1) 활주로, 광장, 현기증 등은 현대문명을 비판하는 시에서 자주 나타나는 시어로 현대의 속도감, 질주감, 공포감을 상징한다. 이와 대립되는 것은 '순결성' '순수성'을 뜻하는 '나비'의 존재다. 나비가 현대문명에 부딪혀 피투성이가 되는 모습은 암시적이다. '돌진의 방향을 잊'다, '피 묻은 육체의 파편', '샘물도 없는 허망한 광장' 등은 현대문명에 노출된 인간을 의미한다. 나비의 이미지가 무방향성, 고군분투, 근원에 대한 향수로 나타난 것은 현대 인간의 존재론적인 모습과 관련 있다.

2) 기계처럼 작열하는 심장, 허망한 광장, 투명한 광선 등이 주는 건조함과 삭막함이 나비의 이미지와 대조되고 있다.

3) 묘지, Z기 등의 시어도 현대문명 비판과 관계있다.

4) 아름다운 미래의 영토는 나비에게 안정과 휴식을 주는 공간이다.

5) 구원에 대한 절망감을 표출하고 있다.

6) 나비가 포기하지 않고 제 육신을 다해 현대문명에 대결하는 모습. 장엄하고 드라마틱한 장면이다. 가능성을 포기하지 않고 최후의 선까지 대결하고자 하는 의지를 읽을 수 있다.

다시보는 시인 & 시세계

일반적으로 1950년 6 · 25 전후에 일어난 모더니즘 운동을 전후 모더니즘이라고 지칭한다. 김규동은 전후 모더
니즘의 대표적 주자들로 이루어진 '후반기' 동인의 일원으로서, 도시문명 비판과 휴머니즘적 태도를 주로 드러
내었다. 김기림의 주지적 태도를 이어받으면서 1950년대 이후 우리 시단의 초현실주의 시 운동을 주도했던 인
물이기도 하다. 그는 비판적이고 지성적인 시선으로 문명 비판의 논리를 형상화했고, 전쟁을 겪은 뒤의 불안과
공포를 허무주의와 휴머니즘이 결합된 시선으로 드러내기도 했다.

「나비와 광장」에서 '나비'와 '광장'은 제목부터 하나의 대립쌍으로 이루어져 있는데, 이는 의미의 대립뿐 아니
라 이미지의 대립을 보여 주면서 이 시의 주제를 암시하고 있다. 이 대립쌍은 김규동이 추구하고자 한 '현대문
명 비판'의 주제들을 암시하고 있는 것처럼 보인다. 김규동의 시에 문명 비판의 논리가 어떤 모습으로 나타나는
지 살펴보자.

나와 세계를 만나는 시읽기

전후 대부분의 모더니즘 시는 현대문명을 비판하려는 시적 의도를 담고 있다. 그들은 시적 상징이나 은유를 통
해 현대 도시문명을 비판하기보다는 현대적인 어휘나 문명적인 어휘를 사용함으로써 그러한 비판을 감당하는
정도에 그친다는 평가도 있다.

김규동의 「나비와 광장」은 다른 시들에 비해서 성공한 작품인데, Z기의 백선, 허망한 광장, 현기증 나는 활주로
등이 가엾게 퍼덕이는 나비의 날갯짓과 대립되면서 문명 비판의 주제를 드러낸다.

그런데, 현대문명과 관련된 언어를 사용함으로써 현대문명 자체를 비판한다는 논리는 1930년대 김기림의 「기
상도」 등과 그 밖의 시들에서 규범적으로 제시된 것이다. 그러나 그것은 대체로 시적 상상력이나 은유의 결핍을
가져와 성공적인 시도가 되지는 못했다. 현대문명에 대한 비판적 · 철학적 성찰을 결여한 채 현대문명과 관련된
언어를 사용해 문명 비판의 수단으로 삼겠다는 의도는 불순하고 타당치 못한 논리로 평가받았다. 1930년대의
실패를 1950년대 모더니즘 시인에게서도 거의 유사하게 찾아볼 수 있다.

이런 관점에서 이 시에서 문명 비판의 의도가 효과적으로 적용되고 있는지 알아보자.

제목이 주는 이미지 그대로 「나비와 광장」은 '나비'와 '광장'이라는 대립쌍을 중심으로 서술되어 있다. 이 이미지가 시의 주제를 구현하는 데 어떻게 효과적으로 기능하는지에 대해 생각해 보자.

'나비'는 순결하고 진정성을 가진 존재로, '광장'은 현대문명이 광대하게 펼쳐진 상징적인 공간으로 생각할 수 있다. 이 시는 나비가 광장에서 비상하는 과정을 통해 현대문명의 문제를 진단한다. 순결한 존재와 부정적인 공간의 대립, 곧 '나비'와 '광장'은 '광장 한가운데의 나비'이며 이는 현대문명의 한가운데에서 처참하게 부서지는 나비의 육체라는 의미로 확장되고 있다.

이 시에서 '나비'는 이미 현대의 광장에서 패할 운명에 처해 있다. 광장에서 파닥이는 날개를 접으며 죽어 가는 나비의 이미지는 섬뜩하다. 회색 광선, Z기의 소음으로 가득 찬 묘지와 같은 공간, 물 한 방울 나지 않는 사막 같은 광장에서 나비가 생을 영위하는 것은 불가능하다. 나비의 육체는 피투성이가 될 수밖에 없다.

시인은 현재의 절망을 미래의 어떤 유역을 설정함으로써 뛰어넘고자 한다. 기계처럼 생명력을 잃고, 물 한 모금 마실 수도 없는 현재의 허망한 광장은 미래의 '푸르른 활주로'로 상징되는 '화려한' 희망과 대조되어 있다. 이 '푸르른 활주로'는 시인의 '신도 기적도' 이미 존재하지 않는 현재의 절망적 상황을 보상해 주는 듯하다. 나비의 마지막 비상은 이 '화려한 희망'을 실현할 수 있는가를 결정하는 것처럼 보인다. 그래서 '마지막 종점'에 선 나비의 대결은 절박감과 장엄함을 동시에 거느리고 있다.

통합논술 Q & A

현대문명에 대한 지나친 긍정이나 호의적 태도는 진화론적인 사고에서 비롯된다고 한다. 마야 문명이나 아즈텍 문명은 반드시 현대문명보다 후진적이라고 단정할 수 없을 정도로 현대 과학의 시대에도 여전히 풀리지 않는 의문을 남기고 있다. 현대인들이 고대인이나 비문명인들에 대해 갖는 감정이나 사고의 문제점을 지적해 보자.

현대인들이 스스로에게 갖는 가치관 혹은 의식은 지나치게 자기중심적이다. 인류 문명은 끊

1955년에 출간된 『나비와 광장』

임없이 발전해 왔고 인간의 정신 능력도 고대 원시사회에서부터 지금까지 일직선상에서 진화론적으로 발전해 왔다고 여기는 것이 현대인들이 보편적으로 갖는 사고의 형태다. 그러나 현재의 우리는 인류 문명의 진보나 성공에 대한 대한 확신을 가지기는 쉽지 않다.

인류 문명이 진화해 왔다면, 고대 문명이 이루어 놓은 여러 문제들을 현대 과학이 풀지 못할 리가 없다. 아직도 인류사에는 세계의 7대 불가사의니 10대 불가사의니 하는 수수께끼들이 존재한다. 폼페이 유적이나 아즈텍 문명, 마야 유적이 던져 주는 불가사의한 사실들과 그 문명에 대한 풀리지 않는 의문들이 이를 말해 준다.

이집트 문명전이나 폼페이 유적 전시회에 관람객이 폭발적으로 몰려든 것은 과거 인류가 이룬 문명에 대한 현대인의 높은 관심을 반영한 것이다. 우리는 그것을 고대 신비주의 문명에 대한 현대인의 새삼스런 관심이라고 말한다. 과거 인류 문명의 진면목을 제대로 이해하지 못하고 신비주의라는 베일로 가리려는 행위는 일종의 편의주의적 사고에 지나지 않는다. 마야 문명은 신비주의의 소산이 아니다. 우리가 거기에 관심을 갖는 이유도 '신비주의'에 대한 맹목적 관심 때문이 아니라, 그토록 오래전에 어떻게 저런 고도의 문명사회를 이룰 수 있었을까에 대한 의문과 경이감 때문이다. 그 문명사회는 현재 우리가 상상할 수 없을 정도의 고도의 사고와 기술이 지배하고 있었던 것이다.

현대인은 자신의 입장에서 원시문명이나 고대문명을 평가하는 경향이 있다. 이는 자신들이 가장 우월한 사고능력의 소유자라고 믿기 때문이며, 합리주의와 현대 과학주의에 대한 지나친 믿음 때문이라고 할 수 있다. 루소의 말처럼 '자연으로 돌아가'는 것은 자기중심주의적 가치관에서 벗어나 자연의 입장, 본연적인 인간의 입장에서 자연과 사물을 대하는 태도의 중요성을 말한 것이다. 인류가 후대에까지 생존해 나갈 지혜도 여기에서 비롯될 것이다.

「나비와 광장」의 시인 김규동은 1930년대 후반기 동인으로 1930년대 김기림의 시관이나 시양식을 거의 이어받은 인물로 평가된다. 김규동과 김기림의 인연은 매우 깊다.

김기림은 1940년 조선어 말살 정책의 일환으로 민간 신문들이 폐간되자 『조선일보』 기자를 그만두고 함북 경성고보에 가서 영어 교사 노릇을 하게 된다. 이때 김규동은 김기림을 처음 만난다. 서울에서 온 당대의 가장 유명한 시인이자 기자였으며 지식인이었던 김기림이 경성고보에 온다는 소식을 듣고 김규동은 무척 가슴이 설렌다. 문학에 대한 장엄하고 고귀한 이야기를 듣기를 기대했던 김규동에게 김기림은 문학이 아니라 '권투를 하라' 고 충고한다. 문학이 아닌 권투를 하라는 이 뼈아픈 충고의 의미를 김규동이 알게 된 것은 훨씬 후의 일이었다. 영화감독 신상옥도 김기림의 경성고보 교사 시절 제자다.

김규동이 북한에서 해방을 맞은 것은 김일성 대학 조선어문학과를 다니던 그의 나이 21살 때였다. 연변의대를 다니다 문학에 대한 열정과 정의감으로 불타올랐던 문학 청년 김규동은 결국은 조선어문학과로 편입을 하게 되었던 것이다.

김규동은 평양에 진주하는 소련군을 환영하기 위해 붉은 헝겊을 가슴에 달고 거리에 나가 만세를 부른다. 이미 북한에서는 민주청년동맹이다 독보회다 해서 사상 운동과 정치 학습 조직이 결성되어 개개인의 사상 점검이 행해졌다. 당의 업무에 비판적이었던 김규동은 독보회에 나가지 않고 집에서 베토벤, 드보르자크 같은 고전음악을 듣고 있다 부르주아 사상이 깃든 지식분자로 비판받기도 한다.

남조선 문인들 중 스승 김기림을 비롯, 정지용 등이 보이지 않음을 이상하게 느낀 김규동은 1948년 결국 김일성 대학 모자를 쓰고, 배낭에는 그가 좋아했던 오장환, 임화, 이태준의 책을 넣고 38선을 넘게 된다. 의정부 경찰서에 끌려가 '빨갱이' 로 몰려 고생을 하기도 하는데, 스승 김기림 이름을 대고 겨우 그는 풀려날 수 있었다.

그는 곧장 이화동에 살던 김기림을 찾아간다. 이때 김기림은 이미 좌파 문학 조직 문학가 동맹의 활동을 접고 문학가 본연의 자세로 돌아가던 시기였을 것이다. 김기림은 김규동에게 '노모를 이북에 두고 왜 남조선에 왔느냐. 문학을 하겠다는 사람이……' 라고 말을 흐렸다. 김기림을 찾아 월남한 김규동은 영영 실향민이 되었다. 이때의 김기림을 만난 감회는 김규동의 시 「플라워 다방」에 잘 나타나 있다.

김일성 대학 재학 중 월남한 김규동 시인(앞줄). 월남 직전에 철원에 들렀을 때 김일성대학 모자를 쓴 채 고교후배들과 함께 찍은 사진.

무등을 보며

서정주

1915~2000 ㅣ 전라북도 고창 출생. 호는 미당(未堂) 1935년 중앙불교전문학교 입학 1936년 『동아일보』
신춘문예에 시 「벽」이 당선되어 등단. 시 전문 동인지 『시인부락』 창간 1946년 조선청년문학가협회 결성,
시분과 위원장직 맡음 1954년 예술원 종신위원으로 추천되어 문학분과 위원장 역임 1972년 한국문인협
회 부이사장, 한국 현대시인협회 회장 역임 1977년 한국문인협회 이사장 역임

시집으로 『화사집』(1941), 『귀촉도』(1948), 『흑산호』(1953), 『신라초』(1961), 『동천』(1969), 『국화 옆에
서』(1975), 『질마재 신화』(1975), 『노래』(1984), 『이런 나라를 아시나요』(1987), 『팔할이 바람』(1988),
『산시』(1991), 『미당 서정주 시전집』(1991), 『늙은 떠돌이의 시』(1993) 등이 있음

무등을 보며

가난이야 한낱 남루(襤褸)에 지나지 않는다.[1]
저 눈부신 햇빛 속에 갈매빛[2]의 등성이를 드러내고 서 있는
여름 산(山) 같은
우리들의 타고난 살결, 타고난 마음씨까지야 다 가릴 수 있으랴.

청산(靑山)이 그 무릎 아래 지란(芝蘭)[3]을 기르듯
우리는 우리 새끼들을 기를 수밖에 없다.

목숨이 가다 가다 농울쳐[4] 휘어드는
오후(午後)의 때[5]가 오거든,
내외(內外)[6]들이여, 그대들도
더러는 앉고
더러는 차라리 그 곁에 누워라.

지어미는 지애비를 물끄러미 우러러보고,
지애비는 지어미의 이마라도 짚어라.[7]

어느 가시덤불 쑥구렁[8]에 놓일지라도[9]
우리는 늘 옥돌같이 호젓이 묻혔다고 생각할 일이요,
청태(靑苔)라도 자욱이 끼일 일인 것이다.[10]

《현대공론》, 1954, 8)

무등산

1) '남루'는 누더기. 가난은 입고 먹는 것, 일상적인 것, 물질적인 것이 주는 초라함에 불과하며, 그보다 더 중요한 것이 있음을 암시한다. 이 시는 가난이 갖는 고통은 물질적 곤란에 지나지 않으며 오히려 삶의 소중함, 가정의 따뜻함, 세속적 욕망으로부터의 초월 등의 자세가 중요함을 말하고 있다.

2) '갈매빛'은 짙은 초록빛을 말함. 가난한 행색과 대조되면서, 짙은 초록빛을 머금은 산등성이의 빛과 같은 우리의 마음씨를 드러내기 위해 사용된 표현이다. 생명력 넘치는 건강한 마음씨를 색채감 있게 표현했다.

3) '지란'은 영지(靈芝)와 난초. 청산 자락에 지란이 자라는 모습을 무릎 아래 지란이 자라난다고 표현했다. 아이 키우는 모습을 청산이 지란을 키우는 모습에서 유추하고 있다.

4) 물결쳐 돌아드는.

5) 삶이 고통스럽고 힘겨울 때. 삶이 소용돌이치듯 고비고비를 겪음을 의미한다.

6) '내외'는 부부를 가리킴.

7) 이 시구와 관련해 서정주는 자서전에서 다음과 같이 밝히고 있다. 이 시에서 노장(老莊)적 사유의 흔적이나 초월적 이미지가 느껴지는 연유를 알 수 있다.

이 무등산 위의 이내 속에 잠입해서, 내가 저 이백이나 도연명, 장자, 노자의 자연 몰입의 경지를 난생처음 잘 이해한 것은 이 언저리 아니었던가 한다.
광주 무등산은 앞에 앉은 산과 뒤에 앉은 산의 두 겹으로 되어 있다. 앞에 있는 것은 엇비슷이 누워 있는 것 같고, 뒤에 있는 산은 뭔지 안심찮아 일어나 앉아 있는 것 같다. (중략) 이것은 어쩌면 두 오랜 부부의 어느 오후의 휴식의 모습 같다고도 생각하고 있었다. 아내는 너무 피곤하여 엇비슷이 누워 있는 오후, 옆에 앉은 남편이 바야흐로 그 누운 아내의 고단한 이마를 짚을 자세로 있는 것이라고 생각하는 데 이르렀다.

8) 쑥이 얼크러진 구렁텅이. 수난과 역경을 상징함.

9) '가장 비참한 지경에 놓이더라도'의 의미다.

10) 옥돌에 청태가 끼는 상황은 시간이 오래 흘러서 옥돌에 이끼가 긴 상황이다. 가난을 불평하거나 견딜 수 없어 하는 것이 아니라 달관한 자세로 받아들이며 견뎌 내는 시인의 자세가 느껴진다. 삶은 일시적이고 충동적으로 영위되지 않는다. 산이 그 아래 모든 자연물을 키워 내듯 오랜 시간 동안 고통을 참고 견뎌 내는 과정을 통해서 삶은 충만해진다는 의미를 내포하고 있다.

「무등을 보며」는 6·25 당시 씌어진 시다. 서정주는 전쟁의 와중에서 살벌하고 비인간적인 전시 상황 때문에 정신병을 앓기도 했다. 전쟁이 한 평범한 인간을 정신병으로까지 몰고 갈 수 있다는 사실은 전쟁의 비참함과 부조리함이 얼마나 큰 것인가를 반증한다. 6·25 당시 정신병이나 우울증에 시달린 예는 문학인의 경우 허다했다.

이 시는 당시의 고난을 고통으로 드러내지 않는다. 오히려 마음의 안정과 평정을 얻고자 하는 열망에 찬 시인의 내면을 '무등산'의 이미지로 구체화해 보여 준다. 시인은 자연(무등산)에 기대 궁핍하고 고통스런 삶을 견뎌 냈다. 서정주는 후일 이 시에 대해 '내가 도연명, 장자, 노자의 자연 몰입의 경지를 난생처음 잘 이해한 것은' 이 시기였다고 술회한 바 있다.

이 시에서 무등은 인간의 모습을 닮은 형상을 한다. 앞에 앉은 산과 뒤에 앉은 산 두 겹으로 된 무등산은 앞에 있는 것이 엇비슷이 누워 있는 것 같기도 하고 뒤에 있는 것은 뭔지 안심찮아 일어나 앉아 있는 것 같기도 하다. 이 산의 형상에서 서정주는 오랫동안 같이 살아온 부부의 어느 오후의 휴식시간을 상상하고 있다. 아내가 너무 피곤하여 엇비슷이 누워 있는 오후, 옆에 앉은 남편이 고단하게 누운 아내의 이마를 짚는 자세로 앉아 있는 모습을 생각한 것이다. 산의 형상을 인간의 모습에 투영해 낸 시인의 시선이 아름답게 느껴지는 시다.

나와 세계를 만나는 시읽기

전쟁으로 삶이 피폐해져 있던 시인은 어느 날 광주에서 무등산을 보며 어떤 깨달음을 얻는다. 그것은 가난이 주는 불편함은 남루한 행색을 갖는 것 외에는 아무것도 아니라는 것이다. 햇빛을 받아 반짝이는 산등성이는 청청한 초록빛으로 시인에게 새로운 생명력을 불어넣는다. 가난함이야 겨우 누더기 옷을 걸친 것에 지나지 않지만 우리의 타고난 따뜻한 마음씨까지는 가리지 못한다.

산이 그 아래의 모든 자연물들에게 자양분을 제공하고 품듯 인간은 따뜻한 마음 하나로 자기 아이들을 기르고 인간을 품을 수 있다. 가난이나 현실적 삶이 주는 고통은 얼마든지 이겨 낼 수 있는 것이다. 시인은 이를 '옥돌같이 호젓하게' 사는 것이라 말하는데, 여기에 '청태가 낄' 정도라면 무어라 더 말할 수 있겠는가. 산을 통해 달관을 배운 시인의 마음을 읽을 수 있다.

「무등을 보며」는 6·25의 와중에서 쓴 시지만 깨달음과 달관의 자세를 보여 주고 있다는 점이 독특한데, 이는 풍류정신이나 영원성에 대한 탐구, 초월, 달관 등을 추구하는 서정주의 시적 경향과 관련 있는 듯 보인다.

언어논술 Q & A

다음은 가람 이병기의 시조 「난초」 중 일부다. 서정주의 시 「무등을 보며」와 비교해 자연물에 대한 두 시인의 정서와 태도의 공통점과 차이점에 대해 서술해 보자.

본디 그 마음은 깨끗함을 즐거 하여,
정한 모래 틈에 뿌리를 서려 두고,
미진(微塵)도 가까이 않고 우로(雨露) 받아 사느니라.

두 시인 모두 시적 대상인 자연에서 외경이나 깨달음을 얻고 있다는 점이 공통적이다. 서정주가 '무등산'에서 가난이 훼손할 수 없는 인간적인 것에 대한 고귀한 깨달음을 이끌어 낸다면, 이병기의 '난초'는 선비적인 지고지순한 정결함을 이끌어 내고 있다. 미당은 무등산이 지란을 키우듯 가난함 속에서도 서로 믿고 의지하며 따뜻한 마음씨를 가진다면 더 바랄 것이 없다는 입장이고, 가람은 정한 모래에 뿌리를 내리는 난초의 생태를 통해 어떤 세속적인 욕망도 멀리하고 자신의 정결함을 유지해 나가는 선비 정신을 가져야 한다고 말하는 듯하다.

그런데 현실적인 문제로 되돌아와 보자. 가람의 정신은 세속적인 삶 가운데서는 유지하기 힘든 것이다. 가난 속에서도 가족 간의 따뜻한 사랑, 아이들에 대한 부모의 자세, 가난을 견뎌 내고 삶을 건강하게 사는 법 등을 말하는 미당은 우리 삶의 구체적 면모들을 보여 주지만, 가람의 태도는 이상적 삶의 자세에 치중되어 있어 세속과 일상의 차원이나 실천적인 삶의 태도와는 다소 거리가 있다.

현실의 삶이나 일상적인 생활 가운데서 우리는 세속적인 욕망 그 자체를 완전히 배제할 수는 없다. 그러한 삶의 자세를 지향할 수는 있지만 말이다. 서정주의 시는 가난함을 받아들이는 자세에 대해 말하지만, 가람의 시는 순수 정결한 선비 자세를 말한다. 삶을 살아가는 평범한 일상인의 관점에서 본다면, 서정주의 시가 보다 강한 메시지를 전달한다고 볼 수 있다.

통합논술 Q & A

「무등을 보며」를 통해 인간이 자연에 대해 가지는 태도를 생각해 볼 수 있다. 일반적으로 서양인은 자연에 대해 적극적인 대응의 자세를, 동양인은 합일의 태도를 보인다고 한다. 이 시의 전편에 흐르는 자연관에 대해 생각해 보고, 이를 자신의 삶의 태도와 관련해서 서술해 보자.

일반적으로 서양인들이 가지는 자연에 대한 적극적이고 도전적인 태도는 인간이 자연보다 우월하다는 인식 아래 형성된 것이다. 즉 자연을 단순히 '아름다운 관조의 대상' 으로서가 아니라 정복해야 할 대상, 이른바 자신과는 이질적인 '타자' 로 보는 경향이 강하다. 때문에 자연에 대한 도전과 모험은 서양의 근대 역사 바로 그것이라 할 수 있다.

   손쉬운 예를 보더라도 미국의 역사는 서부 개척의 역사이며, 그것은 미국 우월주의라는 테마로 문학과 예술 전반에 잘 나타나 있다. 개척자들의 영웅적 모험정신은 아메리카 인디언들의 생존을 위협하고 그들의 미래를 차단했음에도 불구하고 철저히 미화되곤 한다. 개척이나 도전 또는 모험정신은 인간의 굴절하지 않는 용기를 보여 주기는 하지만. 그 자체로 절대적 가치를 지니면서 인간을 자연 위에 군림시켰다. 이는 미학적으로는 인간의 우월성을 의미하는 '장엄함의 미학' 을 형성하게 된다. 이를 문학 예술사에서는 모더니즘 미학이라고 부른다.

   그런데 최근 들어 이에 대한 비판적인 담론이 성성하게 진행되고 있다. 도전과 극복이 이루어 낸 것은 과연 무엇인가? 결국 자연의 파괴와 훼손, 그리고 인류 전체의 파멸이라는 심각한 문제를 야기한 것이 아닌가 하는 의문이 싹트게 된 것이다.

   최근 근대 과학 정신과 기계 문명에 대한 여러 반성적 사유들은 생태학적인 문제, 환경 보호 문제를 근간으로 하고 있다. 이는 서양 근대 정신이나 인간중심주의 사유의 한계를 말하고자 한 것에 다름 아니다. 서양 철학이 새삼 동양사상이나 철학에 관심을 기울이는 맥락도 바로 여기에 있다.

   인간이 자연과 하나가 되는 것, 자연과 더불어 자연 속에서 상생하는 것이 자연 보호와 생태계 복원 등 근대 이후 인류가 안고 있는 문제를 해결할 수 있는 실마리라는 것이다. 동양적 사유나 영적 사상이 재조명되는 이유가 여기에 있다.

나

한하운

1920~1975 ┃ 함경남도 함주 출생. 본명 한태영 1943년 중국 북경대학 노학원 졸업 1944년 함경남도 도청 축산과에 근무 1945년 나병의 악화로 사퇴 1946년 함흥 학생 데모 사건 혐의로 체포되었다가 석방 1949년 시집 『한하운 시초』 발간

시집으로 『보리 피리』(1955), 『한하운 시전집』(1956), 『한하운 제3시집』(1962) 등이 있음

나

시를 읽는 독법

무엇보다 인간이 되기
를 열망했던 시인이 절
망적으로 되뇌는 '사람
이 아니다. 짐승이다'의
의미를 헤아려 본다.

아니올시다
아니올시다
정말로 아니올시다.¹⁾

사람이 아니올시다
짐승이 아니올시다.

하늘과 땅과
그 사이에 잘못 돋아난
버섯이올시다 버섯이올시다.²⁾

다만
버섯처럼 어쩔 수 없는
정말로 어쩔 수 없는 목숨이올시다.³⁾

억겁을⁴⁾ 두고 나눠도 나눠도
그래도 많이 남을 벌이올시다 벌이올시다.

〈『보리 피리』, 1955〉

1) 부정과 부정이 나열되면서 강조된다. '정말로'는 '아니다'를 강조한다. '나'는 '정말로' '짐승'이 아니라 '사람이다'라는 진술을 반항하는 것이다.

2) 버섯과 같은 균(菌)류는 생태계에서 유기물을 무기물로 분해하기도 하고, 나무와 공생 관계를 이루며 나무에 영양을 공급하는 역할도 하며, 또 한편으로는 식용으로 사용되기도 한다. 그러나 이 시는 버섯의 생태에서 부정적 성격을 끌어 온다. 이 시에서 버섯은 하늘과 땅 사이에 마구 자라난 소용없고 유해한 존재로 그려져 있다. 정상 인간의 주변에서 기생하면서 잘못 태어난 수많은 존재의 하나이며, 독립성, 개체성, 인격성이 제거된 존재로 부각되어 있다.

3) 자신의 운명이 버섯처럼 어쩔 수 없는 것임을 천명하고 있다. '짐승'의 삶이기에 삶을 긍정할 수 없다. 그래서 천형을 다 산 뒤에 인간으로서의 삶을 살고 싶지만 그 벌은 억겁이 지나도 남는 것이어서 결코 소멸되지 않는다. '짐승'과 '버섯'의 목숨과 다를 바 없는 자신의 운명에 대한 극한적인 절망과 체념이 배어 있다.

4) 억겁(億劫)은 불교에서 말하는 '무한히 긴 오랜 시간'을 이르는 말. 억천만겁(億千萬劫), 영원을 말한다. 이는 결국 자신의 벌이 결코 소멸될 수 없음을 절망적으로 표출한 것이다.

한하운의 시는 문둥병이라는 운명적 형벌에 대한 저주와 자기학대로 특징지어진다. 그에게 삶이나 목숨은 저주스러운 것이다. 그의 또 다른 시 「삶」에서 '여기 있는 것, 남은 것은 벌이요, 죄다, 문둥이다' 라고 절규한 바 있다. 이는 문둥이로서의 생존은 바로 죄와 벌의 그것이며 억겁을 두고 나누어도 결코 소멸되지 않을 것임을 절망적으로 천명한 것이다. 문둥병은 그에게 천형의 벌이기에 그 벌은 결코 소멸될 수 없는 것이다. 그 벌이 소멸하지 않을 것이므로 자신은 결코 '사람이 아' 니며 사람이 될 수 없는 것이다. 이보다 더한 절망이 있을 수 있겠는가.

'나는 무엇보다 인간이 되기를 원한다' 고 절규했던 그의 처절한 몸짓이 이 시에서는 부정의 어법으로 제시된 것이 큰 특징이라 하겠다. 이 시의 비극적 상황은 문둥병 환자였던 그의 개인적 이력에서 오는 것이 사실이지만 그것은 또한 1950년대 시의 애상적 정서와 허무에 연결되어 있다는 점에서 문학사적인 보편성을 얻고 있다.

「나」는 극단적 자기부정을 통해 자기 존재의 확인에 이르는 시라고 할 수 있다. 여기서 '사람' 과 '짐승' 은 대립적 의미를 가진 시어가 아니다. '문둥병' 인간을 '짐승' 으로 인식하는 세상에 대한 원망과 체념이 배어 있다. '사람이 아니다' 와 '짐승이 아니다' 는 '나는 사람이다' '나는 사람이기를 원한다' 는 말의 강조어법이 아닐 수 없다.

만해처럼 상황적 모순이 시적 상상력에 힘입어 고도의 역설을 띠는 방식과는 달리 이 시는 부정어법이 평면적으로 나열되어 있다. 평면적 부정어법의 나열은 극단에 이르러 시인의 '나는 사람이다. 나는 사람이 되기를 원한다' 는 의지를 부정할 수 없는 경지로 이끌어 간다. 짐승의 형상을 했으나 '가장 인간적인 인간의 모습' 이 문둥이 시인의 이 절규하는 한 편의 시에 있다.

한하운의 시 「나」에는 부정의 진술이 중심이 되어 있다. '짐승이 아니올시다' 와 '사람이 아니올시다' 가 대립적인 의미를 지니면서도 결국은 '나는 사람이다' 라는 자기확정적이고 의지적인 진술을 이끌어 내는 이유에 대해 생각해 보자.

시는 일상적 말의 어법과는 다르다. 이 말은 시의 문맥을 이해하는 '해석' 의 층위가 일상 어법에서 정보를 전달하는 맥락과는 다르다는 것을 의미한다. 정보 전달이나 사실의 진위 여부를 판단하고 상황의 논리적 정합성을 따지는 일상어법에서는 모순적이고 비양립적인 진술은 당연히 거짓이다. 그러나 시에서는 다르다. 우리가 보통 시의 가장 큰 특질로 간주하는 '은유' 는 비양립성과 모순성을 중요한 핵으로 삼는다. 이른바 시에서 '돌은 깃털이다' 라는 진술은 과학적 진술이나 일상적 진술과는 달라서 '거짓' 으로 치부되지 않는다. 오히려 이 모순성은 독자들이 시의 함축적 의미를 읽으려는 충동을 강하게 자극한다. 그리고 시를 '해석' 의 차원으로 끌어올리려는 의도를 품게 한다. 즉 시에서는 일상적으로는 거짓이 되는 진술이나 모순적 어법도 '은유' 라는 형식 속에서 그것의 참된 의미를 획득하게 되는 것이다.

따라서 '짐승' 과 '사람' 은 대립적 시어가 아니다. 그리고 '짐승이 아니다' 는 '사람이 아니다' 와 같은 자리에 나란히 있어도, 모순적인 진술이어서 귀를 기울일 필요도 없는 진술로는 결코 이해되지 않는다. 오히려 이 모순적인 진술이 내포하는 의미가 무엇인가에 대한 시인의 의도를 진지하게 탐색하고자 하는 욕망을 강하게 충동질한다. 전체적인 문맥으로 보건대, 그리고 이 시인의 개인적 이력을 떠올려 보건대, 이 모순된 진술은 사실은 '나는 사람이고 싶다. 사람이 되기를 원한다' 라는 시인의 처절한 자기고백을 담은 진술이다.

부정을 통해 자기 긍정에 이르는 길은 긍정에서 시작해 긍정으로 끝나는 진술보다 강한 흡인력을 가지며 정서적 감응력의 정도가 강하다. '나는 짐승이다' '나는 사람이다' 가 반복되어 있는 경우와, '나는 짐승이 아니다' '나는 사람이 아니다' 의 '아니다' 가 반복되어 있는 경우 어느 것이 더 강한 긍정의 느낌을 가져오는지 생각해 볼 수 있겠다. 부정과 부정의 나열, 부정의 반복적 제시가 강렬한 긍정의 효과를 가지게 되는 것이다.

'부정' 은 일종의 금기여서 '부정' 을 행하거나 말할 때 그것은 강렬한 내면의 충동을 이끈다. 그것은 '긍정' 의 순환어법이 갖는 자기한계를 넘어서게 한다. 이 철저한 부정어법을 통해 시인은 자기의지의 확인과 '인간이 되고 싶다' 는 강렬한 충동을 드러낸다. 시인이 부정적 어법을 통해 궁극적으로 도달하고자 한 것이 무엇인가를 깨달을 때 이 시는 강렬한 흡인력으로 독자를 사로잡게 되는 것이다.

「나」에는 '문둥이'는 '짐승과 같은 존재다'라는 세간의 인식에 대한 한과 분노가 배어 있다. '짐승', '동물', '괴물', '좀비'는 인간과는 다른 열등하고 저열한 종들인가? 여기에는 '인간 중심주의적 사고'의 위험, '권력'에 대한 암시 등이 함축되어 있다. 자신의 독서 체험을 중심으로 '인간/괴물'의 존재에 대한 생각을 정리해 보자. 그리고 이를 '소수의 종'에 대한 우리의 편견과 관련해 이해해 보자.

그리스 로마 신화에 나오는 에피소드 중의 하나인 테세우스 신화를 보면 테세우스가 미궁에 들어가 괴물을 물리치는 장면이 나온다. 그 괴물은 '미노타우로스'라고 불리는 괴물이다. 미노타우로스의 형상에 대해서는 다양한 설이 있기는 하지만, 대체로 '반은 황소 반은 인간의 모습을 한' 것으로 그려진다. 그것은 아테네 남녀를 제물로 바칠 것을 요구하며 미궁에 들어오는 자를 잡아먹는 끔찍한 괴물로 그려져 있고, 테세우스와 미노타우로스와의 싸움 또한 처절한 것으로 묘사된다.

미노타우로스는 인간적인 모습을 한 일종의 '인간 괴물'로 그려져 있다. 그러나 이것은 표면적인 서술이고 그것의 상징적 해석은 매우 다양하다. '괴물/인간'의 인간적 고뇌는 많은 문학 예술의 테마가 된다. 이는 인간의 다의적인 측면과 복합적인 욕망을 입체적이고 매력적으로 보여 주기 때문일 것이다.

짐승, 괴물, 요괴 등은 일종의 소수의 존재(Minority)다. 영화 「엘리펀트맨(The Elephant man)」에 나오는 '코끼리 인간', 「노트르담의 곱추」에 나오는 콰지모도, 그리고 짐승으로 자신을 그려 낸 '문둥이 시인' 한하운, '인간이 되고 싶다'고 외치던, 인간보다 더 인간적인 요괴 인간 벰, 베라, 베로 등 이들 '괴물/인간'들이 정녕 인간보다 더 흉악하고 끔찍하고 부도덕하고 패륜적인 행위를 하는 '부정적인 존재'들인가는 의문이 아닐 수 없다.

'괴물을 흉악하다'고 보는 '단순 독법'은, 일제시대 시 텍스트들에 나오는 '밤', '어둠'을 대부분 '식민지 치하의 현실'을 나타낸다고 해석하고 부정적인 의미를 부여하는 독법과 유사한 발상이 아닐 수 없다. 미노타우로스와의 싸움을 끔찍하다거나 그래서 부정적인 의미를 띤다는 주장은, 단선적이고 기계적인 사고의 편린일 뿐이다. 이 같은 사고를 가진 '인간 중심주의적인' 내면이 더 어둡고 끔찍하다고 할 수 있다.

문학 텍스트를 깊이 있고 의미 있게 읽는 방법은 문학 텍스트의 언어를 '은유'의 차원에서 이해하는 데서 시작한다. 한 인간의 고차적인 언어 능력도 결국은 이 같은 말의 다의적 기능을 이해하고 그것을 보다 고차적인 범주로 통합, 응용하는 데 있을 것이다. 이것이 바로 '은유'에 대한 이해인 것이다.

다음 시는 '요괴 인간'에 대한 만화적 상상력이 기반이 되어 있다. '요괴 인간'에 대해 조사해 보고, '요괴 인간'이 의미하는 바를 생각해 보자.

뱀 베라 베로를 아시는가? 손가락이 세 개씩, 두 손에 도합 여섯 개밖에 없던 남매, 셋이 가진 걸 다 합쳐도 겨우 열여덟 개밖에 되지 않던 남매, 게다가 맏이는 장님이어서 셋을 모아도 눈동자가 넷뿐이었던 남매,

늘 사람이 되고 싶다고 중얼거리던 사람들,

돼지엄마네 큰형은 도수 높은 안경알 속에 콩알만한 눈을 끔벅이며 서류철 속에 살았다 그는 동사무소 9급 주사보였다 주민등록등본 호적등본 호적초본 인감증명서 토지대장 사이를 늘 왕복했다. 우리가 TV를 보러 만화가게를 왕복했듯이

영화 「엘리펀트맨(The Elephant man)」 포스터

작은형은 공장에 나갔는데 프레스기가 손가락 둘을 먹어버렸다 늘 왼손으로만 악수하던 사람, 사귀던 여자가 떠나갔는데 힘센 오른손으로는 잡을 수 없어서 대신에 세 손가락으로 엿을 먹었다고 한다, 둘 다 말라서 어느 쪽이 돼지인지는 알 수 없었다

막내 미정이는 내 샌드백, 학교 가면서 한 번 오면서 한 번 저녁에 또 한 번 미정이는 얻어맞았다 왜 때렸느냐고 묻는다면 샌드백이 거기 있어서라고 대답할 수밖에, 나중에 버스 차장이 되었고 문틈에 손이 끼어 왼손이 너덜너덜해졌다 오라이라는 거, 쉽지 않은 말이다

요괴 인간은 늘 악마, 유령, 좀비, 늑대인간과 싸웠다 적들의 목록을 간추리는 일은 당신에게 맡기겠다 엄마가 돼지인지 돼지들의 엄마인지도 눈 밝은 당신의 몫이다 다만 내가 어둠의 세력이었다는 사실만은 분명했다 사람이 되는 게 쉬웠으면 그들이 출연할 때마다 노래를 했겠는가 이 말이다

— 권혁웅, 「요괴 인간의 추억」(『현대시학』, 2004년 1월호)

만화영화 「요괴 인간」 포스터

만화나 만화영화에서 인간과 동물의 중간적 존재인 '요괴 인간'들을 자주 볼 수 있다. 만화영화 「요괴 인간」은 1970년대를 풍미한 일본 만화 영화였다. 최근에 인기를 끈 「포켓 몬스터」도 일종의 요괴 인간의 하나다. 요괴 인간은 하나의 세포에서 갈라져 나온 지능을 가진 생물인 인간, 동물과 같은 계열에 속한다. 요괴 인간 뱀, 베라, 베로는 인간보다 더 선한 존재로 그려져 있는데 그들은 인간이 되고 싶어 몸부림친다. 요괴 인간은 사물의 양면성 혹은 인간들에 내재한 선과 악이 공존을 암시한다.

만화영화에서 요괴 인간은 인간이 되고 싶다는 존재의 정체성에 대해 고민하면서 세계평화를 위협하는 다른 요괴들과 싸운다. 그렇다면, 인간은 요괴 인간 혹은 동물보다 더 선하고 우월

한 존재인가. 인간은 인간이기에 동물이나 요괴 인간을 경멸할 수 있는가. 인간의 인간성은 무엇이라고 말할 수 있는가. 위의 시는 바로 이 같은 문제에 대해 질문하고 있다.

「요괴 인간의 추억」은 손가락이 세 개뿐이면서 장님이기까지 한 뱀 베라 베로 가족 이야기를 통해 인간의 이야기를 들려준다. 요괴 인간들의 모습은 흉악한 괴물의 수준인데, 인간보다 더 선한 괴물들이다. 그 요괴 인간들인 뱀 베라 베로를 시인이 추억하는 이유는 뱀 베라 베로가 우리 이웃에 있었기 때문이다. 그들이 바로 돼지 엄마네 가족이었던 것이다. 뱀 베라 베로에 겹쳐지는 돼지 엄마네 세 가족들의 불행과 소외가 뱀 베라 베로를 추억하게 했던 것이다. 이는 마치 1970년대를 폭파시킬 폭약을 장전하고 있었다는 조세희의 「난장이가 쏘아올린 작은 공」의 난장이 가족들을 떠올리게 만든다.

이 시에 나오는 요괴 인간 가족의 이야기는 너무 건조하고 삭막하고 괴기해서 가슴을 서늘하게 하고, 그 요괴들을 바라보는 시인의 시선이 너무 냉담해서 깊은 울림을 준다. 뱀 베라 베로는 고민하고 성찰하는 '인간'이 되고 싶지만, 그들 요괴 인간이 사람 되기는 쉽지 않다.

요괴 인간이 싸운 진정한 적은 누구였을까. 악마, 유령, 좀비, 늑대인간이었을까?

요괴가 싸운 것은 진정 바로 그 '인간'이라는 이름의 요괴들이었다. 우리 사람들의 위선과 비인간성에 대해 싸우고 있는 것이다. 이쯤 되면 어느 쪽이 돼지인지, 인간인지, 요괴인지 인간인지, 인간이 되고 싶은 요괴 인간인지, 요괴가 되어 가는 인간인지 구별하는 것은 거의 불가능하다. 그래서 시인은 적들의 목록을 간추리는 일은 당신에게 맡기겠다고 도도하게 선언할 수 있었던 것이다.

나는 인간인가, 요괴인가, 인간이 되고 싶은 요괴인가, 요괴가 되어가는 인간인가. 그것은 절대적으로 독자 자신의 몫이라는 것이다. 우리가 두려운 것은 동물이나 요괴 인간이 아니라 우리 속의 괴물들, 요괴들, 좀비들, 유령들이다. 이기적인 소유욕과 잔인한 욕망으로 들끓는 우리 자신인 것이다. 요괴 인간의 우스꽝스러우면서도 흉측한 외모를 보여 주는 이 시가 유머스러우면서도 섬뜩한 이유는 우리 내면에 있는 악마성, 비인간성, 이기주의 이런 것들을 날카롭게 들추어 내기 때문이다. 그래서 '동물'이나 '요괴 인간'에 비해 우월성을 주장할 수 없는 우리 자신을 반성하게 하기 때문이다.

바라춤

신석초

1909~1975 | 충청남도 서천 출생. 본명 신응식 1925년 경성제일고보 입학 1931년 일본 호세이대학 철학과 입학, 카프에 가입 1933년 카프 탈퇴 1935년 『신조선』에 「비취단장」을 발표하면서 시작 활동 시작 1937년 김광균·이육사·윤곤강 등과 함께 『자오선』 동인 활동 1948년 한국문학가협회 중앙위원 1965년 한국시인협회 회장 1969년 예술원상 수상

시집으로 『석초 시집』(1946), 『바라춤』(1959), 『폭풍의 노래』(1970), 『처용은 말한다』(1974), 『수유동운』(1974) 등이 있음

바라춤¹⁾

시를 읽는 독법

현세의 어지러운 번뇌를
벗어나고자 하는 시인의
내면을 따라가 본다.

언제나 내 더럽히지 않을
티없는 꽃잎으로 살어 여려²⁾ 했건만
내 가슴의 그윽한 수풀 속에
솟아오르는 구슬픈 샘물을 어이할까나.³⁾

청산 깊은 절에 울어 끊인
종소리는 아마 이슷하여이다.⁴⁾
경경히 밝은 달은
빈 절을 덧없이 비초이고
뒤안 이슥한 꽃가지에
잠 못 이루는 두견조차
저리 슬피 우는다.

아아, 어이 하리. 내 홀로
다만 내 홀로 지닐 즐거운
무상한 열반을
나는 꿈꾸었노라.
그러나 나도 모르는 어지러운 티끌이
내 맘의 맑은 거울을 흐리노라.⁵⁾

몸은 설워라
허물 많은 사바의 몸이여!

현세의 어지러운 번뇌가
짐승처럼 내 몸을 물고
오오, 형체, 이 아리따움과
내 보석 수풀 속에
비밀한 뱀이 꿈어리는 형역(形役)의
끝없는 갈림길이여.[6]

구름으로 잔잔히 흐르는 시냇물 소리
지는 꽃잎도 띄워 둥둥 떠내려가것다.
부서지는 주옥의 여울이여!
너울너울 흘러서 창해에
미치기 전에야 끊일 줄이 있으리.
저절로 흘러가는 널조차 부러워라.[7]

…(하략)…

『바라춤』, 1959

〈『바라춤』, 1959〉

1) 불교에서 불법을 수호하는 뜻을 지닌 의식, 춤의 하나다. 주로 '도량정화(道揚淨化)' 와 관계해 주술적인 의미를 지니는데, 이 시에서는 번뇌와 세속적 욕망에서 벗어나 무상한 열반을 꿈구는 화자의 내적 의지를 투영하고 있다.

2) '살아가려' 의 의미.

3) 내면에 떠오르는 슬픔, 비애.

4) 이슥해지다. 그윽해지다의 뜻.

5) 홀로 무념무상의 열반을 꿈꾸었으나 상념과 번뇌가 마음을 어지럽게 함.

6) 세속적인 욕망과 그로부터 벗어나 열반의 경지로 들어가려는 의지와의 갈등을 묘사하고 있다. 고대적 전통에서 뱀은 질서를 만드는 자, 일종의 우수성과 미덕을 갖춘 자로 간주되기도 한다. 그럼에도 문학에서 뱀은 악의 상징이나 은유로 쓰이는 경우가 더 보편적이다. '형역' 은 인간에게 주어진 원초적 욕망에 의한 번뇌를 말한다.

7) 쉬지 않고 제 본성에 따라 자연스럽게 흘러가는 물의 흐름에 끝없이 번뇌에 싸여 있는 자신의 내면을 대립하고 있다.

신석초의 시는 균제된 형식미와 철학적 사유의 깊이를 초기부터 후기까지 일관성 있게 드러냈다고 평가된다. 하지만 이 균형이 그의 시의 폭과 깊이를 제한하기도 한다. 그는 '무녀, 처용' 등의 한국적이고 전통적인 것에서 부터 프로메테우스와 유파리노스 등 서구 신화를 차용해 시적 소재를 삼기도 한다. 그는 끊임없는 추고와 개작 과정을 통해 주제의식을 심화해 나가는데, 「바라춤」도 이런 수없는 개작 과정을 통해 이루어진 작품이다.

총 421행(시집 수록본, 최종 추고본에서는 349행)에 달하는 방대한 분량이면서, 서사와 본사가 14년이라는 시 간적 간격을 두고 씌어졌다는 데도 이 시의 특색이 있다. 그에게 시란 영원히 미완성인 것, 목숨이 다할 때까지 완성을 위해 끊임없이 노력해야 할 절체절명의 이상과 같은 것이다. 그에게 있어 시란 바로 이데아다. 「바라춤」 의 방대한 분량과 긴 추고 과정은 이 같은 '절대적 경지'를 곧 '완전한 시'로 이해한 시인의 시관에서 비롯된다.

「바라춤」은 시적 자아의 순수세계, 무념무상의 경지, 절대 열반의 세계에 대한 지향을 드러내고 있다. 그에게 정신과 육체, 물질과 관념, 동양과 서양은 대립적 존재이면서 그의 시의 균형과 긴장을 조성하는 것이기도 하다. 그러나 이 절제된 균형은 실제로 인간에게서는 항시 균열되고 와해되어 나타난다. 균열에 따른 비애가 이 시의 근원적 정서다.

언제나 순수 열망으로 살아가고자 하지만 인간은 홀로 고독하며 세속적 욕망과 번뇌에 휩싸이게 된다. 정신은 무상한 열반을 꿈꾸지만 '몸은 설' 운 이유가 그것이다. 정신과 육체의 대립과 그로 인한 시적 자아의 갈등이 주 옥같이 흘러가는 여울에 대비되면서 그 대립을 보다 선명하게 한다. 그 대립은 보다 근원적인 것으로 나아가는 데, 즉 자연과 인간의 대립이며 영원성과 순간성의 대립으로 나타난다.

「바라춤」의 나머지 부분을 모두 찾아서 「바라춤」이 어떻게 전개되어 가는가를 살펴보고 주제의식이 어떻게 심 화되는지도 살펴보자.

「바라춤」에서 '끝없는 갈림길' 은 근원적 비애를 생성하고 있다. 이것이 의미하는 바에 대해 생각해 보자. 시인의 시관이 어떤 것인지를 참고자료를 통해 알아보고 이 구절을 시인의 시관과 관련해 설명해 보자.

'끝없는 갈림길' 은 정신과 육체의 이원적 세계에 노출된 시적 자아의 갈등이 상징적으로 드러난 시어다. '티없는 꽃잎' 의 삶은 절대순수의 경지며 어떤 세속적 번뇌에도 흔들리지 않는 무념무상의 삶을 의미한다.

그러나 인간은 인간이기에 이 세속적 번뇌로부터 초월할 수 없다. 시인의 내면에 솟아오르는 샘물은 바로 인간의 마음에 지속적으로 내재하고 있는 비애다. 2연에서 두견이의 울음으로 표현된 시적 자아의 슬픔은, 청정하고 고독한 절의 풍경과는 달리 1연에 이어 고조된다. 홀로 고적한 적막감 속에서 인간은 절대고독을 향유하기보다는 오히려 그 고독 때문에 마음을 진정하지 못한다. 무상한 열반을 꿈꾸지만 마음은 어지러운 티끌과 같이 번뇌에 휩싸이는 이유가 바로 여기에 있다. 이 마음과 육체의 갈등은 이상과 현실, 초월적 삶과 세속적 욕망의 갈등이 되기도 한다.

시적 자아의 번뇌는 '설운 몸' 에서 비롯되는데 그 이유는 현세의 어지러운 번뇌로 표상되는 인간의 원초적이고 육욕적인 본능 때문이다. '보석 수풀' 은 그가 꿈꾼 이상적 열반의 경지이지만 그 수풀 속엔 '뱀' 으로 표상되는 인간의 원초적 욕망이 꿈틀거린다. 인간은 이 두 세계의 갈등에서 자유로울 수 없다. 인간은 언제나 이 끝없는 갈림길에 그대로 노출되어 있다. 끝없는 갈림길에서 헤매는 인간과 달리 물은 자유롭고 지속적이다.

시인은 이 같은 물의 자유와 초월을 '주옥' 이라 부르고 있다. 시적 자아가 물에 대해 갖는 부러움은 정신과 욕망의 갈등에서 자유롭지 못한 인간이 자신의 한계를 뚫고 초월하고자 하는 욕망에서 비롯되고 있는 것이다.

결국 이 갈등에서 오는 비애와 슬픔을 극복하기 위해 시인은 장편의 시를 쓰게 된다. 신석초가 시를 추고하고 개정하는 과정은 인간의 삶을 추고하고 개작하는 과정과 일치한다. 삶을 궁극적 상태로 만들어 가는 과정이 시작(詩作)의 과정인 셈이다. 그는 이러한 과정을 통해 이 두 세계가 궁극적으로 조화·통일되는 세계, 무념무상의 경지로 들어서는 세계를 이룰 수 있다고 생각하는 것이다. 이는 시를 통해 인생을 완성하고자 하는 태도로 볼 수도 있다.

다음은 신석초 시인이 쓴 글의 일부다. 시인의 관점이 우리의 구체적 삶의 문제로 제기될 때 일어날 수 있는 문제에 대해 생각해 보자.

직선보다는 항상 곡선에 멋이 있다. 그러나 또 과도하게 굴절된 물체는 결점밖에 볼 수 없다. 또 정지의 상태보다는 동작의 상태에 더 멋이 있지만, 그러나 과도히 움직이지 않는 율동의 상태에서라야만 더 멋을 느낀다.

이 글은 중용의 미학을 언급한 듯 보인다. 직선과 곡선의 조화, 운동과 정지의 균형, 극단과 극단의 조화와 통일 등이 그가 주장하고 있는 '멋'의 상태로 생각된다. 이 같은 중용과 균형의 미는 모든 고전적인 예술 미학이나 철학이 지향하는 궁극적 상태라 할 수 있다. 이질적인 것들, 극단적인 것들이 제 고유의 본질을 잃지 않으면서 다른 차이 나는 것들과 조화를 이루는 세계가 이 고전적인 미학이나 사유가 보여 주는 중용의 미일 것이다. 즉 이질적인 것들이 소용돌이를 일으키며 역동적으로 다른 의미 있는 것들을 생성해 나가는 것이다.

그러나 이러한 미의식이나 균형감각이 실제 생활이나 구체적 현실의 문제로 옮겨 오면 다소 다른 양상을 띠게 된다. 인간의 정치적 욕망이나 현실적 문제가 여러 복합적인 원인들로 인해 '균형과 절제'라는 중용의 성질이 갖는 가치를 굴절해 버리기 때문이다. 특히 정치적인 문제에 있어 '균형과 조화'는 치명적인 상처를 입기 쉽다. 중용은 그 자체의 본질을 잃는 순간, 어정쩡한 절충이나 화해가 되기 쉽다. 이를 냉소적인 의미에서 '회색인'이라고 부르기도 한다.

인간은 언제나 정치적 선택을 강요받는다. 극단과 극단의 한 지점을 택하지 않고 중간을 선택할 경우, 그는 이도 저도 아닌 절충주의자나 사상이 의심스러운 자(회색인)로 낙인찍힌다. 1920년대 말 좌우익의 절충을 시도했던 신간회의 실패는 역사적 교훈의 한 실례다. 해방기 문학계의 카프계와 비카프계를 절충하고자 했던 절충파들의 시도도 마찬가지로 실패로 끝난다. 최인훈은 「광장」에서, 좌·우 중 한 극단을 선택하도록 강요당한 이명준의 운명을 자살로 끝을 맺고 있다. '박쥐' 우화는 궁극적으로는 '극단' 혹은 '한쪽'을 선택해야 하는 인간 삶의 아이러니를 잘 보여 준다. 극단적 삶의 선택은 냉전 이데올로기가 성하던 시대의 산물일 수도 있다는 점에서, 그리고 이분법적 사고의 극치를 보여 준다는 점에서 극복해야 할 문제다. 이는 '어중간함'이 주는 절충을 옹호하는 입장에서가 아니라, 다원적 사고의 가능성을 열어 준다는 의미에서 그러하다. 극단의 사고가 아니라 극단 사이의 여러 절충점과 조화로운 가능성들을 인정하는 사회라면 그건 분명 열린 사회라고 할 수 있다. 다른 차이 나는 것, 차이 나는 사고나 가치관을 인정하는 사회를 우리는 다원화된 가치를 인정하는 사회라고 부른다.

이 시대 우리 사회가 지향하는 가치들은 이처럼 다양하고 열린 사유다. 다원적 사고, 카오스적 세계관을 특징으로 하는 현시대적 가치들은 극단적 이분법적 사고를 뛰어넘어 존재하는 것들이다.

충남 서천에 있는 「꽃잎 절구」 시비

개화

이호우

1912~1970 | 경상북도 청도 출생 1941년 『문장』에 시조 「달밤」이 추천되어 등단 1955년 『이호우 시조집』으로 제1회 경북 문화상 수상 누이동생인 시조 시인 이영도와 함께 오누이 시조집 『비가 오고 바람이 붑니다』 발간

주요 작품으로 「개화」 「별」 「진주」 「휴화산」 「바위 앞에서」 등이 있음

개화

시를 읽는 독법

꽃의 개화가 우주의 열
림으로 확장되는 시인
의 시선을 따라가 본다.

꽃이 피네, 한 잎 한 잎.
한 하늘이 열리고 있네.[1]

마침내 남은 한 잎이
마지막 떨고 있는 고비.[2]

바람도 햇볕도 숨을 죽이네.
나도 가만 눈을 감네.[3]

『이호우 시조집』, 1955

〈『이호우 시조집』, 1955〉

---

1) 꽃이 피는 모습을 하늘이 열린다고 표현함으로써 개화를 우주의 열림이라는 차원으로 확장하고 있다.

2) 개화의 절정을 극적으로 표현한 것.

3) 개화를 위해 모든 삼라만상이 숨을 죽이고 있는 모습. 생명에 대한 경이가 함축되어 있다.

다시보는 시인 & 시세계

'3장 6구'로 통칭되는 시조의 정형시적 성격은 유교적 세계관의 선비의식에서 비롯된다. 그 중 기교적 장식주의나 자연스러운 형식미, 곧 멋을 중시하는 사장파적인 선비의식은 주로 가람 이병기의 시조에서 드러나고, 역사적이면서도 현재적인 삶의 방식을 탐구하고자 하는 도학파적인 선비의식은 이호우의 시조에서 나타난다. 가람은 시조를 통해 아무런 억지도 없고 꾸밈도 없고 구김도 없는 경지를 구축하고자 했다. 즉 '무슨 굉장한, 엉뚱한 소리를 하려고 하면 잡치고 만다'는 신념은 그의 시조가 현실적이고 구체적인 문제로부터 일정한 거리를 두고자 했음을 말한 것이다. 반면에 이호우는 시조를 통해 이 '엉뚱한 소리'를 하고자 했는데, 그의 시조는 현재적이고 현실적인 삶의 탐구라는 주제로 가까이 간다.

가람이 난초, 문갑, 벼루, 사군자, 술과 가얏고 같은 동양적인 멋의 세계에 심취했던 반면, 이호우는 가람의 시조로부터 출발하기는 했으되 6·25 후에는 역사 현실에 대한 적극적인 관심으로 방향을 선회하게 된다. 이호우는 '불의에 대한 분노'를 시조 형식 속에 담아내려고 했다. 이 차이는 가람의 연작시 형식의 시조 창작과 이호우의 단형시 형식의 시조 창작이라는 차이를 낳기도 했다. 한편 또 다른 시조 시인인 정완영의 시조는 이 두 형식 및 세계관과는 뚜렷이 구별되지 않는 중간형에 속한다고 평가된다.

나와 세계를 만나는 시읽기

이호우의 「개화」는 시조의 3장 6구라는 정형시적 성격이 잘 드러나 있다고 평가되는 작품이다. 시조의 정형시적 성격은 형식적 완결미를 통해 절대적 경지를 확보하는 데 있다. 이 시조는 '전통적'이라는 느낌보다 '현대적'인 느낌이 더 강하다. 꽃이 피는 그 절대적인 순간을 군더더기 없는 시조의 단아한 형식으로 표현하고 있다.

한편 정완영의 시조에는 사대부 가문의 계층의식이 잘 드러나 있다. 그의 시조 「우리 집 석류나무」은 석류나무의 열매가 익는 것에마저 사대부 가문의 근엄과 권위가 배어 있다는 인식이 표출된 시조다. 이는 시조 시인들에 내재해 있는 유교적 부자관계의 표출로 이해되기도 한다.

부자관계가 윤리의식의 으뜸이라는 인식은 이호우에게는 없고, 가람에게는 약간 있고, 정인보에게는 모계적인 성격을 띤 「자모사」연작 시조에 나타난다. 그러나 정완영의 시조는 이호우의 것처럼 형식적인 완결미를 가지고 있지 않다.

이처럼 시조는 유교적 계층의식과 분리될 수 없고 그것이 나름의 형식미 속에 정제되어 나타난다. 우리 현대시사에서 중요하게 언급되는 시조 시인들의 시를 찾아보고 각 시조의 차이를 생각하면서 이 시조를 음미해 보자.

정완영의 시조 「우리 집 석류나무는」을 찾아서 읽어 보고 이호우의 시조와 비교해 그 차이를
지적해 보자. 특히 시조가 유교의식의 산물이라는 점을 인식하면서 '선비의식'과 관련해 이 차
이를 설명해 보자.

우리 집 석류나무는
함부로 꽃 안 피웠다

오뉴월 타작마당
새로 먹인 도리깨로

한 마당 땡볕을 뒹겨야
불꽃처럼 터져났다

우리 집 석류나무는
함부로 열매 안했다

할아버지 사서삼경
별자리 시봉(侍奉)해야

떨어진 서리하늘에
가슴 빠개 재쳐었다

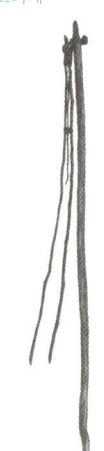

도리깨

유교에서 말하는 선비의식은 일견 현실과는 무관하게 학문의 절대적 경지를 구축하고자 하
는 것으로 인식되기 쉬우나, 유교가 현실적 학문인 것처럼 선비의식도 현실 참여적인 삶의 자
세와 관련이 깊다. 선비는 학문의 경지를 깊이 있게 추구하는 것 못지않게 그 학문을 현실과의
관련 속에서 유용하게 실천할 줄 알아야 한다. 그래서 선비는 현실적인 문제에 끊임없는 관심
을 가지며 학문을 현실화하고자 한다. 특히 유교에서 사장파적인 선비의식보다는 도학파적인
선비의식이 이런 성향을 지닌다고 알려져 있다.

정완영의 시조는 사대부의 계층의식과 지고하고 근엄한 가문의식을 주조로 하고 있다. 자기
집의 석류나무 열매가 익기 위해서는 오뉴월의 땡볕이 타작마당을 내리비춰야 한다는 것, 특히
'함부로' 열매 맺지 않는다는 인식은 그것이 귀족적이고 선민의식적인 가문의식에서 나왔음
을 잘 알게 해 준다. 그 후 석류나무가 어떻게 되었으며 할아버지의 존재가 어떠했는지에 대해
서 우리는 이 시조를 통해 확인할 수 없다. 이 시조에는 현실 생활에 대한 구체적인 관심이나

경북 고령에 있는 「살구
꽃 핀 마을」 시비

일상에 대한 소소한 묘사가 결여되어 있다. 정완영의 시조는 후에 기교 일변도의 멋으로 흐르게 되는데, 여기서 그 일단의 가능성이 엿보인다 하겠다.

반면 이호우의 시조는 단형시 형식 속에 어떤 절대적인 개화의 경지를 모색하면서도 현대시적인 분위기를 놓치지 않는 데 그 특색이 있다고 하겠다. 단형시가 도학파적인 기질의 발로라는 것은 앞의 설명에서 이미 언급한 내용이다. 「개화」에는 3장 6구의 정형시적 시조 형식이 거의 오차 없이 개화의 절정을 향해 뻗어 있다. 이 시조에는 어떤 진부한 설명이나 묘사나 군더더기가 없다. 이는 기교나 멋으로 상징되는 사장파적인 선비의식과는 다른 세계관을 의미한다.

해방 이후 좌우 이념 투쟁 활동의 참여, 6 · 25 참여, 그리고 자유당의 불의를 향한 날카로운 공격 등 그 이후 이호우의 시적 역정이 이 한 편의 시조에 이미 나타나 있는 셈이다. '아무 억지도 없고 꾸밈도 없는 단순 소박한 경지' 류의 사장파 미의식과는 달리 현실을 향해 날카롭게 붓을 들이대는 것이 도학파적인 세계관이며 이호우 시조의 존재 이유 역시 여기에 있었던 것이다. 「개화」에 나타난 단아하고 절대적인 경지를 향한 '개화'의 순간은 바로 도학파적인 선비의식의 결정체인 것이다.

통합논술 Q & A

가문의식이나 문벌의식이 잘못 발현되면 신 계층의식이나 국수주의로 오해될 우려가 있다. 이것의 현대적 가치는 무엇인지 생각해 보자.

가문의식이나 문벌의식은 유교사회에서 엄격한 신분 질서를 구축하면서 그 문벌이나 가문에 속한 구성원들에게 일체감을 심어 주었다. 자기가 생래적으로 획득한 신분이 죽을 때까지 영위되는, 말하자면 신분 질서가 엄격하고 신분 간의 이동이 통제된 사회는 평등한 사회가 아니다. 현대인의 의식으로는 생각조차 하기 힘든 사회다. 민중의 신분 상승 욕구나 능력에 따른 기회 균등 그리고 자아 개발이 제도적으로 철저히 억압되기 때문이다.

조선시대의 과거제도를 보더라도 일반 민중에게는 그 기회 자체가 거의 봉쇄된 반면, 양반 자제들에게는 권력 획득과 출세의 수단으로 적극 활용되었음은 잘 알려진 사실이다. '이퇴계의 제자', '이이의 제자' 하는 식으로 문벌이 자연스럽게 형성되어 그것이 조선사회의 정신적 이념으로 굳게 자리매김된 것도 부정할 수 없는 사실이다.

현대사회에서 문벌의식이나 가문의식은 많이 퇴색되었다. 경제 질서가 우리 사회를 움직이는 거대한 축이 되면서 전통사회의 가문의식이나 문벌의식은 거의 의미를 갖지 못하는 것처럼 보인다. 전통사회에서 양반의식과 가문의식이 서로 밀접한 관련을 맺었다면, 현대는 경제적 주도권을 잡고 있는 이른바 재벌가가 우리 사회를 움직이는 명 가문이다. 재벌가문이 신흥 명 문가로 떠오르고, 사람들은 그들의 일거수일투족에 관심을 갖는다. 경제 논리가 우리의 일상 생활이나 사고방식 전반에 영향을 미치는 것이다.

현대사회는 신분 이동이 제도적으로 열려 있다고는 하지만, 정신적 지주 역할을 하는 잣대 는 거의 존재하지 않는다. 경제 논리가 우리 사회를 움직이는 바탕이 되면서 우리의 사고는 물질과 금전을 중시하는 시류에 아주 쉽게 편승하게 되었다. 현대사회에서 정신적 가치나 삶 을 지탱해 주는 윤리 그리고 그 튼튼한 지주가 되는 이념의 바탕을 어디에 둘 것인가 하는 문 제는 여전히 고민거리다.

재벌의식이나 가문의식, 문벌의식 같은 것들은 일종의 선민의식이며 특권화된 계층의식이 다. 이는 일반 민중으로서는 가까이 갈 수 없는 아주 요원한 세계에 속한 것들이기는 했지만, 전통사회에서는 그 사회를 지탱하는 윤리규범의 토대가 되거나 정신적 지주로서의 역할을 했 다는 긍정적 측면도 인정해야 할 것이다.

그러나 현대사회에서 그것이 의미를 가지려면 현대사회를 설명하거나 현대사회의 역기능 을 비판할 수 있는 새로운 개념들을 구축해 내야 한다. 또한 물질적 가치에 대한 맹목, 배금주 의 사고 등을 비판하고 정신적 가치를 그 비판 위에 정립할 개념들의 설정과 그것에 대한 새로 운 해석이 필요하다. 이것이 가문의식이나 문벌의식이 갖는 현대적 의의라 할 것이다.

초토의 시 · 8

구상

1919~2004 | 함경남도 문천 출생. 본명 구성준 1941년 일본 니혼대학 종교학과 졸업 1946년 동인지 『응향』에 시 「길」, 「여명도」, 「밤」을 발표하며 등단 1947년 『응향』에 게재된 작품으로 소위 반동 작가로 낙인찍혀 월남 1957년 서울시 문화상 수상 1966년 『구상 시선집』 간행

시집으로 『구상 시집』(1951), 『초토의 시』(1956), 『까마귀』(1981), 『나는 너에게 너는 나에게』(1982), 『드레퓌스의 벤취에서』(1984), 『모과 옹두리에도 사연이』(1984), 『구상 연작시집』(1985), 『구상 시전집』(1986), 『삶의 보람과 기쁨』(1986), 『개똥밭』(1987), 『유치찬란』(1989) 등이 있음

초토[1]의 시 · 8

― 적군 묘지 앞에서

오호, 여기 줄지어 누웠는 넋들[2]은
눈도 감지 못하였겠고나.

어제까지 너희의 목숨을 겨눠
방아쇠를 당기던 우리의 그 손으로
썩어 문드러진 살덩이와 뼈를 추려
그래도 양지바른 드메를 골라
고이 파묻어 떼[3]마저 입혔거니,

죽음은 이렇듯 미움보다, 사랑보다도
더 너그러운 것이로다.[4]

이곳서 나와 너희의 넋들이
돌아가야 할 고향 땅은 삼십 리면
가루 막히고[5]
무주공산(無主空山)의 적막만이
천만 근 나의 가슴을 억누르는데,

살아서는 너희가 나와
미움으로 맺혔건만,
이제는 오히려 너희의
풀지 못한 원한이

나의 바램 속에 깃들여 있도다.

손에 닿을 듯한 봄 하늘에
구름은 무심히도
북(北)으로 흘러가고,

어디서 울려 오는 포성 몇 발,
나는 그만 이 은원(恩怨)의 무덤 앞에
목놓아 버린다.

〈초토의 시〉, 1956

초토의 시, 1956

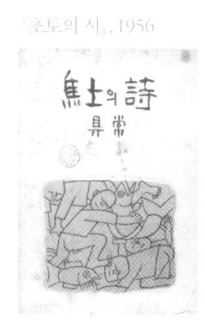

1) '초토'는 까맣게 탄 흙. 전쟁으로 인해 황무지처럼 된 땅이라는 의미이며 궁극적으로 황폐한 정신을 뜻한다.

2) 북한군의 주검들.

3) 뿌리째 떠낸 잔디.

4) '죽음'은 사랑과 미움이라는 양극적 감정을 뛰어넘는다는 의미.

5) 휴전선으로 막혀 있음을 뜻한다.

6) 통일이 되어 북으로 돌아가고 싶은 간절한 열망을 담고 있다.

7) 북으로 자유롭게 흘러가는 구름과 분단으로 인해 갈 수 없는 자신의 처지가 대비된다. 자연과 인간의 처지를 대조적으로 설정해 이별, 분단 등의 문제를 드러내는 방식은 시에서 자주 쓰인다.

8) 은혜와 원망. 적군이기는 하나 미워할 수 없는 존재인 '너'에 대한 시인의 복합적인 감정이 드러나 있다. '너'의 입장에서도 '나'는 '미움'과 '사랑'의 모순적 존재일 수밖에 없다.

구상은 이른바 '응향사건'으로 월남한 시인이다. 1947년 북조선문학예술총동맹은 이 시집에 실린 시들이 현실에 대한 회의적, 공상적, 퇴폐적, 도피적, 절망적 성격을 띠고 있고 부르주아적 반동성을 가지고 있음을 구실로 규탄한다. 이 일을 계기로 북한에서는 개인의 내면적 서정성을 띤 시들은 더 이상 존재할 수 없게 된다. 구상이 북한에서 겪었던 이 경험은 조국의 해방이 기쁨과 환의를 가져다 주는 것이기보다는 불안과 공포를 내재한 것이라는 선지자적 인식으로 이어진다. 그는 생애 내내 종교적 신념을 바탕으로 한 존재론적, 윤리적 고뇌를 시로 표현했다.

「초토의 시」는 6·25의 체험을 시적으로 형상화한 전 15편의 연작시로서, 그의 노작 중 가장 많이 알려진 것 가운데 하나다. 이 시편들 또한 기독교 정신에서 비롯된 인간 내면의 윤리의식과 전쟁 체험을 인류사적인 문제로 인식하는 역사의식이 결합되어 있다.

이 시는 추모시에 해당된다. 죽은 자에게는 어떠한 증오나 원한도 남아 있을 수 없다. 시인은 인민군의 묘지 앞에 서서, 그들과 맞섰던 과거의 증오를 청산하고, 그들의 영혼이 평온하길 기도한다. 그러나 이 시는 단순한 추모의 감정을 넘어서서, 전쟁과 분단의 비극이 과연 어디에서 비롯된 것일까를 진지하게 묻고 있다.

나와 세계를 만나는 시읽기

'초토'는 까맣게 탄 흙이라는 뜻이다. 구상의 시 「초토의 시·8」에서 초토가 의미하는 바를 생각해 보자. 전쟁이 인간의 대지뿐 아니라 인간의 정신마저 초토화한다면 그것은 인류 역사의 초토화를 의미하는 것이 아닐 수 없다. 이러한 비극적 인식에서 시인이 생각하는 구원은 어떤 것일까.

시인은 적군의 무덤 앞에서 비로소 남과 북의 이데올로기 차이를 뛰어넘어 그들 모두를 민족의 이름으로 받아들이게 된다. 적군의 주검은 그에게 사랑과 미움의 원초적이고 양극적인 감정을 넘어선 화해와 관용의 마음을 갖게 한다. 그리고 그 주검을 통해 시인은 자신의 '바램'을 확인하게 된다. 통일을 기원하는 민족적 염원이 잘 배어 있는 작품이다. 다른 전쟁 체험 시와 비교해 보자.

다음은 구상 시인이 연작시를 쓰게 된 동기를 밝힌 글이다. 여기서 '촉발생심'이나 '응수소매격'이라는 말은 시적 대상에 대한 순간적인 감정이나 정서를 노래한 단편 서정시를 의미한다. 시인의 이 같은 시관이 「초토의 시 · 8」에서는 어떻게 드러나는지 생각해 보자.

나 같은 사람은 촉발생심(觸發生心)이나 응수소매격(應酬小賣格)인 시를 써 가지고선 도저히 사물의 실재(實在)를 파악하지 못할 뿐 아니라, 존재의 무한한 다면성이나 복합성을 조명해 내지 못하기 때문에 한 제재를 가지고 응시를 거듭함으로써 관입실재(貫入實在)에 도달하려는 의도에서 연작시를 쓰게 되었다.

시인은 전쟁의 비극적 상황을 '초토'라는 상징을 통해 말하고자 한다. 전쟁이 이 땅을 황무지화하고 인간의 정신마저 황폐하게 만든다는 것이다. 이는 이데올로기의 허구성과 인간의 이기심에 대한 비판이다. 적군과 나는 살아서는 '적'이었지만 죽어서는 한민족으로 '통일'을 염원한다. 여기서 적군과 '나'의 화해와 용서가 시작된다. 이 같은 시인의 의도를 볼 때 단편적인 서정시로는 인류사적이고 민족적인 염원이나 전쟁에 대한 비판을 제대로 표현할 수 없다는 의미인 것이다.

서정시는 일반적으로 인간의 보편적 심성이나 감정들을 즉흥적이고 순간적으로 표현해 내는 것으로 알려져 있다. 그것은 한 인간의 감정을 집약적으로 표현하는 데는 적합한 형식이다. 그러나 인간사의 복잡한 문제를 제기하고 부조리한 사회 문제 등을 비판, 고발하기 위해서는 단형적인 형식과 순간적인 감정을 넘어서야 할 때가 있다. 이때 시는 서사(敍事)를 지향한다. 소설 장르와 같이 자신이 의도한 바를 좀더 설명적이고 쉽게 전달하고자 시인은 욕망하는 것이다. 그렇다면 소설을 쓰면 되지 않느냐고 반문할 수 있다. 그러나 집약적이고 함축적인 표현을 통해 그 효과를 더욱 높이고자 한다면 소설보다 시가 더 적격이다. 특히 시는 인간 본연의 순수한 지각을 형상화하고 시를 읽는 독자 또한 정서적인 차원에서 감동을 받기 때문에 전달 강도에 있어 소설보다 직접적이며 효과적이다. 이때 시인은 서사시적 형식을 택하거나 장시, 연작시를 쓰게 된다. 이 경우에는 어휘의 선택이나 조탁, 그리고 시의 형식미는 그렇게 중요하지 않다.

구상의 시가 서술적이어서 쉽게 읽히고 시어의 형식미나 세련미에 별 관심을 보이지 않는다고 지적되는 이유도 여기에 있다. 특히 전쟁의 비극적 상황과 인간 윤리의 문제에 대한 뚜렷한 주장을 전하고자 했던 구상의 경우, 이 같은 시인의 의도를 오래 지속하고 강조하기 위해서는 연작시라는 형태를 취할 수밖에 없었을 것이다. 한 테마를 놓고 주제를 다양하게 변용, 발전시키는 연작시는 이 경우 시인의 의도를 효과적이고 설득력 있게 반영하게 된다.

구상의 「초토의 시」 연작은 전쟁의 비참함과 허구적 이데올로기 비판을 통해 인간의 존엄성을 강조한다는 윤리적이고 계몽적인 의도를 담고 있다.

현대사회에서 발생하는 여러 가지 문제 중 '초토'로 상징되는 것에는 어떤 것들이 있는지 살펴
보자.

현대사회는 전쟁, 산업 폐기물, 공해 등으로 지구 자체가 초토화할 위기에 있을 뿐 아니라,
인간의 정신마저 황폐화할 위험 인자를 곳곳에 포진해 놓았다. 몇 년 전 NASA에서 쏘아 올린
화성 탐사선 '소저너(Sojourner)'는, 화성이라는 별의 역사를 보여 주면서 인류에게 경고의
메시지를 전해 주었다. 화성도 한때는 지구처럼 물과 생명체가 존재하는 별이었으나 무엇인가
에 의해 물 한 점 없고 생물체 하나 살 수 없는 환경이 되고 만 흔적이 여러 곳에 남아 있었던 것
이다. 지구를 이 상태로 방치한다면 언젠가는 이 지구도 화성처럼 초토로 변할 수 있다는 것에
대한 경고가 아닐 수 없다.

과거에는 화성에도 물이 있었고, 따라서 생명체가 존재했을 것이다. 그러나 어떤 계기에 의
해서 물이 메말라 갔고, 생명체가 하나도 존재하지 않는 불모의 땅이 되어 버렸다. '하나뿐인
지구'는 인류의 종말에 대한 암시다. 아직 생명체가 존재할 수 있는 별의 존재는 알려지지 않
았다.

지구가 사라지면 인류 또한 사라진다. 그만큼 지구는 인류에게 중요한 것이다. 그럼에도 불
구하고 환경 보호나 지구 생태계 보호에 무관심하다면 인류의 미래는 희망이 없다. 지구는 전
쟁과 같은 물리적 힘에 의해 '초토화' 되기도 하지만, 공해 등 환경 파괴로 인해 지구 자체가
'초토'로 변할 가능성도 충분히 있는 것이다. 환경 문제가 현대 인류사회가 안고 있는 가장 심
각한 문제 중의 하나이며 인류가 생존할 수 있는 지구 환경도 결국은 환경 문제에 대한 인식과
관계있다는 주장은 그래서 설득력을 가진다.

한편 청소년 문제만 하더라도 학교 폭력, 본드 및 환각제의 남용, 가출 등의 문제로 드러나
면서 우리 사회의 어두운 지대를 만들고 있다. 이는 우리가 가장 가까이서 느끼는 구체적이고
경험적인 '초토화' 중의 하나일 가능성이 있다. 미래사회의 주역이 될 청소년들이 자신들의 정
체성을 굳건하게 형성하지 못하고 미래에 대한 이상을 상실할 때 그 사회의 미래는 암담할 뿐
이다.

나날이 심해지는 청소년 문제는 우리 사회 자체가 병들어 있음을 반증한다. 따라서 청소
년들이 정신적으로 성숙하고 인간에 대한 고귀함을 배울 수 있는 프로그램이나 사회적 관심이
필요하다. 또한 현대사회에 적합한 새로운 윤리의식의 확립, 청소년 보호에 대한 제도적인 뒷
받침, 그리고 청소년 문제에 대한 현실적인 해결책, 인간 정신의 고귀함을 배우는 교양 교육의
확충 등 다양한 문제들을 생각해 볼 수 있다.

휴전선

박봉우

1934~1990 ㅣ 전라남도 광주 출생. 호는 추풍령 1952년 『문학예술』에 「석상의 노래」 당선 1956년 『조선
일보』 신춘문예에 「휴전선」 당선 1958년 전남 문화상 수상 1959년 전남대학 정치학과 졸업 1962년 제8
회 현대문학상 수상

시집으로 『휴전선』(1957), 『겨울에도 피는 꽃나무』(1959), 『4월의 화요일』(1962), 『황지의 풀잎』(1976),
『서울 하야식』(1985), 『딸의 손을 잡고』(1987), 『나비와 철조망』(1991) 등이 있음

휴전선

산과 산이 마주 향하고 믿음이 없는 얼굴과 얼굴이 마주 향한 항시 어두움 속에서[1] 꼭 한 번은 천둥 같은 화산이 일어날 것[2]을 알면서 요런 자세로 꽃[3]이 되어야 쓰는가.

저어 서로 응시하는 쌀쌀한 풍경. 아름다운 풍토는 이미 고구려 같은 정신도 신라 같은 이야기도 없는가. 별들이 차지한 하늘은 끝끝내 하나인데……[4] 우리 무엇에 불안한 얼굴의 의미는 여기에 있었던가.

모든 유혈(流血)은 꿈같이 가고 지금도 나무 하나 안심하고 서 있지 못할 광장. 아직도 정맥은 끊어진 채[5] 휴식인가. 야위어가는 이야기[6] 뿐인가.

언제 한 번은 불고야 말 독사의 혀 같은 징그러운 바람이여. 너도 이미 아는 모진 겨우살이를 또 한 번 겪어야 하는가.[7] 아무런 죄도 없이 피어난 꽃은 시방[8]의 자리에서 얼마를 더 살아야 하는가. 아름다운 길은 이뿐인가.

산과 산이 마주 향하고 믿음이 없는 얼굴과 얼굴이 마주 향한 항시 어두움 속에서 꼭 한 번은 천둥 같은 화산이 일어날 것을 알면서 요런 자세로 꽃이 되어야 쓰는가.

〈『조선일보』, 1956. 1〉

휴전선

1) 남과 북이 첨예하게 대치하고 있는 냉전의 상황.

2) 강력하고 폭발적인 상황이 닥칠 것임을 말하는데, 전쟁이 일어날 듯한 팽팽한 긴장감이 느껴진다.

3) 분단 상황이 그대로 고착되어 있는 상황을 의미한다. '요런 자세'는 위태로운 분단 상황이다. 이 '꽃'은 위태
롭고 불안한 상황, 날카롭게 남과 북이 대치하고 있는 휴전선의 상황을 역설적으로 표현한 것이다.

4) 남과 북이 한민족임을 의미한다.

5) 국토의 분단을 상징한다.

6) 추상적인 것을 '야위다'라는 구체적이고 감각적인 단어로 표현하고 있다.

7) '모진 겨우살이'는 6 · 25와 같은 비극적인 상황에 처하는 것을 뜻한다.

8) 지금.

박봉우는 '휴전선의 시인'으로 잘 알려져 있다. 이러한 평가는 분단 문제나 통일 문제에 대한 그의 관심이 냉철한 현실 인식을 바탕으로 형성된 것임을 말해 준다.

냉전 이데올로기의 대립 상황 속에서도 한쪽 이데올로기에 편향되지 않고 분단 문제를 고도의 시적 감각으로 형상화해 낸 박봉우의 이러한 선구적인 인식은, 당시로서는 눈에 띄는 것이었다. 전쟁의 비극적 상황이나 전쟁의 비참함을 고발한 1950년대 시와는 차별성을 띠고 있다는 것이 이러한 평가의 이유였다. 분단 문제를 시적 상징을 통해 고도로 미학화했다는 것, '분단'이 우리 민족에게 가장 중요한 화두로 제시될 것임을 냉철한 시적 인식을 통해 드러낸 것 등이 박봉우의 시가 갖는 중요한 의미라는 것이다.

「휴전선」은 당시 거의 비슷한 시기에 발표된 전봉건의 「철조망」과 비교되면서 자주 언급되는 시다. 분단 문제에 대한 이 두 시인의 시각 차이를 파악할 수 있기 때문이다.

「휴전선」은 산문적 서술로 이루어져 있음에도 불구하고 고도의 함축력이 돋보이는 작품이다. 특히 처음과 끝이 동일한 서술로 이루어져 있다는 점은, '산과 산이 마주 향한 채 믿음이 없는 얼굴로' 서로 대치하고 있는 현 분단 상황에 대한 강조와 그것을 타개하고자 하는 시인의 의지를 구체화한 것이라고 할 수 있다.

분단 상황은 박봉우가 이 시를 쓴 1956년에 비해 그다지 개선되지 않았고 휴전선도 철폐되지 않은 채 그대로 우리 앞에 놓여 있다. 이 시의 생명력은 현재적 가치를 그대로 내장하고 있다는 점에 있다. 분단 문제에 대한 각자의 생각을 정리하고 현재의 남북 문제와 관련시켜 생각해 보자.

「휴전선」에서 '아무런 죄도 없이 피어난 꽃' 이 가지는 '요런 자세' 의 의미에 대해 생각해 보고, 시인이 생각하는 이 '꽃' 의 궁극적 아름다움은 무엇인지에 대해 서술해 보자.

꽃의 자세는 시인의 자세다. '요런 자세' 란 분단 상황의 고착화로 인해 휴전선 너머로 한 걸음도 내디딜 수 없는 상황을 고도로 함축한 것이다. '이런 자세' 보다 '요런 자세' 라는 시어가 보다 긴장되고 부자연스런 느낌을 준다. '꽃' 이 '요런 자세' 로 서 있다는 것은 '요지부동' 의 상황이다. 이는 풀릴 길 없는 분단 상황의 고착화와 이에 대한 시인의 염려를 담은 표현이다.

그러나 이 부동의 꽃은 생명력 있는 아름다움으로는 개화하지 못한다. '아름다운 길' 은 '이뿐' 인 것이 아니라 분단을 넘어서는 곳에 있기 때문이다. 휴전선이 철폐된 이후에야 꽃은 동적이고 생명력 있게 그 아름다움을 보여 줄 것이다. 시인은 결국 이 '꽃' 이 진정한 아름다움의 개화를 보여 줄 날을 열망하고 있는 것이다. 그것은 분단의 땅이 통일되어 한 하늘 아래 놓인 별들을 볼 수 있는 상황이다. '시방의 자리에서' 얼마를 더 살아야 하는가라는 자문에는 꽃이 궁극적인 아름다움으로 개화할 날을 염원하는 시인의 열망이 잘 드러나 있다.

나비, 노루 등 자연물을 통해 분단의 아픔이나 통일의 열망을 노래하는 시들은 전후(戰後) 시의 보편적인 경향으로 보인다. 이들 동물들은 분단의 철책선을 자유롭게 넘나들 수 있는데, 우리 인간은 왜 이 분단의 한계를 한 발자국도 넘어설 수 없는가 하는 의문과 절망을 동시에 갖기 때문이다.

박봉우의 이 시와 자주 비교되는 전봉건의 「철조망」은 분단의 벽을 뛰어넘지 못하는 인간의 한계를 나비의 자유로움에 대비해 분단 문제를 감동적으로 그려 낸 시다. 결국 이러한 전후 시들은 자연물에 투사한 시인의 내면을 통해서 분단 상황에 대한 절망감과 통일에 대한 염원을 동시에 드러낸 것이다. 박봉우의 경우도 '꽃' 에다 시적 자아의 절망과 염원을 투사했다고 볼 수 있다.

통합논술 Q & A

다음은 박봉우가 자신의 시집 후기에 쓴 글이다. 여기서 '황무지의 정신' 이라 지칭하는 대목에 대해 생각해 보고 「휴전선」과 관련해 서술해 보자.

162

전쟁의 공포와 고도로 발달하는 기계 문명에서 인간의 존엄성이 어떻게 발현되어야 할 것인가 하는 빛나는 지성의 눈이 요구되는 가장 무서운 시대가 우리 앞에 장벽처럼 놓여 있다는 것입니다. …(중략)… 우리는 아니 시인은 이런 난해한 '황무지'에서 실존적·종교적 그렇지 않으면 저항적 방향으로 문명 비판에 대한 도전, 신에 대한 구원, 인간에 대한 구원, 인간에 대한 불신임 등 살벌한 정점에 이르러 있는 것입니다.

여기서 '황무지의 정신'이란 기계 문명과 전쟁 등으로 얼룩진 현대 세계에서 어떤 것에도 기댈 수 없는 현대인의 총체적인 부정정신('저항적 방향')을 의미하는 것이다. 그러기에 시인에게는 지성의 눈이 항상 요구된다. 전쟁은 현대 기계 문명이 야기한 것이다. 현대 기계 문명은 가공할 만한 무기의 제조를 가능하게 했고, 무기의 파괴력은 인간의 육체뿐 아니라 정신마저 파괴한다. 전쟁은 본연의 인간 존중의 정신이나 생명의 고귀함을 망각하고 인간을 집단적인 광기에 사로잡히게 한다.

'휴전선'은 전쟁이 인간의 존엄성과 가치를 전면적으로 말살하는 하나의 상징이다. 시인은 이를 황무지 같은 상황이라 설정하고, 시를 통해 그것에 적극적으로 저항하고 인간 존엄성의 가치를 발현하고자 한다. 시인은 일반적으로 슬픔이나 기쁨과 같은 개인적인 삶과 관련한 감정을 시로 표현할 수도 있지만, 그것은 그가 몸담고 있는 공동체의 삶이나 역사적 존재로서의 삶과는 다소 거리가 있다.

박봉우의 관점은 시가 구체적인 현실과 관련을 맺어야 한다는 역사주의적 입장을 보여 준다. 그가 당면한 당대의 현실은 바로 우리 삶을 불완전하게 하고 민족의 염원을 차단해 버린 분단 문제였다. 그 구체적인 계기는 6·25였다.

그는 전쟁의 비참함과 민족적 비극을 고발하면서 그것이 한 개인에게 어떤 고통을 주는가를 보여 준다. 황무지 같은 정신은 바로 이러한 현실 문제에 적극적으로 관심을 갖는 부정정신·저항정신의 의미를 띤다. 이 시에서는 인간성을 말살하는 전쟁과 그 상황에 대한 치열한 비판 정신을 드러내고 있다.

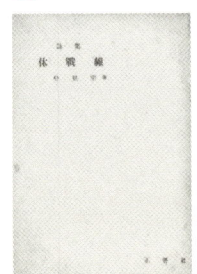

1956년에 출간된 『휴전선』

어느 날 고궁을 나오면서 _{외 1편}

김수영

1921~1968 | 서울 출생 1941년 선린상업고등학교 졸업 1942년 일본 도쿄상대 전문부에 입학 후 학병징집을 피해 귀국 1945년 『예술부락』에 시 「묘정의 노래」를 발표하면서 등단 1948년 김경린ㆍ박인환 등과 『새로운 도시와 시민들의 합창』 발간 1958년 제1회 한국시인협회상 수상 1959년 시집 『달나라의 장난』 발간 1981년 김수영문학상 제정

시집으로 『거대한 뿌리』(1974), 『김수영 전집』(1981)이 있고, 평론집 『시여, 침을 뱉어라』 등이 있음

어느 날 고궁을 나오면서

왜 나는 조그마한 일[1]에만 분개하는가
저 왕궁(王宮) 대신에 왕궁의 음탕 대신에
오십 원짜리 갈비가 기름덩어리만 나왔다고 분개하고[2]
옹졸하게 분개하고 설렁탕집 돼지 같은 주인년한테 욕을 하고
옹졸하게 욕을 하고[3]

한번 정정당당하게
붙잡혀간 소설가를 위해서
언론의 자유를 요구하고 월남 파병에 반대하는[4]
자유를 이행하지 못하고
이십 원을 받으러 세 번씩 네 번씩
찾아오는 야경꾼들만 증오하고 있는가

옹졸한 나의 전통은 유구하고 이제 내 앞에 정서(情緒)로
가로놓여 있다[5]
이를테면 이런 일이 있었다
부산에 포로수용소의 제14야전병원에 있을 때[6]
정보원이 너어스들[7]과 스폰지를 만들고 거즈를
개키고 있는 나를 보고 포로경찰이 되지 않는다고
남자가 뭐 이런 일을 하고 있느냐고 놀린 일이 있었다.
너어스들 옆에서

『문학춘추』

거제도 포로수용소

지금도 내가 반항하고 있는 것은 이 스폰지 만들기와
거즈 접고 있는 일과 조금도 다름없다[8]
개의 울음소리를 듣고 그 비명에 지고
머리에 피도 안 마른 애놈의 투정에 진다[9]
떨어지는 은행나무잎도 내가 밟고 가는 가시밭

아무래도 나는 비켜서 있다[10] 절정(絶頂)[11] 위에는 서 있지
않고 암만해도 조금쯤 옆으로 비켜서 있다[12]
그리고 조금쯤 옆에 서 있는 것이 조금쯤
비겁한 것이라고 알고 있다![13]

그러니까 이렇게 옹졸하게 반항한다
이발쟁이에게
땅주인에게는 못하고 이발쟁이에게
구청직원에게는 못하고 동회[14]직원에게도 못하고[15]
야경꾼에게 이십 원 때문에 십 원 때문에 일 원 때문에
우습지 않으냐 일 원 때문에[16]

모래야 나는 얼마큼 적으냐
바람아 먼지야 풀아 나는 얼마큼 적으냐
정말 얼마큼 적으냐……[17]

〈『문학춘추』, 1965〉

166

1) 김수영의 시는 많은 부분 소시민의식에 대한 부끄러움을 깔고 있다. 사소한 것에 대한 분노란 대아적인 것보다는 소아적인 것에 대한 집착, 소시민이 가지는 생활의 안정이나 가족주의적 삶을 위협하는 것에 대한 두려움을 말한다.

2) 대아적인 것에 대해서는 저항하지 못하고, 일상적 삶에서 자신이 불편하다고 느끼는 것에만 겨우 분노를 표시할 줄 아는 소시민의식을 말한다.

3) '옹졸하게' 의 반복은 그런 소시민의식에 대한 부끄러움을 시인이 짙게 느끼고 있음을 보여 준다.

4) 월남 파병은 1964년에 일차로 이루어졌다. 강대국의 힘의 논리에 의해 이루어진 것인 만큼 지식인으로서 당연히 파병 반대를 부르짖어야 했음에도 불구하고 그러지 못했음을 자책하고 있다.

5) 옹졸한 자신의 태도를 '전통' 이 있다고 표현한 것은 그 역사가 오래되었음을 말하는 것으로, 그것이 자신에게는 정서가 되었을 정도로 뿌리 깊다는 표현이다. '옹졸함' 에 대한 시인의 자기모멸적 부끄러움이 느껴진다.

6) 김수영은 6·25 때 북한에 끌려가 강제 노역을 하다 탈출, 잠시 거제도 포로수용소에 수용된 일이 있다. 그 후 부산, 대구 등지에서 미군의 통역관 등을 지내기도 했는데 그때의 경험을 말한다.

7) 간호사들(nurses).

8) 자신의 삶의 태도는 겨우 일상적인 틀 안에 있다는 자괴감의 표현. 김수영의 시가 행동하지 못하는 자의 자의식을 깊이 담고 있다고 본다면, 그의 소시민적인 태도가 부끄러움의 원천이 되고 있음을 잘 알 수 있다. 그의 다른 시 「사랑」 등에서도 이 '부끄러움' 이 표출되고 있다.

9) 소시민적 가족주의에 대한 자기비판.

10) 역사에 몸을 던져 직접적인 행동을 하지 못하고 겨우 시나 쓰면서 분노를 간접적으로 표현하는 행위를 빗대어 말함. '옆으로 비켜선다' 는 행위는 직접적인 저항과 문학 행위 등을 통한 간접적인 행위 중 후자를 지칭하는 것이라 할 수 있다.

11) 역사의 정점에서 지식인으로서의 자신의 책무를 다하지 못함을 말한다.

12) '비켜서 있음' 이 김수영의 소시민의식을 가능하게 한다. 그것에 대한 부끄러움을 담고 있기 때문이다.

13) 직접적 행위가 아닌 소극적 부끄러움과 같은 자의식의 표출이므로 '비겁함' 이라 표현하고 있다.

14) 동사무소.

15) 권력이나 힘에는 대항하지 못하고 약자나 권력이 없는 자에게만 저항하는, 스스로의 옹졸함에 대한 비판이 담겨 있다.

16) 아주 작고 사소한 것들에 대한 분노, 소시민적 행위에 대한 부끄러움이 표현되어 있다.

17) 모래나, 풀, 바람, 먼지 등에 비해서 자신이 얼마나 보잘것없는 존재인가를 말한다.

김수영의 「어느 날 고궁을 나오면서」는 소시민의식에 대한 부끄러움을 잘 표현한 시로 알려져 있다. 그에게 있어 시는 정직한 삶의 한 표현이다. 그가 시를 '온몸으로 밀고 나가는 것'이라 했을 때, 그것은 시가 사변적인 진술이 아니라 구체적인 역사와 함께 가는 것임을 말하고자 한 것이며, 역사의 수레바퀴 위에서 시인이 스스로 몸을 던져서 쓰는 것임을 역설한 것이다.

이 시에도 '행동하는 자'로서의 시인이 되지 못하는 부끄러움이 짙게 깔려 있다. 시인은 '고궁'을 돌아보고 권력과 힘의 논리로 민중을 수탈한 우리 왕조시대의 역사를 돌이켜본다. 그리고 권력과 힘의 논리가 1960년대도 이어지는 역사의 순환을 깨닫게 되며, 이로써 우리 삶의 질곡과 모순을 깊이 인식하게 된다. 4 · 19 혁명 이후의 혼탁함 바로 그것이 된 우리 역사, 1964년부터 시작된 월남 파병 등의 문제가 시인의 역사 인식에 고스란히 녹아 있다. 1960년대의 우리 역사를 점검하면서 시를 읽어 보자.

나와 세계를 만나는 시읽기

「어느 날 고궁을 나오면서」에서 시인은 어느 날 고궁을 나오면서 왕조시대의 우리 역사를 돌이켜보고 자신의 현재 삶의 태도를 생각하며 자괴감에 빠진다.

시인은 권력이나 힘의 논리에 의해 움직이는 것들에 대해서는 거의 분노하지 못하고 아주 작고 사소한 것들에만 분노를 표시할 줄 아는 전형적인 소시민이다. 소시민은 자기 주변의 사소한 것들이 침해받고 피해를 입을까 걱정한다. 시인은 그것을 '옹졸함'이라 표현한다. 자신의 옹졸함은 '언론 자유나 월남 파병 같은 우리 역사의 중요한 정점에 있는 문제나 인간의 자유와 같은 근본적인 것에 대해서는 목소리를 높인 적이 없는 것'이라 말한다.

또한 시인은 자신의 소심함 혹은 옹졸함이 이미 오래전(1950년대 거제도 포로수용소 시절로 거슬러 올라간다)부터 있어 왔다고 말한다. 시인은 이를 통해 자기반성을 하게 되는데, 한 번도 역사의 정점에서 행동으로 자유를 요구하지 못하고 비켜서서 겨우 분노만 표시할 줄 알았다고 고백한다.

그 옹졸함과 비겁함이 그의 부끄러움의 원천이다. 강한 자에게는 저항하지 못하고 약한 자에게만 분노를 표현하는 비겁함이 시인의 자기 모멸적 태도를 낳는다. 시인은 모래, 바람, 먼지, 풀보다 자신이 얼마나 보잘것없는가를 마지막 연에서 재확인한다. 소시민의식에 대한 부끄러움을 우리 현대시에서 본격적으로 제기했다는 데 이 시의 의의가 있다.

「어느 날 고궁을 나오면서」에는 일상적인 것들에 대한 부끄러움이 짙게 깔려 있다. 그 부끄러움이 어디서 연유하는지 생각해 보고 시인의 이 같은 '부끄러움' 이 갖는 의미에 대해 고찰해 보자.

시인은 어느 날 왕궁을 나오면서 '권력' 과 '힘' 에 대해 생각한다. '왕궁' 은 전통적으로 힘과 권력을 재생산해 온 곳이다. 즉 힘과 권력을 뜻하는 '기호' 다. 시인은 이 같은 거대한 것에 대해서는 두려움 때문에 한 번도 저항해 보지 못하고 겨우 사소한 것들에만 화를 낸다. 예컨대 땅 주인에게는 말 한 마디 못하고 이발쟁이에게만 화를 내며, 심지어 구청 직원이나 동사무소 직원에게는 화를 못 내면서 야경꾼에게 겨우 일 원 때문에 화를 낸다. 그의 옹졸함과 비겁함은 식당 여자에게 설렁탕에 고기가 적게 나왔다든가 하는 것에 대해서 화를 내는 데서도 나타난다.

이 같은 옹졸함과 비겁함이 시인의 부끄러움의 원천이 된다. 이는 더 나아가, 당시 지식인들을 적극적인 사회 참여의 대열로 이끈 월남 파병 반대나 언론 자유와 같은 중요한 사안에 대해 적극적으로 발언하지 못하고 침묵하다시피 한 자신의 태도에 대한 부끄러움으로 이어진다.

시인의 이 같은 태도는 당대 다른 시인들이 가지고 있었던 지나친 보신주의, 현실에 대한 무감각한 태도와 비견해서는 훨씬 앞서 있는 지식인다운 자각이었다.

그의 부끄러움은 두 가지 방향에서 살펴볼 수 있다. 하나는 자기부정을 통한 자기긍정 행위로 생각할 수 있다는 것이다. 자기부정을 통해 보다 적극적인 차원에서 자신을 반성하고 현실 실천 의지를 다져 나가는 계기로 삼을 수 있다. 다른 하나는 부끄러움을 느꼈다는 진술이 진술로 끝나는 것이라면 도대체 무슨 의미가 있는가 하는 점이다. 이 두 가지 문제에 대해서는 각자 생각을 정리해 보자.

통합논술 Q & A

「어느 날 고궁을 나오면서」에는 '행동' 과 '자유' 에 대한 암시가 들어 있다. 자유를 얻기 위해서는 반드시 직접적 행위가 필요한가, 아니면 다른 방법이 있는가 등에 대해 구체적인 역사적 사실을 들어 서술해 보자.

'행동' 과 '자유' 는 분리 불가능한 범주인 것처럼 생각된다. 자유는 반드시 구체적인 행위를 통해서만 획득할 수 있는 것처럼 여겨지는 것이다. 김수영은 그의 시 「푸른 하늘을」에서 '자유에는 피가 필요함'을 역설했다.

그렇다면 간디의 무저항 비폭력주의나 카뮈가 말한 일종의 '문학주의'는 자유를 쟁취하는 데 거의 무용한 것이라고 생각할 수도 있다. 신채호는 일제 치하의 모든 문화를 노예문화로 간주하고 이를 부정했다. 그의 아나키즘은 '문화주의'의 한계를 절감한 자가 내디딘 최후의 선택처럼 보이기도 한다. 프랑스 혁명과 같은 구체적인 '혁명'의 선택이 자유를 획득하는 지름길처럼 보인다. 폭력주의나 혁명이 갖는 열정과 폭발력은 역사의 대전환기마다 확인되었지만, 한편으로는 그것이 그 자체로 소모적이며 파괴적인 힘을 내재한 것이기도 하다는 점도 이해해야 할 것이다.

그렇다면 혁명을 가능하게 하는 정신적 에너지는 어디에서 얻을 수 있을까. 여기에서 문학은 왜 필요한가라는 질문을 던질 수 있다. 알제리 국민이 프랑스의 식민주의 정책으로 고통받던 시기에 시가 할 수 있는 일이 무엇일까를 질문한 랭보나 카뮈의 의문은 이것과 관련된다.

시는 '추'한 것을 '추하다'고 인식하게 하는 정신적 힘을 생성하고, 민족적 자기정체성을 견지하게 하는 원동력이 된다. 그 힘의 지속력은 한 인간 혹은 민족의 유구한 정신적 자양 속에서 축적되고 이어진다.

어느 것이 더 중요한가와 같은 이분법적 사고보다는 각각의 범주들이 '자유를 획득하는 데 어떤 의미가 있을까'를 생각해 보는 것이 더 의미 있는 사유의 방식이 될 것이다.

푸른 하늘을

푸른 하늘을 제압(制壓)하는
노고지리가 자유로웠다고
부러워하던
어느 시인의 말은 수정되어야 한다.[1]

자유를 위해서
비상(飛翔)하여 본 일이 있는
사람이면 알지.
노고지리가
무엇을 보고
노래하는가를
어째서 자유에는
피의 냄새가 섞여 있는가를[2]
혁명(革命)은
왜 고독한 것인가를.

혁명은
왜 고독해야 하는 것인가를.

〈『거대한 뿌리』, 1974〉

『거대한 뿌리』, 1974

1) 노고지리의 비상이 어떤 '의미'를 내장하고 있음을 암시한다. 노고지리는 하늘을 향해 높이 비상함으로써 밝음, 생명력, 충만함 등의 이미지를 갖는다. 그러나 노고지리의 비상에는 그 비상을 가능하게 하는 현실 조건이 있다. 절대적 자유를 가능하게 하는 다른 조건이 필요하다는 점을 강조하고 있다.

2) 자유에는 고통이 따르며 그 길이 지난함을 암시한다. 노고지리가 보여 주는 '자유'는 밝음─푸름의 이미지에서 피─혁명의 이미지로 변용되고 있다. 이 변용의 힘이 이 시의 생명력이다.

김수영을 '4 · 19의 시인'이라 할 때 「푸른 하늘을」은 이러한 시인의 이름에 값하는 시적 인식을 담고 있다. 김수영은 1950년대 초기 시에서 보여 주던 난해하고 사변적인 흐름을 정리하고, 4 · 19를 전후해서는 강력한 사회의식의 소유자로서 날카로운 현실 인식을 담은 시들을 보여 준다. 1960년에 발표된 이 시는 초기 시의 난해함을 그대로 가지고 있으면서도 '혁명'에 대한 메시지를 담고 있다.

'노고지리'를 비약과 상승의 시적 이미지로 생각한 사람은 프랑스 철학자 바슐라르다. 김수영은 노고지리를 통해 '혁명'의 문제를 제기함으로써 노고지리에 정치적 의미를 부여했다. 김수영의 '노고지리'는 '밝음─자유─비상'의 이미지를 '불탐─혁명─피'의 이미지로 변용함으로써 시적 상상력을 확장한다고 평가되기도 한다. 혁명이 고독해야 한다는 의미는 혁명가는 보이지 않아야 한다는 말이며, 혁명이 보일 때 그것의 신비로움과 생생함은 빛을 잃는다는 것이다.

이 시는 문학 외적인 사실을 기준으로 가치가 평가되는 경우가 많다. 시의 의미를 '현실'과 관련해 파악하게 되면 일반적으로 의미의 단일성에 빠지기 쉽다. 이는 제한된 상상력과 제한된 읽기를 강요한다. 자유롭고 독자적이며 의미의 폭이 확장되는 읽기가 필요하다. 문학 혹은 예술의 존재론적인 위치나 시어의 다의적인 기능을 염두에 두면서 시를 읽으면 시를 읽는 독자나 그 시의 존재론적인 자유도 그만큼 확장될 수 있다.

「푸른 하늘을」은 4 · 19를 노래한 시들 중 극적이면서도 상징적으로, 역사 앞에 선 인간 정신의 역동성을 보여 준 것으로 평가할 만하다. 특히 4 · 19의 정당성이나 혁명을 노골적으로 진단하거나 계몽하기보다는 혁명을 바라보는 시인의 내적 시선을 담고 있다는 점에서 독특하다. 이는 시는 자유며 사랑이라는, 시에 대한 김수영의 완고한 태도와 관련된다. 그는 시란 형식과 내용이 상호 긴장된 관계 속에서 생성된다고 보았다. 시의 본질은 이러한 '세계의 개진'과 '대지의 은폐'라는 긴장 속에 존재한다는 것이다. 시는 이 과정에서 이제까지 없던 세계가 펼쳐지는 충격을 주어야 한다고 그는 본다.

김수영은 『시여 침을 뱉어라』에서 이렇게 말한다. 시인이 '자유'에 대해 말하면서, 자유의 이행(실천)으로 나아가지 못하고 그 자리에 머물 때 그 시는 완전한 자유와 사랑에 이르지 못하게 된다는 것이다. '자유의 이행에는 전후좌우의 설명이 필요 없다. 설명하게 되면 그것은 한갓 원군으로 작용할 뿐이며 그것은 비겁한 것이다'.

자유는 홀로 고독한 것이며 그래서 시는 장엄하다는 것이 그의 논리다. 그가 '시에 침을 뱉'는 논리는 여기서 나온다. 극적이고 신랄한 자기모욕을 통해 시는 자유와 사랑으로 나아간다는 것이다. 그가 형식과 내용의 긴장 속에서 이제껏 없던 세계의 충격을 시로 담아내는 것도 자유와 사랑의 이행에 속한다.

이 시는 '4 · 19'의 역사적 의의를 노래했을 뿐만 아니라 시적 실천의 문제, 시인의 시를 대하는 태도의 문제를 내밀한 상징을 통해 보여 준다는 점이 평가된다.

시인은 혁명은 왜 고독하며, 고독해야 하는가를 자문하고 있다. 그 이유에 대해 생각해 보자.

자유는 우리에게 주어지는 것이 아니라 우리가 성취해 나가야 하는 것이다. 노고지리가 높은 하늘에서 자유롭게 비상할 수 있는 것은 스스로 자유를 성취했기 때문이다. 자유의 내적 의미를 알지 못하는 사람들은 노고지리가 단지 주어진 자유를 누리는 것이라고 생각하지만 그것은 의미 있는 이해라고 보기 어렵다. 자유를 누리기 위해서는 그 대가를 치러야만 한다. 인간의 경우에는 혁명을 통해서 혹은 다른 수단을 통해서 자유를 성취할 수 있다. 혁명은 용기 있는 인간들의 자기희생과 고통과 죽음을 그 대가로 치르게 한다.

우리가 4 · 19 혁명을 통해 이룩한 자유도 사실은 많은 사람들의 희생을 통해서 획득한 것이다. 우리 역사상 일어난 수많은 민중의 '난'을 살펴보라. 이름도 없이 죽어 간 민중이 얼마나 많은가. 프랑스 혁명 같은 외국의 경우를 보아도 마찬가지다. 그들은 자유와 평등을 위해서, 그리고 그것에 절대적 가치를 부여하면서 권력과 위정자들에 대항해 싸웠다. 그들에게 타인이나 공동체를 위한 사랑이나 역사에 대한 애정이 결여되어 있었다면 결코 그렇게 목숨을 버리지는 못했을 것이다. 그래서 혁명은 그 자체로서 순결하며 고귀하다.

인간의 이기적 욕망이나 권력욕이 개입된다면 혁명은 그 순결성을 훼손당한다. 순결성과 고귀함은 고독하게 자유와 혁명의 의미를 심사숙고하는 자에게만 지켜진다. 그런 만큼 그것을 올곧게 지켜 나가는 것은 더더욱 어렵다. 그래서 혁명은 고독한 것이며, 고독해야만 그 정신을 훼손하지 않고 진실되게 혁명의 완성을 추구할 수 있는 것이다.

통합논술 Q & A

자유의 절대성과 상대성에 대해 논의해 보자.

자유는 인간의 기본적인 권리 중 하나다. 자유를 억압당하거나 상실하면 인간다운 삶을 지속하기가 힘들어진다. 지배자들에 의해 구속된 고대 노예들의 삶이 얼마나 비참한 것이었는지는 역사가 잘 말해 주고 있다. 근대 민족국가에서는 천부인권설(天賦人權說)이 태동하면서 인간의 주체적이고 자율적인 능력이 강조되고, 인간의 권리는 그 누구도 훼손할 수 없는 하늘이 내린 것이라는 믿음이 강화되었다.

특히 민주주의사회에서는 자유와 더불어 평등을 절대적 가치로 규정하고, 인간의 기본 인권을 보장하는 것을 주요 목표로 삼았다. 이 과정에서 국가의 시민에 대한 제약이나 통제는 최소화해야 한다고 여겨졌다. 그렇게 해야 자유가 최대한 보장되기 때문이다.

이는 방종과 자유를 혼동하는 계기가 된다. 자유가 절대적으로 주어진 것이라고 생각한다면, 타인들의 불편이나 고통도 자신의 자유를 누리기 위해서라면 아무 문제가 되지 않는다. 자유는 오직 자신만을 위해서 존재하는 것이다. 그래서 법과 규칙 같은, 자유를 제한할 수 있는 제도적 장치가 마련된다. 공동의 선과 이익을 위해 자유는 제한되거나 통제되는 것이다. 이때 자유는 상대성을 띠게 된다. 그러나 이것이 '자유'의 의미를 훼손하는 것은 아니다. 자유 자체의 절대적 가치를 인정하면서도, 공동체의 삶을 유지하기 위해서 그것은 상대적으로 제한될 수밖에 없다. 이것이 자유의 진정한 의미다.

모든 사람이 진정한 자유를 누리기 위해서 자유는 '제한'되어야 한다. 이것이 현대에 있어 공동체 전체의 선을 유지해 가는 자유의 기본 원리지만 정치적이나 정략적으로 이용될 때 독재나 파시즘을 부른다. 그러나 말 그대로 '절대적 자유'를 원한다면 로빈슨 크루소가 되는 길밖에 없다. 그러나 로빈슨 크루소는 과연 행복할까.

김수영은 신문기자인 적도 있었지만, 대부분의 일생을 시 쓰기에 바쳤다. 그러나 시 쓰기가 생업에 도움이 되는 것은 아니어서, 말년에는 양계장을 운영하기도 했다. 그런 그가 안쓰러워 소설가 최정희는 그의 집에 가서 달걀을 사기도 했다. 김수영이 달걀을 덤으로 몇 개 얹어 주었던 것을 회상하면서 최정희는 시인의 생활고(生活苦)를 언급하기도 했다.

생활이야 어쨌든, 그는 시인으로서는 매우 실험적이고 열정적인 청년이었고, 이러한 청년의 기상을 정치적인 저항시로까지 연결했다고 볼 수 있다. 김수영 시인보다 열 살 위인 소설가 안수길은 김수영을 추모하는 글에서 그를 이렇게 평가했다.

"김수영에겐 귀족적인 면이 있는 동시에 서민적인 요소가 풍부하고, 사치한 것이 있는 반면 전투적인 행동성이 있었다고 할까? 교우관계만 보더라도 한번 싫었던 사람, 옳지 않다고 여긴 사람과는 동석도 하지 않는 성미는 귀족적인 면이라 할 수 있을 것이요, 한 번 마음을 허(許)하고 친교를 맺어 놓은 사람은 끝내 저버리지 않는 점은 서민적인 완강한 의리라 할 수 있을 것이다.

48세면 어느 하나에 안주(安住)할 수 있는 연륜임에도 김수영은 그러지 않았다. 파헤쳐 보자. 실험해 보자. 이 정신은 젊은 세대에겐 귀중한 것으로 이해가 되나, 그 대신 같은 세대에겐 일부에게는 일부러 적을 만들 수도 있는 자세라고 볼 수도 있을 것이다. 만년의 김수영은 이해와 오해 속에서 스스로를 학대한 것이 아닌가 하고 생각된다. 어쨌건 수영은 아직 더 살았어야 될 시인이다(김수영은 불의의 교통사고로 사망했다)."

김수영은 중용이나 조화보다는 극단의 열정을 더 사랑했다. 그는 「반시론」이라는 비평문에서 기존의 시와 시론(詩論)을 반대한다는 입장을 강하게 내세웠다. '위험을 미리 짐작하고 거기서 보호색을 입혀서 내놓는 것은 자살 행위나 마찬가지이고 차라리 발표하지 않고 썩혀 두는 편이 훨씬 낫다'고 주장하면서, 시대에 순응하는 시를 부정하고 자신의 양심과 용기에 따라 거침없는 육성(肉聲) 같은 시를 쓰고자 한 것이다. 그의 이 같은 시관은 시보다는 산문에서 보다 적극적이고 열정적으로 구현되고 있으며, 그의 시가 '참여적인' 계몽성보다는 난해성이 더 두드러진다는 점은 흥미로운 것이라 하겠다. 그의 시는 사변적이고 초월적인 성향을 가지고 있어서 '참여시인'으로서의 인상을 지워 버리는 경우가 많기 때문이다.

뜨거운 노래는 땅에 묻는다

유치환

1908~1967 | 경상남도 충무 출생. 호는 청마(靑馬) 1927년 연희전문학교 문과 입학 1931년 『문예월간』에 시 「정적」을 발표하며 등단 1937년 문예 동인지 『생리』 발행 1946년 조선청년문학가협회 회장 역임 1947년 제1회 조선청년문학가협회 시인상 수상 1957년 한국시인협회 초대 회장

시집으로 『청마시조』(1939), 『생명의 서』(1947), 『울릉도』(1948), 『청령일기』(1949), 『보병과 더불어』(1951), 『예루살렘의 닭』(1953), 『청마시집』(1954), 『제9시집』(1957), 『유치환 시초』(1958), 『뜨거운 노래는 땅에 묻는다』(1960), 『미루나무와 남풍』(1964) 등이 있음

뜨거운 노래는 땅에 묻는다

시를 읽는 독법

진실의 노래가 왜 뜨겁고 고독한지를 1960년대 초의 시대적 상황과 관련지어 생각한다.

고독은 욕되지 않으다.[1]
견디는 이의 값진 영광.

겨울의 숲으로 오니
그렇게 요조(窈窕)[2]턴 빛깔도
설레이던 몸짓들도
깡그리 거두어 간 기술사(奇術師)[5]의 모자.
앙상한 공허만이
먼 한천(寒天) 끝까지 잇닿아 있어[4]
차라리
마음 고독한 자의 거닐기에 좋아라.

진실로 참되고 옳음이
죽어지고 숨어야 하는 이 계절엔[5]
나의 뜨거운 노래는
여기 언 땅에 깊이 묻으리.

아아, 나의 이름은 나의 노래.
목숨보다 귀하고 높은 것.[6]

마침내 비굴한 목숨은
눈을 에이고, 땅바닥 옥엔

무쇠 연자를 돌릴지라도
나의 노래는
비도(非道)를 치레하기에 앗기지는 않으리.

들어 보라.
이 거짓의 거리에서 숨결쳐 오는
뭇 구호와 빈 찬양의 헛한 울림을.
모두가 영혼을 팔아 예복을 입고
소리 맞춰 목청 뽑을지라도

여기 진실은 고독히
뜨거운 노래는 땅에 묻는다.

연자방아

경주 토함산에 있는 「석굴암 대불」 시비

〈『동아일보』, 1960. 3〉

1) '고독'은 유치환이 즐겨 다루는 시적 주제다. 인간의 본질적인 생을 탐구하는 데 있어 고독은 절대적으로 필요한 것이다.

2) '요조턴'은 '요조하다'의 변용. '요조하다'는 '부녀자의 행실이 아리땁고 얌전하다'를 의미한다. 여기서는 아름답고 조화로운 숲의 빛깔을 의미.

3) '기술사'는 기술(奇術)이 능란한 사람. 기술을 업으로 삼는 사람이다. 잎과 꽃으로 무성하던 겨울 숲이 앙상하게 변한 것을 마술사의 현란한 기술에 의한 것으로 표현.

4) 고독을 공간적으로 형상화한 구절이다. 고독은 요란스러움, 수선스러움과는 다른, 홀로 적막한 경지다. 고독의 끝에는 절대 공허와 적멸만이 존재한다. 그의 시「일월의 서」에서 보이는 아라비아의 백열이 내리쬐는 사막과 같이 절체절명의 공간이다. 허무의지를 통해 인간은 본연적인 실존의식에 눈뜬다.

5) 참됨과 진실이 부조리한 현실로 인해 억압받고 은폐됨을 의미. 4 · 19 전후의 시대상과 관련 있다.

6) 어두운 현실에 대한 시인의 걱정과 그 현실을 타개하고자 하는 준열한 의지가 잘 드러나 있다. 그의 의지는 그의 이름으로, 노래로 표현된다. 그 의지가 얼마나 강력한가 하는 것은 그것이 목숨보다 귀하고 높다는 것에서 잘 드러난다. 결코 현실에 굴복당하지 않음을 의미한다.

7) 현실을 부정하고 저항하는 데 따른 고통을 상징한다.

8) 뭇 구호, 빈 찬양, 영혼을 파는 행위 등은 거짓과 위선이 난무하던 당대의 시대상을 의미한다. 신동엽은「껍데기는 가라」에서 이 같은 거짓과 위선을 '껍데기'로 표현한 바 있다. 이에 비추어 보면 유치환이 부르는 노래는 신동엽이 말한 '알맹이'에 해당하는 것들이다.

9) 거짓과 위선을 소리쳐 부르는 위선자들의 함성과 대립되는 것. 진실과 참됨을 위한 자신의 노래는 언 땅에 묻겠다는 시인의 의지가 강렬하게 반복 표현되었다. 여기서 '언 땅'은 자신의 노래가 뜨거울 수밖에 없는 현실적 조건이다. 현실이 가혹하고 고통스러울수록 그의 노래에 대한 의지는 가열하게 불탄다. 진실은 가혹한 현실에서 더더욱 긴요한 것이 되고 내밀해지는 법이다. '언 땅' '뜨거움'은 현실과 시적 자아의 의지와의 비례적 함수관계를 나타낸다.

다시보는 시인 & 시세계

유치환은 남성적이고 의지적인 음성으로 시를 쓴 시인이다. 현대시사에서 시인들이 주로 여성적인 목소리의 시적 화자를 등장시킨 것과는 달리, 유치환은 이육사 등과 함께 남성적인 목소리로 시를 쓴 몇 안 되는 시인이다. 초기에는 니체적인 허무의지와 원시 본능의 순수 생명에 대한 탐구를 주제로 시를 썼다. 그는 허무에 대한 투쟁, 죽음에 대한 항거 등을 주된 테마로 삼았다. 그의 시들은 '바람' '날개' 등의 동적인 이미지로 구체화되거나 '산' '바위' 같은 구체적인 대상을 기반으로 시적 자아의 의지를 드러내고자 했지만, 그것이 너무 막연한 상황으로 설정되어서 허무와 비애감만을 표출한다는 지적을 받기도 한다.

「뜨거운 노래는 땅에 묻는다」는 일종의 '생명의식의 고양'과 관계 있다. 시가 발표된 1960년 3월은 자유당 독재 정권 말기이며 4·19가 일어나기 약 한 달 전으로, 이 시가 씌어진 동기를 짐작하게 한다. 죽음에 대한 저항은 바로 어두운 세상에 대한 항거다. 4·19를 전후한 당시 사회의 혼란상과 부패상을 이 시는 암시적으로 드러내 놓았고 그 상황에 처한 시인의 자세를 준열한 목소리로 노래하고 있다. 이 시에는 그러한 격동의 역사를 앞에 둔 시인의 장엄하고도 비장한 의지가 엿보인다.

나와 세계를 만나는 시읽기

「뜨거운 노래는 땅에 묻는다」는 유치환 시의 일반적인 성격을 그대로 드러내고 있다. 절대고독을 향한 의지, 부조리와 죽음에 대한 항거, 남성적 울림 등이 그러하다. 처음 부분은 '고독'의 지향성을 드러내면서 고독이 자신이 부르는 뜨거운 노래, 참되고 진실한 노래의 생성적 힘이 된다는 것을 보여 준다. 진실을 향한 시인의 의지는 아무리 힘들고 비참한 상황에 처하더라도 결코 꺾이지 않으리라는 확인으로 이어지며, 자신의 노래가 왜 거짓과 위선이 난무하는 현실에서 필요한가를 역설한다. '구호, 헛울림, 비도(非道), 영혼을 파는 행위'가 만연한 상황은 시인이 뜨거운 노래를 부르는 이유다.

유치환 시가 보여 주는 사변적이고 산문적인 경향은 김춘수에게 있어서는 비판의 이유가 되기도 한다. 김춘수에게 시는 언어를 통해 재구성되는, 유희적 차원에서 존재하기 때문이다. 이 시에도 유치환의 직접적이고 사변적인 진술이 특징적으로 잘 드러나 있다. 4·19를 노래한 다른 시들과 비교해서 읽어 보면 공통점과 차이점을 잘 파악할 수 있다.

유치환은 「뜨거운 노래는 땅에 묻는다」에서 자신의 시를 '노래' 라고 부른다. 시인이 말하는 '노래' 의 의미에 대해 생각해 보자.

　　여기서 말하는 '노래' 는 시의 '산문 정신' 을 의미한다. 시는 개인의 내밀한 정서를 묘사하거나 드러낸다. 이와 대응되는 곳에 산문 정신이 존재한다. 산문 정신이란 시가 가지는 현실 인식적 태도 곧 시의 대사회적 기능과 관계 깊은 말이다.

　　시가 개인의 체험을 서정적으로 묘사하는 장르라 했을 때, 시의 현실 대응력은 산문 장르인 소설에 비해 현저하게 약해진다. 소설은 현실을 '총체적으로 파악' 하지만 단형 서정시로는 이를 감당하기 어렵다. 이때 시는 두 가지 방향으로 나아간다. 하나는 노래를 지향하는 것이며, 다른 하나는 시의 서사적 기능을 되살리는 것이다. 후자의 경우는 서사시, 장시, 단편 서사시 등의 하위 장르로 발전하면서 단형시가 갖는 단조로움과 단편성을 넘어서서 대사회적 발언을 강화하게 된다. 사회가 혼란하고 역사가 소용돌이치는 격동기에 서사시나 장시가 활발히 씌어지는 것은 이 때문이다.

　　일제 강점기의 김동환의 「국경의 밤」이나 임화를 비롯한 카프계 시인들이 보여 준 '단편 서사시' 는 시의 서정시적 운명을 넘어서고자 한 대표적인 경우다. 1960년대 신동엽의 「금강」, 1970년대 이후 활발히 전개된 신경림의 「남한강」, 고은의 「백두산」 등은 1960~70년대 우리 시의 산문 정신을 지향한 것들이다.

　　한편 시가 노래를 지향한다는 것은 시의 교술적 기능을 확보하는 동시에 시의 예언자적 기능을 강화하는 것이다. 시의 노래화는 시대의 변화를 요구하는 시인의 선지자적 자세와 관계있다. 이때 노래는 바로 새로운 시대를 이끄는 '묵시록' 이 된다. 즉 노래의 의미는 음악성이나 리듬감이 있음을 말하고자 하는 것이 아니라 시의 현실성의 확보나 시인의 계몽주의적인 발언과 관계가 있다.

　　시인은 서정을 드러내기보다 시대를 말하고 미래를 예언하고자 한다. 예술성보다는 현실성 쪽에 시의 무게중심을 둔다는 말이다. 이 점에서 '노래' 는 장시가 갖는 시대 정신의 극대화와 상통한다. 일반적으로 '참여적' 경향을 보이는 시들이 '노래' 와 장시를 지향하는 이유는 바로 시의 '산문 정신' 의 확보와 관련이 있다.

「뜨거운 노래는 땅에 묻는다」에서 시인의 노래가 '뜨거운 노래'가 되는 이유와 그것을 땅에 묻어야 하는 이유에 대해 생각해 보자.

'뜨거운 노래'는 시인의 현실과 역사에 대해 갖는 한없는 사랑이며, 부조리한 현실과 모순적인 상황에 대한 가열한 부정정신이다. 그의 노래는 당대의 '거짓 외침'과 '구호'와는 달리, 내밀하며 침묵과 같은 준엄함을 지향한다. 거리에는 거짓과 위선에 가득 찬 구호와 공허한 울림만이 메아리친다. 자신의 거짓을 은폐하면서 거짓된 삶을 위해 영혼을 파는 자들의 요란한 외침만이 난무하는 것이다.

시인은 그런 군중들이 내지르는 혼란한 소용돌이에 가세하지 않고 참되고 진실된 자유와 정의를 위해 홀로 절대적 고독의 경지를 지향한다. 이 시에서 앙상한 가지만이 남아 있는 겨울 숲의 나무가 주는 이미지는 그 적막한 공허, 절대적 고독의 공간을 상징한다. 그 혼자만의 절체절명의 공간 속에서 시인은 참된 영혼과 진실을 위해 노래를 부른다.

구호와 헛된 울림만이 난무하는 현실에서 진실은 은폐되고 진실을 부르짖는 목소리는 요란한 구호에 묻혀 빛을 잃는다. 시인은 그 요란한 소용돌이 속으로 같이 휩쓸려 들어가 거짓의 노래를 외쳐 부르기보다는 홀로 진실의 노래를 부르겠다고 말한다. 땅속에 그 노래를 묻는 것이 거짓 노래에 화답하는 것보다 훨씬 가치가 있는 셈이다.

언 땅에 묻는 노래는 더욱 뜨겁다. 현실이 거짓과 위선으로 혼탁할수록 시인이 홀로 부르는 노래는 뜨겁고 가열할 수밖에 없다. 그래서 시인은 '저주받은 존재'인 것이다. 혼자 노래하다 거짓과 위선에 의해 목숨이 위태롭게 된다 해도, 극도의 비참한 상황 속으로 떨어진다 해도, 시인의 노래는 비도(非道)를 고발하고 비도를 물리치는 데 주저하지 않는 힘을 발휘한다. 자신의 목숨과 맞바꾼 노래이기에 그의 노래는 비장함과 엄숙함을 더하게 되며, 바로 이것 때문에 그의 노래는 뜨거울 수밖에 없다.

언 땅에 깊이 묻는 행위는 이 같은 시인의 의지가 총체화된 것이다. 구호와 헛된 울림이 난무하는 지상의 상황과 뜨거운 노래를 땅에 묻는 행위는 대조적인 것이지만, 시인의 의지를 역설적으로 강조하는 효과를 거두고 있다.

의자 · 7

조병화

1921~2003 | 경기도 안성 출생. 호는 편운(片雲) 1945년 일본 도쿄고등사범 이과 졸업 1949년 첫 시집
『버리고 싶은 유산』을 발간하면서 등단 1960년 아시아 자유문학상 수상 1974년 한국시인협회상 수상
1981년 서울시 문화상 수상 1985년 대한민국 예술원상 수상 1995년 대한민국 예술원 회원

시집으로 『사랑이 가기 전에』(1955), 『하루만의 위안』(1960), 『가숙(假宿)의 램프』(1968), 『오산 인터체
인지』(1971), 『먼지와 바람 사이』(1972) 등이 있음

186

의자 · 7

시를 읽는 독법

'의자'가 갖는 상징적 의미에 주목하면서 세대에 걸쳐 이어지는 삶의 지속과 역사의 연속성을 생각한다.

지금 어드메쯤
아침을 몰고 오는 분[1]이 계시옵니다.
그분을 위하여
묵은 이 의자[2]를 비워 드리지요.

지금 어드메쯤
아침을 몰고 오는 어린 분이 계시옵니다.
그분을 위하여
묵은 의자를 비워 드리겠어요.[3]

먼 옛날 어느 분이
내게 물려주듯이.[4]

지금 어드메쯤
아침을 몰고 오는 어린 분이 계시옵니다.
그분을 위하여
묵은 의자를 비워 드리겠습니다.[5]

『시간의 숙소를 더듬어서』, 1964

〈『시간의 숙소를 더듬어서』, 1964〉

1) 새로운 세대를 상징. '아침'은 희망, 가능성, 밝음 등의 낙관적이고 긍정적인 삶의 의미를 가진다.

2) 자신이 앉았던 자리와 같이 구체적이고 물리적인 공간이나, 지위와 같이 사회적 신분을 의미하기도 하지만, 자신이 가지고 있는 낡은 가치관 등의 정신적 차원도 포함된다.

3) 2연은 1연의 강조. 계속되는 반복 어구는 의미를 강조하기 위한 것이다. '어린 분에게 묵은 의자를 비워 드리겠다'는 의지의 확인과 정당성의 강조가 반복 효과를 통해 달성된다.

4) 의자를 비우는 행위가 영속적이며 자연스러운 삶의 질서임을 암시한다.

5) 의자를 비워 주는 행위의 정당성에 대한 확인이자 시적 자아의 의지의 확인.

다시보는 시인 & 시세계

조병화의 「의자」는 열 편의 연작시로 이루어져 있다. 이 연작은 조병화 시 중에서도 주목되는 작품으로 평가된다. 그 이전 시들이 형식의 세련미는 보여 주었으나 허무주의적 색채를 깔고 있었음에 비해, 「의자」 시편들은 삶의 의미와 긍정적 측면을 조심스럽게 드러냄으로써 그의 시의 변화를 엿볼 수 있게 한다. 그의 이전 시들은 인생을 한갓 나그네에 비유한다거나, 죽음이나 외로움을 피하지 못할 운명으로 본다거나, 너무나 빈번하게 이별의 정서를 드러내거나 함으로써 자주 센티멘털리즘에 빠지곤 했던 것이다.

이에 비해 「의자 · 7」 시편은 그러한 이전 시와는 달리 건강한 삶의 한 측면을 포착함으로써 성공을 거두고 있다. '의자/묵은 의자' '어린 분/먼 옛날 어느 분' 등이 대립의 의미를 지니면서 시적 주제와 관련해 상징성을 획득한다. 역사를 인식하는 태도와 사회 질서의 존속 원리에 대한 시인의 태도를 엿볼 수 있는 작품이다.

나와 세계를 만나는 시읽기

「의자 · 7」은 '의자'가 주는 상징성을 극대화한 시다. '아침을 몰고 오는 분', '묵은 의자', '먼 옛날 어느 분' 등이 세대론적인 의미를 띠면서 점층적으로 시상을 확대 전개해 나간다. 의자는 언제나 여기에 앉을 그 누군가를 위해 비워진 채 놓여 있다. 시인은 이 의자를 통해 '세대교체'의 정당성과 삶의 순리, 조화를 말하고 있다. 그것은 시간의 순환적 질서를 수용하는 길이면서 세대의 변화를 긍정하는 길이기도 하다.

이 시는 쉽고 간결하다. 다음 세대를 위해 의자를 비워 주겠다는 산문적 진술이 연을 바꿔 가며 반복되고 있을 뿐이다. 그런데 이러한 산문적 진술이 상투적으로 느껴지지 않는 것은 '의자'의 상징성 때문이다. 시인은 반복을 통해 그의 의지를 점층적으로 강조하고 있다.

시는 상투적일 때 그 생명력을 잃는다. 시는 사물을 바라보는 시인의 새로운 눈을 통해 생명력을 얻기 때문이다. 이 시에서 시인은 '의자'를 통해 삶의 조화로운 질서를 발견해 낸다. 이 자연스러움이 이 시가 친근하면서도 부드러운 느낌을 주는 이유다.

'세대교체'에 대해, 시인은 이를 어떻게 받아들이고 있는지 「의자 · 7」을 중심으로 생각해 보자.

　　인간은 단독자로서 살아가지 않는다. 자기만의 삶을 끝으로 이 세계와 단절하는 것이 아니라 다음 세대에게 자리를 넘겨 주고 미래를 맡김으로써 인류 역사의 연속성과 생명력을 꾀한다. 인간만이 이를 의식적이고 자각적으로 인지할 수 있다.

　　이 시에서 아침을 몰고 오는 자는 분명 어린 세대다. 아침은 희망과 밝음과 가능성으로 빛나는 시간이다. 미래를 헤쳐 나갈 다음 세대의 이미지가 '아침'과 '어린 분'으로 상징되는 것은 이들이 미래에 대한 희망을 집약적으로 상징하는 존재이기 때문이다. '묵은 의자'는 지금까지 시인의 현재 세대가 앉았던 바로 그 자리, 그 시간을 의미한다. 다음 세대가 그 의자에 앉을 때 자신의 시간은 과거의 시간이 된다. '아침을 몰고 오는 분'이 시인 자신이 앉았던 그 의자에 앉을 때 자신의 의자가 묵은 것, 과거의 시간이 되는 것은 시간의 순차적인 흐름과 삶의 질서가 조화를 이룬다는 것을 의미한다. 자신의 의자는 이미 자신의 선배인 어느 분에게서 물려받았던 것이고, 그 의자는 자연스럽게 다음 세대를 위해 물려진다. 마지막 연은 첫 연의 반복이다. 그것은 시적 자아의 '세대교체' 의지에 대한 확인을 의미한다.

　　자신의 자리를 다음 세대를 위해 비워 준다는 것은 자신의 한계를 인정하고 변화를 받아들이겠다는 의미를 지닌다. 보통 '자리싸움'이라고 하는 것은 인간이 자신이 지키고 앉아 있는 지위와 영역에 대한 집착이 어떤 것인가를 말해 준다. 자리를 지킨다는 것은 단순히 물리적 · 공간적인 것에 대한 집착과 완고한 아집을 의미하는 것은 아니다.

　　인간은 관성적인 동물이기 때문에 관습적 인식과 사고로부터, 기존의 질서로부터 쉽게 벗어나지 못한다. 그것은 자신을 부정하는 것과 같은 맥락이기 때문이다. 인간이 변화보다는 안정과 질서를, 투쟁보다는 평화와 안일을 선호하는 이유가 그것이다.

　　이 시는 점층적인 강조를 통해 세대의 변화를 받아들이고 자신의 한계를 인식하면서 다음 세대를 위해 자리를 비워 주겠다고 말한다. 세계를 바라보는 눈이 순리적이고 관용적이다. '의자'를 통해 우리는 조화로운 세대 변화의 질서를 읽게 되는 것이다.

서울 종로에 있는 「솔 개」 시비

최근 우리 사회는 세대 간의 갈등을 겪고 있다. 기성세대와 신세대 간의 대화의 단절, 가치관의
충돌 등이 야기되는 원인과 그것의 의미에 대해 생각해 보자.

세대론은 언제 어디서나 있어 왔다. 그런데 문명의 흐름이 가속도를 타는 것과 마찬가지로
세대 간의 갈등 또한 현대로 올수록 심각하고 전반적인 듯하다. 이러한 갈등은 세계관이나 가
치관의 충돌에서 비롯된다. 기성세대의 가치관이 신세대의 가치관에 비해 고루하거나 보수적
이라는 것은 일반론이다.

최근 보여 준 세대 간 갈등은 역사 철학적이고 사회사적인 흐름을 반영하고 있다. 여기에는
어떤 문제나 현상을 보는 인식 문제가 놓여 있는 것이다. 기성세대의 가치관은 단일하고 직선
적이며 어떤 합리적인 틀 안에서 유지된 것이다. 반면 새로운 세대의 가치관은 다원론적이며
비합리적이고 카오스적인 경향이 있다. 기성세대가 질서와 규범의 틀 안에 가두어 둔 것들을
신세대는 풀어헤치고 일탈적인 것으로 만들며 무질서하게 한다. 그들에게는 무질서 자체가 하
나의 질서다.

기성세대는 어떤 일관된 규범이 존재해야 하고 그 규범을 그대로 따라야 한다고 믿는다. 하
지만 신세대들은 그 규범들은 다양한 것 중의 하나일 뿐이며 '나'와 다르기 때문에 배제해야
하는 것이 아니라 그 차이 나는 것 바로 그것 때문에 그대로 인정해 주어야 한다고 생각한다.

신세대들은 부모 세대가 갖는 관념이나 가치관을 이해할 수 없고 부모 세대 역시 그러하다.
부모 세대들에게 모범생은 학교에서 주어진 학과 공부를 열심히 해서 이른바 명문 대학에 가는
사람으로 인식되지만 자식 세대는 모범생의 삶뿐만 아니라 다른 것에도 '그'만큼 혹은 그보다
더 가치 있는 것들이 존재한다고 말한다. 청소년들은 자신이 좋아하는 분야에서 열심히 일하
고 인정받는 것을 부모 세대가 공부를 잘해 유명 대학에 가기를 희망하는 것보다 우위에 놓는
다. 이른바 다원적인 삶의 가치 속에 자신의 삶이 놓여 있음을 신세대는 주장한다.

이렇게 본다면 우리 사회가 겪는 세대 간의 충돌은 신구세대의 갈등이라기보다는 가치관의
충돌이며 세계관, 인식론의 충돌이라 할 수 있다. 기성세대는 권위적이고 엄격하며 복종을 강
요하고, 신세대는 이를 벗어나기 위해 기성세대의 가치관을 부정하고 거부한다고 보는 것은 일
면적인 고찰이다. 그것보다는 현대 세계의 철학적이고 사회사적인 흐름을 그대로 반영하고 있
다고 보아야 한다. 이 갈등은 세계가 혁신하면서 겪는 갈등이며 충돌이다. 이 변화된 흐름을
받아들이고 그 흐름을 통해서 자신의 가치관과 차이 나는 '다른 것'들을 이해하고 인정하는 관
용정신이 필요하다.

그 변화를 읽는 힘이 있을 때 그 충돌은 완화된다. 그렇지 않으면 그 사회는 갈등으로 와해될
위기에 처할 수도 있다.

종로 5가 ^{외 1편}

신동엽

1930~1969 ㅣ 충청남도 부여 출생 1953년 단국대학 사학과 졸업 1959년 『조선일보』 신춘문예에 장시 「이야기하는 쟁기꾼의 대지」가 당선되어 등단 1967년 펜클럽 작가기금으로 장편 서사시 「금강」 발표

시집으로 『아사녀』(1963), 『신동엽 전집』(1975), 『누가 하늘을 보았다 하는가』(1980) 등이 있음

종로 5가

시를 읽는 독법

가족을 찾아 도시로 온
소년에게서 자신의 모
습을 발견해 내고 우리
의 역사를 조명해 내는
시인의 시선을 따라가
본다.

이슬비 오는 날,
종로 5가 서시오판[1] 옆에서
낯선 소년이 나를 붙들고 동대문을 물었다.

밤 열한시 반,
통금에 쫓기는 군상(群像) 속에서 죄 없이
크고 맑기만 한 그 소년의 눈동자와
내 도시락 보자기가 비에 젖고 있었다.[2]

국민학교를 갓 나왔을까.
새로 사 신은 운동환 벗어 품고
그 소년의 등허리선 먼 길 떠나 온 고구마가
흙 묻은 얼굴들을 맞부비며 저희끼리 비에 젖고 있었다.[3]

충청북도 보은 속리산(俗離山), 아니면
전라남도 해남땅 어촌(漁村) 말씨였을까.[4]
나는 가로수 하나를 걷다 되돌아섰다.
그러나 노동자의 홍수 속에 묻혀 그 소년은 보이지 않았다.

그렇지.
눈녹이 바람이 부는 질척질척한 거울날,[5]
종묘(宗廟) 담을 끼고 돌다가 나는 보았어.

그의 누나였을까.
부은 한쪽 눈의 창녀(娼女)가 양지 쪽 기대 앉아⁶⁾
속내의 바람으로, 때 묻은 긴 편지 읽고 있었지.

그리고 언젠가 보았어.
세종로 고층건물 공사장,
자갈지게 등짐하던 노동자 하나이
허리를 다쳐 쓰러져 있었지.
그 소년의 아버지였을까.⁷⁾
반도(半島)의 하늘 높이서 태양(太陽)이 쏟아지고,
싸늘한 땀방울 뿜어 낸 이마엔 세 줄기 강물.
대륙의 섬나라의
그리고 또 오늘 저 새로운 은행국(銀行國)의
물결이 뒹굴고 있었다.⁸⁾

남은 것은 없었다.
나날이 허물어져 가는 그나마 토방 한 칸.
봄이면 쑥, 여름이면 나무뿌리, 가을이면 타작마당을 휩쓰는 빈 바람.
변한 것은 없었다.
이조(李朝) 오백 년은 끝나지 않았다.⁹⁾

옛날 같으면 북간도라도 갔지.¹⁰⁾

기껏해야 뻐스길 삼백 리 서울로 왔지.
고층건물 침대 속 누워 비료광고(肥料廣告)만 뿌리는 거머리 마을,
또 무슨 넉살 꾸미기 위해 짓는지도 모를 빌딩 공사장,
도시락 차고 왔지.[11]

이슬비 오는 날
낯선 소년이 나를 붙들고 동대문(東大門)을 물었다
그 소년의 죄 없이 크고 맑기만한 눈동자엔 밤이 내리고
노동으로 지친 나의 가슴에선 도시락 보자기가
비에 젖고 있었다.[12]

(『동서춘추』, 1967. 6)

충남 부여에 있는 신동
엽 생가와 「산에 언덕
에」 시비

1) 신호등을 회화적으로 표현함. 방향의 상실을 의미한다. 특히 '서시오'는 방향 상실로 상징된다. 뚜렷한 목표도 설정할 수 없고, 자기 존재에 대한 어떤 확신도 없이 노동자로 전락한 시인의 처지와 가족을 찾아 도시로 온 소년의 미래가 방향 상실로 상징화된 것이다.

2) 소년과 '나'가 동일시되는 계기는 비, 도시락, 방향 잃음 등이다. 처연함, 생계에 대한 고민, 삶의 고통이 느껴진다.

3) 소년에 대한 시인의 따뜻한 시선이 느껴진다. 소년의 천진하고 해맑았을 모습이 연상되면서 시인의 소년에 대한 동류의식이 드러난 대목이다. 소년에게서 느끼는 연민은 그것으로 끝나지 않고 분노로 변이된다. 분노는 연민이 체념과 비관적 감상주의로 떨어지는 것을 방지하고, 연민은 분노가 추상화되고 관념화되어 한 개인의 공허한 독백으로 떨어지는 것을 방지한다. 이 시에서 분노와 연민은 직관적으로 연결되어 있다.

4) 당시 농민들이 가난에서 벗어나기 위해 전국에서 서울로 몰려왔음을 알 수 있다.

5) 이슬비, 겨울비 등은 이들 삶의 신산함을 고조하는 역할을 한다. 도시의 삶은 질척거리고 고통스럽고 냉혹하다.

6) 농촌에서 올라온 젊은 여성들이 창녀로 전락한 상황을 알 수 있다.

7) 누이와 마찬가지로 소년의 아버지도 도시 노동자가 되어 도시 어딘가로 떠났을 것이다. 전통적 가족의 해체를 의미한다. 이들 '뿌리뽑힌 자'들의 삶과 미래가, 경제개발계획이 시작된 1960년 이래 우리 문학의 주요 테마가 된다.

8) 경제 강국들에 종속된 우리 나라의 식민적 자본주의 상황을 암시한다.

9) 농민들의 가난이 이조 오백 년 역사와 연속선상에 있음을 의미한다. 신동엽은 사학과 출신인데, 그의 역사 인식은 분명한 듯 보인다. 4·19를 동학 혁명과 3·1운동 등애까지 연관시키려는 시도는 「금강」, 「껍데기는 가라」 등에서 드러난 바 있다. 민중의 힘과 저력에 대한 그의 강한 믿음을 반영한 것인데, 이러한 그의 민중관이 너무 이상적이고 추상적이라는 비판도 있다.

10) 가난과 착취에서 벗어나기 위해 간도 유이민이 되던 일제 강점기의 시대 상황과 대비하고 있다.

11) 도시 노동자가 된 상황이 드러난다.

12) 시인의 비애와 소년의 순진무구한 모습이 연관되어 나타난다. 고향에서 가족들의 사랑을 받으며 꿈을 키워

가야 할 소년이 도시에서 노동자로 방황하고 있는 근대화의 이중적 모습이 잘 드러나 있다. 근대화의 이중성은 안락과 소외, 긍정적 낙관과 비관적 비전, 도시의 화려함과 그 화려함에 감춰진 어두운 이면, 희망과 절망 등으로 상징된다. 근대화에 대한 평가는 이 근대화의 이중성을 어떻게 인식하는가에 따라 달라진다. 낙관적으로 생각할 때 근대화의 모순은 일시적인 것이며, 인간의 주체성이 그 모순을 스스로 해결할 수 있다고 믿는다. 반면 비관적으로 파악할 때, 근대는 초극되거나 부정되어야 할 대상이 된다.

다시보는 시인 & 시세계

신동엽의 시 「종로 5가」가 쓰어진 1967년은 제1차 경제개발계획으로 이촌향도 현상이 급속히 진행되던 시기다. 돈을 벌기 위해 도시로 몰려들던 수많은 군상을 한 소년의 모습을 통해 그리고 있는 이 시는, 장편 서사시 「금강」 의 후화(後話)로 쓰어졌지만 독립된 작품이다.

시인은 종로 5가에서 고구마를 등에 짊어 메고 가는 길 잃은 소년을 만나는데, 이 소년에게서 강한 연민을 느끼고, 그 연민은 사회와 불의와 구조적 모순에 대한 분노로 이어진다. 소년의 모습에서 시인은 그의 누이와 아버지의 모습을 겹쳐서 읽는다. 이것은 가족의 해체와 탈향 현상, 도시 빈민의 급증과 같은 근대화의 모순을 암시한 것이다. 소년의 보자기에서 삐죽이 빠져나온 고구마를 통해 고단한 삶을 살고 있는 탈향한 도시 노동자의 모습을 유추해 내는 시인의 통찰력이 돋보인다. 이 같은 근대화의 모순이 조선 5백 년 역사의 질곡과 연속된다는 단언을 통해 시인의 역사주의적 시각의 일단을 엿볼 수 있다.

1960년대 신산한 삶의 모습을 도시 주변의 풍경을 통해 읊고 있다는 점에서, 농촌에 남은 사람들의 자기모멸적 삶을 읊은 신경림의 「농무」 등과 비교해 볼 수 있다.

나와 세계를 만나는 시읽기

「종로 5가」의 1연에서 시인은 종로 5가에서 낯선 소년을 보게 되는데, 그 소년의 모습이 도시 노동자와 다를 바 없는 시인과 동일시됨으로써 시적 긴장이 발생한다. 소년의 순진무구함과 천진스러움은 이미 이 시 속에서 사라져 있다. 이것이 시인의 시작 동기가 된다. 2연에서 보이는 자신의 초라한 행색과 도시락을 낀 모습은 해맑은 소년의 눈동자와 대비되면서 3연의 고구마의 모습과 어울려 해학적으로 묘사된다. 이것은 동류의식의 표현이면서 소년에 대한 시인의 따뜻하고 애정 어린 시선이 함축된 것이다. 시인은 소년이 떠나 온 고향이 어디일까를 생각하면서 도시 노동자들의 홍수 속에 묻혀 지워지는 그의 뒷모습을 안타깝게 지켜보고 있다.

소년의 모습은 이 땅의 누이들과 아버지들의 모습과 병치되면서 당대 현실에 대한 시인의 비판적 인식을 드러낸다. 시인은 소년의 모습을 통해 창녀가 된 누이의 모습과 노동자로 전락한 아버지의 모습을 연상하게 되는데, 이는 당대적 삶의 반영이면서 전통적 가족 구성원의 해체를 암시한다. 근대 개발로 인한 전통과 농촌 공동체의 와해는 전 가족 구성원을 떠돌이로 내몰았던 것이다.

시인은 이들의 가난과 삶의 터전의 와해가 우리 민족사의 연속성 위에서 발생했음을 깨닫게 되는데, 이는 신동엽의 역사관을 드러낸 것이라 할 수 있다. 농민들이 도시 노동자가 되기 위해 서울로 오던 당시의 상황을 생각하면서 시인의 비애는 소년의 비애와 동일시되고 당대 민중의 비애로 확장된다. 소년의 맑은 눈동자와 노동자가 될 수밖에 없는 현실이 대립되어 있고, 시인의 노동자화를 상징하는 '비에 젖은 도시락'의 여운이 전체의 분위기를 한층 돋우고 있다.

다음 시는 이성복의 「모래내」(1978) 중 일부다. 「모래내」에 나타난 누이와 아버지의 모습, 가족의 모습을 신동엽의 「종로 5가」의 그것과 비교해 보고, 우리 근대화의 이면을 생각해 보자.

> 거기서 너는 살았다 선량한 아버지와
> 볏짚단 같은 어머니, 티밥같이 웃는 누이와 함께
> 거기서 너는 살았다 기차 소리 목에 걸고
> 흔들리는 무우꽃 꺾어 깡통에 꽂고 오래 너는 살았다
> 더 살 수 없는 곳에 사는 사람들을 생각하며
> 우연히 스치는 질문― 새는 어떻게 집을 짓는가
> 뒹구는 돌은 언제 잠 깨는가 풀잎도 잠을 자는가,
> 대답하지 못했지만 너는 거기서 살았다 붉게 물들어
> 담벽을 타고 오르며 동네 아이들 노래 속에 가라앉으며
> 그리고 어느날 너는 집을 비워 줘야 했다 트럭이
> 오고 세간을 싣고 여러번 너는 뒤돌아 보아야 했다

「모래내」는 도시 재개발로 인해 한 가족이 보금자리를 박탈당한 기억을 읊은 시라고 추정된다. 농민들이 피폐해진 농촌을 떠나 도시 노동자가 되는 것과, 도시 빈민들이 재개발 열풍으로 삶의 터전을 빼앗긴 것은, 이들이 자신의 근원을 박탈당했다는 점에서 동일한 것으로 볼 수 있다. '고향'은 삶의 터전이자 정신적인 지주에 해당된다. 신동엽의 시가 보여 주는 도시 노동자들의 삶의 실상이 이성복의 이 시에 잘 묘사되어 있다.

선량한 아버지와 볏짚단 같은 어머니와 티밥같이 웃는 누이는, 이들이 자신의 고향에서 행복한 삶을 꾸려 나가던 시기의 모습이다. 그러나 근대화는 이 같은 삶의 모습을 일시에 흔들어 버린다. 이성복 시의 그 '누이'는 신동엽의 시에서 '창녀'가 되고, '아버지'는 '공사장 인부'가 되었으며, '어머니'는 모성을 상실하게 되었음인지 나타나지도 않는다. '소년'마저 이들을 찾아 도시로 와 길을 잃었다. 농촌 공동체 사회에서 지켜지던 가족주의나 따뜻한 인간애 등 긍정적 가치들은 그 의미를 잃는다.

이성복의 시에는 '새들의 집 짓기'와 같은 일상적인 것에도 가치가 부여되던 행복한 시절의 장면들이 잘 나타나 있다. 근대화는 이런 일상들을 무의미하게 만든다. 경제적 이익과 세속적 욕망이 가치의 규준이 되는 것이 근대의 모습인지도 모른다. 이성복의 시와 신동엽의 시는 가족 구성원의 삶의 모습이 특히 근대화 이후 어떻게 변모되었는가를 대조적으로 설명해 준다.

1960년대 농촌의 모습과 현재 농촌의 모습에는 상당한 차이가 있다. 세계화로 인한 농촌 경제의 피폐와 자율적 경제권 회복, 최근 도시민들의 귀농 현상 등은 농촌의 새로운 변화와 함께 새로운 과제를 던져 주고 있다. 우리 농촌의 현재적 과제와 해결책을 제시해 보자.

우리 농촌이 직면한 과제 중 하나는 지역성에서 벗어나는 것이다. 세계화로 인한 농산물 가격의 경쟁력 약화 등은 우리 농촌의 시련인 동시에 가능성이라고 할 수 있다. 이런 시점에서 '신토불이' 구호는 농촌 경제가 지역성에서 벗어날 수 있는 계기가 되기보다는 그것의 공고화를 조장하는 것일 수도 있다. 능동적으로 '농촌' 지키기를 지속하는 방법은 지역 경제에서 벗어나 적극적으로 '세계화'에 대처하면서 그 조류를 함께 타고 농촌 경제의 경쟁력을 회복하는 것이다.

최근 젊은이들이 하나둘 농촌으로 되돌아가는 현상은 우리 농촌의 새로운 가능성을 예고한다. 약 30년 만에 '탈향'이 '귀향'으로 뒤바뀌고 있는 셈이다. 그러나 문제는 여전히 존재한다. 현실은 그렇게 간단하지 않다. 농산물의 국제 가격과 국내 가격의 차이는 우리 농촌의 위기를 현실화하고 있다. 세계에서 가장 질 좋기로 이름난 '인삼'은 이제 명맥을 잇기가 쉽지 않다고 한다. 중국산 인삼이 세계뿐 아니라 인삼의 원산지인 국내까지 잠식해 오고 있기 때문이다. 수입 농산물로 우리의 명절 차례 상을 지내는 것은 이미 일상화되었다.

'세계화'는 말이나 구호로 되는 것도 아니며 구체적인 대응력이 없다면 그 과제는 해결할 수 없다. 쌀개방을 앞두고 '개방 반대'의 목소리를 높이기보다는 일본의 경우와 같이 품질 좋고 경쟁력 있는 '쌀'을 생산하는 길을 모색하는 것이 보다 더 현명한 방법인 것이다. 따라서 선진 농업 시스템 도입, 농촌 환경 지키기, 농산물 품질 향상 및 국제적인 규격화 등 보다 적극적인 대처 방안이 필요하다.

껍데기는 가라

껍데기는 가라.
사월도 알맹이만 남고
껍데기는 가라.[1]

껍데기는 가라.
동학년 곰나루의, 그 아우성만 살고[2]
껍데기는 가라.

그리하여, 다시
껍데기는 가라.
이곳[3]에선, 두 가슴과 그곳까지 내논
아사달과 아사녀[4]가
중립(中立)의 초례청 앞에 서서
부끄럼 빛내며
맞절할지니

껍데기는 가라.
한라에서 백두까지[5]
향그러운 흙가슴만 남고
그, 모오든 쇠붙이는 가라.[6]

석가탑

〈『52인 시집』, 1967〉

1) '껍데기'와 '알맹이'의 대립은 이 시의 근간을 이룬다. 가짜와 진짜, 진정하지 못한 것과 진정한 것, 반민중적인 것과 민중적인 것의 대립으로 확대할 수 있다.

2) 4 · 19와 동학혁명이 같은 역사적 맥락 속에 있다고 봄. 이 문제에 대한 평론가들의 평가는 분분하다. 동학혁명과 3 · 1운동과 4 · 19를 무책임하게 연결해 민중의 무의식적 생명력을 찬양하고 민주의 의미에 대한 진지한 성찰을 결여했다고 비판하기도 하고, 4월 혁명 인식이 보다 진전된 정점을 보여 주었다고 보고 이를 주체의식의 심화를 성취해 나간 것으로 평가하는 시각도 있다. 하지만 반외세, 냉전 사고의 극복 등 긍정적 측면은 있지만 관념적 역사 인식, 반동주의적 사고, 여성 억압적 사고 등이 내재되어 있다는 점은 신동엽 문학의 한 문제점으로 지적된다.

3) 본질적이고 원초적인 민중의 세계.

4) 석가탑(무영탑)에 얽힌 설화에 나오는 인물. 백제의 유명한 석공 아사달이 신라로 탑을 짓기 위해 온다. 남편이 그리워 서라벌로 찾아온 아사녀는 탑이 완성될 때까지 기다려 달라는 주지의 뜻에 따라 탑의 그림자가 비칠 것이라는 영지못가에서 기다린다. 그러던 중 문득 기묘한 흰 탑의 환영을 보고 아사달을 그리며 물속으로 뛰어든다. 탑을 완성한 아사달도 아사녀를 뒤따른다. 여기서는 순수하고 순결한 아사달과 아사녀의 이미지가 강조됨.

5) 4 · 19의 자유와 평등사상이 통일 문제로까지 나아감을 알 수 있다.

6) '흙가슴'과 '쇠붙이'의 대립 역시 앞의 '알맹이'와 '껍데기'의 대립과 연관된다.

「껍데기는 가라」는 4·19의 진정한 정신을 추구하고자 한 시로서, 당대에 4·19 정신을 표방하면서 난무하던 거짓 행위와 사상, 반민중적이고 반민족적인 것들을 비판하고 있다. 이 시에서 우리는 민중의식이 민족의식과 상호 교통하고 있는 시인의 시적 인식을 읽을 수 있다.

신동엽은 김수영과 더불어 '1960년대 시인', 4·19 혁명의 정신을 당대에 가장 적확하게 표출한 시인으로 평가된다. 신동엽의 역사관과 민중관은 장편 서사시 「금강」에 잘 나타나 있다. 하지만 그의 역사관과 민중관이 너무 이상적이고 추상적이라는 점 때문에 비판을 받기도 한다. 그는 1950년대의 모더니즘 시와 전통적 서정시의 양대 조류 어느 쪽에도 가담하지 않으면서 민중과 역사에 대한 꾸준한 관심을 시로 표현해 냈으며, 4·19를 동학혁명과 3·1 정신의 맥락 위에서 연결하고자 시도했다. 「껍데기는 가라」에서 우리는 4·19를 동학혁명과 연결해 보려는 시인의 의도를 읽을 수 있다.

나와 세계를 만나는 시읽기

신동엽은 주로 1950년대에 문학 수업을 받은 시인이다. 그는 당대를 풍미하던 양대 조류인 모더니즘의 물결과 전통지향적 보수주의 둘 다 자신의 시에서 철저히 단절함으로써 역사와 현실에 대한 지속적인 관심을 갖게 된다. 하지만 그의 완고함은 시 「진달래 산천」을 둘러싼 용공성 시비로 드러나기도 한다.

역사에 대한 그의 관심이 가장 분명하게 드러난 시는 「금강」인데, 여기서 그는 동학혁명과 3·1운동 및 4·19를 하나의 맥락으로 연결하고 있다. 그는 이미 「아사녀」에서 4·19를 3·1 운동과 연결했고, 「주린 땅의 지도 원리」 「4월은 갈아 엎는 달」에서는 동학혁명과 연결한 바 있다.

「껍데기는 가라」 역시 4·19와 동학혁명을 연결한 시로, 4·19의 시대 정신을 가장 잘 반영한 시들 가운데 하나라고 평가된다. 신동엽의 4·19에 대한 역사적 인식을 '껍데기' 와 '알맹이' 의 대립으로 구체화한 시다.

신동엽의 시 「껍데기는 가라」가 현재적 의의를 가질 수 있다면 그것이 무엇인지 생각해 보자.

　이 시가 현재적 가치를 갖는다면 아마 마지막 연의 '한라에서 백두까지' 라는 구절일 것이다. 4·19의 진정한 자유와 평등 추구의 정신은 계급 해방, 신분 해방을 통해 민중의 이상적 세계를 꿈꾸었던 동학혁명의 정신과 상통한다. 사회의 구조적 모순을 철폐하고자 했다는 점에서 이 둘은 동일한 역사적 의의를 획득한다.

　우리 민족에게 남아 있는 최후의 질곡 역시 분단이다. 신동엽의 역사 인식이 동학혁명, 4·19, 그리고 분단으로까지 이어져 있다는 것은 놀랄 일이 아니다. 위정자들은 자기 권력의 유지를 위해 분단을 고착화할 수도 있다. 그러나 민족적·민중적 관점에서 이 분단 모순은 해결해야 할 첫 번째 과제다. 지구상에 남은 최후의 분단국인 우리에게 통일은 시급히 해결해야 할 과제이기도 하다.

　분단으로 인해 발생하는 많은 문제는 여러 측면에서 지적된다. 남북 주민 사이의 이질성 심화, 군사비 지출에 의한 경제적 손실, 국민들의 불안감 조성, 이산가족 문제 등은 분단 반세기가 흐른 지금 심각하게 제기되고 있는 것들이다. 통일은 하루빨리 이루어져야 할 최우선적인 과제기는 하지만 정치적인 논리나 반민중적인 차원에서 서둘러 해결하는 것은 민족의 비극이 될 수도 있다. 북한 주민들은 여전히 인권의 사각지대에서 '짐승처럼' 살고 있기 때문이다.

　신동엽의 「껍데기는 가라」에서는 분단의 고착화를 꾀하거나 반민족적이고 반민중적인 것이 '껍데기' 로 표현된다. 진정한 통일이 이루어졌을 때, 그때야 비로소 향기로운 흙가슴을 가진 민중의 세상이 된다는 시인의 역사 인식은 현재에도 유용한 가치를 지니고 있다.

통합논술 Q & A

우리 사회에는 형식적이고 겉치레에 불과한 것들이 많다. 즉 알맹이가 아닌 껍데기들이 많다고 할 수 있다. 이에 대해 구체적인 예를 들고 비판해 보자.

　관혼상제 등의 통과의례나 제식 등에서 특히 형식을 따지는 경향을 많이 볼 수 있다. 한국인들은 자기의 주체적인 가치 판단보다는 남의 이목이나 체면 때문에 격식에 맞지 않는 일들을 많이 하는 편이다. 남이 나를 어떻게 볼까 하는 두려움 때문에 분수에 맞지 않는 과소비와 겉치

레를 일삼는다고 지적된다. 특히 결혼 문화에 있어, 우리는 자신의 경제적 능력보다는 타인의 경우와 비교해 결혼 비용을 쓰게 된다. 이른바 과도한 '혼수 비용' 문제는 경제적인 측면에서 그 대가가 너무 크다. 반지 하나로 결혼 예물을 대신하는 서양과 비교하면 부끄러운 일이다.

 이 같은 과도한 혼수 비용 문제는 더 깊이 들여다보면 우리가 가지고 있는 물질적인 가치에 대한 비판적 사고의 결여, 모든 것을 물질의 크기와 양에 비교하는 배금주의와 상통한다. 이는 결혼 상대를 고르는 데도 적용된다. 부와 명예 같은 형식적이고 껍데기뿐인 가치들이 결혼의 조건이 된다. 당연히 '향그러운 흙가슴'으로 상징할 수 있는, 서로에 대한 믿음, 정신적 조건은 부차적 가치가 된다. 그 뒤에 따르는 문제는 더욱 심각하다. 이혼율 증가와 그에 따른 자녀 문제 등이 그것이다. 이는 '껍데기'를 중시하는 사회 풍조가 어떤 사회적 과제를 짐 지우는지를 잘 보여 주는 것이라 하겠다.

 '껍데기' 문화는 껍데기뿐인 결혼을 낳고 껍데기뿐인 가정을 만든다. 그 와중에서 가족은 사랑으로 뭉치는 것이 아니라 서로 소외되어 껍데기뿐인 구성원들로 채워진다. 이럴 경우 가정은 본래적인 의미를 상실한 채 '하숙집' 구실만 할 뿐이다. 이런 가정에서 자라난 인간이 전인적인 인간으로 성숙할 수 있을까? 이 같은 사회는 다시 껍데기 문화를 재생산할 뿐이다.

기항지 · 1

황동규

1938~ | 서울 출생. 서울대학 영문학과 및 대학원 졸업 1958년 『현대문학』에 『시월』,『즐거운 편지』 등이
추천되어 등단 1968년 제3회 현대문학상 수상 1980년 한국문학상 수상 1991년 제1회 김종삼문학상, 이
산문학상 수상

시집으로 『어떤 개인 날』(1961), 『비가』(1965), 『삼남에 내리는 눈』(1975), 『나는 바퀴를 보면 굴리고 싶
어진다』(1978), 『열하일기』(1984), 『풍장』(1984), 『악어를 조심하라고?』(1986), 『몰운대행』(1991), 『미
시령 큰바람』(1993) 등이 있고, 시론집 『사랑의 뿌리』(1976) 등이 있음

기항지[1] · 1

시를 읽는 독법

기항지에서 느끼는 고
독감과 적막감이, 내리
는 눈과, 하늘을 나는 새
의 이미지에 어떻게 투
영되는지를 생각한다.

걸어서 항구에 도착했다.[2]

길게 부는 한지(寒地)[3]의 바람

바다 앞의 집들을 흔들고

긴 눈 내릴 듯

낮게 낮게 비치는 불빛

지전(紙錢)[4]에 그려진 반듯한 그림을

주머니에 구겨 넣고

반쯤 탄 담배를 그림자처럼 꺼 버리고

조용한 마음으로

배 있는 데로 내려간다.

정박(碇泊)중의 어두운 용골(龍骨)[5]들이

모두 고개를 들고

항구의 안을 들여다보고 있었다.

어두운 하늘에는 수삼 개(數三個)의 눈송이[6]

하늘의 새들이 따르고 있었다.

〈『현대문학』, 1967. 6〉

용골

1) '기항지'란 항해중의 배가 들를 수 있는 항구를 말한다.

2) 이 시가 여행중에 씌어졌음을 알 수 있다.

3) 객지에서의 고독감이 나타난다.

4) 지폐.

5) '용골'은 이물에서 고물에 걸쳐 선체를 떠받치도록 큰 배의 밑바닥 한가운데에 만든 길고 큰 재목을 말한다.

6) 어둠과 고독의 대응. 어두운 하늘의 눈송이는 고독한 시적 자아의 내면과 상응한다.

「기항지 · 1」은 황동규의 초기 시에 해당한다. 일반적으로 황동규의 초기 시는 꿈과 현실 사이의 갈등구조로 되어 있다고 평가된다. 꿈과 현실 사이의 거리가 멀면 멀수록 현실은 추하다. 그는 현실을 비극적으로 인식한다. 그에게 수식어처럼 따라다니는 '비극적 세계관'은 그가 꾸는 꿈이 현실에서는 이룰 수 없다는 인식에서 비롯된 것이다. 그는 '불빛'을 통해 꿈에 다가가고자 하지만 그의 주위는 어둠으로 가득하다. 밝고 완전한 세계는 그가 '바퀴를 보면 굴리고 싶어지는' 세계로 설정한 바 있다. 그가 그 '둥근' 세계를 지향하면 할수록 현실이 주는 어둠과 무게는 더욱 어둡고 무거워진다. 그가 '여행'을 시적 소재로 선택하는 동기도 여기에 있다.

여행은 그에게 세계를 인식하고 자기를 성찰하는 계기가 된다. 그는 여행을 통해 자신의 시적 사유를 확장해 온 것이다. 여행은 세계를 멀리 내다보게끔 한다는 점에서 영혼의 확장으로 비유된다. 「기항지 · 1」은 여행지의 한 포구에서 본 풍경들과 시적 화자의 내밀한 정서를 잘 드러낸 시다.

나와 세계를 만나는 시읽기

기항지가 주는 시적 이미지에 대해 생각해 보자. 배가 항해중에 들르는 곳을 일컫는 '기항지'가 여행중인 시인에게 어떤 의미로 다가올 것인가를 생각해 보면 이 시의 주제는 보다 명료해진다. 「기항지 · 2」「겨울 포구에서」등 당시의 다른 시에서도 포구의 이미지는 빈번하게 차용 및 변용된다. 눈의 이미지, 객창감의 표출 등도 공통적으로 드러나 있다.

황동규에게 여행은 시의 소재를 제공하고 시적 상상력을 불러일으키는 힘이지만, 보다 근본적으로는 존재의 초월적 가능성을 탐구하고 일상적 삶의 권태로움을 뛰어넘기 위한 행위다. 그의 여행은 가출이다. 자기가 알고 있는 세계를 떠난다는 의미뿐 아니라 새로운 세계와 부딪치려는 자세에 있어서도 그렇다. 우리는 여행에서 완전한 타인들과 만나 이루는 하나의 공간을 만들어 가지고 온다.

그는 '우리는 가정의 울타리를 벗어나 보아야 한다. 여의치 않으면 정신적 가출이라도 해야 한다. 좋은 시와 좋은 소설이 왕복표를 준다. 집에 남아 있기만 하면 가축이 될 뿐이다. 아니면 길들여진 사람이 되고 만다'라는 요지의 글을 쓴 적이 있다. 여행은 그의 시의 테마이면서 의미 있는 삶의 문법이다. 다른 여행시를 참고해서 음미해 보자.

「기항지·1」끝 부분에는 정박중인 배들이 '항구의 안을 들여다보고 있었다'는 구절이 나온다. 이 구절을 토대로 시적 자아의 내면을 추정해 보자.

여행은 떠돎, 방랑 등과 연관을 가지면서 정착하는 삶과는 대립적 이미지를 갖는다. 어느 한 곳에 정착해 안주하기를 원하는 자는 결코 여행을 꿈꿀 수 없다. 여행하는 자의 내면은 그야말로 고독과 비애 등으로 가득 차 있다고 말할 수 있다. 이 여행지에서 저 여행지로 떠돌며 그는 낯선 풍물과 사물들, 사람들에 둘러싸인다. 여행중인 나그네에게 친숙한 것이라고는 하나도 없다.

그러나 인간이 여행을 꿈꾸는 것은 여행을 통해 자기 자신을 되돌아보고, 반복적인 삶을 영위하던 일상에서는 알지 못했던 새로운 삶의 진실들을 헤아릴 수 있기 때문이다. 인간은 고독하면 할수록 자신의 내면을 좀더 성실하고 진지하게 탐색하는 법이다. 자신을 일상의 공간에서 멀리 떼어 놓을수록 자기 자신을 돌아보는 '거리'가 생긴다. 그러나 여행은 영원히 계속되지 못한다. 혼자 있음이라는 조건에서 인간은 같이 있음의 상황을 갈망하게 된다. 인간은 방랑의 길에서 다시 정착의 욕망을 꿈꾸는 것이다.

이 시에서 배들이 '항구의 안을 들여다보고 있었다'는 구절은 결국 정착을 욕망하는 시인의 무의식을 드러낸 것으로 볼 수 있다. '기항지'는 배가 항해중에 잠깐 들르는 곳이다. 여행자는 이 기항지에 들렀다가 다시 다른 낯선 지역을 향해 떠날 것이다. 그러나 시인의 내면적 욕망은 자신의 근원으로 돌아가서 이제는 안주하고 싶어 한다. 안주, 귀향, 돌아감에 대한 욕망이 배들이 '항구의 안을 들여다보고 있었다'는 구절을 낳았다고 추정할 수 있다.

통합논술 Q & A

'정착하는 삶'과 '유목하는 삶'이 주는 상징성에 관해 생각해 보자.

인류의 정착 생활은 농경 생활과 더불어 시작되었다. 정착은 생활의 안정과 마음의 평화를 가져다 준다. 여러 곳으로 떠돌던 집단은 정착을 통해 하나의 민족이나 국가라는 집단을 형성하면서 자기 집단의 정체성을 만들어 간다. 그리고 집단의 일원 사이에 일체감을 형성하는 역할을 하는 문화를 성숙시켜 나간다. 그러한 집단 생활은 필연적으로 권력을 생성하게 되는데,

강력한 권력은 집단을 통제하고 질서를 유지해 가기 위해서 필수 불가결한 장치가 되는 셈이다.

그런데 문제는 권력이 어떤 소수만을 위한 것인가, 아니면 합리적인 절차에 의해 다수를 위해서 발동되는 것인가 하는 점이다. 즉 정착하는 삶은, 정착이 주는 안정과 집단적 정체성 형성이라는 긍정적인 측면 못지않게 권력을 통한 개인 자유의 구속, 일상의 안주, 매너리즘과 같은 부정적 정신을 낳는다고 할 수 있다.

자유로운 사람은 결코 정착을 꿈꾸지 않는다. 그의 꿈은 항상 미래를 향해 열려 있으며 낯선 미지의 세계를 향해 시선을 모은다. 따라서 방랑, 자유, 혼돈 등은 유목하는 자에게만 주어지는 특권이 된다.

그런데 금세기 들어 서구 제국주의가 영토 확장과 더불어 자국 이익 절대주의를 추구하는 과정에서 유목민족들의 세력이 급격히 약화되었다. 약 5세기 전에 전세계를 휩쓸던 유목민족인 몽골족을 생각해도 그 힘의 약화가 상징하는 의미는 크다.

대표적인 유목 집단인 집시들은 스페인 등 유럽 사회에서도 설자리가 없다. 이것이 의미하는 바는 자명하다. 그것은 자유의 억압, 소수민족과 소수 집단들에 대한 기본적 생존권의 박탈과 소외 등을 상징한다. '영토'는 바로 정착이며 힘이며 권력을 상징한다. 그 반대되는 곳에 소수, 유목, 민중, 자유 등이 존재한다.

근대 이후 부르주아의 생활이 윤택해지고 사회 전체가 안정과 일상의 평화를 꿈꾸었을 때, 예술가들이 그러한 안정과 평화를 거부했음은 잘 알려진 사실이다. 그들은 안정이 자신의 자유를 박탈한다고 믿었던 것이다. 프랑스의 시인 보들레르가 거리에서의 삶과 여행 속에서 자유를 구가한 것은 그가 부르주아적 안정을 끊임없이 거부했기 때문이며 랭보 또한 거짓과 위선에 가득 찬 프랑스 시단을 경멸하면서 아프리카 등지로 떠나기도 했다. 유목하는 정신은 일종의 부정정신이다. 정착하는 삶보다는 혼돈과 방랑 등이 가능한 유목하는 삶, 유목하는 정신에서 이 부정정신은 싹튼다고 할 수 있다.

성북동 비둘기

김광섭

1905~1977 | 함경북도 경성 출생. 호는 이산(怡山) 1924년 중동학교 졸업 1927년 『해외문학』 동인 활동
1932년 일본 와세다대학 영문학과 졸업, 극예술연구회 참가 1935년 『시원』에 「고독」을 발표하면서 본격
적인 시 활동 시작 1945년 중앙문화협회 창립 1950년 『문학』 발간 1956년 『자유문학』 발간

시집으로 『동경』(1938), 『마음』(1949), 『해바라기』(1957), 『이삭을 주울 때』(1965), 『성북동 비둘기』
(1969), 『반응―사회시집』(1971), 『김광섭 시전집』(1974), 『겨울날』(1975) 등이 있음

성북동 비둘기

성북동 산에 번지가 새로 생기면서
본래 살던 성북동 비둘기만이 번지가 없어졌다.[1]
새벽부터 돌 깨는 산울림에 떨다가
가슴에 금이 갔다.
그래도 성북동 비둘기는
하느님의 광장 같은 새파란 아침 하늘에
성북동 주민에게 축복의 메시지나 전하듯
성북동 하늘을 한 바퀴 휘돈다.

성북동 메마른 골짜기에는
조용히 앉아 콩알 하나 찍어 먹을
널찍한 마당은커녕 가는 데마다
채석장 포성이 메아리쳐서
피난하듯 지붕에 올라 앉아[2]
아침 구공탄[3] 연기에서 향수를 느끼다가[4]
산 1번지 채석장[5]에 도로 가서
금방 따낸 돌 온기에 입을 닦는다.[6]

예전에는 사람들을 성자(聖者)처럼 보고[7]
사람 가까이서
사람과 같이 사랑하고
사람과 같이 평화를 즐기던

사랑과 평화의 새 비둘기는
이제 산도 잃고 사람도 잃고
사랑과 평화의 사상까지
낳지 못하는 쫓기는 새가 되었다.[8)]

〈『월간문학』, 1968. 11〉

채석장 전경

1969년에 출간된 『성북
동 비둘기』

1) 번지를 잃었다는 것은 환유적 표현으로, 인간이 비둘기의 터전을 빼앗은 상황을 암시. '번지' 는 인간의 삶의 공간을 상징한다. 인간이 비둘기의 삶의 공간을 차지한 것은 '비둘기만' 의 삶의 공간을 상실한 것과 대응된다. 인간과 비둘기의 삶의 부조화를 보여 준다.

2) 비둘기가 개발의 소용돌이에 휘말려 쫓기고 있는 상황을 암시한다.

3) 연탄(煉炭). 공기구멍이 뚫려 있기 때문에 구공탄 또는 구멍탄이라고도 한다.

4) '구공탄 연기' 는 죽음의 연기로 자연이 심각히 파괴되었음을 의미. 비둘기가 자신의 삶의 터전이 파괴되기 전의 옛날을 그리워하고 있음을 알 수 있다.

5) 토목건축용 석재나 골재를 채굴하는 장소.

6) 파괴되기는 했어도 아직 자연의 체취가 묻어 있는 돌에 대한 비둘기의 애착을 보여 준다.

7) 파괴되기 이전의, 인간과 비둘기가 평화와 사랑을 공유하던 시기.

8) 자연 생태계의 파괴가 사랑과 평화를 상징하던 비둘기의 존재 자체마저 훼손했음을 의미. 산을 잃었다는 것은 자연 생태계가 파괴되었음을, 사람을 잃었다는 것은 인간과 자연의 조화로운 삶의 질서가 무너졌음을 뜻한다. 이 같은 물리적 공간과 관계의 상실은 그에 의해 파생된 관념까지 소멸해 버린 것, 곧 사랑과 평화의 사상마저 잃었다는 의미다.

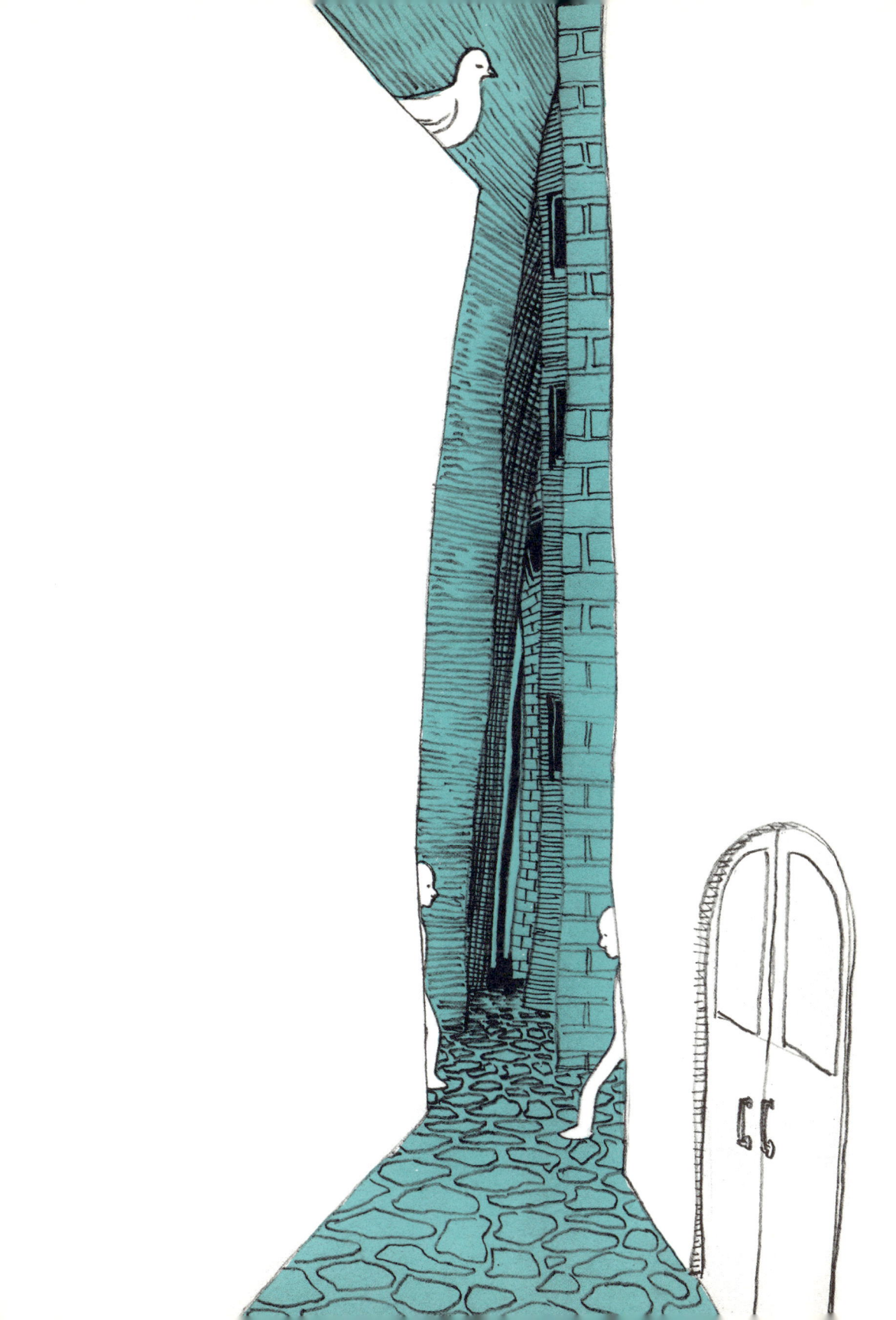

김광섭은 등단 초기에는 허무와 절망의 깊은 그림자가 느껴지는 시를 주로 썼다. 초기의 대표적인 시 「고독」에서, 시인은 자신을 '바다 깊은 그곳 어느 고요한 바위 아래', '무덤'과 같은 곳에 누워 있을 '고단한 고기'로 묘사하고 있다. 온통 어둡고 적막하며 쓸쓸한 공간에서 자신 홀로 던져져 있다는 인식은 자기 스스로에 대한 무력감과 삶에 대한 허무한 인식으로부터 자유롭지 못하게 한다.

그는 '현실이 아파도 정열의 심혼에 이르지 못하고, 자신의 시도 태만의 언어에서 벗어나지 못했다'는 요지의 시론을 펼치기도 한다. 그는 점차 내면의 늪에 스스로 함몰되는 것을 경계시하면서 자연의 세계로 진입해 간다. 그러나 그가 발견한 자연은 회상과 환상이 혼합된 자연이며, 설정된 공간이기에 그 관념적 성격이 짙었다. 점차 일상적이고 구체적인 시어의 감각과 현실에 대한 통찰력으로 발견한 것이 바로 「성북동 비둘기」의 세계다.

나와 세계를 만나는 시읽기

「성북동 비둘기」가 씌어진 1960년대 말은 근대화의 기치를 내걸고 시작된 경제개발계획이 한창 진행되던 시기다. 급격한 산업화와 도시화로 표상되는 이 시기에 '개발'은 모든 것에 우선적이고 절대적인 가치 개념이었다. 시인은 이 시기에 이미 산업화, 도시화의 폐해를 예견하는 선지자적인 모습을 보여 준다.

성북동의 비둘기 번지가 '없어졌다'는 의미는 곧 생태계 위기와 인간 삶의 몰락의 징후로 연결되고 확장된다. 비둘기가 살 수 없는 곳에서는 인간도 살기 힘들기 때문이다. 시적 화자는 새들과 함께 사랑과 평화를 나누던 시절을 회상한다.

시인은 비둘기의 삶을 통해 근대화의 위기를 진단하고자 했다. 비둘기를 의인화해 문명 비판과 자연에의 향수 등을 드러냈다는 점에서 이 시는 우의적(寓意的)인데, 이러한 경향은 산, 바위 등을 의인화하는 그의 후기 시로 이어진다. 시적 대상을 의인화해 자신의 의도를 드러내는 이러한 방식과 시인이 직접 관념을 서술하는 방식에는 어떠한 차이가 있는지 생각해 보자.

「성북동 비둘기」는 비둘기를 소재로 삼아 문명 비판과 자연 보호라는 주제의식을 드러내고 있다. 주제를 표출하는 데 비둘기의 의인화가 어떤 기능을 하는지 생각해 보자.

보금자리를 잃고 채석장 주위를 떠도는 비둘기를 의인화한 것은, 우선 비둘기가 자신의 삶의 터전에서 가정을 꾸리고 행복을 영위하는 인간과 유사한 생태를 보인다는 특징 때문이다. 비둘기는 인간보다 열등하거나 인간을 위해 무조건적으로 희생되어도 좋은 존재가 아니라는 것이다.

그러한 비둘기가 인간처럼 터전을 잃었다는 것은 인간의 문제 바로 그것이 된다. 비둘기의 인간화된 모습은 비둘기가 처한 현재 상황을 구체적이고 명료하게 알려 주면서 그 상황을 바라보는 독자들에게 깊은 감응을 불러일으키게 한다. 비둘기도 인간과 같은 귀한 생명을 가진 존재이며, 그들의 삶의 터전을 빼앗는 행위는 분명 인간의 자기 파괴적 행위에 다름 아닌 것이다.

인간이 자연에 존재하는 다른 생물체들보다 우월한 존재라는 생각은, 인간이 자연을 지배하고 정복하는 행위에 정당성을 부여해 주었다. 그 결과는 현재 지구상의 심각한 생태계 오염과 파괴에서 잘 드러나고 있다.

최근에는 생태계 보호가 곧 인류의 생존과 직결된다는 인식하에 많은 국제 협약들이 체결되고 있고, 각 민간단체들도 이에 적극적으로 참여하고 있다. 생물 보호 협약이나 리우 회의, 각 민간단체가 벌이는 동물 구호 활동이나 동물 보호 캠페인 등은 자연 생태계에 존재하는 모든 생물들이 인간 생명과 동일한 존엄성을 가지고 있다는 믿음에서 비롯된 것이다. 국제적 조직망을 통한 그린피스의 활동 증대와 정치적 영향력은, 우리 인류가 해결해야 할 중요한 화두가 생태계 보호임을 반증하는 것이기도 하다.

「성북동 비둘기」에서 비둘기의 의인화는 인간과 같은 존재로서의 비둘기를 의미하며, 비둘기의 삶의 터전 상실은 인간의 삶의 터전 상실이다. 인간이 오랫동안 지켜 온 가치 개념인 사랑과 평화마저 잃는 심각한 상황을 우회적으로 말한 것이다.

통합논술 Q & A

최근 보도에 의하면 비둘기들의 급격한 증가가 도심의 새로운 문젯거리로 등장하고 있다고 한다. 동상이 비둘기들의 오물로 뒤덮여 본래의 모습이 훼손되고 있다는 주장이 그 한 예다. 이런 측면에서 보면 비둘기는 사랑과 평화라는 익숙한 상징과는 거리가 있어 보인다. 이 예화가 던져 주는 의미를 생각하면서 '비둘기'에 대한 다양한 상징적 해석을 제시해 보자.

　비둘기는 영리한 새로 알려져 있다. 뿐만 아니라 먼 지역까지 여행할 수 있는 생리적 조건 때문에 통신 시설이 지금과 같이 발달하지 않았던 때는 통신용으로 쓰이기도 했다. 비둘기는 푸른 하늘을 비상할 수 있는 새다. 먼 지역을 나는 흰 비둘기의 모습은 인간에게 자유와 평화에 대한 동경을 심어 주었다. 평화의 씨앗을 물고 저 북녘 땅에 가서 평화의 메시지를 전하고 돌아오는 비둘기의 모습을 상상해도 좋겠다.

　그러나 '길들여짐'이라는 문제에 대해 생각해 보자.

　도심의 공원이나 광장에서 행인들이 던져 주는 먹이나 받아먹고 주위를 더럽히는 비둘기는 분명 인간에 의해 길들여진 존재의 전형적인 모습이 아닌가 한다. 그것은 길들여진 자, 안일하게 일상의 틀 안에 머무는 것을 즐기는 자, 모험을 모르는 자, 매너리즘(타성)이나 관습적 사고에 물든 자를 상징할 수도 있다.

　광장에서 인간이 던져 주는 모이나 받아먹고 사는 비둘기의 모습은, 순결, 평화, 자유 등의 이미지에서 많이 벗어나 있다. 유럽의 한 공원에서 평화롭게 산책하는 시민들을 따라다니며 모이를 구하는 비둘기를 인간의 좋은 친구로 생각할 수도 있다. 이것이 일상의 안온과 평화로움을 상징하는 것처럼 보인다 하더라도 그것을 뒤집어서 보면 분명 인간에 의한 '길들여짐'이라는 문제에서 벗어날 수 없는 것이다.

　이러한 비둘기의 모습을 인간에게 적용해 보자. 특히 현시대적 가치와 관련해 생각해 보자. 즉 이러한 비둘기의 '길들여진' 모습은 세계를 자신의 품 안으로 인식하고 세계를 경영해야 하는 현시대적 가치와는 다소 동떨어진 것이 아닌가 생각될 수도 있다. '길들여짐'의 관계는 이미 생텍쥐페리의 「어린 왕자」에서 여우와 어린 왕자의 관계를 통해 제시된 바 있다. '길들여짐'은 낯익고 일상적인 안락을 제공하기는 하지만 보다 적극적으로 자기 미래의 삶을 개척하는 자에게는 타개해야 할 문제가 된다.

　한편, 회색 비둘기의 이미지는 회색 도시의 변두리에 거주하면서 삶에 대한 적극적 의욕을 상실한 소외된 도시인, 가치관의 급격한 상실에 처한 현대인의 내면을 상징하는 것으로도 생각할 수 있다. 각자 나름의 상징적인 의미들을 찾아보자.

샤갈의 마을에 내리는 눈

김춘수

1922~2004 | 경상남도 충무 출생. 일본 니혼대학 예술과 중퇴 1946년 해방 1주년 기념 시화집 『날개』에 시 「애가」를 발표하며 등단 1958년 제2회 한국시인협회상 수상 1959년 아세아 자유문학상 수상 1982년 『김춘수 전집』 발간, 대한민국문학상 및 예술원상 수상, 경북대학 교수 및 한국시인협회 회장 역임

시집으로 『구름과 장미』(1948), 『늪』(1950), 『기』(1951), 『인인(隣人)』(1953), 『제1시집』(1954), 『꽃의 소묘』(1959), 『부다페스트에서의 소녀의 죽음』(1959), 『타령조·기타』(1969), 『처용』(1974), 『남천』 (1977), 『비에 젖은 달』(1980), 『처용 이후』(1982), 『꽃을 위한 서시』(1987), 『너를 향하여 나는』(1988), 『들림, 도스토예프스키』(1977) 등이 있음

샤갈의 마을에 내리는 눈

시를 읽는 독법

샤갈의 그림에 나오는 아름답고 신비한 이미지가 이 시에서 어떻게 이미지화 되어 있는지 생각해 본다.

샤갈의 마을[1]에는 3월에 눈이 온다.[2]
봄을 바라고 섰는 사나이의 관자놀이에
새로 돋은 정맥이
바르르 떤다.
바르르 떠는 사나이의 관자놀이에
새로 돋은 정맥을 어루만지며
눈은 수천 수만의 날개를 달고
하늘에서 내려와[3] 샤갈의 마을의
지붕과 굴뚝을 덮는다.
3월에 눈이 오면
샤갈의 마을의 쥐똥만한 겨울 열매들은
다시 올리브빛으로 물이 들고
밤에 아낙들은[4]
그 해의 제일 아름다운 불을
아궁이에 지핀다.

샤갈, 『나와 마을』

〈『타령조·기타』, 1969〉

1) '샤걀의 마을'은 샤걀(Marc Chagall)의 그림 속에 설정해 둔 공간. 이 시의 시적 동기가 샤걀의 그림에서 온 것임을 추측할 수 있다. 샤걀은 초현실주의적이고 몽환적인 화풍으로 현대 화단에 강력한 영향을 끼친 화가 중 한 사람이다. 특히 그의 청색 시대 그림들에는 아담과 이브를 모티프로 한, 성서적이면서도 사랑이 충만한 공간 속에 아름다운 남녀의 모습들이 등장한다. 시 속에 나오는 남자 · 여자의 모티프, 천사 이미지, 올리브 열매 등은 샤걀의 그림과 관계 깊은 이미지들이다.

2) 3월에 내리는 눈은 의외적인 것이면서 그래서 경이로움을 준다. 봄을 바라고 섰는 사나이의 기대가 허물어지는 듯한 마음이 '바르르 떠는' 이미지, 경련을 일으키는 이미지와 결합되어 있다. '바르르 떠는' 사나이들의 정맥을 어루만지는 것은 '눈'이다. '눈'은 천사의 이미지, 천상의 이미지를 가지고 있다. '어루만지며' '덮는다'는 따뜻함, 위안 등의 의미를 갖는다.

3) 김춘수 시에 자주 등장하는 천사 이미지는 그가 유년 시절 교회당에서 본 천사 그림들과 관계 깊다. 그가 오스트레일리아 선교사의 아이들에게서 받은 인상도 '천사' 이미지로 드러난다. 이국적 정서와 이미지, 관념의 동경 등이 나타나 있다.

4) 사나이와 아낙은 대응적 관계를 갖는다. 샤걀의 그림에서 얻은 모티프로 추정된다.

「샤갈의 마을에 내리는 눈」은 '꽃'을 주제로 한 인식론적이고 존재론적인 사유를 담은 김춘수의 초기 시와는 다른 모습을 하고 있다. 이 시에는 아름다운 이미지들과 낭만적인 정서가 드러나 있다. 그가 말하는 '샤갈의 마을'은 낭만적이고 이상적인 공간이다. 그 공간은 러시아 출신의 유태계 프랑스 화가 마르크 샤갈의 그림에서 차용한 것이지만, 김춘수에 의해 독창적으로 변용되면서 아름답고 따뜻한 시적 공간으로 변한다.

그는 이미지와 언어를 대상에서 독립시키기 위해 무의미 시나 서술적 이미지의 사용을 주장한 바 있지만, 이 시에서는 시적 자아의 정서와 시적 의미가 그대로 살아나고 있다. 수천만의 날개를 가진 눈, 겨울 열매들이 올리브 빛으로 변하는 모습 등은 샤갈의 청색 시대 그림을 떠올리게 한다. 동시에 산뜻하고 명징한 이미지와 함께 가난한 동네의 아름다운 풍경도 생각나게 한다. 이 시에 나타난 풍경은 샤갈의 그림에서 보듯 슬라브 풍이고 정서 또한 이국적인 것이지만 무엇보다 아름다운 우리말이 아름답게 쓰이고 있음을 주목할 수 있겠다.

나와 세계를 만나는 시읽기

1960년대 이후 김춘수는 대상에서 자유로워진 언어와 이미지를 강조하며 무의미 시, 서술적 이미지에 골몰하게 된다. 시는 언제나 어떤 대상을 의미화하고자 한다. 그럼으로써 시는 어떤 것에 구속된다. 김춘수는 이로부터 자유로워진 언어를 생각하게 되는데, 그것이 무의미 시다.

그러나 시 「샤갈의 마을에 내리는 눈」은 샤갈의 그림처럼 따뜻하고 낭만적이며 신비로운 분위기가 그대로 살아 있고, 천사나 올리브 열매들은 신비적인 분위기를 한층 더 고조시킨다. 뿐만 아니라 가난한 서민들의 삶에 내리는 따뜻한 눈이 손에 잡힐 듯 느껴진다. 이 시를 읽을 때 위무를 받는 느낌은 여기서 온다. 이미지가 이미지로 단순화되기보다는 충만한 의미의 공간으로 자리잡고 있음을 알 수 있다.

시가 어떤 의미를 가진다고 하면 시인은 항상 언어의 구속에서 벗어나기 힘들다. 시인은 언어가 갖는 의미로부터 자유롭고자 하지만 언어는 언제나 의미를 거느린다. 언어는 의미를 실어 나르는 도구로서가 아닌 순수한 언어적 질료인 독립적인 존재로 존재한다. 즉 시를 읽는 독자들은 항상 언어에서 어떤 의미를 찾고자 하는 것이다. 따라서 의미로부터 자유로운 채 언어 그 자체가 독립적인 존재가 되는 경지를 파악하는 것은 쉽지 않다. 언어를 통해 관념의 이데아를 포착하고자 하는 노력도 그 궁극의 지점에 가면 좌절된다. 이는 언어가 갖는 기의·기표 관계 때문이며, 시의 언어가 가지는 암시력, 또는 환기력 때문이기도 하다.

「샤갈의 마을에 내리는 눈」에 나타나는 이미지들을 정리하고 그것들이 시의 전체적인 의미와 관련해 어떤 기능을 하는지 생각해 보자.

　　샤갈의 마을은 성서적인 공간이면서 신비로운 곳이다. 3월에 내리는 눈은 이 신비로운 공간의 성격을 더 내밀한 것으로 만든다. 봄을 바라고 섰는 사나이의 존재는 뒤에 나오는 '아궁이 불을 지피는' 아낙의 존재와 함께 눈 내리는 공간을 사랑으로 충만한 공간으로 만든다. 그것은 우리 삶을 이상주의적인 동경의 시선으로 바라보게 한다.

　　봄을 기다리다 눈을 맞는 이 사나이의 팽팽한 정맥은 어떤 긴장을 느끼게 하는데, 천사의 이미지를 가진 눈이 이 사나이들을 어루만져 준다. 아낙들은 그 추위와 긴장으로 떠는 사내들을 위해 불을 지핀다. '새로 돋은 정맥' '바르르' 떤다는 표현들은 추위, 얼어붙음, 긴장, 생명력 등 차고 신선한 이미지를 보여 준다.

　　그런데 아낙들이 지피는 불은 그 추위와 긴장을 녹이는 정념의 불이면서 이들을 감싸는 사랑의 불이기도 하다. 여기서 지붕과 굴뚝을 덮는 눈이나 올리브빛으로 물드는 겨울 열매들은 이 공간을 더욱 신비롭고 내밀한 것으로 만드는 이미지들이다.

　　또한 신비로운 분위기는 이 시에서 제시한 이미지가 현실의 경험에 의해 구성된 어떤 구체적이고 실제적인 대상을 의미한다기보다는 비현실적이며 이상화된 공간임을 나타내는 데 기여하고 있다. 이 같은 이미지들은 가난하고 소박한 우리 삶에 던지는 시인의 따뜻한 시선을 느끼게도 한다.

　　하지만 이 시를 쓴 시인의 의도를 생각해 보면, 이 시는 샤갈의 그림이나 거기에서 나타난 이미지들을 통해 시인의 사상이나 정서를 집약적으로 나타낸 것과는 거리가 있다고 할 수 있다. 의미를 드러내지 않겠다는 시인이 관념이나 그것에 대한 끊임없는 동경, 언어가 그 자체로 독립적인 질료로 존재해 있는 이상적인 상태 등에 대한 지향을 드러낸 것이 아닌가 생각되기도 한다. 시적 대상을 묘사하거나 시적 대상에 특별한 의미 부여를 하지 않고 먼 것에 대한 그리움 등을 관념으로써 표현한 것으로도 보인다. 비현실적이거나 소용에 닿지 않아서, 즉 무용하기 때문에 더욱 아름다운 것들이 있는 법이다.

「샤갈의 마을에 내리는 눈」에 나오는 '그 해의 제일 아름다운 불'이 주는 상징적 의미에 대해 생각해 보고, 현재 자신이 지필 수 있는 '아름다운 불'에 대해 알아보자.

그 해의 반성은 대체로 연말에 하게 마련이다. 이 말을 윤리적인 입장에서 생각해 보자. 우리가 연말에 '아름다운 불'을 지피는 것은 바로 이웃에 대한 사랑 때문이라 할 수 있다. 그것은 구세군 냄비에 동전을 집어넣는 행위로 나타날 수도 있고, 가난하고 소외된 사람들을 찾아 봉사활동을 하는 것으로 나타날 수도 있다. 세상이 각박해질수록 이웃에 대한 관심의 정도가 줄어들어서는 안 된다.

이러한 때에 우리가 지펴야 할 가장 긴급한 불은 자기 주변의 타인들에게 시선을 돌려 보는 것이다. 이는 이웃에 대한 사랑의 불이라고 할 수 있지만, 사실은 자기 자신에 대한 성찰, 반성의 불이기도 하다. 자기성찰은 자기 자신을 되돌아본다는 의미에서 출발해 타인에 대한 이해와 사랑이라는 문제로까지 확대된다. 즉 자기 자신을 되돌아봄으로써 이웃과 타인에 대한 관심과 사랑이 생겨난다는 의미다.

인간은 자기 행위의 그릇됨과 옳음에 대해 사유할 줄 안다. 그리고 이 같은 자기성찰을 통해 주변을 되돌아볼 여유도 갖고, 자기 미래에 대해서도 진지하게 생각할 수 있다. 이것이 인간의 기본적인 삶의 덕목이 아닌가 생각된다.

인도에서 가난한 민중의 어머니가 되었던 성녀 테레사 수녀의 이웃에 대한 사랑을 생각해 보자. 그의 죽음은 온 인류를 슬픔과 안타까움으로 가득 차게 했다. 그것은 그녀가 인류에게 보여 준 '아름다운 불' 때문이다. 그녀가 인류에게 남긴 크고 소중한 교훈은 가난하고 병든 자에 대한 지극하고 무한한 사랑이다. 타인을 헌신적으로 사랑하고 봉사한다는 것은 쉬운 일이 아니다.

그녀는 인도 캘커타 지역에서 병과 기아에 허덕이다 죽어 가는 사람을 보고 충격을 받았다고 한다. 그것이 그녀가 인도에서 '사랑의 선교원'을 설립하고 죽기 직전까지 그들을 위해 봉사한 계기가 되었다. 테레사의 삶은 우리를 숙연하게 한다. 그녀의 일생은 인간이 지필 수 있는 가장 아름다운 혼불 바로 그 자체였다.

각자가 지피는 불이 자신의 성공이나 명예만을 위한 것이 아니라 인류와 세계를 향한 불이 될 때, 그리고 그것이 확산되어 모든 사람들의 가슴에 타오를 때, 그 불은 인간이 만들어 낼 수 있는 가장 고귀하고 값진 보석이 되는 것이다. 우리는 테레사 수녀의 일생을 통해 그 불이 주는 교훈과 그 불이 남긴 영원의 빛을 볼 수 있다.

성탄제

김종길

1926~ | 경상북도 안동 출생, 해화전문학교 국문학과, 고려대학 영문학과 및 동국대학 대학원 졸업 1947년 『경향신문』 신춘문예에 「문」이 입선 1955년 『현대문학』에 「성탄제」를 발표하며 등단 1965년 시론집 『시론』 발간 1986년 『김종길 시전집』 발간

시집으로 『성탄제』(1969), 『하회에서』(1977), 『황사현상』(1986) 등이 있음

성탄제

시를 읽는 독법

붉은 산수유 열매에서
아버지의 사랑과 유년
의 추억이 함께 타오르
고 있음을 느껴 본다.

어두운 방 안엔
바알간 숯불이 피고,

외로이 늙으신 할머니가
애처로이 잦아드는 어린 목숨을 지키고 계시었다.

이윽고 눈 속을
아버지가 약을 가지고 돌아오시었다.

아, 아버지가 눈을 헤치고 따 오신
그 붉은 산수유(山茱萸) 열매

나는 한 마리 어린 짐승,
젊은 아버지의 서늘한 옷자락에
열(熱)로 상기한 볼을 말없이 부비는 것이었다.[1]

이따금 뒷문을 눈이 치고 있었다.
그날 밤이 어쩌면 성탄제(聖誕祭)의 밤[2]이었을지도 모른다.

어느새 나도
그때의 아버지만큼 나이를 먹었다.[4]

『성탄제』, 1969

옛 것이란 거의 찾아볼 길 없는
성탄제 가까운 도시에는
이제 반가운 그 옛날의 것⁴⁾이 내리는데,

서러운 서른 살 나의 이마에
불현듯 아버지의 서느런 옷자락을 느끼는 것은,⁵⁾

눈 속에 따 오신 산수유 붉은 알알이
아직도 내 혈액 속에 녹아 흐르는 까닭일까.⁶⁾

〈『성탄제』, 1969〉

산수유 열매

228

1) 젊은 아버지의 아들에 대한 사랑이, 눈을 헤치고 약을 구해 오느라 차가워진 옷자락과 어린 나의 뜨거운 볼에 대비되어 잘 드러난 대목이다.

2) '성탄제의 밤'은 지상의 모든 사물과 인간이 용서와 화해를 이루어 가는 시간이며, 인간애가 고양되는 시간이다.

3) 시의 앞 부분이 아버지에 대한 회상이었음을 의미한다.

4) 눈을 뜻함. 아버지가 눈을 헤치고 산수유 열매를 따 오던 그 때의 시간을 성인이 된 화자가 도시에서 눈을 맞으며 회상한다. '눈'은 붉은 산수유 열매와 색채감 있게 대조되면서 과거의 시간을 선명하게 떠올리게 한다. 고난 속에서도 아들을 위해 열매를 따 오던 아버지의 사랑을 부각하는 기능을 한다.

5) '서러운 서른 살 나의 이마에'에서 화자가 산수유 열매를 따 오던 아버지의 나이에 이르렀음을 알 수 있다. 자신이 아버지의 나이가 되어 새삼 아버지에 대한 사무치는 그리움을 느끼고 있다.

6) 아직도 아버지의 정이 자신의 피에 흐르고 있음을 의미한다. 아버지의 사랑을 통해 시간의 연속성을 확인하며 아버지의 사랑이 자신의 피 속에 흐르고 있음을 말하면서 사랑의 영원함을 인식하게 된다.

다시보는 시인 & 시세계

김종길의 시는 대상과 화자의 거리를 적절히 유지함으로써 시간과 공간의 의미화를 동시에 겨냥하는 것으로 잘 알려져 있다. 이 말은 그의 시가 야단스럽지 않고 관조적인 시인의 심미적 교양주의에서 태동한다는 의미다. 그래서 그의 시는 일반적으로 초월적인 가치나 관조의 의미를 일깨우는 방향으로 이해되는 경우가 많다.

「성탄제」도 관조적인 미의식을 드러낸다고 할 수 있다. 도시에 살면서 과거의 시간과 아버지의 사랑을 망각하고 있던 시인은 성탄제 가까운 어느 날 눈이 내리는 모습을 바라보면서 아버지에 대한 따뜻한 추억을 떠올린다. 시인은 어린 자신을 위해 눈을 헤치고 산수유 열매를 따 오신 아버지를 회상하는 형식을 통해 유년의 기억을 더듬어 냄으로써 감동적인 휴머니즘을 불러일으킨다.

분석적이고 경험적인 영미 신비평을 받아들이면서도 유교 전통의 문화적 가치와 동양적 전통주의를 간과하지 않았던 시인의 시관이 이 시에도 고스란히 담겨 있다.

나와 세계를 만나는 시읽기

「성탄제」에서 시적 화자는 '성탄제 가까운 도시'의 길을 걸으며 문득 옛날 아버지의 정을 그리워한다. 아버지는 어린 목숨을 위해 눈발이 흩날리는 길을 걸어 산수유 열매를 따서 어린 아들을 구했다. 화자는 그때 아버지의 서늘한 옷자락에서 느낀 사랑을, 아버지만큼 나이를 먹은 지금에야 떠올린다. 그리고 아버지의 사랑이 지금도 자신의 피 속에 흐르고 있음을 깨닫는다. 눈과 산수유의 색채가 선명하게 대조되면서 아버지의 사랑이 절실하게 부각되고 있다.

자신은 나이를 먹지만 '아버지'는 '젊은 아버지'로 언제나 자신의 가슴속에 살아 있다는 주제는 문학에서 자주 드러난다. 카뮈의 「최초의 인간」에서도 아버지는 나이를 먹지 않는다. 이는 아버지와 끈끈하게 이어진 핏줄의 연속성을 확인하거나 아버지를 시간의 영원성 속에 자리잡게 하고자 하는 인간의 욕망 때문이라고 볼 수 있다.

이 시가 성탄제를 배경으로 한 이유에 대해 각자 생각해 보자.

　　도시에 대한 이미지는 일반적으로 삭막함, 비인간성, 소외 등으로 나타나지만, 그러한 도시에서도 성탄제는 모든 사물과 인간들이 따뜻한 마음을 나누는 시간이다. 기독교의 사랑과 관용의 정신이 성탄제에 녹아 있기 때문이다.

　　성탄제를 생각하면 우리의 마음은 더할 수 없이 포근해지고 성탄제를 치르는 기대감으로 부풀어오르며, 어린 시절 성탄제 전야의 행복했던 추억도 떠오른다. 이러한 시간에 아버지의 사무치는 정이 절실해지는 것은 당연하지 않을까. 더욱이 모든 옛것이 사라져 버리고 과거를 추억할 어떤 것도 남아 있지 않은 도시의 하늘 밑이라면 말이다.

　　아버지가 산수유 열매를 따 오던 그 때처럼 반가운 눈이 내린다면 아버지에 대한 추억은 더더욱 물밀듯이 밀려올 것이다. 화자는 자신이 이미 아버지의 나이가 되었음을 깨닫지만, 그때의 아버지는 여전히 나이를 먹지 않은 채 자신의 가슴속에 살아 있다. 아버지의 사랑으로 어린 나는 생명을 유지하게 되었다. 어른이 되어 그날의 아버지를 추억하며, 그때의 아버지의 사랑을 느끼며, 그때의 아버지의 사랑이 자신의 피 속에 흐르고 있음을 깨닫는다. 이는 아버지와 자신이 핏줄로 연결되어 있다는 혈육의 연속성을 의미하기도 한다.

　　따뜻한 마음과 정을 그리워하며 서로를 돌아다보게 하는 성탄제는 이처럼 우리에게 어린 시절을 추억하게 하는 마음의 여유를 준다. 이 시에서의 화자 또한 '눈'을 통해서 그 옛날 아버지의 정을 새삼 떠올리며 자신을 성찰하는 시간을 갖게 되는 것이다.

통합논술 Q & A

아버지의 현대적 초상에 대해 생각해 보고 '아버지에 대한 추억' 이라는 주제로 한 편의 글을 써 보자.

　　아버지는 때로는 근엄한 모습으로, 때로는 인자한 모습으로 우리에게 각인된다. 근엄함은 가부장적인 권위의 산물로 표출되기도 하지만 한 가정의 질서를 유지하는 원동력이 되기도 한다. 그러나 현대 가정에서의 아버지는 근엄함보다는 인자하고 친구 같은 대상이자, 거리낌없이 대화하는 대상으로 인식된다. 예전의 엄격하고 권위 있는 아버지의 모습보다는 친구 같은 아버지상이 더 강조되고 있는 것이다.

뿐만 아니라 현재 우리 사회가 안고 있는 여러 문제들, 즉 경제 위기와 도덕성 상실 등은 가장인 아버지의 지위와 무게를 현저하게 떨어뜨린다고 평가된다. 명예퇴직 바람은 가족을 위해 생계를 책임지고 한 가정의 질서를 유지해 나가던 책임감 있는 아버지의 모습을 무너뜨리고 있다. 일 때문에 숙여진 아버지의 고개가 더욱더 숙여지는 것이다. 이러한 현상은 아버지로 상징되던 기성사회의 권위와 도덕률이 급격히 상실되고 있음을 보여 주는 한 예가 될 것이다.

'아버지'를 테마로 한 소설과 영화 등 문화 상품이 속속 등장하고 있는 이유도 이 같은 사회 현상과 무관하지 않다. 이른바 '고개 숙인 아버지' 신드롬은 우리 사회의 아버지상을 대변하는 것처럼 보인다.

현대 문학에서 주로 제시된 아버지상도 나약하고 소심한 경우가 많았다. 김원일의 「마당 깊은 집」 등에서 보듯 아버지의 부재를 책임지는 어머니, 강인하고 인고적이며 생활력 있는 어머니상이 선명한 것은 기억할 만하다. 이는 우리 현대사가 굴절과 왜곡으로 점철된 것과 무관하지 않다. 일제 강점기와 6·25를 거치면서 '아버지'는 상처입고 훼손되었다. 아버지는 유교적 이념으로 보면 곧 국가이며 민족이기 때문이다.

바람직한 아버지상으로 친구 같은 아버지가 제시되는 것은, 현대사회의 아버지 모습이 전통사회의 그것과 얼마나 간극이 있는가를 말해 준다. 청소년 문제만 하더라도 대화가 없는 가정에서 더 많이 발생한다고 한다. 예전처럼 한 가정의 질서를 엄격하게 통제하고 수직적인 차원에서 자식과 어버이의 관계를 상정하는 것은 이제 바람직하지 않은 듯 보인다.

자녀와 대화하고 자녀의 눈 높이에서, 자녀들의 입장에서 문제들을 살펴보고 이해할 수 있는 아버지의 모습은 이제 우리 주위에서 자주 발견할 수 있다. 자녀를 자신의 소유물이 아니라 동등한 인격체로서 상호 존중하고 의사소통을 할 수 있는 아버지와 자식 관계를 정립할 필요가 있겠다.

참깨를 털면서

김준태

1948~ | 전라남도 해남 출생 1969년 『전남일보』『전남매일』 신춘문예 당선, 『詩人』에 「머슴」 등을 발표하며 문단에 나옴. 조선대학 독어교육과 졸업 1977년 첫 시집 『참깨를 털면서』 발간 1980년 5월 광주 민중항쟁 당시 「아아 광주여! 우리 나라의 십자가여!」를 발표한 이유로 해직됨

시집으로 『나는 하느님을 보았다』(1981), 『국밥과 희망』(1984), 『불이냐 꽃이냐』(1986), 『넋통일』(1986), 『아아 광주여, 영원한 청춘의 도시여』(1988), 『칼과 흙』(1989), 『꽃이, 이제 地上과 하늘을』(1994) 등이 있음

참깨를 털면서

시를 읽는 독법

참깨 터는 작고 사소한 일에서도 삶의 지혜와 세상살이의 법칙이 있음을 보여 주는 할머니의 행위를 통해 삶의 깨달음을 얻게 되는 시인의 내면을 따라가 본다.

산그늘 내린 밭귀퉁이에서 할머니와 참깨를 턴다.
보아하니 할머니는 슬슬 막대기질을 하지만
어두워지기 전에 집으로 돌아가고 싶은 젊은 나는[1]
한 번을 내리치는 데도 힘을 더한다.
세상사에는 흔히 맛보기가 어려운 쾌감이
참깨를 털어 대는 일엔 희한하게 있는 것 같다.[2]
한 번을 내리쳐도 셀 수 없이
쏴아쏴아 쏟아지는 무수한 흰 알맹이들
도시에서 십년을 가차이 살아 본 나로선
기가 막히게 신나는 일인지라
휘파람을 불어 가며 몇 다발이고 연이어 털어 낸다.
사람도 아무 곳에나 한 번만 기분 좋게 내리치면
참깨처럼 쏴아쏴아 쏟아지는 것들이[3]
얼마든지 있을 거라고 생각하며 정신없이 털다가
"아가, 모가지까지 털어져선 안 되느니라"[4]
할머니의 가엾어하는 꾸중을 듣기도 했다.

〈『시인』, 1970〉

『시인』, 1970

1) 할머니와 '나'의 행위, 할머니의 삶의 지혜와 '나'의 내면이 대응되어 있다.

2) 시적 화자가 무언가를 해소하는 듯한 기분으로 참깨 터는 일을 하고 있음을 알 수 있다.

3) 상징적인 요소가 많다. 단 한 번의 투자로 돈을 버는 것과 같은 세속적인 욕망을 의미하기도 하고, 어떤 분노에 대한 일시적인 욕망 표출을 의미하기도 한다.

4) 슬슬 막대기질을 하면서 참깨를 터는 할머니의 행위와 연결되어 있다.

김준태의 시 「참깨를 털면서」는 참깨를 터는 아주 사소하고 일상적인 행위를 통해 시적 자아의 알 수 없는 분노와 열망을 드러낸다. 자신의 행위와 할머니의 행위를 대립적으로 묘사한 대목이 인상적이다. 할머니의 참깨를 터는 행동에는 오랜 삶의 지혜와 질서가 담겨 있다. 시적 화자가 쏟아 내고 싶어 하는 분노나 염원은 이 시에 표면적으로는 제시되어 있지 않다. 그러나 그는 할머니의 참깨 터는 행위를 보면서 어떤 깨달음에 이른다. 우리의 삶은 충동적으로 한꺼번에 해소되거나 털어 낼 수 있는 것이 아니라 시간과 인내를 필요로 한다는 깨달음이다. 할머니는 참깨를 터는 사소한 행위를 통해서도 삶의 지혜를 가르쳐 준다. 참깨를 터는 그 익숙하고 노련한 솜씨는 화자를 향한 할머니의 꾸중과 연결되어 있다. 이 시는 '나'와 할머니, '나'의 내면과 할머니의 삶의 지혜가 대응을 이룬다. 그것이 무엇을 의미하는지를 생각하면서 읽어 보자.

나와 세계를 만나는 시읽기

「참깨를 털면서」에서 시적 화자는 해가 지기 전에 일을 끝낼 요량으로 힘있게 참깨를 턴다. 그는 참깨 터는 행위를 어떤 일에 대한 분노의 표출, 카타르시스적 해소 등의 방편으로 생각한다. 그것은 그가 오랫동안 살아온 도시적 삶의 여러 면모와 관련되어 있는 듯하다.

그는 참깨를 털면서, 막대기를 한 번 내리칠 때마다 무언가가 쏟아져 내릴 듯한 쾌감을 맛본다. 그러나 할머니는 슬슬 막대기질을 한다. 할머니의 행위는 오랜 삶을 통해 깨달은 지혜와 세상살이법을 상징하는 것처럼 보인다. 이 시 마지막 구절에 나와 있는 할머니의 꾸중은 지혜나 깨달음이 무엇인가에 대한 해답을 제시해 준다.

세상사 모든 일에는 다 질서와 법리가 있는 셈이다. 일상적인 삶에서 깨달음을 찾고 가슴속에 있던 분노를 스스로 지우는 시인의 시선이 독특하게 느껴지는 시다. 쉽게 읽히면서도 의미 있는 주제를 전달하고 있다.

「참깨를 털면서」에서 '한 번을 내리쳐도 셀 수 없이 쏟아지는 것'은 무언가를 상징한다. 도시에서 십 년을 넘게 살아온 시적 화자의 경우, 그것은 무엇일까 추정해 보자.

이 시에서 보이는 나와 할머니의 대립적 이미지는 이미 앞에서 설명한 것 이외에 빠름과 느림, 충동적인 것과 영원한 것, 일시적인 것과 연속적인 것 등이다. 도시의 삶은 빠르고 일시적이며 충동적이다. 도시의 사람들은 단 한 번의 노력으로 놀라운 결과를 얻을 수 있기를 희망한다. 속도감과 우연성으로 상징되는 도시적 삶의 속성이 그러하다.

도시적 삶은 충동적인 것들의 연속이다. 사람들은 도시로 모여들면서 저마다 성공을 꿈꾼다. 사람들은 도시에서 복권 당첨과 같은 부와 성공을 꿈꾸지만 그것이 실현될 가능성은 그다지 많지 않다. 그들은 시간과 노력을 들여 무엇을 이루려 하기보다는 단 한 판의 승리를 희망한다. 그래서 그들의 가슴에는 저마다 울분과 분노가 쌓여 있다. 심리적 시계의 초침은 시골보다 도시에서 훨씬 빠르게 돌아간다. 도시에서는 서로가 경쟁 대상이며 서로 간의 소외는 시골보다 훨씬 현저하게 나타난다.

이런 도시 생활을 십 년 넘게 한 '나'가 시골 생활에서 오랜만에 맛보는 자유는 경이로운 것이다. 가슴속에 십 년 동안 묻어 두었던 알 수 없는 분노는 자신도 모르게 키워 왔던 도시적 삶의 비애와 울분일 수 있다. 성공하지 못한 삶, 마음먹은 대로 되지 않는 인간관계, 도시적 삶 자체에 대한 염증 같은 것들이 그의 가슴에 켜켜이 쌓여 있을 것이다. 도시에서는 이 같은 심리적 억압이나 울분은 거의 해소되지 않으며 해소할 방법도 없다. 그러나 시골에서 할머니와 참깨를 털면서 화자는 자신의 가슴에 쌓아 놓았던 분노와 비애를 털어 낸다. 그것은 울분의 해소와 카타르시스를 동시에 경험하게 한다.

시적 화자의 이 같은 행위에 대해 할머니는 아무 말도 않고 참깨를 슬슬 털다가 마지막에 한마디 한다. 할머니의 마지막 한마디는 삶을 살아가는 것에 대한 충고이자 삶을 살아오면서 얻은 지혜와 가르침이다.

세상일에는 참깨 모가지를 털어서는 안 되는 것처럼 다 삶의 지혜가 있는 법이다. 빠르게, 일시적으로, 충동적으로 할 수 없는 어떤 삶의 방식과 비밀들이 있는 것이다. 즉 그것은 참깨 터는 일처럼 아주 사소한 일에도 자연의 질서가 깃들어 있다는 의미며, 이는 현재 화자가 가지고 있는 도시에서의 삶의 태도에 대한 조언, 인내와 기다림의 자세를 배우라는 충고일 수도 있다.

전통사회에서 '할머니'의 위치는 단순히 연장자라기보다 삶의 지혜와 방법들을 오랫동안 익혀 온 '교사'에 가깝다고 볼 수 있다. 우리 생활에서 할머니의 지혜에 해당하는 것들이 남아 있는지 생각해 보자.

의료 체계가 제대로 확립되어 있지 않던 예전에는 아이가 아파도 병원이나 약국을 찾기 힘들어서 그대로 방치하는 일이 많았다. 그런 시절 할머니는 병원이나 약국을 대신하는 존재였다. '할머니 손은 약손'이라는 말은 여기서 나왔다.

급체나 설사 등 아이들이 아픈 경우에 할머니는 아이의 배를 손바닥으로 계속해서 쓰다듬어 내린다. 이것을 과학적으로 분석해 보면 어느 정도는 일리가 있는 '치료법'이라고 한다. 즉 아이의 배앓이는 찬 음식을 먹은 경우가 대부분인데, 배를 쓰다듬어 따뜻하게 함으로써 찬 배를 가라앉히는 역할을 한다는 것이다.

지금은 의료 체계가 잘 갖춰져 있고 약국이 골목마다 즐비하게 늘어서 있어서 어린아이의 배앓이 정도는 심각한 것이 아니다. 그러나 유아 사망률이 매우 높았던 과거에는 분명 심각한 일이었을 것이다. 그 시기에 할머니의 손이 일종의 치료술이 되었다는 것은 무엇을 의미할까. '할머니 손은 약손'이라는 치료법은 미신적이고 비합리적인 치료 방법 같지만 그 원리는 전혀 근거가 없는 것이 아니다.

인간의 병은 마음에서 나오고 드는 것이기도 하다. 이 말은 병을 마음으로 고칠 수도 있다는 뜻이다. 죽음의 병 혹은 불치병으로 인식되는 암을 치료하는 데 있어서 요즘 서구에서는 명상이나 자연식을 통한 이른바 대체요법이 주목되고 있고, 이 치료법을 행하는 의료기관으로 많은 환자들이 몰리고 있다 한다. 여기에는 병의 치료가, 많은 부분 인간의 마음이나 정신과 통한다고 보는 동양적 발상이 담겨 있다. 이는 물론 서구식 의료 방식의 한계를 의미하는 것이기도 하지만, 마음과 몸을 이원적으로 분리해 온 서양 사고의 이원성을 말해 주기도 한다.

'할머니 손은 약손'이라는 말은 할머니의 사랑이 아이에게는 주술적인 효과를 주면서 아이의 배앓이를 고치는 기능을 한 것이라 생각할 수 있다. '할머니 손은 약손'이라는 말을 반복함으로써 주술적 효과를 낳고, 손으로 배를 쓰다듬는 행위는 아이로 하여금 자신의 배가 아프지 않게 될 것이라는 믿음과 확신을 갖게 한다. 그러는 사이에 배앓이는 점차 완화되는 것이다.

이러한 '할머니 손은 약손'이라는 민간요법이 오랫동안 민간에서 전승되어 온 것은 우연이 아니다. 그것은 과학적 근거와 동양적 주술성이 동시에 만들어 낸 조화로운 치료법의 산물인 것이다.

참깨 터는 정경이 묘사되어 있는 풍속화

민간인

김종삼

1921~1984 | 황해도 은율 출생. 일본 도요시마상업학교 졸업 1954년 『현대예술』에 「돌각담」 발표 1957년 전봉건 · 김광림과 함께 3인 공동시집 『전쟁과 음악과 희망과』를 발간해 본격적인 작품 활동 시작 1971년 「민간인」으로 『현대시학』 작품상 수상 1978년 제10회 한국시인협회상 수상 1989년 『김종삼 전집』 발간

시집으로 『십이음계』(1969), 『시인학교』(1977), 『북치는 소년』(1979), 『누군가 나에게 물었다』(1982), 『큰소리로 살아 있다 외쳐라』(1984), 『그리운 안니 로리』(1989) 등이 있음

민간인

시를 읽는 독법

간결한 형식 속에 긴 이
야기가 숨어 있다. 이를
이야기로 재구성해 보
고 시인의 아픔을 추정
해 본다.

1947년 봄
심야(深夜)
황해도(黃海道) 해주(海州)의 바다
이남(以南)과 이북(以北)의 경계선 용당포

사공은 조심조심 노를 저어가고 있었다.
울음을 터뜨린 한 영아(嬰兒)[1]를 삼킨 곳.
스무 몇 해나 지나서도 누구나 그 수심(水深)을 모른다.[2]

《『현대시학』, 1971. 10》

1) 젖먹이 아이.

2) 한 갓난아이를 죽여야만 했던 월남인의 비극이 시간이 흐르면서 잊혀 간다는 의미. 역사의 배면에 깔려 있는
개개인의 비극은 이처럼 쉽게 망각될 수도 있다는 점을 말하고자 한 것이다.

김종삼 시의 독특한 아우라(aura, 분위기)는 짧은 단형의 시 저변에 이르는 저 먼 세계에 대한 지향(동경)에서 비롯한다. 때문에 영원한 이성적 낭만주의자라고 평가된다. 그의 동경은 현실에서 벗어남으로써가 아니라 현실의 한 끝에 발을 디디고 있는 데서 이루어진다.

그는 늘 현실 문제를 고뇌하면서 저 먼 세계를 지향한다. 6·25 체험을 형상화한 시에서도 그의 고뇌는 직접적으로 드러나지 않는다. 자신이 꾸고 있는 꿈을 실제 현실에서는 이룰 수 없음을 시를 통해 확인할 뿐이다. 그의 시에 자주 나오는 '소년'의 이미지는 현실에 대한 순진무구한 열정을 담은 것이 아니라 실현 불가능한 꿈에 대한 낭만주의적 현실을 의미한다.

김종삼은 실향민이다. 그의 초기 시에는 전쟁의 비극적 체험을 회상 형식으로 노래한 것들이 많다. 「민간인」은 그 대표적 작품으로 다른 전쟁 시들과는 달리 상황 자체가 담담히 서술되어 있다. 시인은 울부짖거나 한탄하거나 분노하지 않는다. 자기 감정을 적절히 통제하고 시적 상징을 고도화한다. 다른 전쟁 시들과 그 비극적 상황 묘사의 차이를 비교해 보자.

「민간인」은 한 편의 이야기를 담고 있다. 1947년 용당포라는 구체적 시간과 장소를 명시함으로써 이 사건이 실제로 일어난 일임을 알려 주고 있다.

이 시는 1947년 용당포에서 월남인들을 싣고 가는 배 위에서 일어난 실화를 소재로 하고 있다. 아이가 심하게 울자 아이의 부모는 결국 아이를 바다에 빠뜨리게 된다. 이 잔인하면서도 가슴 아픈 이야기를 통해 분단의 비극을 절실하게 보여 주고 있다.

「민간인」에는 분단의 비극이 담담하고 객관적으로 그려져 있다. 서정적인 거리를 유지하면서도 이 시가 감동적인 울림을 가지고 있는 이유를 생각해 보자.

　이 시는 기본적으로 몇 가지 특성을 보인다. 회상 형식을 띠고 있다는 것, 이야기 구조를 가지고 있다는 것, 시인의 감정이 극히 절제되어 있다는 것 등이다. 이 시는 1947년 용당포에서 있었던 일을 스물 몇 해가 지난 시점에서 회상하는 형식으로 이루어져 있다. 우리는 이 시 한 편을 통해서 그때 거기서 무슨 일이 일어났었는지를 한눈에 알 수 있다. 소설 한 편이 전해 줄 수 있는 이야기를 시인은 한 편의 간결한 시를 통해서 알려 주고 있는 것이다.

　소설은 설명적 요소가 많지만 시는 집약적이며 상징적이다. 시인은 그러한 비극적 상황을 강조하거나 직접적인 목소리로 주장하지 않고 단지 사실을 간결하게 서술해서 보여 줄 뿐이다. 그 나머지 행간에 숨은 의미를 캐내는 것은 순전히 독자의 몫이다.

　시인의 이러한 담담한 태도와 간결한 시적 구조가 독자의 감동을 증폭한다. 독자들은 그 담담함의 이면에 감춰진 비극을 스스로 유추해 내야 한다. 그래서 즉흥적인 슬픔에 빠지는 대신 대상과 거리를 두고 그 대상이 제시된 상황을 깊이 들여다보고 생각하게 된다. 일종의 거리감 형성이다.

　감정을 통제하고 조절하는 시인의 노력이 오히려 독자로 하여금 비극적인 상황을 유추하게 하고 거기에서 오는 슬픔을 내면적으로 받아들일 수 있게 한다고 볼 수 있다.

통합논술 Q & A

광릉수목원에 있는 김종삼 시비

「민간인」은 실제로 일어난 사건을 배경으로 한 것이다. 그런데 보통 '사실' 과 '진실' 은 다른 것이라고 한다. 이 시에서 보여 주는 역사적 '사실' 뒤에 숨어 있는 '진실' 은 무엇인지 생각해 보자.

　사실은 일어난 사건의 외피다. 해방 전후 이와 유사한 사건들이 얼마나 많았겠는가. 우리는 '사실' 을 통해 '진실' 을 들여다보고 유추해 낸다. 그것이 문학이 역사적 진술과 다른 이유다.

　문학은 사건이 은폐하거나 왜곡하는 것들을 부수고 해체함으로써 진실에 다가선다. 사건의 이면을 좀더 확실하고 선명하게, 그리고 총체적으로 드러낸다. 문학의 현실 인식이 사회과학에 못 미치거나 차이가 난다는 관점은 '사실과 진실' 의 차이를 피상적으로 이해한 데서 비롯한다.

이 시에서 부모는 잔인한 인간성의 일단을 보여 준 것일 수 있다. 다른 월남인들이 모두 살아남기 위해서는 어린아이를 물에 빠뜨리는 일 이외에는 방법이 없다. 아이는 아무런 죄 없이 죽어 간 것이다.

1947년 서해상의 남과 북이 갈라지는 지점인 용당포에서 일어난 사건은 하나의 사실일 뿐이다. 아이가 울면 보초병에게 발각되어 배에 탄 사람들이 모두 죽어야 하는 위기일발의 순간, 아이의 부모는 자식을 물에 빠뜨려 죽이게 된다. 이 같은 비극이 또 어디 있겠는가.

시인은 아이 부모의 불가피한 행위를 통해 무엇을 말하고자 한 것일까. 이것이 시인이 의도한 '시적 진실'이다. 부모가 잔인한 행동을 할 수밖에 없도록 한 것은 남북 분단이다. 1947년은 해방 이후 좌우 이데올로기의 대립이 격화되면서 점차 분단이 기정사실화되어 가던 시기다. 그에 따라 북한에서 더 이상 살 수 없게 된 사람들이 월남의 대열에 끼게 된 것이다.

이 시는 이러한 과정에서 일어난 한 가족의 비극을 통해 민족적 비극을 보여 주고 있다. 시인은 부모의 자식에 대한 헌신과 사랑을 불가능하게 하거나 무모하게 만든 '인간적 진실'을 보여 주고 싶었던 것이다.

농무 외 1편

신경림

1935~ | 충청북도 중원 출생. 동국대학 영문학과 졸업 1956년 『문학예술』에 『갈대』「탑」 등이 추천되어 등단 1974년 제1회 만해문학상 수상 1975년 고은·백낙청·박태순·이문구·염무웅 등과 함께 자유실천문인협회 창립 1981년 제8회 한국문학작가상 수상 1983년 민요연구회 창립 1988년 한국민족예술인 총연합 창립, 사무총장 역임 1990년 제2회 이산문학상 수상 1991년 민족문학작가회의 회장 및 한국민족예술인총연합 공동 의장 역임

시집으로 『농무』(1973), 『새재』(1979), 『달넘세』(1985), 『씻김굿』(1987), 『가난한 사랑 노래』(1988), 『우리들의 북』(1988), 『길』(1990), 『쓰러진 자의 꿈』(1994)이 있고, 장시집 『남한강』(1987), 기행문집 『민요기행·1』(1985), 『민요기행·2』(1989), 평론집 『삶의 진실과 시적 진실』(1983), 『우리시의 이해』 (1986) 등이 있음

농무[1]

시를 읽는 독법

근대화 과정에서 황폐
해진 농촌의 풍경을 떠
올려 보고, 냉소와 자괴
감으로 가득한 사람들
의 신산한 심정을 헤아
려 본다.

징이 울린다 막이 내렸다
오동나무에 전등이 매어 달린 가설 무대
구경꾼이 돌아가고 난 텅 빈 운동장[2]
우리는 분이 얼룩진 얼굴로
학교 앞 소줏집에 몰려 술을 마신다
답답하고 고달프게 사는 것이 원통하다[3]
꽹과리를 앞장세워 장거리로 나서면
따라붙어 악을 쓰는 건 쪼무래기들뿐
처녀애들은 기름집 담벽에 붙어 서서
철없이 킬킬대는구나
보름달은 밝아 어떤 녀석은
꺽정이처럼 울부짖고 또 어떤 녀석은
서림이처럼 해해대지만 이까짓[4]
산구석에 처박혀 발버둥친들 무엇하랴
비료값도 안 나오는 농사 따위야
아예 여편네에게나 맡겨 두고
쇠전을 거쳐 도수장 앞에 와 돌 때[5]
우리는 점점 신명이 난다
한 다리를 들고 날라리를 불거나
고갯짓을 하고 어깨를 흔들거나[6]

날라리(태평소)와 상모
를 쓴 농악대

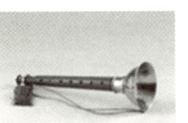

《『창작과비평』, 1971, 가을호》

1) '농무'는 '농악무'의 준말. 농악에 맞추어 추는 춤으로 고깔을 쓰기도 하고 상모돌리기를 하기도 한다. 농민들이 흥거운 행사 때 추는 춤인데, 이 시에서는 흥거움과 생명력 대신 자조적인 한탄과 원한이 배어 나온다.

2) 이 시가 축제 그 자체를 소재로 삼지 않고 행사가 끝난 뒤의 무대를 배경으로 하고 있다는 점은 주목할 만하다.

3) 농촌에 남은 사람들의 자조와 한탄.

4) '꺽정'과 '서림'은 조선시대 실제 인물이기도 하고 이를 바탕으로 소설화한 홍명희의 소설 「임꺽정」에 나오는 인물이기도 하다. '서림'은 임꺽정(林巨正)의 참모로 후일 변절하여 조정에서 임꺽정을 체포하는 데 적극 협력하는 인물이다. 여기서는 민중적 애환과 삶을 상징하는 인물로 그려졌다.

5) '쇠전'은 소시장, '도수장'은 소·돼지 따위의 짐승을 잡는 곳. 도축장이라고도 한다.

6) 흥거움에서라기보다는 절망에서 오는 몸짓이다.

신경림의 시 「농무」는 발표할 때(1971)부터 화제를 불러 온 작품이다. 민중의 삶과 밀착된 소재를 구해 그 서정을 감동적으로 그려 냈다는 점, 지식인의 대사회적 실천의 의미를 되묻게 했다는 점, 시 속에 이야기를 담고 있다는 점 등이 이 시를 유명하게 만든 것이다. 뿐만 아니라 이해하기 쉬운 시어로 되어 있어서 김수영이나 김지하가 보여 준 지적이고 관념적인 시와도 차별성을 띠고 있다.

제목이 '농무' 임에도 불구하고 농무를 추는 현장이 시인에게 포착된 것은 아니다. 구경꾼이 다 돌아가고 난 뒤의 텅 빈 무대가 시의 배경으로 취해졌다는 것이 주목할 만하다. 농무를 추는 축제의 시간에도 사람들은 신이 나지 않는다. 소주집에 가서 원한과 분노를 삭이는 의식을 치를 수 있을 뿐이다. 황폐하고 신산해진 농촌 풍경이 시의 분위기를 냉소적이고 답답하게 만든다. 내면을 황폐하게 만드는 비애가 이 시에 나오는 인물들의 내면을 물들이고 있음을 실감할 수 있다.

나와 세계를 만나는 시읽기

원래 농무는 전통적으로 흥겹고 신명나는 춤인데 신경림의 「농무」에서는 반대로 그려져 있다. 당시 농촌의 신산하고 황폐한 사정이 여실히 드러나 있다. 장거리의 풍경이 흥성대기보다는 황폐하게 그려지고 있음도 이와 무관하지 않다.

시 속에 등장하는 할 일 없는 처녀애들, 쪼무래기들만 남은 농촌, 울부짖는 농촌 청년들과 그들의 허탈함 등이 1970년대 '이촌향도(離村向都)'로 인해 빚어진 우리 농촌의 실상이었던 것이다. 그들이 추는 춤은 신명나는 춤이 아니라 처절한 비애의 춤, 한의 춤이다. 소주잔으로 한을 삭이고 분노를 녹이는 농촌 사람들의 모습에서 시인은 안타까움을 느낀다.

이 시를 표제로 한 시집 『농무』는, 시는 어렵다는 통념을 깨고 쉽고 일상적인 언어를 사용해 대중적인 감응을 불러일으키면서 당시 스테디셀러가 되었다. '못난 놈들은 서로 얼굴만 봐도 흥겹다'(「파장」) 같은 표현의 신선함과 생동감이 이 시집 곳곳에 살아 있다. 쉽고 친근한 언어로 민중의 현실을 이야기하듯 풀어 내는 시인의 말솜씨가 친근감을 준다.

언어논술 Q & A

「농무」가 1970년대 우리 사회가 안고 있는 문제점을 드러내고 있다면 그것이 무엇인지 알아
보자.

1970년대는 도시화·산업화의 물결 속에서 부익부빈익빈의 사회 양극화 현상, 가진 자와
못 가진 자의 계층간 대립, 이촌향도 현상 등이 첨예하게 드러난 시기다. 특히, 더 이상 생존이
힘들게 된 농촌 사회에서는 자기 삶의 근거지인 고향을 떠나 서울로 가 도시 빈민 노동자가 되
는 사람들이 더욱 늘어난 시기이기도 하다.

이런 와중에 농촌에 남은 사람들은 노인·부녀자·어린이들로, 이는 우리 농촌의 미래를 암
담하게 하는 주원인이 되기도 했다. 농촌에 남은 사람들은 자조와 무력감에 빠져들었다. 그들
이 할 수 있는 일이라고는 장터 주막에서 자신의 신세를 한탄하는 것 외엔 없었다. 그들이 농촌
을 떠나 도시로 이동한다고 하더라도 사정이 좋아질 리는 없었다. 그러나 그들은 농촌의 현실
을 견딜 수 없었고, 그래서 너도나도 도시에 대한 꿈을 안고 농촌을 떠나 버렸다.

이 시는 이상과 같은 당시 우리 농촌이 안고 있는 문제점을 그대로 보여 주고 있다. 근대화
과정에서 풍요롭고 살기 좋은 농촌을 만든다는 계획은 한갓 구호로 그치고, 농촌은 점점 황폐
화되었다. 농촌의 풍요를 보장해 주는 실질적인 제도적 뒷받침이 되어 있지 않은 상황에서 농
촌은 자조와 냉소만 흐르는, 상실한 꿈의 지대로 인식되었다. 그 황폐함이 농촌에 남은 사람들
의 내면에 한탄과 자조를 심어 준 것이다.

통합논술 Q & A

「농무」를 쓴 신경림 시인은 도시에서 삶을 영위해 가는 지식인이다. 다음에 인용된 신경림의
다른 시 「시외버스 정거장」을 참조하면, 시인이 자신의 고향에 대해 일종의 도덕적 책무감에
휩싸여 있음을 알 수 있다. 그것이 무엇인지 생각해 보자.

> 을지로 육가만 벗어나면
> 내 고향 시골 냄새가 난다
> 질퍽이는 정거장 마당을 건너
> 난로도 없는 썰렁한 대합실

콧수염에 얼음을 달고 떠는 노인은
알고 보면 이웃 신니면 사람
거둬들이지 못한 논바닥의
볏가리를 걱정하고
이른 추위와 눈바람을 원망한다
어디 원망할 게 그뿐이냐고
한 아주머니가 한탄을 한다
삼거리에서 주막을 하는 여인
어디 답답한 게 그뿐이냐고
어수선해지면 대합실은 더 썰렁하고
나는 어쩐지 고향사람들이 두렵다
슬그머니 자리를 떠서
을지로 육가행 시내버스를 탈까
육가에만 들어서면
나는 더욱 비겁해지고

신경림은 여행을 통해 여러 지역과 다양한 계층의 사람들을 만나면서 시적 인식의 폭을 넓혀왔다. 위 시에는 신경림이 시외버스 정거장에서 만난 한 노인이 등장한다. 이 노인은 실제로 시인의 고향 사람이 아닐 수도 있다. 고향에 남은 노인들의 모습도 이 노인의 초라하고 서글픈 모습과 다르지 않을 것이라는 생각이 노인을 고향 사람으로 생각하게 한다. 그는 노인을 통해 자신의 고향을 떠올리게 된다.

그가 고향에 대해 두려움의 감정을 느끼는 것은, 일종의 죄책감 때문이다. 도시에 살면서 갖은 고통에 시달리는 고향 사람들에 대해 아무런 현실적 책임도 지니지 못한다는, 소시민으로서의 자기 질책인 것이다.

그의 여행은 고향 사람들이 갖는 막막함에 비한다면 얼마나 사치스런 행위인가. 그가 도시의 비인간적이고 번잡한 삶에 싫증을 느껴 일시적으로 도시를 떠나 고향을 향해 발걸음을 옮긴다고 하더라도 그것은 단지 형식적인 겉치레에 불과한 것이다.

가난하고 막막한 고향을 생각할 때마다 갖게 되는 부채의식이 이 시의 주조를 이룬다. 부끄러움과 가슴 아픔의 자의식이 이 시의 근간이다. 그가 고향을 통해 느끼는 것은 포근함과 같은 모성적인 따뜻함보다는 자기 자신에 대한 부끄러움이며 자책감인 것이다.

시를 읽는 독법

일상적 삶의 구속에서
벗어나 바람과 물처럼
떠돌아다니면서 자유를
구가하고자 하는 시인
의 동경을 읽어 본다.

목계[1] 장터

하늘은 날더러 구름이 되라 하고
땅은 날더러 바람이 되라 하네.[2]
청룡(靑龍) 흑룡(黑龍)[3] 흩어져 비 개인 나루
잡초나 일깨우는 잔바람이 되라네.
뱃길이라 서울 사흘 목계 나루에[4]
아흐레 나흘 찾아 박가분[5] 파는
가을볕도 서러운 방물 장수[6] 되라네.
산은 날더러 들꽃이 되라 하고
강은 날더러 잔돌이 되라 하네.
산서리 맵차거든 풀 속에 얼굴 묻고
물여울 모질거든 바위 뒤에 붙으라네.
민물 새우 끓어 넘는 토방 툇마루
석삼년에 한 이레쯤 천치(天痴)로 변해
짐 부리고 앉아 쉬는 떠돌이가 되라네.[7]
하늘은 날더러 바람이 되라 하고
산은 날더러 잔돌이 되라 하네.

목계나루터

『농무』, 1973

〈『농무』, 1973〉

252

1) '목계'는 전통적으로 중부지방에서 가장 번성한 나루 가운데 하나였다. 남한강을 끼고 있으면서 중부지역의 모든 집산물이 이곳으로 흘러 들어왔는데, 일제의 식민지 수탈 정책의 일환으로 충북선이 부설되면서 점차 그 명맥을 잃은 곳이다.

2) '구름' '바람' 등의 이미지는 떠돌이의 삶, 방랑, 유랑, 초연한 삶 등으로 제시된다. 서정주는 그의 시 「자화상」에서 스물세 해 동안 자신을 키운 것은 팔할이 바람이었다고 술회한 적이 있다. 여기서의 바람도 방랑, 유랑, 청춘 시절의 번민하는 삶 등을 상징하며, 세속적인 일상에서 벗어난 자의 자유로움과 정신적 주유(周遊)를 의미한다.

3) 비를 몰고 오는 구름의 형상을 상징한 것이다.

4) 서울에서 목계 나루까지 뱃길로 사흘이 걸림을 알 수 있다. 전통적 민요 리듬을 깔고 있는 이 시의 특성상 4음보의 시적 운율을 위해 축약한 것이다.

5) '박가분'은 여자들이 쓰는 화장품

6) 화장품, 바느질 기구, 패물 등의 물건을 팔러 다니는 여자.

7) 3년에 7일쯤은 천치가 되어 떠돌이의 삶을 살고 싶다는 시적 자아의 의지가 드러나 있다. 그것은 세속적이고 일상적인 삶의 틀이나 구속으로부터 벗어나고픈 시인의 내적 의지를 표상한 것이다.

다시보는 시인 & 시세계

「목계 장터」는 신경림 시의 특징인 여행시 모습을 띠고 있으면서도 현실을 바라보는 우리의 태도를 점검할 수 있게 한다. '장돌뱅이'는 여러 장으로 떠돌아다니면서 물건을 파는 장수를 가리킨다. 이 '떠돌아다니'는 특성 때문에 장돌뱅이의 삶은 한 군데 정착해서 평범한 일상을 꾸리는 삶과는 대조적이다. 그것은 자유, 구속으로부터의 탈피, 애환, 방랑, 민중적 삶의 표상 등으로 인식된다. 이 장돌뱅이의 삶을 형상화한 문학은 주로 방랑과 민중적 삶의 의지 등을 주제로 한 것들이 많다.

이효석의 「메밀꽃 필 무렵」도 장돌뱅이의 삶의 애환을 그린 것이며, 김동리의 「역마」 역시 운명으로 타고난 역마살이 빚어내는 비극적 정한을 그린 것이다. 황석영의 「장길산」은 황해도 천노의 소생으로 태어난 장길산이 자신의 존재와 사회 구조적 모순에 눈떠 가면서 자기를 따르는 무리를 모아 '녹림당'을 조직하고 지배계급과 당대 현실에 저항하는 모습을 담고 있다.

이 시는 민중의식과 그 생명력을 그렸다고도 볼 수 있지만, 세속적 욕망에서 벗어난 초연한 삶의 자세를 그리고 있어 보다 더 특징적이다.

나와 세계를 만나는 시읽기

「목계 장터」에 나오는 시어는 대부분 토속적인 풍물에서 온 것 혹은 그것 자체를 가리키는 것이 많다. '박가분' '방물 장수' '민물 새우' '토방 툇마루' 등은 민중의 삶 깊숙이 들어가지 않으면 발견하기 어려운 것이다. '구름' '바람' '잔바람' '들꽃' '잔돌'이 되는 것은 세속적 욕망에서 벗어난 사람만이 이를 수 있는 경지다. 그것은 이름 없고 권력 없고 무욕한 민중의 진실된 삶의 모습이면서 시적 자아가 동경하는 삶을 상징적으로 보여 준 것들이다. 방물 장수나 떠돌이의 삶은 유랑민의 삶으로, 자연만이 그의 유일한 친구가 될 수 있을 뿐이다. 시인은 그것을 '천치'의 삶이라고 표현하고 있다.

살아가면서 한 3년에 한 번쯤은 천치의 삶으로, 순수 무구하고 탈세속적인 인간 본연의 모습으로 돌아와도 좋지 않겠는가. 그 달관되고 초연한 자세를 시인은 일깨우고 있는 것이다. 계산적이고 실리를 정확히 따지는 이 번잡한 삶의 일상에서 벗어날 수 있는 길을 하늘, 땅, 산으로 표상되는 자연이 가르쳐 주고 있다.

장터는 우리 민족의 전통적 정서와 민중의 애환이 서려 있는 공간이다. 「목계 장터」에서 시인이 떠돌이의 삶, 천치의 삶으로 살아가는 공간으로 '장터'를 설정한 이유에 대해 생각해 보자.

인간이 '바보·천치'와 같은 존재로 살아가는 것을 현대사회는 결코 허용하지 않는다. 사회 자체가 지나치게 경쟁적으로 조직되어 있고 조직 속에서 한 점 간극도 없이 인간을 구조적으로 구속하기 때문이다. 카프카는 「변신」에서, 관료제 사회에서 인간이 더 이상 자유롭게 삶을 선택할 수 없게 되자 어느 날 느닷없이 골방 안에서 곤충으로, 갑각류로 변신한다는 변신 모티프를 섬뜩하게 제시하기도 했다.

시인은 이 현실 사회로부터 자유롭고자 하는 욕망을 이미 퇴색한 장터인 목계 장터를 통해 표출하고 있다. 목계 장터는 예전에 번성했던 장터다. 장터는 인간의 생명력이 꿈틀거리면서 인간들이 살아 숨쉬는 축제적 공간이다. 그러나 시인은 인간들의 입김으로 성성한 현재적 공간으로서가 아니라 이미 퇴락한 공간으로서의 장터를 찾아다니며 떠돌이의 삶, 천치의 삶을 동경하고 있다. 이 시가 민중의 생명력을 노래했다기보다 시인의 내면을 드러낸 것으로 읽히는 이유도 여기에 있다.

진정한 장돌뱅이로 떠돌면서 인생을 구가했던 옛날 민중의 삶은 무욕하고 어디에도 구속되지 않은 자유의 삶 바로 그 자체였다. 그것은 자연과 친구 하는 삶이며, 자연 그 자체 곧 구름이 되고 바람이 되고 잔돌이 되는 삶이다. 3년에 한 번쯤은 바보 천치가 되어 떠돌이의 삶을 살아가고 싶다는 욕망은 현재적 삶이 그만큼 절박하고 가혹하거나 피곤하다는 것을 반증한다.

여행시는 한편으로는 일상의 삶의 문법에서 벗어나고 싶다는 욕망의 이면이라고 한다. 여행시의 형태로 떠돌이 삶을 살고 싶다는 시인의 욕망을 표출한 것은 의미가 있다. 그러나 이 시가 퇴락한 장터를 중심으로 하고 있다는 점에서 허무주의로 흐를 가능성도 없지 않다.

'바람'은 시에서 가장 많이 사용되는 소재 중의 하나다. 그것은 바람의 속성이 시인의 내적 속성과 많이 닮아 있기 때문이다. 예컨대 발레리의 유명한 시 「해변의 묘지」에는 '바람이 인다. 살아야겠다'라는 유명한 구절이 나온다. 발레리는 정신으로 죽음을 절대 초월할 수 없다는 절망감으로 방황한 시인이다. 바람이 불 때 그는 절망감을 극복하고 삶에 대한 의지를 가다듬는다. '바람이 분다'는 의미를 청소년기에 겪는 절망과 관련해 생각해 보자.

바람이 인다. ……살려고 애써야 한다!
거대한 대기가 내 책을 폈다가 다시 접는다.
가루 같은 물결이 바위에서 솟아난다!

날아가거라,
정말 눈부신 책장들이여!
부숴라, 파도여! 희열하는 물로 부숴라,
삼각돛들이 모이를 쪼고 있는 이 지붕을.

— 「해변의 묘지」 끝 부분

일반적으로 바람은 강렬한 힘에 대한 인간 의지의 대응 과정이었다고도 할 수 있다. 인간이
스스로 역사의 주체가 되어 자연에 대응해 나간 것을 '장엄함'의 미학으로 이해한 것은 이 때
문이다. 바람이 폭풍우보다 강력한 힘으로 존재를 사로잡을 때 존재는 그 반동으로 삶에 대한
의지를 고양한다. 인간에게는 절망의 끝에서 그 절망을 뿌리치고 일어나는 강한 의지가 있기
때문이다.

발레리의 시에 나오는 삶에 대한 의지도 사실은 바람의 생명력을 통한 인간 존재의 생명의지
의 확인에 다름 아닌 것이다.

동양에서 바람을 무욕, 초월 등의 의미로 표상한 것과는 달리 서구에서 바람을 강렬한 내적
충동으로 상징한 것은, 그들이 자연에 대해 갖는 태도가 동양과 다르기 때문이 아닐까 생각할
수 있다. 신경림이나 서정주의 경우에도 서구적인 '바람'의 의미보다는 동양적인 초연, 달관,
주유(周遊)의 의미로 사용하고 있음을 알 수 있다. 무욕한 삶, 표박하는 삶이 자유의 의미로 이
해된다면, 발레리가 보여 주는 인간의 내적 의지에 의한 강력한 생성의 힘도 자유의 생성에 다
름 아니다. 이 점에서 동양이든 서양이든 '바람'은 시인들에게 유사한 내적 에너지를 제공해
준다고 볼 수 있다.

청소년기에 겪는 절망과 그것을 극복해 가는 주체적 의지와 관련해서 우리는 이 문제를 좀더
구체화할 수 있다. 입시는 지옥이라고 한다. 청소년들은 지옥 같은 이 세상을 통과해 가고 있
다고 할 수 있다. 그러나 인간은 저마다 극한을 극복해 가는 의지적 힘과 주체적인 판단력을 지
니고 있다.

발레리의 유명한 시구는 인간 의지의 구체적 표상이면서 강력한 생명력의 생성을 보여 준
다. '자유'는 주체적으로 선택하고 극복해 가는 자에게만 열려 있는 생명의 문이다.

벼

이성부

1942~ | 전라남도 광주 출생 1959년 광주고등학교 재학 시절 『전남일보』 신춘문에에 시 당선 1962년 『현대문학』에 「백주」「열차」 등이 추천되어 등단 1964년 경희대학 국문학과 졸업 1966년 『동아일보』 신춘문예에 「우리들의 양식」 당선 1967년 김광협 · 이탄 · 최하림 · 권오운 등과 『시학』 동인 1977년 제4회 한국문학작가상 수상

시집으로 『이성부 시집』(1969), 『우리들의 양식』(1974), 『백제행』(1977), 『전야』(1981), 『빈 산 뒤에 두고』(1989), 『야간산행』(1996) 등이 있음

벼

시를 읽는 독법

'벼'의 생리적 특성을 조사해 보고 이것이 '민족'이나 '민중'과 같은 공동체적인 가치를 띠고, 공동체적 연대감을 불러일으키는 이유를 생각한다.

벼는 서로 어우러져
기대고 산다.[1]
햇살 따가워질수록
깊이 익어 스스로를 아끼고
이웃들에게 저를 맡긴다.

서로가 서로의 몸을 묶어
더 튼튼해진 백성들을 보아라.[2]
죄도 없이 죄지어서 더욱 불타는[3]
마음들을 보아라. 벼가 춤출 때,
벼는 소리 없이 떠나간다.

벼는 가을 하늘에도
서러운 눈 썻어 맑게 다스릴 줄 알고[4]
바람 한 점에도
제 몸의 노여움을 덮는다.
저의 가슴도 더운 줄을 안다.

벼가 떠나가며 바치는
이 넓디넓은 사랑,[5]
쓰러지고 쓰러지고 다시 일어서서 드리는
이 피 묻은 그리움,

벼

『우리들의 양식』, 1974

이 넉넉한 힘…….

⟨『우리들의 양식』, 1974⟩

1) '벼'가 '서로 어우러져 기대고 산다'는 것은 인간사회를 빗댄 표현으로 인간과 인간은 더불어서 산다는 의미다.

2) 민중의 힘이 모이면 더 큰 힘이 된다. 개체성을 띤 벼가 운명공동체적 의미로 확장된다.

3) '죄도 없이 죄지어서 더욱 불탄다'는 표현은 민중의 삶의 고통과 억압, 즉 힘난했던 이 땅의 역사와 민중의 저력을 상징한다.

4) 민중의 자기징결성을 의미한다.

5) 자기희생을 통해 사랑을 가르치는 벼의 넉넉함은 바로 벼, 곧 민중의 끈질긴 생명력을 상징한다. 시인의 민중에 대한 절대적 신뢰를 가늠할 수 있는 시구다.

이성부는 역사와 현실에 대해 깊은 관심을 보이면서도 서정성과 시적 상상력을 간과하지 않는 시인으로 평가받고 있다. 그의 시는 현실의 온갖 모순과 부조리에 항거하면서 뜨거운 분노를 표출한다. 그러나 그의 시는 모순된 현실에 깊이 절망하면서도 끝까지 희망을 잃지 않는 생명력을 지니고 있다. 특히 그는 민중에 대한 관심을 바탕으로 공동체적 삶의 정결함과 도덕성에 관심을 기울인다.

사실 「벼」의 상상력은 김수영의 「풀」과 유사하다고 평가되기도 한다. 바람에 쓸려 눕지만 결국 바람을 이기고 굳건히 일어서는 풀의 상징성이 「벼」에서 '서로가 서로의 몸을 묶어 / 더 튼튼해진 백성들'로 즉 '민중'의 이미지로 거듭 변주되고 있다는 것이다. 그러나 김수영의 「풀」이 난해하고 사변적이어서 그 상징적 의미를 쉽게 포착하기 힘든 데 비해 이 시는 그 의미가 보다 직접적이다. 독재정권의 폭압이 거세던 1970년대 민중의식을 적극적으로 드러내고 있다고 평가되는 이유다.

이성부의 시는 희망과 절망, 빛과 어둠의 부정적 변증법 속에 존재한다. 그는 소외된 삶에 관심을 기울이면서 민중의 건강성과 생명력을 지속적으로 드러내고자 했다. 「벼」는 이성부의 이러한 면모를 잘 보여 주는 시다.

시인의 비극적 현실 인식과 그것을 극복하고자 하는 의지에 주목하면서 이 시를 이해해 보자.

나와 세계를 만나는 시읽기

이성부의 시 「벼」에서 '벼'는 민중을 상징한다고 이해된다. 민중의 이웃에 대한 사랑, 공동체적 삶에 대한 윤리, 자기희생, 끈질긴 생명력, 넉넉한 사랑 등이 다년생 풀일 뿐인 '벼'를 통해 우의적으로 그려지고 있다.

벼를 관찰해 보면 민중의 생리적 특성을 많이 공유하고 있음을 알 수 있다. 벼농사는 농사의 가장 중요하고 기본적인 것이다. 농민의 생존과 관련될 정도로 농민들은 논농사를 중시한다. 벼는 개체로서의 민중의 삶을 상징한다. 그것이 단독으로 존재할 때는 무기력하고 보잘것없지만, 서로 힘을 합하면 역사의 주체로서 민중의 저력을 발휘하게 된다.

시인은 벼에 대한 세심한 관찰을 통해 민중의 얼굴, 우리 민족의 얼굴을 그리고 있다.

이성부의 시 「벼」에서 벼가 민중의 표상으로 사용되고 있는 이유를 생각해 보자.

　벼는 곧 농경생활을 의미한다. 농사를 짓는다는 것은 이전의 유목생활이나 일시적으로 정착해 살던 생활과는 그 층위를 달리한다. 농경생활은 문화를 성숙시키고 집단적인 일체감을 형성하는 조건이 된다. 그래서 우리 문화는 농경과 관련된 내용이 많고 그에 따라 민족의식도 성숙해 왔다.

　벼는 우리 민족의 역사와 그 시간을 같이해 왔다. 벼의 끈질긴 생명력은 유구한 역사를 거치면서 생명력을 유지해 온 우리 민족과 민중의 삶을 대변한다. 특히 이웃끼리 서로 의지해 가며 험난한 삶을 견뎌 온 민중의 공동체의식은 벼가 서로 몸을 부대끼며 자라나는 모습으로 상징될 수 있다.

　개인의 힘으로는 미약하고 보잘것없어도 몸을 합치면 그 몸은 거대한 힘의 덩어리로 변한다. 우리 민족은 역사적으로 위기에 처했을 때마다 힘을 합쳐 그 위기를 극복해 냈다. 몽골의 오랜 내침이나 임진왜란을 겪으면서도 풀같이 일어서는 민중의 힘으로 이를 물리칠 수 있었고, 그 덕에 우리 민족의 역사의 연속성을 확보할 수 있었다.

　벼는 우리 민족, 민중의 삶과 밀접한 관련을 가지면서 존재해 왔고 그 과정에서 끈질긴 생명력을 유지해 왔다. 한때 일본의 식민 정책에 쫓겨 만주나 시베리아로 떠돌던 우리 민족 중 일부가 중앙아시아로 강제이주 당하면서 벼 문화를 새롭게 정착시켰다는 역사적 사실은 우리 민족의 역사와 벼의 존재가 얼마나 끈끈한 유대관계를 맺고 있는가를 잘 보여 준다.

　이 땅의 벼는 우리 민족과 가난한 민중의 참모습이다. 벼의 생태학적인 모습 속에서 시인은 민중의식, 민족의식, 생명의식을 발견한 것이다.

통합논술 Q & A

현대는 공동체적 삶의 모습을 거의 찾아볼 수 없다고 한다. 이는 이른바 인간소외, 자기중심적 삶의 패턴화, 소시민의식의 강화 등으로 구체화된다. 공동체인 삶이 와해되면서 발생하는 문제점을 지적하고 이를 타개할 방안을 제시해 보자.

　사회적으로 문제가 되는 '님비(Nimby)' 현상을 생각해 보자. '님비'란 'Not in My Back

yard'의 약자로, 피해를 끼칠 여지가 있는 것이라면 우리 집 주위에는 그 무엇도 들어설 수 없다는 극도의 집단이기주의를 뜻한다. 예컨대 쓰레기 처리장이나 원자로 건설은 공동의 편의와 이익을 위해서는 반드시 필요하지만, 나의 피해를 감수하면서까지 그것을 수용할 의사는 절대로 없다는 것이다.

이 같은 집단이기주의는 기본적으로 공동체적 삶에 대한 도덕성과 윤리의식의 결핍에서 기인한다. 약간의 손해를 보더라도 이웃과 타인을 위해 자기를 희생하고 봉사하겠다는 정신은 결핍된 지 오래고, 상부상조의 정신마저 퇴색해 가고 있는 것이다. 공동체사회에서 결속의 힘이 되었던 두레, 품앗이 등의 정신은 현대사회로 접어들면서 거의 퇴색하고 남아 있지 않다.

각 대학이나 중고등학교에서 사회봉사활동에 참여하면 학점을 인정해 주는 등 사회봉사활동에 대한 관심이 높아 가고 있고, 서구에서 보편화된 자원봉사대 활동도 우리 사회에 점차 확산되고 있다. 이는 공동체적 삶의 윤리를 회복해 현대사회를 좀더 윤택하고 정이 넘치는 사회로 변모시키기 위한 노력의 한 단면이라 할 수 있다.

우리 사회가 안고 있는 여러 심각한 문제들도 사실은 공동체 윤리에 대한 무감각에서 비롯되는 경우가 많다. 모두가 더불어 사는 사회에 대한 인식의 결핍이 청소년 문제나 물질적 가치의 우선 등과 같은 사회 풍조를 낳는 것이다. 우리에게 진정 의미 있는 것은 지능지수인 IQ나 감성지수인 EQ가 아니라 도덕성 지수인 MQ라고 말하는 이도 있다. 제도적으로 정비할 점은 많지만, 특히 지역 사회봉사 프로그램 개발이나 공동체 윤리의식에 대한 재교육 등은 집단이기주의를 해결할 수 있는 한 방안이 될 것이다.

국토 서시

조태일

1941~1999 | 전라남도 곡성 출생 1964년 『경향신문』 신춘문예에 「아침 선박」이 당선되어 등단, 신춘시 동인 1966년 경희대학 국문학과 졸업 1991년 제1회 편운문학상 수상

시집으로 『아침 선박』(1965), 『식칼론』(1970), 『국토』(1975), 『가거도』(1983), 『연가』(1985), 『별 하나 에 사랑과』(1986), 『자유가 시인더러』(1987), 『산속에서 꽃속에서』(1991), 『풀꽃은 꺾이지 않는다』 (1995) 등이 있음

국토 서시

264

발바닥이 다 닳아 새살이 돋도록 우리는
우리의 땅[1]을 밟을 수밖에 없는 일이다.

숨결이 다 타올라 새 숨결이 열리도록[2] 우리는
우리의 하늘 밑을 서성일 수밖에 없는 일이다.

야윈 팔다리일망정 한껏 휘저어
슬픔도 기쁨도 한껏 가슴으로 맞대며 우리는
우리의 가락 속을 거닐 수밖에 없는 일이다. [3]

버려진 땅에 돋아난 풀잎 하나에서부터
조용히 발버둥치는 돌멩이 하나에까지
이름도 없이 빈 벌판 빈 하늘에 뿌려진
저 혼에까지 저 숨결에까지 닿도록[4]

우리는 우리의 삶을 불지필 일이다.
우리는 우리의 숨결을 보탤 일이다.

일렁이는 피와 다 닳아진 살결과
허연 뼈까지를 통째로 보탤 일이다. [5]

『국토』, 1975

〈『국토』, 1975〉

1) 땅 혹은 국토는 조태일이 시적 대상을 구체적이고 경험적인 것에서 구하고, 농촌에 사는 민중의 삶이나 땅을 소재로 택하는 경향과 밀접한 관계를 갖는 제재다. 자연이 원초적인 생명력의 상징으로, 모든 자연물에 생활력과 영혼이 스며 있다는 물활론적인 경지로 제시되어 있는 것도 특기할 만한 사실이다.

2) 생명이 다하는 것은 생명이 다시 열리는 것이다. '숨결이 다 타올라 새 숨결이 열려'는 경지는 국토에 대한 헌신적인 사랑과 강렬한 생명의지가 집약된 것이다.

3) '수밖에 없는 일이다'의 반복은 강조와 점층적 집약 효과를 지닌다. 국토에 대한 맹목적 사랑이 필연적이면서 당위적인 것임을 강조하고 있다.

4) 국토에 대한 사랑은 민중에 대한 사랑이다. 버려진 땅에 돋아난 풀잎, 조용히 발버둥치는 돌멩이, 이름 없이 스러져 간 혼은 '민중'의 다른 이름이다. 버려지고 고통받고 스러지는 것은 숱한 민중의 삶의 초상인 것이다.

5) 민중을 위한 삶을 살아야 한다는 의지가 강렬하게 제시된 연이다. 그것은 자신의 육체를 다 소진하면서 지켜나가야 하는 진정한 삶의 도리다. 국토에 대한 사랑은 민중의 삶에 던지는 적극적인 긍정과 통한다. 그의 투철한 현실 인식은 강렬함과 당위성을 동반한 의지에서 비롯된다.

다시보는 시인 & 시세계

조태일의 정치의식이 가장 먼저 표출된 것은 제목에서부터 다소 과격함과 날카로움을 던져 주는 시집 『식칼론』에서다. '식칼'은 날카로움이며 저항의식의 총체를 표상한다. 자연과 인간의 심성을 뚫고 있으면서 삶, 혼, 벼와 같은 온전한 육체에서 생성되는 것이다. 억압받고 뒤틀리고 왜곡된 정서가 아니라 인간의 마음속에 절실하게 숨어 있는 온전하고 냉철한 힘이다. 그것은 이 세계의 어둠을 가르는 힘이기도 하다.

그 힘은 어린 시절 고향에서의 체험에 대한 격렬한 본능으로 표출되기도 하고, 민중의 삶에 대한 강한 긍정으로 제시되기도 하며, 국토에 대한 사랑으로 표출되기도 한다. 그의 정치의식은 항상 자연과 구체적 삶으로 연결되고 이것들에 비유된다. 이는 상투성과 진부함으로 전락할 위험도 있지만 구체적이고 감각적으로 재현됨으로써 절실함과 생명력을 부여받는다.

「국토 서시」는 시인이 시적 대상을 다루는 방법을 잘 보여 주었으며, 그의 참여적 · 낭만적 현실 인식이 잘 드러난 시편이라 평가된다.

나와 세계를 만나는 시읽기

1960년대에서 1980년대까지 이어진 우리 시의 참여적 성향은 김지하, 이성부, 김준태, 김남주 등으로 이어지면서 강렬한 빛을 뿜어 왔다. '참여시'라 하면 고정관념과 주입식 이데올로기를 연상하기 쉽지만, 이들의 참여시는 계몽성과 낭만성이 종합적으로 어우러진 특징을 보인다.

우리 현대시의 참여적 성격은, 정치의식을 객관적 정세에 대한 냉철한 분석이나 의지를 통해 드러내지 않고 주관성의 응축과 내밀한 서정성을 근간으로 표현하고 있다고 평가되기도 한다. 즉 고도의 서정성으로 당대 현실의 구조적 모순과 정치의식을 드러냄으로써, 참여시가 함몰해 버릴 수도 있는 관념성과 사변조의 서술에서 벗어나는 계기가 된 것도 사실이다. 이 점을 잘 드러낸 시인으로 조태일을 들 수 있다.

조태일의 시는 현실적 낭만주의가 갖는 단점과 장점을 동시에 지니고 있다고 평가된다. 「국토 서시」는 그의 세 번째 시집 『국토』의 서시로, 그의 낭만주의적 서정성이 현실주의적 · 참여적 경향과 어떻게 어우러지고 접합되는지를 잘 보여 준다.

전남 곡성에 있는 조태
일 시문학관

「국토 서시」에는 민중의 삶에 대한 강한 애정과 긍정이 나타나 있다. 시인은 민중의 삶에 대한
사랑을 제시한다. 1970~80년대의 시들 중 어떤 시들은 민중을 너무 이상화했다는 비난을 받
기도 했다. 한 예로 다음에 소개하는 정희성의 「저문 강에 삽을 씻고」를 「국토 서시」와 비교하
면서 이들 시에서 시인이 포착하고 있는 민중적 삶의 진실에 대해 생각하고, 이를 비판적으로
조명해 보자.

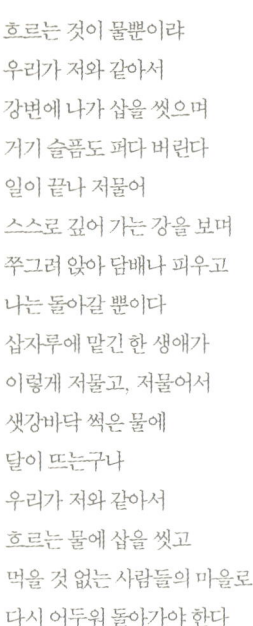

흐르는 것이 물뿐이랴
우리가 저와 같아서
강변에 나가 삽을 씻으며
거기 슬픔도 퍼다 버린다
일이 끝나 저물어
스스로 깊어 가는 강을 보며
쭈그려 앉아 담배나 피우고
나는 돌아갈 뿐이다
삽자루에 맡긴 한 생애가
이렇게 저물고, 저물어서
샛강바닥 썩은 물에
달이 뜨는구나
우리가 저와 같아서
흐르는 물에 삽을 씻고
먹을 것 없는 사람들의 마을로
다시 어두워 돌아가야 한다

정희성은 「저문 강에 삽을 씻고」에서 '삽을 씻' 는 행위를 통해 민중의 삶과 이상에 대해 성
찰하고 있다. 이 행위는 고도로 함축되고 상징화되어 있다. 삽은 농경생활을 하는 데 있어 필
수적인 도구다. 강물에 삽을 씻는 행위는 농민들의 일상인 노동이 끝났음을 의미한다. 힘없고
가난한 민중은 삶의 고통과 슬픔 따위 강물에 흘려 보내는 순박하고 무욕한 심성을 지니고 있
다. '스스로 깊어 가는 강' 물은 민중의 삶의 진정성에 대한 시인의 믿음을 말한 것이다.

그러나 이러한 일상은 한편으로는 썩어 가는 '샛강' 처럼 무력하고 발전이 없는 것일 수도 있
다. 그들은 좀더 나은 삶과 바람직한 세상에 대한 희망을 가지기보다는 일상에 안주하고 현재
적 삶을 수용하는 경향이 있다. 그들의 가난은 좀처럼 그들을 놓아주지 않을 것이다. 이 시의
전체적인 어조가 담담하면서도 어두운 것은 이 때문이다. 민중의 삶은 저 강물처럼 도도하게
흐르는 끈질긴 생명력을 지니고 있다. 하지만 그 생명력 자체가 내적인 자기발전을 이루지 못

할 때는 썩어 가는 샛강처럼 단순히 하루의 시간을 견뎌 내는 정체된 민중의 모습으로 나타날 뿐이다.

자신에게 주어진 운명적인 한계를 벗어나고자 역사의 대열에 직접 가담하는 민중의 모습은 기존의 정체적이고 순응적인 모습을 일시에 무너뜨린다. 민중은 온순하지만 어떤 계기에 의해 그들의 역량이 분출될 때 그 힘은 걷잡을 수 없다. 과거 역사의 숱한 민란과 혁명을 들먹이지 않더라도, 민중의 시대라 일컬어지는 1980년대 민주화의 대열에 앞장선 민중의 모습을 보면 그 진면목을 알 수 있다. 민중을 너무 긍정적이고 이상적으로 한정하는 경향도 문제지만, 지나치게 정체적이고 현실 순응적인 이미지로 묘사하는 경향도 문제가 된다.

이 시의 시인이 그리고 있는 민중의 이미지는 소박함, 생명력, 현실의 고통을 감내하는 인내 등이지만, 그 이미지가 다소 순응적이고 부동적이라는 점이 비판되기도 한다. 「국토 서시」에서 제시한 민중적 삶에 대한 시인의 의지는 강렬하기만 할 뿐 구체화되어 있지 않아서 한갓 당위성을 줄 뿐이라는 것이다.

민중의 삶이나 모습을 지나치게 영웅화하는 것 못지않게 비관적이거나 체념적으로 그리는 것 또한 민중의 저력을 간과한 것이라는 문제를 지닌다. '민중적 삶의 형상화'를 두고 끊임없는 논쟁을 일으켰던 1970~80년대 민중문학론은 민중의 문학적 형상화에 대한 풀리지 않는 의문을 그대로 표출한 것이다.

지식인들이 생각하는 민중문학의 한계는 어찌 보면 자명하다. 민중문학은 '민중 속으로'라는 명제를 두고 '어떻게 민중 속으로 들어갈 것인가' 하는 문제를 제기하게 한다. 지식인 스스로 민중이 되거나 민중의 삶 속으로 뛰어드는 경우와, 민중 자신이 민중문학을 스스로 창작하는 경우 등에 대해 생각해 보자.

'민중 속으로'라는 명제는 1920~30년대에도 제기된 문제다. 지식인이 민중의 삶 속으로 뛰어들어 민중을 계몽하거나 민중을 위한 문학을 하는 경우 등 '민중 속으로'라는 개념을 구체화하는 방안들이 제기되었다. 카프의 민중문학론이 대표적이며, 심훈의 「상록수」등도 민중을 계몽하고 선도할 목적으로 씌어졌다는 점에서는 지식인이 민중문학을 하는 경우라 볼 수 있겠다.

하지만 이 경우 계몽의식이 일종의 지식인의 선민의식의 변형태로 나타나는 문제점도 제기된다. 지식인 작가가 민중 앞에 서서 그들을 계몽하는 것으로 자신의 문학 행위를 영위해 갈 때 지식인 특유의 허위의식이나 선민의식으로 과장되는 경우도 있다는 것이다. 민중을 위한다는 논리는 지식인들의 행위의 정당성으로 이어지기 쉽다. 또한 계몽주의는 지식인의 소시민주의의 표출이거나, 그것에 대한 부끄러움으로 대변되기 쉽다. 이 경우는 절실한 민중문학으로 형상화되기 어렵다. 이 같은 지식인의 '민중문학' 담론은 '이데올로기적 패트런', 즉 사상적으로 우위를 점한 자의 입장에서 쓴 관념적인 것이라고 비판받기도 한다.

두 번째는 작가가 직접 민중의 삶을 사는 것으로, 이 경우 작가는 문학을 포기할 수밖에 없다. 현장에 뛰어들었을 때 작가는 문학보다 현실의 힘이 얼마나 거대하고 억압적인가를 절감한다. 문학적 진실보다 더 앞선 현실 앞에 작가는 자신의 문학 행위의 부질없음과 무의미함을 절감하게 된다. 그 끝은 문학의 포기다. 이 경우 문학을 포기한다는 것 자체가 민중문학 논의를 더 이상 가능하지 않게 하므로 말할 필요가 없겠다.

또 다른 경우는 민중이 직접 창작 주체가 되는 것이다. 민중은 생활상의 체험을 현실감 있고 생생하게 그릴 수 있다. 민중 역시 시, 소설 등의 기존 장르를 소화할 수 있다. 그리고 수기, 르포, 편지, 일기 같은 형식은 민중문학의 대표적 양식이 된다. 민중에 의해 직접 쓰어진 이 같은 형식의 민중문학은 특히 1970~80년대 민중문학의 대표적인 성과로 평가된다. 문제는 이 같은 민중문학 논의가 지식인 전문 작가에 의해 쓰어진 것과 민중 스스로 창작한 것 사이의 이분법적인 가치 판단으로 이어질 확률이 높다는 것과, 민중 스스로 창작한 문학이 더 좋은 문학이라는 선입관을 낳게 된다는 것이다.

지식인 작가는 민중 작가에게서 민중적 삶의 자양분을 얻고, 민중 작가는 지식인 작가에게서 문학의 질과 형식적 측면에서의 문학적 자양을 획득함으로써 이 둘 사이에 변증법적인 관계가 형성될 때 민중문학은 최대치의 가능성을 얻게 된다. 그렇지 않고 하나가 다른 하나를 억압하는 기제나 당위론적인 논리로 작용하면서 다른 하나를 배제하는 장치가 될 때, 민중문학 논의는 기계적인 결정론이나 협소한 소재주의로 떨어질 위험이 있다.

서울 길 외1편

김지하

1941~ | 전라남도 목포 출생 1966년 서울대학 미학과 졸업 1969년 『시학』에 「황톳길」 등을 발표하며 등단 1970년 「오적」을 발표하여 국가보안법 위반으로 투옥 1975년 노벨문학상 후보로 추대, 아시아 아프리카 작가회의에서 수여하는 '로터스 특별상' 수상 1981년 국제시인협회에서 수여하는 '위대한 시인상' 수상 1991년 『김지하 전집』 발간 1993년 『김지하 시선집』으로 이산문학상 수상

시집으로 『황토』(1970), 『타는 목마름으로』(1982), 『애린』(1986), 『검은 산 하얀 밤』(1986), 『별밭을 우러르며』(1989), 『중심의 괴로움』(1994) 등이 있음

서울 길

시를 읽는 독법

황톳길의 이미지가 19
70년대의 고단하고 가
혹한 민중의 삶과 어떻
게 연결되는지 생각해
본다.

간다
울지 마라 간다
흰 고개 검은 고개 목마른 고개 넘어
팍팍한 서울 길
몸팔러 간다[1]

언제야 돌아오리란
언제야 웃음으로 화안히
꽃피어 돌아오리란
댕기 풀 안쓰러운 약속도 없이

간다
울지 마라 간다
모질고 모진 세상에 살아도[2]
분꽃이 잊힐까 밀 냄새가 잊힐까[3]
사뭇사뭇 못 잊을 것을
꿈꾸다 눈물 젖어 돌아올 것을
밤이면 별빛 따라 돌아올 것을[4]

간다
울지 마라 간다
하늘도 시름겨운 목마른 고개 넘어

『황토』, 1970

팍팍한 서울 길⁵⁾
몸팔러 간다

〈『황토』, 1970〉

---

1) '간다' '울지 마라 간다' '몸팔러 간다' 는 일종의 점층적 반복 구문이다. 절망적 상황의 반복을 통해 이 상황
을 딛고 일어서려는 의지와 연결한다. '검은 고개' '목마른 고개' '팍팍한 서울 길' 의 이미지는 건조함을 띠고
있고 막막하고 어두운 앞날을 예측하게 한다.

2) 도회의 삶.

3) 고향이 잊히지 않으리라는 표현이다.

4) 현실적으로는 돌아오지 못한다는 의미로 상황의 비극성과 절망감을 표출하고 있다.

5) 서울로 가는 길에 한과 비애가 서려 있음을 강조했다.

다시보는 시인 & 시세계

가난한 민중의 애상과 한을 민요조로 노래한 김지하의 시 「서울 길」에는 1970년대 우리 삶의 한 진실이 눈물 겹게 포착되어 있다. 농촌을 떠나 도시로 온 사람들이 도시 빈민이 되어 고단한 삶을 이어 가는 모습이 나타나 있다.

1960년대부터 불어닥친 경제개발계획은 농어민의 도시 유입을 현저하게 증가시켰는데, 이는 1960년대 신동엽의 시에서도 그 단초를 읽을 수 있다. 나이 어린 처녀들은 도시에 와서 몸을 팔고, 아버지는 공사장 인부가 되고, 어린 아들은 학교를 그만두고 아버지와 누이를 찾아 서울로 서울로 올라왔던 것이다. 이 와중에서 가족은 해체되었다.

김지하의 이 시도 뿌리 없이 떠돌아야 했던 1970년대 농민들의 한과 비탄을 소재로 한다. 이 시는 어린 처녀들이 가족의 생계를 위해 몸을 팔러 서울로 가는 것을 독특하게 묘사하고 있다. 하지만 그들이 한번 떠난 고향으로 되돌아가기란 쉽지가 않다. 하늘도 시름겹다는 것, 서울 가는 고갯길이 목마르고 팍팍하다는 것 자체가 앞으로의 길 역시 순탄치 않음을 예고하는 셈이다.

나와 세계를 만나는 시읽기

「서울 길」은 민요조의 반복적 어구가 정서적·의지적 강렬함을 충동하면서 전개된다. 서울 가는 길은 할 수 없이 몸팔러 가는 길이다. 그 길은 팍팍할 수밖에 없다. 1연에서는 이 같은 한과 비애가 먼저 제시되고, 2연에서는 그것이 한층 고조된다. 언젠가 돌아오리라는 보장도 기약도 없음으로 인해 그 안타까움은 더해 간다. 분꽃이 있고 밀 냄새가 있는 고향은 꿈속에서나 볼 수 있을 뿐, 고향으로 되돌아올 날은 기약이 없고 절망적이다.

이 시는 1970년대 농촌을 떠나 도시로 몰려든 사람들의 절망적인 상황을 그대로 보여 준다. 그것은 시인의 비관적인 현실 인식에서 비롯된 것이라 할 수 있다. 그러나 '간다'의 반복과 같은 의지적 점층 구문은 이 절망적 상황을 극복하려는 시인의 노력을 보여 주기도 한다.

아래 소개하는 이용악의 시 「북쪽」은 일제 강점기에 간도와 만주 등지로 떠난 우리 민족의 삶을 그리고 있다. 김지하의 「서울 길」과 비교하면서 읽고, 두 시의 차이점과 공통점을 밝혀 보자.

> 북쪽은 고향
> 그 북쪽은 여인(女人)이 팔려간 나라
> 머언 산맥(山脈)에 바람이 얼어붙을 때
> 다시 풀릴 때
> 시름 많은 북쪽 하늘에
> 마음은 눈감을 줄 모른다

두 시는 공통적으로 '팔려 감' 혹은 '팔림' 이라는 모티프를 가지고 있다. 김지하의 시에서는 나이 어린 여성이 시골에서 먹고살기가 힘들어져 서울로 몸을 팔러 가고, 이용악의 시에서는 일제 강점하의 여성이 먼 북쪽으로 팔려 간다. 여기서 '팔러' 가고 '팔려' 가는 것은 자율성과 수동의 의미로 생각하기 쉽지만, 사실은 둘 다 상황에 의한 선택이라는 점에서는 의심할 바 없이 '강제' 의 의미를 띤다. 이것은 언뜻 여성의 수난사처럼 보이지만 둘 다 당대 삶의 비참함과 모순이 형상화되어 있다는 점에서, 이들 여성은 당대 민중의 표상이라고 할 수 있다.

이용악의 시에서 보듯 일제 강점하에 있던 우리 민족은 일인들의 탄압과 빈궁 때문에 조선에서는 더 이상 살기가 힘들어지자 간도나 시베리아 등지로 가서 떠돌게 된다. 그러한 유이민들의 삶을 형상화한 작품은 수도 없이 많다. 이용악은 시에서, 소설에서는 최서해가 주로 간도지방에 사는 우리 민족의 비참한 생활을 형상화했다. 이용악의 「두만강 너 우리의 강아」 「전라도 가시내」 「천지의 강아」와 최서해의 「탈출기」 「기아와 살육」 「홍염」 등에는 일제 강점기 만주 유이민으로 전락한 우리 민족의 삶이 잘 드러나 있다.

1970년대 현실도 일제 강점기와 같은 맥락에서 이해된다. 농촌 경제의 파탄과 극심한 빈궁, 이촌향도(離村向都)로 인한 농촌의 급격한 몰락 등이 당시 농촌 문제의 핵심으로 떠올랐다. 농어민들이 도시 유이민으로 내몰리면서 도시 빈민이 된다. 그들은 새로운 삶의 터전을 찾아 도시로, 서울로 모여들었다. 특히 농어촌 어린 여성들이 부모를 부양하고 동생들의 학비를 책임지기 위해 서울로 와서 돈을 벌었다. 중소 가내공업의 현장에서 '산업 역군' 이라는 이름으로 최악의 근로 조건을 견디며 노동자가 되거나 혹은 도시 유흥가에서 몸을 팔아야 했다.

김지하의 「서울 길」은 1970년대 우리 여성들의 비참한 삶의 조건을 통해 당대 민중의 현실을 드러내고 있다. 따라서 서울로 가는 길은 곽곽한 삶의 한과 비애와 안타까움이 처절하게 놓인 길이 될 수밖에 없는 것이다. 시인은 당대 민중의 삶을 안타깝게 바라보는데, 이는 이용악이 북쪽으로 팔려 간 여인을 몹시 걱정하다 눈을 감지 못하는 상황과 유사하다.

'서울'은 근대화 과정에서 보여 준 그 부정적 측면에도 불구하고 현재 국제적인 도시로 성장했다. 우리 민족의 비전과 관련해 '서울'의 바람직한 모습을 구상해 보자.

서울이 국제적인 관심지로 떠오른 것은 아마 '한강의 기적'이라 불리는 1970년대 이후 경제 개발의 성공 때문일 것이다. 김지하의 시에도 나오는 것처럼 이 신화가 많은 사람들의 희생 위에 건설되었음은 잘 알려진 사실이다.

현재 한국의 수도일 뿐 아니라 국제적인 도시로 인식되고 있는 '서울'은 겉모습과는 달리 부정적인 것들의 집합체이기도 하다. 도시의 외양이 거대화되고 유명해지는 것과 정반대로 내적인 측면에서는 사뭇 다른 양상을 띠는 경우가 많다. 특히 그곳에서 살아가는 사람들의 삶의 태도나 자세 등은 도시의 국제적 수준을 가늠하는 데 중요한 바로미터 역할을 한다. 우리의 공중도덕의식을 생각해 보면 이는 금세 드러난다.

서울의 교통 질서를 생각해 보자. '교통 지옥'이라는 말은 서울의 외양과는 상관없이 치욕적인 교통 상황을 암시한다. 신호등 무시, 차선 변경, 난폭 운전, 욕설 등은 우리 교통 문화의 현장을 곧바로 보여 주는 것이다. 큰 이벤트나 스포츠 경기가 끝난 뒤의 관중석에 아무렇게나 버려진 쓰레기는 교양 있는 시민으로서의 우리의 의식 수준을 의심하게 한다. 타인에 대한 예의나 배려를 찾아볼 수 없다. 공중 도덕이 몸에 밴 선진 시민이 되기에는 턱없이 부족하다.

'선진국 시민' 혹은 '국제적 도시 감각' 등의 말은 사실 물질적 수준이나 물리적 외양에 관계되는 것이라기보다 의식의 문제며 세계관의 문제다. 서울을 하루만 답사해 보아도 사람들의 의식 수준이 어느 정도인지 금세 알게 될 것이다.

삶의 외양이 아니라 삶의 질을 높이는 것이 서울이라는 국제적 도시의 외양에 부합하는 길이다. 현대는 삶의 외양보다는 삶의 질을 더 중요시한다. 인간의 행복은 물질적 삶의 조건에서가 아니라 정신적 삶의 충만함에서 온다. '서울'을 21세기의 비전으로 제시하는 경우에도 이는 마찬가지다.

이제 사람들은 물질적 가치보다 정신적 안정과 만족감에서 행복을 추구하고 성취하려 한다. 인간의 삶에는 외적인 것과 내적인 것의 조화 혹은 균형과 통일이 필요하다. 그것이 진정한 우리 삶의 조건이자 21세기 서울의 바람직한 모습일 것이다. 서울을 내외적으로 조화롭고 충만하게 가꾸어 나가는 것은 그 도시를 사는 사람들의 자율적이고 주체적인 노력 여하에 달려 있다.

'민주주의' 에 대한 갈망
이 '외로운 눈부심' 이라
는 모순어법으로 표현
되고 있는 이유를 생각
해 본다.

타는 목마름으로

신새벽 뒷골목에¹⁾
네 이름을 쓴다 민주주의여
내 머리는 너를 잊은 지 오래
내 발길은 너를 잊은 지 너무도 너무도 오래
오직 한 가닥 있어
타는 가슴속 목마름의 기억이²⁾
네 이름을 남몰래 쓴다 민주주의여.

아직 동트지 않은 뒷골목의 어딘가
발자국 소리 호르락 소리 문 두드리는 소리
외마디 길고 긴 누군가의 비명 소리⁵⁾
신음 소리 통곡 소리 탄식 소리 그 속에 내 가슴팍 속에
깊이깊이 새겨지는 네 이름 위에
네 이름의 외로운 눈부심⁴⁾ 위에
살아 오는 삶의 아픔
살아 오는 저 푸르른 자유의 추억
되살아 오는 끌려가던 벗들의 피묻은 얼굴
떨리는 손 떨리는 가슴
떨리는 치떨리는 노여움으로 나무 판자에⁵⁾
백묵으로 서툰 솜씨로
쓴다.

숨죽여 흐느끼며
네 이름을 남몰래 쓴다.
타는 목마름으로
타는 목마름으로
민주주의여 만세.

〈『타는 목마름으로』, 1982〉

『타는 목마름으로』, 19
82

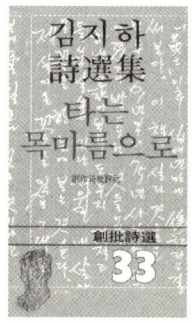

1) 이른 새벽 뒷골목의 이미지는 암흑과 고통 속에서도 꺼지지 않는 민주주의에 대한 희망과 관계있다.

2) 민주주의에 대한 목타는 갈망이 시적으로 비유되었다.

3) 이 부분은 하나의 서사다. 민주주의와 자유를 탄압하던 시대의 어둠을 배경으로 한 한 편의 음화(陰畵)다. 민주주의를 외치다 쫓겨 가는 한 사람과 그를 쫓는 경찰, 결국 잡히고 마는 일련의 장면들을 상상해 보라.

4) '외로운 눈부심'은 모순어법. 민주주의를 향한 고통과 희망이 동시에 스며 있다. 모순어법은 형용사를 동반한 명사의 경우에 그 양 측면의 어울리지 않는 상황이 강조될 때 두드러진다. 이는 한 인간 속에 내면화된 두 특징을 의미한다. 두 가지 모순된 개념을 궁극적으로 지양하고자 하는 시인의 의지와 관련된다. 보들레르의 『악의 꽃』은 모순어법이 쓰인 대표적인 시다. 예컨대 시인은 '추락'의 이미지를 역이용해 암흑으로만 덮여 있던 세계를 어둠과 빛의 혼합물로 만들고, 그 속에 구원의 가능성을 심어 주는 모순어법의 기교를 사용한다. 여기서 알바트로스의 '추락을 통한 상승'도 모순어법으로 잘 표현되어 있다.

5) 일종의 회상 형식이다. 시인이 수감중에 이 시를 썼음을 확인할 수 있다.

다시보는 시인 & 시세계

김지하의 문학은 1970년대 이 땅의 신화로 불릴 만큼 독재 정권하에서 오랫동안 탄압과 금기의 대상이 되어 왔다. 그의 대표작 「타는 목마름으로」는 죽음의 1970년대를 감옥에 드나들면서 겪은 고통의 기록이며, 자유와 민주주의에 대한 열망이 총체적으로 표출된 것이기도 하다.

1970년대는 시인에게 암흑의 시대로 인식된다. 그는 이 절망적인 암흑에 맞서 자유와 민주주의에 대한 희망을 포기하지 않는다. 그것은 거의 신앙에 가까운 것이다. 1970년대를 온통 수형 생활로 보낸 한 시인의 찢겨진 영혼의 목소리가 이 시에 고스란히 담겨 있다. 시인의 처절한 울음은 반역과 부정정신에서 배태된 것이지만, 그것을 넘어 신앙에 가까운 확신으로 이어지는 데 이 시의 감동이 있다.

나와 세계를 만나는 시읽기

「타는 목마름으로」는 처절한 감동과 울림을 주는 시다. 민주주의에 대한 갈망이 목말라 애태우는 시인의 극한 갈증으로 형상화된다. 1970년대 당시 현실은 광장에 나가서 민주주의를 외칠 수 없을 정도로 탄압이 극심했다. 감옥이나 이른 새벽 뒷골목에서 숨죽여 불러야 했던 민주주의에 대한 내밀한 갈망이 이 시를 감동적이고도 힘있게 만든다. 민주주의에 대한 투쟁은 죽음을 앞에 둔 처절한 쟁투다.

시인은 민주주의가 부재하는 지옥 같은 현실에서 민주주의를 목마르게 외치며 그것이 실현될 날을 갈망하고 있다. 민주주의는 어느 누군가의 비명 소리와 통곡 소리와 피에 의해 성취된다. 시인은 감옥에 앉아 민주주의를 외치다 끌려가는 벗들을 생각하면서 백묵으로 판자에 민주주의를 쓴다. 민주주의는 새삼 '외로운 눈부심' 위에서 살아난다. 그것이 이 시에 힘과 생기와 감동을 불러일으킨다.

언어논술 Q & A

「타는 목마름으로」에서 2연의 '외로운 눈부심' 은 모순어법이다. 이것이 의미하는 바를 생각해 보자.

이 시는 시인이 감옥에 갇혀 있으면서도 민주주의에 대해 끊이지 않는 희망을 노래한 것으로 볼 수 있다. 시인은 감옥에서 민주주의를 쟁취하기 위해 투쟁하다 끌려간 벗들을 회상하며 민주주의에 대한 신념을 가다듬는다. 민주주의에 대한 갈망은 '잊은 지 너무도 오래' 된 것이 아니라 사실 시인의 가슴속에 살아 있다. 그러기에 그것은 '타는 목마름' 처럼 불의 형상을 가진다. 이는 벗들에 대한 회상으로 더욱 강렬해진다. 고통과 탄압이 심해질수록 민주주의에 대한 갈망은 더욱 내밀하게 시인의 가슴속에서 불타오르고, 그 불타는 갈망이 민주주의를 부르짖다 끌려간 벗들의 추억으로 되살아나면서 신념은 더욱 확고해진다.

추억은 눈부심 속에서 떠오른다. 외로움은 지금 혼자 갇혀 있다는 현실적 조건과 동시에 고통스런 민주주의의 도정을 의미하는 것이며, 눈부심은 언젠가는 반드시 민주주의가 실현될 것이라는 희망에서 오는 것이다. 이 희망은 눈부심이라는 강력한 빛의 이미지로 되살아난다. 그렇기 때문에 그 동안 고통스러웠던 삶은 그 자체로 되살아나며 희망으로 변하고, 추억도 푸르른 자유에의 추억으로 다시 생명을 얻는 것이다.

그 추억의 되살아남 끝에는 다시 벗들의 피묻은 얼굴이 떠오르지만 그것은 오히려 고통보다는 신념과 확신을 배태한다. 분노와 울분의 감정이 다시 확신으로 바뀌면서 시인은 민주주의에 대한 신념을 가슴속에 더욱 가다듬는다. 고통과 절망의 노래가 희망의 확신으로 바뀌는 것이다. 이 양가적 감정의 혼합물이 '외로운 눈부심' 의 모순어법적 수사에 있다.

모순어법은 우연히 생기는 기교가 아니라 심층심리에 존재하는 내면의 수사학이다. 고통과 억압 속에 타오르는 민주주의에 대한 끊이지 않는 갈망과 확신이 이 모순어법적 어구 속에 숨어 있는 것이다.

독재정권에 항거하는 시민들

통합논술 Q & A

「타는 목마름으로」에서 자유와 민주주의는 절대가치를 지닌다. 구 소련을 위시한 동유럽 국가는 오랜 공산주의 독재에서 벗어나 민주주의와 자유를 쟁취했음에도 불구하고, 다시 '예전이 좋았다' 고 생각하는 사람들도 생겨났다고 한다. 그 이유에 대해 생각해 보자.

동유럽에서의 공산당의 부상은 자칫 공산 독재라는 망령을 다시 불러들이는 것이 아닐까 하는 의구심을 불러일으킨다. 그들은 그토록 오랫동안 꿈꾸어 왔고 그것을 위해 많은 사람들이 목숨을 버렸던 민주주의를 포기한 것처럼 보인다. 그들은 또한 예전보다 나아진 것이 별로 없고, 식량 사정은 균등하게 배급받던 공산당 시절보다 더욱 나빠졌다고 주장한다. 그들의 공산당 시절에 대한 향수는 일면 타당해 보이기도 한다.

  그러나 동유럽의 경제적 파탄은 민주정치의 확산과 자유시장경제의 도입 등에 원인이 있는 것이 아니라 그 동안 누적되어 온 공산주의 정치체계의 모순과 경제 원리 때문이다. 그리고 그것에 익숙하게 길들여진 그들의 생활방식 때문이기도 하다. 공산주의로의 일시적 회귀 혹은 과거에 대한 향수는, 지난 시절 공산주의의 모순이 지금에 와서도 여전히 위력적인 효과를 발휘하고 있기 때문이다.

  동서의 힘의 대결 속에서 공산 독재자들은 군수 산업에만 힘을 기울일 뿐 국가 기간 산업 구축에는 거의 신경을 쓰지 않았다. 국민의 복지에는 무관심했고 일상적인 경제생활을 유용하고 편리하게 하는 경공업에 대한 투자 또한 등한시했다. 국민 역시 자기에게 이익이 직접 돌아오지 않는 경제체제에서 최선을 다해 노력하지는 않았다. 그렇기 때문에 그들은 자본주의 경제 원리 자체를 이해할 수 없었고, 그런 와중에서 갑작스런 자유시장경제 원리의 도입은 혼란과 무질서를 가중시켰다. 자유, 자율, 노력에 의한 이익 배분 등은 그들에게는 생소한 개념이었다. 타성적 관료주의 체제에 익숙해 있는 그들에게 자유경제의 원리는 그림의 떡이었고, 그것이 경제와 정치의 혼란을 동시에 가져온 것이다.

  동유럽의 몇몇 선거에서 보이는 공산주의로의 회귀에 대한 향수는 일시적 현상이라 할 수 있다. 그러나 이 일시적인 것이 더 큰 변수를 낳기 전에 서구 선진국가에서는 이들에게 경제 원조나 국제적으로 도움을 줄 수 있는 제도적 장치를 마련해야 한다. 피로 획득한 자유민주주의의 가치는 지고한 것이기 때문이다. '인류 공동체' 라는 말은 인류 전체가 평화 속에 공존하며 인류 복지의 혜택을 고르게 나누어 갖는 것을 의미한다. 부의 격차를 의미하는 '남북문제' 도 이로써 해결 가능할 것이다.

희미한 옛사랑의 그림자

김광규

1941~ | 서울 출생 1964년 서울대학 독문학과 및 동 대학원 졸업 1975년 『문학과지성』을 통해 등단 1979년 첫 시집 『우리를 적시는 마지막 꿈』을 발표하여 제1회 녹원문학상 수상 1981년 제5회 오늘의 작가상 수상 1984년 『아니다 그렇지 않다』로 제4회 김수영문학상 수상

시집으로 『반달곰에게』(1981), 『크낙산의 마음』(1986), 『좀팽이처럼』(1988), 『아니리』(1990), 『물길』(1994) 등이 있음

희미한 옛사랑의 그림자

시를 읽는 독법

청년기에 역사 의식과
도덕적 책무감을 가졌
던 시인이 이제 기성세
대가 되어 그것을 쓸쓸
하게 추억하면서 내면
의 부끄러움을 고백하
는 심정을 헤아려 본다.

4 · 19가 나던 해 세밑
우리는 오후 다섯시에 만나
반갑게 악수를 나누고
불도 없이 차가운 방에 앉아
하얀 입김 뿜으며
열띤 토론을 벌였다
어리석게도 우리는 무엇인가를
정치와는 전혀 관계 없는 무엇인가를[1]
위해서 살리라 믿었던 것이다
결론 없는 모임을 끝낸 밤
혜화동 로터리에서 대포를 마시며
사랑과 아르바이트와 병역 문제 때문에
우리는 때묻지 않은 고민[2]을 했고
아무도 귀기울이지 않는 노래를
누구도 흉내낼 수 없는 노래[3]를
저마다 목청껏 불렀다
돈을 받지 않고 부르는 노래는
겨울밤 하늘로 올라가
별똥별이 되어 떨어졌다.
그로부터 18년 오랜만에[4]
우리는 모두 무엇인가 되어[5]
혁명이 두려운 기성 세대가 되어

넥타이를 매고 다시 모였다

회비를 만 원씩 걷고

처자식들의 안부를 나누고

월급이 얼마인가 서로 물었다

치솟는 물가를 걱정하며

즐겁게 세상을 개탄하고

익숙하게 목소리를 낮추어

떠도는 이야기를 주고받았다.

모두가 살기 위해 살고 있었다[6]

아무도 이젠 노래를 부르지 않았다[7]

적잖은 술과 비싼 안주를 남긴 채

우리는 달라진 전화번호를 적고 헤어졌다

몇이서는 포커를 하러 갔고

몇이서는 춤을 추러 갔고

몇이서는 허전하게 동숭동 길을 걸었다

돌돌 말은 달력을 소중하게 옆에 끼고[8]

오랜 방황 끝에 되돌아온 곳

우리의 옛사랑[9] 이 피 흘린 곳에

낯선 건물들 수상하게 들어섰고

플라타너스 가로수들은 여전히 제자리에 서서

아직도 남아 있는 몇 개의 마른 잎 흔들며

우리의 고개를 떨구게 했다[10]

4 · 19 당시 거리로 나
선 학생들

부끄럽지 않은가
부끄럽지 않은가
바람의 속삭임 귓전으로 흘리며
우리는 짐짓 중년기의 건강을 이야기했고
또 한 발짝 깊숙이 늪으로 발을 옮겼다

〈『창작과비평』, 1979〉

1) 역설적으로 우리의 삶이 정치적 현실과 깊게 연결되어 있음을 말한 것.

2) 젊은 시절의 순수하고 세속적이지 않은 고민.

3) 아무런 현실적 목적 없이 자신의 순수함 하나로 부르는 노래. 자신의 내면을 향해 있는 노래를 의미한다.

4) 첫 행의 '4·19가 나던 해'라는 구절과 대응된다. 그로부터 많은 시간이 흐르고 삶의 태도에도 변화가 있었음을 암시한다.

5) 기성세대로서 안정된 사회적 지위와 명예를 지니게 되었음을 의미한다.

6) 기성세대의 가족주의, 안정 추구 심리 등을 말한다.

7) 4·19 때 혁명의 정당성을 목청껏 외치며 부르던 노래와 대립된다.

8) 4·19 때의 세밑과 같이, 18년이 지난 해의 세밑임을 의미한다. '돌돌 말린 달력'은 일상의 늪으로 깊숙하게 빠져 들어간 자신들의 처지를 떠올리게 한다. 마지막에 나오는 '늪'의 의미와 통한다.

9) 역사와 혁명에 대한 사랑, 4·19 때의 순수한 열정과 사회 윤리적인 책무감을 표현한 것.

10) 그때의 기억을 되살려 주는 플라타너스 나무를 보자 자신의 현재 모습에 대한 부끄러움이 생겨난 것이다.

다시보는 시인 & 시세계

김광규의 시는 '현대란 난해한 것'이라는 생각을 뒤집는다. 그의 시는 일상 생활을 소재로 씌어진다. '친구와 술을 마시고, 세금을 내고, 골목길에 그려진 아이들의 낙서를 구경하고, 친구의 죽음에 별 슬픔 없이 문상을 가고, 아이들에게 신발의 흙을 털어 주고'하는 일상의 행위가 시의 소재가 된다. 이를 '현실의 정직함'이라고 보는 시각도 있다.

그의 시는 평범한 듯하지만, 평범한 일상 속에 자신의 소시민성을 비판하는 화자의 목소리가 존재한다. 그것이 시를 쉽게 읽히게 만드는 저력이자 그 시가 갖는 현실에 대한 날카로운 비판력이다.

「희미한 옛사랑의 그림자」에는 4·19가 나던 해로부터 18년이 지나 모두 기성세대가 된 시점에서, 현실 순응주의에 빠진 자들의 부끄러움이 잘 드러나 있다. 그 부끄러움의 실체와 이 시가 가지고 있는 감응력을 생각해 보자.

나와 세계를 만나는 시읽기

「희미한 옛사랑의 그림자」는 4·19가 나던 해에 표출되었던 '우리'의 삶의 태도와 열정이 18년이 지난 지금에 와서 어떻게 변화했는지를 세밀하게 서술하고 있다. 사회 역사에 대한 윤리적·도덕적 의무감의 상실은 기성세대가 된 시인의 부끄러움으로 나타난다.

그때 '우리'는 불도 없이 차가운 방에서 열띤 토론을 벌일 정도로 열정적인 삶의 태도와 당대의 역사에 윤리적 의무감을 지닌 청년들이었다. 아무런 때도 묻지 않은 고민과 순수한 젊음이 그 시절을 의미 있게 가꾸었다. 그때의 '우리'는 18년이 지난 지금, 혁명에 대해 침묵하는 기성세대가 되어 자기 가족의 안일과 일상의 안락함만을 꿈꾸는 소심한 가장이 되었다. 이제 아무도 그때의 순수와 정열의 노래는 부르지 않는다. 일상적이고 평범한 사실들을 확인하고 저마다 집을 향해 돌아갈 뿐이다.

그들은 자신들이 흘린 피의 대가로 이룬 혁명에 대해 말하지 않는다. 그들의 침묵은 무관심이며, 그 무관심은 자신의 소시민주의에서 오는 부끄러움으로 자리잡는다. 자신의 삶이 '늪' 속의 삶이라 생각하지만, 그들은 여전히 일상적 삶의 틀 안에 있다. '돌돌 말은 달력'은 일상의 안정에 대한 희구를 상징적으로 보여 준다. 이 '말린 달력'은 점점 더 깊은 일상의 늪으로 빠져 들어간 자신의 삶을 상징한다. 그들은 이제 무기력한 중년의 가장일 뿐인 것이다. 그것이 그들의 고개를 떨구게 하는 원인인 것이다.

언어논술 Q & A

「희미한 옛사랑의 그림자」의 '부끄러움'은 어디에서 연유할까? 이 시의 제목인 '희미한 옛사랑의 그림자'가 의미하는 것을 생각하면서 그 이유를 서술해 보자.

이 시는 4·19가 나던 해 역사와 현실에 정열적으로 몸 바쳤던 시적 화자가 기성세대가 되어 젊은 날에 대한 향수와 자신의 현재 모습에 대한 부끄러움을 그려 낸 것이다. 여기서 '사랑'은 역사와 당대 삶의 진실에 대한 사랑이다.

그들은 4·19가 일어나던 해 깨어 있는 정신으로 혁명에 참가했고, 혁명의 정당성을 소리 높여 외쳤다. 역사와 현실에 대한 그들의 관심은 내적인 순수함과 자기성실함을 가진 것이었다. 자신들이 후에 기성세대가 되어 역사와 현실에 무관심한 채 소심한 생활인으로 살아가게 될 것이라고는 생각하지 못했을 것이다.

그러나 18년이 흐른 지금, 그들은 전형적인 생활인이 되어 버렸다. 월급봉투 두께로 사회적 성공을 가늠하고 의례적으로 주소와 전화번호를 교환하는, 그런 일상적 만남을 갖는 일상인이 된 것이다. 그들은 역사와 현실에 대한 당대적 관심보다 가족과 생활의 안정에 우선적인 가치를 둔다.

이러한 소시민의식은 그들이 젊은 시절에 피 흘렸던 역사적 현장에 낯선 건물들이 들어서 있는 것을 보면서 새삼 부끄러움으로 변한다. 역사와 현실에 대해 품었던 그들의 '사랑'은 희미해졌다. 그들이 지금 누리고 있는 행복은 역사와 현실에 대한 사랑이 흘린 피의 대가인지도 모른다. 그러나 그들은 역사와 혁명에 던졌던 순수한 사랑을 거의 기억하지 못하는 평범한 기성세대가 되어 버렸다.

이 시는 그들의 소시민적이고 평균적인 행복과 안락의 부끄러움에 대한 고백서다. 이제 그들에게 역사와 현실에 던졌던 젊은 날의 사랑은 희미해졌다. 사랑의 희미한 그림자만이 남아 있는 세대가 된 것이다. 그것이 그들을 새삼 부끄럽고 쓸쓸하게 만든다. 희미함은 곧 부끄러움이며 쓸쓸함이 아닐 수 없다.

1988년에 출간된 『희미한 옛사랑의 그림자』

통합논술 Q & A

소시민주의와 가족주의가 비판받아야 한다면, 무엇 때문인지 생각해 보자.

이른바 소시민주의는 '시민' 앞에 '작다(小)'라는 수식어가 붙음으로써, 시민의 개념보다 협소하고 부정적인 의미를 주는 말임을 알 수 있다. 시민주의가 근대 이후 인간 개인의 주체적 능력의 존중과 개성의 발달, 인간 개개인의 존엄성 회복이라는 문제와 함께 제기된 것인 만큼, 이 말은 민주적 시민사회에서 자신의 권리와 의무를 통해 성숙해 가는 인간의 조건을 말한 것이다. 그러나 여기에 '소'라는 말이 덧붙음으로써, '시민'이 가진 코스모폴리탄적인 의미와는 다른, 다소 부정적인 뜻을 지닌 개념으로 변모했다.

'소시민'은 다시 말하면, '자기의 무엇' 하는 식의 '나'의 소유개념이며, '나'가 중심이 되어 사고하고 행위하는 사회적 경향을 이르는 말이다. 이는 한 개인은 시민사회의 일원으로서 그 사회를 이끌어 가야 할 주체라는 시민적 관점과는 다른 것이다.

격동의 현실에서는 소시민의 사회적 성격에 대해 긍정·부정의 견해가 있지만, '소시민 근성' '소시민주의'는 소시민이 갖는 보수적·부정적 성격을 내포한 개념이다. 현대사회에서 가정의 역할이 점차 중요해짐에 따라 이 소시민의식은 광범위하게 가족 중심주의로 변형되면서 확장된다.

하지만 이것이 부정적으로 발전하면, 사회나 역사가 어떻게 되든 내 가족, 나 개인만이 안전하면 그만이라는 극단적인 자기애로 굴절된다. 소시민주의는 안정을 바라고 동요나 혼돈을 바라지 않는, 인간 누구에게나 공통적으로 잠재해 있는 심리적 조건인지도 모른다.

그러나 역사가 진행되는 과정에서 안정과 질서는 불안정과 혼돈을 동시에 가져오게 마련이다. 그 사회가 엄격히 통제되고 억압되고 있음을 반증하는 의미에서 안정과 질서가 존재한다면 그것은 거짓의 평화이며, 그 통제 속에 사회 내부가 썩어 가고 있다는 의미가 된다. 생명력 있고 역동적인 무질서의 질서가 건강한 사회를 유지하는 한 방법이다. 혁명과 전복 같은 물리적 변혁이 아니더라도 내적인 변혁 요인은 언제나 그 사회 내부에 필연적으로 존재한다. 그것이 그 사회를 건강하게 유지해 나가는 원동력이다.

이렇게 볼 때 소시민주의는 안정과 질서를 추구하고 동요와 혼돈을 바라지 않는 인간의 보편적 심성에 부합되기는 하지만, 사회의 지속적인 발전과 변화를 위해서는 다소 부정적인 역할을 한다는 사실도 간과할 수 없다.

가정의 중요성은 현대에 와서 더 말할 필요가 없을 정도다. 가족 중심주의가 자기 가족이 살고 있는 '지금 이곳'에 대한 관심으로 확장되지 않는다면, 그것은 이기적 자기애와 다를 바 없다. 이 경우 건강한 시민사회의 일원으로 살아가는 건강함이 결여되어 있다고 말할 수 있다. 이는 건전하고 생명력 있는 사회를 지향하는 현대시민사회의 이념에 비추어 보아도 바람직하지 않다.

그날

이성복

1952~ | 경상북도 상주 출생 1982년 서울대학 불문학과 및 동 대학원 졸업 1977년 『문학과지성』에 「정든 유곽(遊廓)」 등을 발표하며 등단 1982년 제2회 김수영문학상 수상 1990년 제4회 소월시문학상 수상

시집으로 『뒹구는 돌은 언제 잠깨는가』(1980), 『남해 금산』(1987), 『그 여름의 끝』(1990), 『호랑가시나무의 기억』(1992) 등이 있음

그날

시를 읽는 독법

이미지의 연쇄와 그것
의 연결이 어떻게 우리
삶의 부조리하고 모순
적인 것과 연관되는지
를 주목한다.

그날¹⁾ 아버지는 일곱시 기차를 타고 금촌으로 떠났고
여동생은 아홉시에 학교로 갔다 그날 어머니의 낡은
다리는 퉁퉁 부어 올랐고 나는 신문사로 가서 하루 종일
노닥거렸다 전방은 무사했고 세상은 완벽했다 없는 것이
없었다²⁾ 그날 역전에는 대낮부터 창녀들이 서성거렸고
몇 년 후에 창녀가 될 애들은 집일을 도우거나 어린
동생들을 돌보았다 그날 아버지는 미수금 회수 관계로
사장과 다투었고 여동생은 애인과 함께 음악회에 갔다
그날 퇴근길에 나는 부츠 신은 멋진 여자를 보았고
사람이 사람을 사랑하면 죽일 수도 있을 거라고 생각했다
그날 태연한 나무들 위로 날아 오르는 것은 다 새가
아니었다 나는 보았다 잔디밭 잡초 뽑는 여인들이 자기
삶까지 솎아 내는 것을, 집 허무는 사내들이 자기 하늘까지
무너뜨리는 것을³⁾ 나는 보았다 새점치는 노인과 변통(便痛)의
다정함을 그날 몇 건의 교통사고로 몇 사람이
죽었고 그날 시내 술집과 여관은 여전히 붐볐지만
아무도 그날의 신음 소리를 듣지 못했다
모두 병들었는데 아무도 아프지 않았다⁴⁾

『뒹구는 돌은 언제 잠깨는가』, 1980〉

1) 이 시는 현상적으로 발생한 일상의 일들이 사실은 어떤 내적인 연관성을 가지고 있음을 보여 준다. '그날' 일어난 일들은 아주 무관한 듯 보이지만 사실은 긴밀한 상관성을 갖는다. 이는 한 사회의 부조리하고 병리학적인 일상이 서로 구조적으로 모순관계에 있음을 의미하는 것이기도 하다. 이미지를 병렬적으로 연결함으로써 이 시는 '그날' 일의 피상적 서술에 머무르고 있는 듯하다. 그러나 이미지의 돌연하고 낯선 병치를 통해 우리는 그 속에 담긴 의미에 대해 숙고하게 된다. 이 같은 낯선 이미지의 연결은 현대시의 '낯설게 하기'와 통하는 기법이다.

2) '없는 것이 없었다'나 '완벽했다'는 것은 역설적 표현이다. 부정, 결핍의 의미다.

3) '솎아 내는' 것은 주로 풀이나 채소, 모종 따위가 촘촘하게 나 있을 때 군데군데 뽑아 성기게 함으로써 성장과 결실을 좋게 하는 것을 말한다. 여인들이 풀을 뽑으면서 자신의 삶까지 솎아 내는 것은 삶의 한 부분들을 이미 상실했거나 삶에 대한 희망을 포기했음을 의미한다. 비극적 의미가 강렬하게 내재되어 있다. '집 허무는 사내들'이란 재개발 지역에서 무허가 건물을 허무는 사람을 일컫는데, 집을 허물면서 자기의 하늘까지 무너뜨린다는 표현도 붕괴, 와해, 절망의 시적 진술과 연결된다. 여기에 쓰인 이미지 역시 우연적인 듯하면서 내적인 상징성을 강하게 동반한다.

4) 동사를 사용하는 경우도 마찬가지다. '봤었지만' '듣지 못했다' '병들었다는데' '아프지 않았다'와 같은 진술 방식이나, '다정함'과 '죽음'을 연결짓는 모순어법적 상황 제시도 이 시에서 사용한 이미지의 낯설음을 구조적으로 긴밀하게 하는 데 기여한다.

이성복의 시는 1970~80년대 우리 삶의 현실을 '유곽'이라는 독특한 공간을 통해 드러냈다는 평가를 받는다. 그의 시에는 기성사회의 권위와 관습, 제도가 은연중에 파괴되어 있다. 세계를 '유곽'으로 인식하는 것은 가정의 부정과 관련된다. 그것은 곧 아버지의 부재를 의미한다. 아버지의 권위가 형체도 없이 사라져 있거나, 가족이 해체되어 있거나 하는 사실은 당대의 현실을 인식하는 그의 태도와 관련이 있다. 또 세계를 유곽으로 보는 것은 가족관계가 어떤 힘에 의해 마멸되고 해체되는 과정과 무관하지 않다.

「그날」이라는 시에도 가족들은 '집'에 있는 것이 아니라 저마다 어딘가로 떠나 있다. 그들은 안정된 집을 갖지 못하며, 가족 구성원으로서의 존재감도 없다. '집'을 갖지 못한 시대의 자화상을 보여 준다는 점에서 이 시는 당대의 삶의 모순들을 날카롭게 드러내고 있다.

나와 세계를 만나는 시읽기

일반적인 서정시에서 이미지들은 긴밀하고 순차적이고 연속적으로 연결되어 있다. 유사성으로 긴밀하게 연결된 이미지는 낯익고 친숙한 시적 방법이다. 시인은 일상의 사물들을 유사성의 법칙 아래에 놓고 거기에 시적 의미를 부여한다.

그러나 현대의 시, 특히 초현실주의 시인 경우에 이미지의 병치는 의식적으로는 어떤 필연성도, 긴밀한 유사성의 관계도 찾아보기 어렵다. 일상의 사물들을 낯선 방법으로 연결하고, 여기서 환기되는 어떤 상징이나 비유를 통해 의미가 생겨난다. 일상의 사물들을 낯설게 연결함으로써 사물들은 돌발적이고 우연적인 관계가 설정된다. 이 우연성과 낯선 연결이 '의식의 충격'을 불러일으킨다.

「그날」은 독특한 이미지들의 연쇄로 이루어져 있다. 이미지는 이미지의 꼬리를 물고 전개된다. 떠남과 다리, 노닥거림, 무사함, 완벽함, 창녀의 존재, 신음 소리, 병듦, 아프지 않음 등의 이미지는 무관한 듯하지만 사실은 연결고리를 가진다. 이성복의 다른 시들도 이런 이미지의 연쇄를 보여 주는 경우가 많다. 이미지의 내적인 연쇄가 갖는 의미를 생각하면서 이 시를 읽는다면 더욱 재미있는 시 읽기가 될 것이다.

「그날」에서 이미지의 연쇄가 주는 효과와 기능에 대해 생각해 보고, 어떤 연관관계에 의해 연결되고 있는지 밝혀 보자.

이 시의 이미지는 '나' 가 움직이며 관찰하는 대상들로서, 서로가 속도감 있게 연결되어 있다. 아버지의 '떠남' 은 누이의 학교로 '감' 과 연결된다. '떠남' 과 '감' 은 다시 움직임과 관련되는 신체기관인 어머니의 '다리' 와 연결된다. 나는 이들의 '행위' 와 '움직임' 과는 상관없이 신문사로 가 '노닥거린다.' 노닥거림은 상황에 대한 무관심이며 이는 '무사함' 을 동반한다. 무사함은 '완벽함' 을 동반하고, 완벽한 것은 이 세상에 없는 것이 없는 세상, 곧 '창녀' 까지 존재해야 함을 의미한다. 창녀가 될 아이들이 무심하게 동생들을 돌보고 있을 때 아버지와 동생과 나는 전혀 아무런 상관 없이 각자의 일을 한다.

그러한 무관심과 일상의 무심함 속에서 '새' 는 새가 아닌 존재가 된다. 존재하지만 무의미한 존재가 된다. 여인들은 자기의 삶을 숨아 내면서 삶을 부정하고, 사내들은 삶에 무관심하며 그 무관심은 '죽음' 과 연결된다. '병듦' 은 '신음 소리' 로 재현되고, 그것은 모두 '병들었지만 아프지않은' 상황으로 이어진다.

이러한 이미지 연쇄는 일상의 사물이나 사건들이 반복적이며 연쇄적으로 일어난다는 사실을 보여 주면서, 이 우연한 일들이 얼마나 숨막히는 상황을 연출하고 있는가를 실감하게 한다. 많은 사건들은 숨쉴 틈도 없이 흘러가면서 연쇄적으로 일어난다.

그러나 사람들은 자신의 일 이외에는 관심을 쏟지 않는다. 무관심은 비정함의 세계와 통하며, 이 과정에서 사람들은 극심한 소외에 빠져 있다. 소외는 심각한 질병이지만 아무도 그것이 아픔인지를 모른다. 이미지 연쇄가 주는 속도감은, 우연하게 순간적으로 일어나는 일들의 비정함과 그 속에서 소외당하고 있는 구성원들의 현실적 상황을 실감나게 보여 준다.

「그날」은 1970~80년대 우리의 구체적 현실과 밀접한 관계가 있다. 이 시가 보여 주는 '그날' 의 의미에 대해 생각해 보자.

이 시는 '나' 의 눈에 들어온 주변 사람과 사물들에 대한 관찰에서 시작된다. 자기 주변에서 가장 가까운 존재들임에도 불구하고, 이 시에 나오는 관찰의 대상들은 서로가 관련을 맺지 않는다. 인간적인 관계뿐 아니라 사회적인 관계도 마찬가지다. 자신에게 일어난 일들은 주변의 상황과는 아무 관련이 없다. 그들의 행위가 무목적성, 무의미함으로 설정되어 있는 것은 서로가 서로를 소외하는, 서로에 대한 인간적인 관계의 결핍 때문이다. 이는 현대인들의 인간관계의 실상을 뚜렷하게 보여 준다.

'그날'은 바로 소시민 삶의 인간관계가 크게 훼손되고 병들어 있음을 확인해 주는 시간이다. 소시민들의 일상은 심각하게 병들어 있다. 아버지와 누이는 각자 어디론가 떠나고 어머니는 다리가 부어 있다. 그것과 상관없이 나는 별일 없는 듯 사람들을 만나고 의미 없이 노닥거린다. 대낮부터 창녀들이 거리를 서성인다. 화자는 평범한 아이들이 창녀가 되는 상황을 연상한다. 아버지와 사장과의 갈등은 여동생과는 아무런 관계가 없다. 나는 퇴근길에 부츠 신은 여자를 보며 전혀 엉뚱한 생각을 하고 엉뚱하게 살의를 느낀다. 이 살의는 현재 상황을 견딜 수 없음을 의미한다. 이것이 '나'의 권태를 부른다.

삶의 충동은 일종의 죽음 충동이다. 내가 처해 있는 상황은 모든 것이 부정되는 상황이며 부조리한 상황이다. 날아오르는 것이 다 새가 아님을 깨닫게 되고, 자신까지 버리는 여인들의 삶, 자신을 허무는 남자들에 대해 화자는 생각한다.

그가 무관심의 영역에서 관심의 영역으로 넘어오는 것은 세상의 부조리함에 대한 인식 때문이다. 누가 죽든 사람들은 그에 무관심할 정도로 비정하다. 심지어 그들은 자신들이 아픈 것조차 알지 못한다. '그날'은 아픔을 아프다고 느끼지 못하는 이 부조리한 상황의 상징적 시간이다. 이 시는 가족의 해체, 인간의 해체, 공동체적 관심의 해체에 의한 부조리한 상황의 섬뜩함을 보여 주고 있다. '그날'은 바로 이 같은 부조리한 시간과 상황의 상징이다.

「그날」에서 이미지의 연결이 주는 효과를 생각하면서, 다음 두 시 「폭포」와 「눈물·2」의 이미지가 어떻게 연결되어 시의 주제를 드러내는지 생각해 보자

폭포는 곧은 절벽을 무서운 기색도 없이 떨어진다.

규정할 수 없는 물결이
무엇을 향하여 떨어진다는 의미도 없이
계절과 주야를 가리지 않고
고매한 정신처럼 쉴사이없이 떨어진다.

금잔화도 인가도 보이지 않는 밤이 되면
폭포는 곧은 소리를 내며 떨어진다.

곧은 소리는 소리이다.
곧은 소리는 곧은
소리를 부른다.

번개와 같이 떨어지는 물방울은
취할 순간조차 마음에 주지 않고
나타(懶惰)와 안정을 뒤집어 놓은 듯이
높이도 폭도 없이
떨어진다.

-「폭포」

남자와 여자의
아랫도리가 젖어 있었다
밤에 보는 오갈피 나무,
오갈피 나무의 아랫도리가 젖어 있다
맨발로 바다를 밟고 간 사람은
새가 되었다고 한다
발바닥만 젖어 있었다고 한다

-「눈물 · 2」

오갈피나무

　　김수영의 「폭포」는 '유사성'에 의해 두 사물이나 상황이 결합된 것이다. 폭포의 강렬한 힘을 보여 주는 수직 낙하는 시인의 가열한 의지와 곧은 정신력으로 유사하게 대응된다. 강렬하게 쉴 새 없이 떨어지는 '폭포'는 고매한 정신과 연결되고, 밤이면 더욱 세찬 물줄기의 굉음이 곧은 소리에 대한 시인의 의지와 연결되면서 곧은 소리의 확산을 부른다. 이는 나타(懶惰)와 안정을 뒤엎는 것이며, 폭과 높이를 뒤엎을 정도의 주파력은 이 폭포의 전복력을 상기시킨다.

　　그러나 현대 시인들에게 이미지의 돌연한 연결은 더욱 잦고 매력적인 과제가 된다. 김춘수의 시 「눈물 · 2」는 의도적으로 다른 시에서 쓰인 이미지를 각각 빌려 와 다시 한 편의 시를 만들거나 전혀 낯선 이미지들을 서로 연결하는 방식을 보인다. 이는 필연적으로 시를 난해하게 만든다.

　　그러므로 이 시는 유년 시절을 기록한 김춘수의 산문을 읽지 않았다면 이해하기 어렵다. '오갈피 나무'와 '아랫도리'의 연결은 그의 소학교 시절 가난한 급우에게서 느꼈던 연민과, 이를 통해 품어야 했던 인간의 내적 본질에 대한 의문과 분리하기 어렵다. 오갈피 나무의 검고 칙칙한 색감은 가난해서 겨울에도 여름 잠방이를 입고 학교에 오던 급우의 가난을 떠올리게 한다.

　　시인은 여기서 의문을 품는다. 인간의 가난과 불행은 어디서 비롯되는가. 인간의 이 같은 한계와 현실적 불행은 초인이나 초인적 삶을 산 사람들을 통해 초극되거나 보상받을 수 없을까.

시인은 여기서 인간의 조건을 뛰어넘는 존재를 생각한다. 그 존재가 바로 예수다. '맨발로 바다를 밟고 간 사람'은 예수며 초인이다. 초인만이 가난과 불행 같은 세속적이고 인간적인 한계를 뛰어넘어 '자유'에 이를 수 있다.

　　김춘수가 시를 통해 현실을 해석하고 초극하고자 하는 이유와 '무의미 시'로 나아가게 되는 근본적 동인(動因)이 이 시에 깃들어 있다. 즉 돌연하고 우연한 이미지 결합은 이렇듯 내적으로는 상당한 필연성과 긴밀성을 가지고 있는 것이다. 그 이미지의 상징성과 그것이 포회(包懷)하고 있는 현실을 이해하는 것이 현대시를 읽는 새로운 독법이다. 무의식의 면밀한 탐구를 통해 낯설고 우연적인 이미지의 '안'을 들여다보는 것도 이 때문이다. 간혹 작의적으로 난해함을 의도하거나 이미지를 돌발적으로 연결하는 경우도 있는데, 이럴 경우 진정한 '난해시'라 하기 어렵고 시의 깊이 또한 획득하기 어렵다.

새들도 세상을 뜨는구나

황지우

1952~ | 전라남도 해남 출생. 서울대학 미학과 및 서강대 대학원 철학과 졸업 1980년 『중앙일보』 신춘문예에 「연혁」이 입선, 『문학과지성』에 「대답 없는 날들을 위하여」 등을 발표하며 등단 1983년 제3회 김수영문학상 수상 1991년 제26회 현대문학상 수상 1994년 제8회 소월시문학상 수상

시집으로 『새들도 세상을 뜨는구나』(1983), 『겨울—나무로부터 봄—나무에로』(1985), 『나는 너다』(1987), 『게 눈 속의 연꽃』(1990) 등이 있음

새들도 세상을 뜨는구나

시를 읽는 독법

새들의 자유로운 비상을 꿈꾸다 결국 이 땅에 주저앉은 행위가 의미하는 것이 무엇인지를 생각한다.

영화가 시작하기 전에 우리는
일제히 일어나 애국가를 경청한다.[1]
삼천리 화려 강산의
을숙도에서 일정한 군(郡)을 이루며[2]
갈대 숲을 이룩하는 흰 새떼들이[3]
자기들끼리 끼룩거리면서
자기들끼리 낄낄대면서[4]
일렬 이열 삼렬 횡대로 자기들의 세상을
이 세상에서 떼어 메고
이 세상 밖[5] 어디론가 날아간다.
우리도 우리들끼리
낄낄대면서
깔쭉대면서[6]
우리의 대열을 이루며
한 세상 떼어 메고
이 세상 밖 어디론가 날아갔으면[7]
하는데 대한 사람 대한으로
길이 보전하세로
각각 자기 자리에 앉는다.[8]
주저앉는다.[9]

옛날, 극장에서 애국가 뒤에 상영했던 대한뉴스

을숙도

〈『월간중앙』, 1981〉

1) 영화 시작 전에 일어나 애국가를 경청하던 당시의 시대적 분위기를 엿볼 수 있다. 권위와 엄숙주의가 팽배하던 당대 상황이 연상된다.

2) 을숙도는 철새 도래지로 유명한 곳. 새들이 무리를 지어 스크린 가득히 나는 모습을 나타낸다.

3) 새들이 이 땅을 떠나 어디론가 비상하는 모습. 그 새들이 가는 곳은 유토피아적인 이상향, 자유의 공간임을 암시한다.

4) 그 비상이 아주 유쾌하고 즐거운 것임을 나타낸다.

5) 이상향, 자유와 평화가 보장된 곳, 시인의 유토피아적 열망이 드러나 있다.

6) '낄낄대면서' 나 '깔쭉대면서' 는 앞의 새들의 모습을 흉내낸 의성어지만, 새들의 경우와는 달리 시인의 현실적 삶에 대한 부정과 냉소의 시선이 강하게 느껴진다.

7) '새' 와 '우리' 의 대조적인 상황이 설정된다. '새' 는 자신의 터전을 떼어 메고 어딘가 이상적인 곳으로 날아가는데 우리의 삶은 그렇지 못하다.

8) 새는 떠날 수 있는데 인간은 그러지 못한다. 애국가가 끝나자마자 제자리에 앉는 행위를 세상 어딘가로 떠나지 못하는 '우리' 의 행위로 유추해 낸 것이다.

9) '왜 주저앉을 수밖에 없는가' 에 대한 고찰을 필요로 한다. 자유는 이 땅에 살면서 이루어 내야 할 문제라는 시인의 인식으로 해석할 수 있다. 곧 이 땅에 살면서 구체적이고 실천적으로 자유를 찾아 나가야 한다는 것이다. 이는 다른 한편으로, 자유 획득의 포기, 곧 허무주의적 사유의 일단을 표출한 것일 수도 있다.

황지우의 시 「새들도 세상을 뜨는구나」는 1980년대 우리 삶을 돌아보게 하는 대표적인 시다. 그 당시는 영화관
에서 영화를 상영할 때 모두가 일어나서 애국가를 경청하는 의식이 있었다. 애국가가 울려 퍼지면 스크린에서
는 을숙도의 새들이 무리를 지어 비상한다. 시인은 이 광경을 보면서 당대 우리의 삶으로 시선을 옮긴다. 그 당
시는 억압적인 군부 독재 상황에서 많은 사람들이 이 땅이 아닌 어딘가 자유로운 곳에 대한 강렬한 열망을 품고
있었다. 시인은 이 같은 열망을 영화관 스크린에서 비상하는 새들을 통해 상징적으로 드러내고 있다.

이 시에서 재미있는 것은 시인이 세상을 떠나려고 하다가 다시 주저앉는다는 대목이다. 왜 시인은 주저앉을 수
밖에 없었을까를 생각해 보자. 사소한 것을 통해 자신의 몸과 정신이 구속되어 있음을 인식하는 시인의 통찰력
이 느껴지는 시다.

나와 세계를 만나는 시읽기

시인은 영화관에서 애국가를 경청하면서, 이 땅을 떠나고 싶은 자신의 열망을 을숙도에서 자유롭게 비상하는 새
들에게서 발견한다. 화면에 비치는 '삼천리 화려강산' 의 아름다운 풍경과는 달리, 시대는 암울하고 그래서 시
인의 내면은 어둡다. 새들의 자유에 비해 시인 자신의 '자유' 가 결여되었기 때문임을 알 수 있다.

새는 비상하는데 왜 우리는 그러지 못하는가라는 의문은 시인의 내면에 '아, 우리도 저 새들처럼 이 세상을 어딘
가로 떼어 메고 날아갔으면' 하는 열망을 생성한다. 그러나 결국 시인은 떠나지 못하고 제자리에 주저앉는다.

「새들도 세상을 뜨는구나」는 1980년대의 시대 상황과 긴밀한 연관을 가진다. 왜 이 땅의 시인들이 이 땅을 떠나
고 싶어 했을까 하는 의문을 품어 봄 직하다.

「새들도 세상을 뜨는구나」의 마지막 연에서 시인은 제자리에 주저앉는다. 이 '주저앉음'이 가능성인가 아니면 포기인가에 대해 황지우의 낭만적 유토피아주의와 관련해서 생각해 보자.

　　황지우 시의 많은 부분은 낭만적 유토피아주의와 관련되어 있다. 이는 이 세상이 아닌 어딘가에 좋고 바람직한 세상이 있을 것이라는 '저 세계'에 대한 낭만적 동경과 관련이 있다. '저 세상'에 대한 동경은 이 세상이 그러하지 못한 데서 오는 일종의 현실 부정 정신이다. '주저앉음'이라는 대목도 이와 관련해서 생각해 볼 수 있겠다. '떠나지 못하고 주저앉았다'는 것을 '자유'의 추구에 대한 포기라고 할 수 있을까? 오히려 자신의 '이상향'을 이 땅에서 실현해야 한다는 인식의 발전이라고 말할 수는 없을까?

　　우리 역사와 삶의 터전이 모순과 질곡투성이라면, 그러한 현실은 회피하고 다른 곳에다 삶의 터전을 재건함으로써 그 질곡과 모순을 초월할 수도 있다. 그러나 이것은 일종의 극단적인 '현실도피'일 가능성이 있다. 오히려 우리는 이 땅 위에서 그러한 질곡과 모순을 온몸으로 부딪쳐 타개해야 한다. 바로 이 땅을 유토피아적인 것으로 만들어 가야 하는 것이다. 그렇다면 주저앉음은 포기가 아니라 가능성일 수 있다.

　　황지우는 어느 글에서 모든 시와 예술은 크든 작든 현실 해방을 예시하는 방식으로 낭만주의적·유토피아적 꿈과 관련된다고 말한 바 있다. '이 땅에 주저앉음'은 계속 시를 쓰겠다는 의미이며, 시를 통해 '지금·여기'의 현실을 부정하고 비판하면서 그에 저항하겠다는 의지로 확장될 수 있다. 즉 이 현실말고 또 다른 현실이 있으리라는 기대 곧 낭만적 동경은, 이 지긋지긋한 현실이 내가 바라는 그 현실로 바뀌었으면 좋겠다는 기대와 소망에 닿아 있으며 이는 그러한 현실로 만들겠다는 구체적 의지의 표명일 수도 있는 것이다.

　　결국 '이 땅에 주저앉음'은 낭만주의자의 철저하지 못한 현실 인식이나 한계를 의미하기보다는 현실을 '시적으로' 저항하겠다는 의지와 관계있다고 해석할 수 있는 것이다. '주저앉음'은 시인의 현실과의 의사소통의 욕구라고 할 수 있다.

통합논술 Q & A

'꿈' 혹은 '이상'은 한 개인의 자기발전을 위한 가능성의 조건이기도 하지만, 실현 불가능한 것에 과도하게 집착할 때는 허황한 것이 되기도 한다. 그러나 우리는 언제나 실현 불가능한 일

지나치게 원대한 꿈을 가진 사람은 과대망상증 환자처럼 보이고 너무 작은 꿈의 소유자는 소심하거나 진취적 기상이 없는 사람으로 비치기 쉽다. 특히 가치관의 상실이 큰 문제로 지적되고 있는 현대사회에서 많은 사람들은 '꿈'이나 '이상' 같은 고전적인 덕목들을 무시하거나 그것에 대해 관심 자체를 갖지 않는다. 현대사회가 관료주의화, 획일화되면서 인간적 가치나 가능성들을 미리 소거해 버리기 때문이다. '요즘 청소년들은 꿈이 없어'라는 말이나, '자기 삶에 대한 방향성이 없어'라는 말들은 다 이 같은 상황을 염두에 둔 것이다.

전통사회에서의 꿈이 그 사회의 질서를 유지하면서 한 개인의 자아실현에 유용하게 작용했다면, 현대사회에서의 꿈은 세속적인 가치 획득으로 인식되는 경우가 많다. 즉 물질적인 부를 얼마나 획득했는가, 사회적 명예와 지위는 어느 정도 성취했는가 하는 것이 꿈의 현실화를 가늠하는 척도가 된다는 것이다.

'꿈'을 설정한다는 것은 삶의 무방향성에 대한 자기진단을 위해서 꼭 필요하지만, 다른 한편으로는 세속적 삶의 성취와 관련된다는 점에서 모순적인 관계로 존재한다. '꿈' 혹은 '이상'의 설정은 고전적인 느낌을 주기는 하지만, 현대인의 자기 삶의 방향성 정립과 자아실현의 바탕이 된다는 점에서 필요한 것이다.

여자가 뭉치면 새 세상 된다네

고정희

1948~1991 | 전남 해남에서 출생. 한국신학대학 졸업 1975년 『현대시학』의 추천을 받아 등단

시집으로 『저 무덤 위에 푸른 잔디』 『이 시대의 아벨』 『누가 홀로 술틀을 밟고 있는가 』 『실락원 기행』 『초혼제』 『여성해방 출사표』 『아름다운 사람 하나』 등이 있음

'남성적인 가치관'과 '여성적인 가치관'이 생물학적인 '남성', '여성'의 차이에 근거하고 있지 않음을 이해한다.

여자가 뭉치면 새 세상 된다네 ¹⁾

남자가 모여서 지배를 낳고
지배가 모여서 전쟁을 낳고
전쟁이 모여서 억압세상 낳았지²⁾

여자가 뭉치면 무엇이 되나?
여자가 뭉치면 사랑을 낳는다네

모든 여자는 생명을 낳네
모든 생명은 자유를 낳네
모든 자유는 해방을 낳네
모든 해방은 평화를 낳네
모든 평화는 살림을 낳네
모든 살림은 평등을 낳네
모든 평등은 행복을 낳는다네³⁾

여자가 뭉치면 무엇이 되나?
여자가 뭉치면 새 세상 된다네⁴⁾

(『또 하나의 문화』 제 6호, 1990)

1) 여성과 남성의 이분법적인 구도 속에서 여성주의적인 세계관을 펼쳐 보인다.

2) 남성으로 대표되는 지배, 종속, 전쟁, 억압 등은 가부장적 세계, 파시즘적인 세계, 국가주의적인 세계, 반(反)여성주의적 가치관을 표상한다.

3) 남성적인 세계 및 가치관과는 달리, 사랑, 생명, 자유, 해방, 평화, 살림, 평등, 행복 등은 여성주의적인 세계, 여성주의적인 가치관을 표상한다.

4) 인간이 사는 진정한 세상은 이 여성주의적 가치관과 여성주의적인 덕목들이 뿌리내리는 세계다. 여성들의 자매애적인 가치관이 남성주의적인 가치관이 지배하던 지난 세상의 어둠을 없애고 새로운 세상을 만들 수 있다는 메시지를 담고 있다.

다시보는 시인 & 시세계

여성들이 만들어 가는 세상은 어떤 것일까. 1980년대 이후 여성주의적인 시각을 보여 주는 많은 시들이 발표된다. 고정희는 남성주의 세계에 대해 직접적인 공격을 함으로써 여성주의적인 세계의 회복을 열망한 대표적인 시인으로 여성주의 문학의 선구자로 일컬어진다.

고정희의 '여성'에 대한 관심은 1970년대 중반에 민중운동을 한 것에서 비롯된다. 『누가 홀로 술틀을 밟고 있는가』, 『이 시대의 아벨』 등의 시집에서는 노동자, 농민, 도시 빈민들의 소외, 비참함, 상처에 대해 분노했다. 고정희는 민중운동을 통해 이 땅에서 소외된 사람들의 실상에 눈뜨게 되고, 자연스럽게 '여성' 문제에 접근해 가기 시작한다. '민중'이라는 추상명사 속에는 '여성'이 존재하지 않는다는 사실을 인식하고, 여성 문제를 공론화 하는 데 힘을 기울이게 되는 것이다.

고정희는 특히 여성의 '자매애'를 강조하기도 했는데, 사회에서의 공통된 억압을 인식함으로써, 여성들이 단결해 함께 새로운 세상을 만들어 가야 한다는 것이다. 가부장제 사회에서의 여성은 남성을 위해 서로 의심하고 경쟁하고 배반하는 상태에 놓여 있으므로, 여성들의 우정은 남성적 세계에 대한 일종의 반항 행위가 될 수 있다. 이 시에서도 '여자가 뭉치면 새 세상 된다'는 메시지를 강하게 전달하고 있다.

나와 세계를 만나는 시읽기

프리드리히 엥겔스는 남성이 부르주아라면 여성은 프롤레타리아라고 할 수 있다고 말한 바 있다. 이는 여성이 남성의 일방적 지배 혹은 종속 아래 놓여 있음을 말한 것이다. 오랫동안 여성주의자들은 여성의 주권 회복을 위해 투쟁해 왔다. 그러나 여성주의적 세계관이란 단지 여성 해방을 목표로 한 전투적 페미니즘을 뜻하지는 않는다. 여성과 남성을 대립적인 존재로 놓고 남성을 타도의 대상으로 삼는 페미니즘은, '타자'를 지배하고 종속시키기 위해 권력과 투쟁을 강조한다는 점에서 남성주의적 가치관이나 가부장적 가치관을 특징으로 한 남성주의적인 시각과 차별되지 않기 때문이다.

이 같은 남성주의적 가치관과는 '차이 나는' 여성주의적 가치관은 사랑, 평화, 행복, 평등, 자연 등의 개념을 바탕에 두고 있다. 현재의 페미니즘은 이 같은 여성주의적 가치관을 미래 세계의 비전으로 제시하면서 인류 공동체가 건강한 삶을 누리는 데 기여하고자 한다.

「여자가 뭉치면 새 세상 된다네」에서 시인은 이분법적인 구도로 세상을 바라보는 관점을 보여 주고 있지만, 분명한 것은 여성주의적 가치관을 통해 새로운 세상을 꿈꾸고자 한다는 것이다. '남성적인 것'과 '여성적인 것'은 생물학적인 구분이 아니라 가치의 차원이다. 한 인간의 안에 '여성'과 '남성' 두 개의 성이 살고 있다고 말해지는 것은 이 때문이다.

미래의 인간은 자신 안에 살고 있는 여성적 가치들, 사랑, 관용, 타인에 대한 배려, 평화, 공존, 자연 등의 자신의 내부에 숨겨진 여성적 가치들을 잘 키워 나가고 실제 삶에서 실천하기 위해 노력해야 한다.

「여자가 뭉치면 새 세상 된다네」에서 시어의 연쇄가 주는 효과가 무엇인지 생각해 보자.

　이 시인 또한 이분법적인 시각으로 세계를 규정한다. '남성'과 '여성', 남성적 세계와 여성적 세계, 기존의 세계(역사)와 새로운 세계(역사)의 이분법적 구도로 세계는 재편되어 있다는 시각이다. 전자에 속하는 것들은 전쟁, 지배, 억압이며 이로 인해 증오, 죽음, 불평, 불행 같은 것들이 생겨났다. 후자에 속하는 것들은 사랑, 생명, 자유, 평화, 살림, 평등, 행복이며 이 같은 가치는 여성들이 뭉쳐 만들어 낼 새로운 세계의 가치다.

　그런데 이 대립되는 두 가지 가치는 결국 하나에서 우연히 탄생하는 것이 아니라 각각의 가치의 연속선상에서 생겨나고 지속된다. 즉 남자는 이 같은 남성적 세계의 가치관을 지배하며 확대 재생산하는 것이다. 남자가 모여서 지배와 전쟁과 억압을 만들고 이를 계속해서 확대 재생산한다. 이것을 제거하는 방법은 그 연쇄고리를 자르는 것이다.

　그래서 시인은 여자가 모여서 이 남성적·패권주의적·가부장적 세계의 고리를 끊고, 여성적 가치관이 소통되는 세계를 만들자고 한다. 여자들이 자매애로 뭉치면 남성적 세계를 절멸할 수 있다는 것이다. 여자가 모이면 사랑을 낳고 생명을 낳는다. 사랑, 생명 같은 여성적 가치는 자유, 사랑, 평등, 살림, 행복의 가치와 직결된다. 이것들은 인간다운 삶을 실현하는 가치론적인 조건들이다.

　여기서 말하는, 여자들이 뭉쳐서 만들어 내는 세계는 여성들만이 사는 세계가 아니라 인간주의적인 가치가 실현된 세계다. 이것이 바로 미래적 삶의 가치다. 우리 인류가 당면하고 있는 이 지구상에 산적해 있는 인류의 생존을 위협하는 문제들, 전쟁, 핵 확산, 불평등, 갈등, 불행, 소외, 반자연, 환경 오염, 공해 등의 문제에 대항할 수 있는 여성주의적 가치관의 전략인 것이다.

　즉 시인은 남성 및 여성적 세계가 견지하는 각각의 사안들이 홀로 단독적으로 존재하는 것이 아니라 연쇄적인 것이며, '남성적 세계'의 부정적인 가치들을 제거하기 위한 여성적 가치 또한 전략적이며 총체적인 것임을 말하고자 한 것이다. 시어의 연쇄가 갖는 효과는 바로 시인이 이 양 세계를 바라보는 총체적인 시각의 반영이라고 할 수 있다.

통합논술 Q & A

아래 글을 참고로 하여, '여성적 세계'에 대한 가치 인식은 어떠해야 하는 것인지 서술해 보라.

내가 희망하는 것은 수백만의 여성들이 그들의 새로운 정치 세력을 어떤 지역의 개혁이나 개인의 야망을 달성하기 위해서 혹은 자유당과 공화당 간의 차이점을 발견하기 위해서 바치는 것이 아니라, '전쟁의 세계'를 종식시키는 데 바치도록 하는 것이다.

여성은 다른 인간들처럼 자유롭고 자율적인 존재임에도 불구하고 남성들이 그녀들로 하여금 스스로 어떤 다른 신분의 인간, 즉 타자(The Other)라고 생각하도록 강요하는 세계 속에서 살고 있음을 깨닫게 된다. 이것이 바로 여성이 처한 상황인 것이다.

나는 불타고 있는 나무와 새들을 보면 슬퍼진다. 그것들은 분명히 우리들 중의 누구보다도 순수하다. 자신들의 노래로, 그들은 신성을 안다. 나는 그 부드럽고 영원한 세계와 함께하는 울타리 안에 있다. 그 속에 모든 민족들의 지혜가 있다. 생명의 신성함, 모든 생명력의 무상함에 대한 심각하고 심각한 이해가 없다면, 우리는 멸망하고 말 것이다.

― 문예출판사, 『페미니즘 문학론』

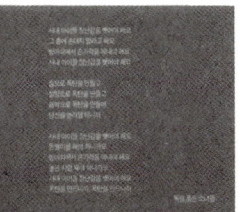

여성적 가치관이 평화·사랑·생명 등과 관련되어 있고 이를 통해 세계를 재구성하고자 하는 전략을 가진 것임을 보여 주는 이미지들과 반전을 부르짖는 메시지들

여성들은 오랜 세월 동안 남성보다 열등한 존재, 동물과 비슷한 수준의 지능을 소유하고 있거나 비이성적인 존재로 이해되어 왔다. 항상 남성들의 그림자, 영원한 타자로 존재해 왔으며 인간적인 삶의 조건에서 소외되어 왔다. 20세기 들어서 많은 페미니스트들이 이 같은 여성이 처한 상황에 대한 문제 제기를 하게 된다. 그들은 단지 여성 해방이나 여성 인권 문제만을 제기한 것은 아니었다. 그들은 남성적 세계로부터 여성적 세계로의 전화, 곧 세계를 새롭게 짜는 큰 구도를 그리기 시작했던 것이다.

여성들이 뭉쳐서 이루어 내는 세상은 '전쟁'과 같은 패권주의적 가부장적 세계 지배를 불식하는 일이다. 여성주의자들은 지난 세기 동안 파시즘과 군국주의와 부권제적 국가주의의 횡포와 전쟁의 광기와 핵 무기 개발 및 확산에 저항해 왔다. 여성들은 단지 여성들만의 우정이나 사랑으로 새로운 세계를 이루어 낼 수 없다. 구체적으로 실천하는 운동이 필요하다. 즉 정치 세력화가 필요한데, 이는 개인의 야망이나 정치적인 선호에 따른 정당의 선택에 그치지 않는다. 즉 세상을 새롭게 보고 새롭게 짜는 정치적 전략과 실천이 필요한 것이다.

그 중 가장 중요한 것이 전쟁의 세계를 종식시키는 것이다. 페미니스트들이 실제로 핵전쟁이나 인류의 생존 자체를 위협하는 가공할 만한 첨단 무기에 의해 치러지는 전쟁을 신랄하게 비판하는 것은 여성주의적 가치관이 미래적 세계관과 연결되어 있기 때문이다. 여성주의 운동은 단지 여성 해방, 여성 주권 회복과 같은 소극적 저항이 아니라 미래적 세계를 여는 비전과 깊은 관계를 갖는다.

그 미래 지향적인 세계 속에는 지금까지 열등하고 비합리적이며 반문명적인 것이라 비난받고, 등한시해 온 가치관들이 자리하고 있다. 자연 속에 존재하는 부드럽고 연약하며 순수한 생명력의 근원에 대해 여성주의자들은 주목한다. 이는 남성의 육체와는 다른 여성 육체 속에서 명백하고 고유하게 존재해 있는 것이며 특히 동양적인 신비와 명상과도 관련성이 깊다.

모든 생명력 있는 것들은 그 속에 신비스러움과 영성(靈性)을 거느린다. 그러므로 어떤 미물이라도 함부로 다루어서는 안 된다. 여성주의적인 시각이 현대 인류가 처한 가장 중요하고도 심각한 문제인 환경오염이나 공해 문제와 관련되어 있음은 여기에서 연유한다. 슬로 푸드 운동, 자연주의적인 공동체 운동, 전원의 삶으로 돌아가는 도시인들, 반전사상, 동양적 명상 운동 등은 여성주의 운동이 미래주의적인 삶의 비전에 대한 총체적 시각을 견지하고 있음을 말해주는 것이라 하겠다. 이 점이 현대의 여성 운동이 갖는 중요한 역할이라고 할 수 있을 것이다.

가구의 힘

박형준

1966~ | 전북 정읍 출생 1991년 『한국일보』 신춘문예에 「가구의 힘」이 당선되어 등단. 동서문학상 수상

시집으로 『나는 이제 소멸에 대해서 이야기하련다』, 『빵냄새를 풍기는 거울』, 『물속까지 잎사귀가 피어 있다』가 있음

가구의 힘

시를 읽는 독법

가구와 추억의 이미지가 긴밀하게 연결되어 있고 이것이 시인이 견지하는 '정신적 가치'와 연결되어 있음을 생각해 본다.

얼마 전에 졸부가 된 사람이 있다

그 사람은 나의 외삼촌이다

나는 그 집에 여러 번 초대받았지만

그때마다 이유를 만들어 한번도 가지 않았다[1]

어머니는 방마다 사각 브라운관 TV들이 한 대씩 놓여 있는 것이

여간 부러운 게 아닌지 다녀오신 얘기를 하며

시장에서 사온 고구마순을 뚝뚝 끊어내실 때마다

무능한 나의 살갗도 아팠지만[2]

나는 그 집이 뭐 여관인가

빈방에도 TV가 있게 하고 한마디 해주었다

책장에 세계문학전집이나 한국문학대계라든가

니체와 왕비열전이 함께 금박에 눌려 숨도 쉬지 못할 그 집을 생각하며[3]

나는 비좁은 집의 방문을 닫으며 돌아섰다[4]

가구란 그런 것이 아니지[5]

서랍을 열 때마다 몹쓸 기억이나 좋았던 시절들이

하얀 벌레가 기어나오는 오래 된 책처럼 펼칠 때마다

항상 떠올라야 하거든[6]

나는 여러 번 이사를 갔었지만

그때마다 장롱에 생채기가 새로 하나씩은 앉아 있는 것을 보았다

그 집의 기억을 그 생채기가 끌고 왔던 것이다[7]

새로 산 가구는

사랑하는 사람의 눈빛이 달라졌다는 것만 봐도

금방 초라해지는 여자처럼 사람의 손길에 민감하게 반응하지만

먼지 가득 뒤집어쓴 다리 부러진 가구가

고물이 된 금성 라디오를 잘못 틀었다가

우연히 맑은 소리를 만났을 때만큼이나

상심한 가슴을 덥힐 때가 있는 법이다

가구란 추억의 힘이기 때문이다[8]

세월에 닦여 그 집에 길들기 때문이다

전통이란 것도 그런 맥락에서 이해할 것―[9]

하고 졸부의 집에서 출발한 생각이 여기에서 막혔을 때[10]

어머니의 밥 먹고 자야지 하는 음성이 좀 누그러져 들려왔다

너무 조용해서 상심한 나머지 내가 잠든 걸로 오해하셨나

나는 갑자기 억지로라도 생각을 막바지로 몰고 싶어져서

어머니의 오해를 따뜻한 이해로 받아들이며

깨우러 올 때까지 서글픈 가구론을 펼쳤다[11]

<『한국일보』 신춘문예 당선작, 1991>

옛날 라디오

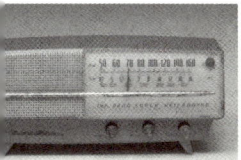

1) 졸부가 된 외삼촌에 대한 적의와 무능한 자신에 대한 자괴가 숨어 있다.

2) 물질적으로 성공한 외삼촌에 대한 부러움과 가난한 삶에서 비롯된 무언지 모를 분노를 고구마 순을 뚝뚝 끊어 내는 행위를 통해 보여 주고 있다. 그런 어머니를 보며 무능한 자신을 탓하는 화자는 그 아픔을 '살갗이 아프다'는 감각적인 표현으로 구체화하고 있다.

3) '금박'은 물질적인 풍요로움을 의미한다. 그에 비해 책장에 꽂혀 있는 문학전집과 니체의 저작들은 인간의 영혼을 풍요롭게 하고 정신적 성숙을 가능하게 하는 정신적 가치의 집약체다. 물질적 가치에 대한 비판이 숨어 있는 구절이다.

4) 외삼촌 집과 나의 비좁은 방이 대비되었다. 방문을 닫으며 돌아서는 화자의 쓸쓸한 심정이 조명된다.

5) 1연에서의 무능력에 대한 자괴감과 물질적인 부에 대한 상대적 박탈감과 무언가 모를 분노감 같은 것들을 딛고 화자는 자기성찰이 포함된 독특한 가구론을 펼친다. 가구에 대한 예찬은 인간적인 가치와 정신적인 가치에 대한 예찬이기도 하다.

6) 서랍은 가구의 일종이다. 서랍은 소중하고 비밀스럽게 간직했던 추억의 이미지를 가진다. 오래된 책들에서 책벌레가 기어나오는 이미지, 과거에서 추억을 몽상하는 이미지와 긴밀하게 연결된다. 가구와 서랍과 책은 오래되고, 소중하며, 인간의 영혼을 살찌운다는 점에서 공통점을 가진다.

7) 오래된 가구의 생채기에는 그 집과 그 집에 사는 사람들의 추억이 묻어 있다.

8) 오래된 가구는 상심한 가슴을 달래고 인간의 영혼을 밝게 한다. 가구가 추억의 힘인 것은 이 때문이다. 금성 라디오는 우리 나라에서 처음 만들어진 라디오로 이름이 높았다.

9) 가구란 추억의 힘이며 세월에 길들여지는 것이며 이것이 바로 전통이라고 말한다. 새 가구 · 물질적인 것과, 오래된 가구 · 추억의 힘 · 세월에 길들여지는 것 등이 대비되어 있다.

10) 화자의 가구에 대한 몽상이 2연 첫구절에서 시작해서 여기까지 이어졌음을 알 수 있다. 처음에 가난에 지친 어머니의 다소 화난 듯한 모습이 그새 누그러져 있음을 볼 수 있다. 아마도 돈을 잘 벌지 못하는 아들에 대한 작은 노여움이었을 것이다. 어머니의 아들에 대한 미안함과 누그러진 마음이 '밥먹고 자야지'라는 한 마디에 잘 드러난다.

11) '어머니의 오해'는 내가 잠들었다고 생각하는 것이며, 그것을 '따뜻한 이해로 받아들이는 것'은 어머니가 무능한 자신을 따뜻하게 이해했다고 생각하는 것이다. 어머니가 깨우러 올 때까지 잠든 체하는 것은, 자신의 경

제적 무능력에 대한 위안을 받고 싶다는 욕망의 이면이다. 그러나 자신이 펼치는 가구론이 성공적인 것은 아니다. 문학이나 철학 책에 관심을 가진 것으로 보이는 화자가 정신적인 가치를 주장한다고 해도 그의 경제적 무능력이 보상되는 것은 아니다. 그것에 대한 자각이 그를 쓸쓸하게 하는 것이다. 그의 가구론이 '서글픈' 이유다.

물질적인 풍요가 넘쳐 날수록 물질적인 가치에 대비되는 정신적인 가치는 그 왜소함과 빈약함을 벗어나기 어렵다. 현진건의 「빈처」나 서영은의 「황금깃털」 등에서 이는 꾸준히 다루어진 문제다. 정신적인 가치나 인간 영혼의 풍요로움을 강조하는 논법은 무능한 자가 갖는 자기합리화나 변명에 지나지 않는 것처럼 느껴지기도 한다.

박형준의 시 「가구의 힘」 또한 경제적으로 성공한 외삼촌과 책의 가치를 생각하는 '나'의 모습이 대비되어 있다. 이 시는 정신적인 것과 물질적인 것의 대비를 단순히 물질과 부의 소유 그 자체에 두지 않고 추억과 가구와 책의 이미지와 연결시킨다. 외삼촌 집에 방마다 놓여 있는 TV와 나의 서랍이 대비되고, 새것과 오래된 것이 대비된다.

오래된 것은 그것이 비록 생채기일지라도 추억의 힘이 되고 서로에게 길들여진 것이며 그래서 소중한 가치가 된다. 소중하고 비밀스러운 서랍에서 오래되고 소중한 것들을 꺼내는 이미지는 몽상의 골방에서 추억을 불러일으키는 이미지와 연결되며, 이는 오래된 책에서 책벌레가 스물스물 기어 나오는 이미지와 긴밀하게 연결된다. 시인은 이것이 인간적인 냄새이며 삶의 흔적이라고 말하고 있는 듯하다. 「가구의 힘」이 우리가 인간다운 살림살이를 위해 중요하다고 생각되는 어떤 구심적인 힘에 대한 성찰이라고 평가된 이유가 여기에 있다. 가구를 통해 반추되는 '추억의 힘'은 인간의 살림살이와 추억살이에 대한 힘인 것이다.

나와 세계를 만나는 시읽기

몽상가들은, '서랍'과 '상자', '자물쇠'와 '장롱'은 공통적으로 비밀을 숨겨 두는 은닉 장소로 내밀한 이미지를 가진다고 생각했다. 이 비밀스런 서랍과 상자, 자물쇠와 장롱의 이미지는 우리의 뇌 속에 여기저기 과거의 편린들을 간직하고 추억에 젖을 때마다 하나씩 꺼내 드는 기억의 상자라는 이미지와 긴밀하고 아름답게 조응한다. 장롱 속의 공간은 누구에게나 열리지 않는 비밀의 공간이다.

박형준은 주로 시간의 소멸이 주는 아름다움과 비애를 노래한다. 그에게 허무주의는 친근한 것처럼 보인다. 그러나 이 가구론에서 '시간'은 '몽상'에 의해 가치를 부여받는다. 낡은 가구는 흘러가 버린 시간을 추억하게 한다. 그것이 과거의 흔적들을 담고 있기 때문이기도 하지만, 그 속에는 몽상가들이 말했던 바로 그 '내밀함'의 이미지가 숨어 있기 때문이다. 시인은 낡은 가구에서 과거의 기억들, 지나간 추억을 하나씩 하나씩 펼쳐 든다.

「가구의 힘」에서 가구가 불러일으키는 추억은 그 어떤 물질적 부(富)보다도 풍성하고 깊고 웅숭하다. 그것은 어떤 누구에게도 열리지 않는 바로 자신만이 가지고 있는 내밀한 자산이기 때문이다. 그래서 시인은 졸부가 된 외삼촌으로 인해 생긴 자괴감도, 자신의 현재의 초라함도 넘어설 수 있는 것이다. '가구'의 내밀한 이미지와 기억의 미로를 연결하고, 거기서 위안을 찾고 있는 시인의 몽상적 사유가 아름답게 느껴지는 시다.

「가구의 힘」에서 서랍과 추억, 책의 이미지가 어떻게 연결되고 있는지 생각해 보자.

　　시인의 '가구론'은 일종의 기억에 관한 몽상이라고 할 수 있다. 기억은 단순히 과거의 일들을 떠올리는 것이 아니다. 기억은 과거에 경험한 것을 시간이 흐른 후에 재생한 것을 의미하지 않는다. 기억이 과거의 시간을 추억한 자에 의해 떠올려진 '지속의 경험'이라고 말해지는 것은, 기억이란 어떤 몽상하는 영혼의 창조적 상상력에 속한다는 점을 말해 준다. 우리는 모든 일을 다 경험하는 것이 아니고 어떤 특정한 순간, 특정한 시간만을 기억하고자 하며, 그것만이 우리 현재의 삶에 의미를 주기 때문이다. 그래서 떠올려진 과거의 시간이 얼마나 실제적이고 경험한 것에 방불한가 하는 것은 별로 의미가 없는 것이다.

　　프랑스 과학 철학자인 바슐라르는, 서랍, 장롱, 자물쇠 같은 일종의 가구들은 무엇인가를 은닉하는 비밀의 장소로서 내밀한 이미지를 가진다고 말한다. 이것은 '인간의 뇌 속에 여기저기 기억의 상자들이 있어서 과거의 편린들을 저장해 놓고 있는 것'이라는 추억의 이미지를 떠올리게 한다. 인간은 누구에게나 추억이 있고, 추억 속에서 살아가기도 한다. 과거는 떠올려지는 그 순간 현재와 연결되고 미래로 이어진다. 인간이 이 불연속적이고 유한하며 일시적인 삶을 견딜 수 있는 것도 사실은 이 추억의 힘, 곧 자신이 홀로 존재하지 않고 과거와 혹은 미래와 연결되어 있다는 인식 때문이다. 모든 정신적 유산과 경험, 그리고 시간의 누적물인 책의 이미지가, 열렸다 닫히는 추억과 서랍의 이미지와 연결되고 있는 것도 같은 맥락이다.

　　이 시에서도 시인의 가구론은 추억과 책과 서랍에 관한 몽상으로 이어진다. 자신에게만 속해 있고, 자신을 위해 존재하며 자신처럼 존재하는 이 비밀스런 물건들은 그 어떤 물질적 부가 거느리는 호사와도 비교할 수 없는 것이다.

　　이 몽상을 통해 시인은 졸부인 외삼촌의 그 거대한 물질적 압력 앞에서 자신의 상심을 추스르며 위안을 얻게 되는 것이다.

통합논술 Q & A

박형준은 1990년대 들어 '일상성'을 다룬 대표적인 시인으로 평가되었다. 그런데 '일상성'의 문제가 논의의 중심에 떠오르자 다음과 같은 문제가 제기되었다. 이에 대한 자신의 생각을 정리해 보자.

일상성은 어떻게 보면 총체적인 것보다는 파편적인 것, 중심보다는 주변, 거대한 이념으로서의 역사보다는 우리 삶에서 트리비얼(trivial)한 것, 속물적이고 통속적인 것과 관련이 있다. 일상은 우리 삶에서 언제나 반복적으로 일어나는 것으로 새삼 거론할 것이 못 된다. 언제 반복적이고 주기적인 일상이 없던 때가 있었는가. 아침에 밥먹고 밭에 나가 김을 매고 다시 저녁을 먹고 하는 일상의 삶은 언제나 있어 왔고, 봄, 여름, 가을, 겨울의 사계절이 순환하는 것은 자연의 이치다. 이 같은 파편적이고 왜소한 일상을 거론한다는 것은 역사로부터의 책임의 회피, 현실 문제에 대한 무관심을 반영한 것이라고 할 수 있다.

일상성은 자연과 더불어 생활을 하던 전근대적 세계에서는 별문제가 되지 않았지만 그것이 새삼 관심사로 떠오른 것은 현대적 삶에서 일상성이 중요한 부분을 차지하기 때문이다. 일상성은 현대성의 이면이며 현대성과 일상성은 '두장접이 그림'이라고 사회학자이자 철학자인 르페브르는 말하고 있다. 이 말은 현대 우리의 삶은 본질적으로 일상성과 밀접한 관계를 맺고 있음을 말한다. 즉 현대적 삶은 일상성의 참여이자 일상성으로부터의 소외를 의미하기 때문이다.

예컨대 일상성은 우리가 거처하는 빈 방에, 도시의 공원에, 여성 육체에, 저 화려한 압구정동의 쇼윈도에 있고, 매일 접하는 텔레비전 광고에도 있다. 그런가 하면 자동차에, 우리가 갖기를 열망해 마지않는 빨간 스포츠카에도 있다. 일상성은 우리가 땅을 딛고 사는 바로 지금, 지상에 존재하는 바로 그 표면적인 것이지만 그 이면에는 현대성이라든가 합리성이라든가 하는 것들을 같이 거느리고 있다.

현대 도시생활을 향유하는 우리에게 이 일상성의 불가사리는 끈적끈적하게 달라붙어 있다. 땅의 밑을 파고 들어가 보면 지하 도시가 있고 위를 올려다보면 낭만의 우주가 있다. 자동차의 '아래'에는 현대적 기술이라든가 자동차 법규라든가 하는 현대성과 그 합리성이 존재하며 '위'에는 유혈이 낭자한 아스팔트, 자동차 사고, 죽음, 재난과 같은, 보이지 않는 일상의 모험도 있다. 그뿐인가. 사회 경제적 지위, 신분 등급, 계층적 관계를 결정짓는 기호가 숨어 있다. 자동차에 대한 욕망은 기호를 소유하고 싶어 하는 욕망이며 일상성을 지배하는 총체적 물질을 갖기를 열망하는 욕망이기도 하다. 즉 자동차는 우리 삶의 일상성을 구조화하고 정복한다. 일상성은 우리가 사는 도시 중심 혹은 어느 구석에나 존재하는 그런 것이다.

따라서, 일상성은 엄격히 말해서 소재가 아니라 일상성/현대성을 인식하는 태도의 문제다. 일상성은 현대성이 만들어 둔 간교하고 기계적인 체계들을 인지하게 하는 근거가 된다. 무의미한 사소함이 아니라 의미 있는 사소함이 일상성의 세계다. 일상성은 그것의 소외로부터 눈뜨게 한다. 이념이나 역사, 현실의 책무 등의 거대 담론에 가려져 있던 작고 우연한 개인의 역사, 개인의 일상적 존재 조건에 대한 관심을 갖게 한다. 인간은 자기보다 큰 머리를 가진 기형적 인간이 아니라 작고 깊은 인간적 가슴과 머리를 가진 작은 인간이 되었다.

역사 속의 개인이라든가 그의 윤리적 실존 못지않은, 한 개인의 사소함의 실존도 그 사소함 때문에 얼마든지 중요한 것이다. 이 작은 인간에의 관심이 바로 일상성의 관심이다.

다음 그림은 17세기 네덜란드 화가 테르보르흐가 그린 「사과를 깎는 여인(femme pelant une pomme)」이다. 위의 문제와 관련해, 이 그림을 일상성의 문제와 어떻게 연결할 수 있을까에 대해 생각해 보자.

　「사과 깎는 여인」을 그린 사람은 테르보르흐다. 우리가 알고 있는 서양의 많은 그림들은 성서나 신화와 관련되는 것들이다. 서양 회화의 흐름을 바꾼 것은 17세기 네덜란드 회화다. 여기서 주로 다루어진 주제는 인간의 일상 생활이다. 그 이전 성모 마리아나 예수를 비롯한 성서적인 주제들은 평범한 사람들의 가정 생활에서 일어나는 소재들에게 그 자리를 물려 준다. 양파 다지는 여자, 담배 피우는 남자. 이를 뽑는 남자, 술에 취해 매춘부에게 방탕한 시선을 보내는 남자, 식탁에서 투정을 부리는 아이, 연애편지 쓰는 연인들, 피아노 치는 여자, 작은 오두막집, 가난한 도시의 골목,　평범한 가정의 안마당 등이 네덜란드 화가들이 그린 일상성의 풍경이다.

　테르보르흐는 당시 네덜란드인들의 도덕률을 그리려고 하지 않았다고 프랑스 비평가 토도로프는 『일상예찬』에서 말하고 있다. 테르보르흐의 그림은 이 같은 일상의 풍경을 통해 인물의 심리학을 그리고자 한다. 그가 그린 장면들은 언제나 악덕과 미덕의 인습적 목록에 속해서, 여성은 가정적 미덕을 시행하고 남성은 매춘과 음주에 빠진다는 식이다.

　그러나 이 도덕적 교훈은 화가의 붓끝에서 금세 자취를 감추고 대신 인간들의 관계가 들어선다. 술잔으로 표정을 감추는 뚜쟁이 여인의 은밀한 눈짓 아래 처녀에게 돈을 내미는 장교나 군인들은 유곽에서 금세 빠져나온 인물들이다. 도덕적인 훈계의 대상이 될 법한 인물이지만, 화가는 그들에게 인간적인 망설임을 부여해 놓는다. 유곽의 손님과 창녀 대신 서로 원하고 괴로

위하면서 망설이는 남자와 여자들을 우리는 그의 그림에서 만나게 되는 것이다.

화가는 오직 인간적인 세계, 그 중에서도 인간의 내면 세계에 깊은 관심을 보이는데, 이 같은 내면 세계를 형상화하고 예고하는 것은 바로 외부 세계와의 접촉과 흔적이 모두 끊어진 집 안의 풍경이다.

이 그림에서 눈에 띄는 것은 사과를 깎는 어머니를 보고 있는 아이의 사색적인 시선이다. 아이의 눈에서 읽을 수 있는 것은 어머니에 대한 아이다운 감정의 투영이 아니다. 어리광, 투정부림, 맹목적인 기댐 같은 어머니에 대한 아이의 바람이 읽히지 않는 것이다. 어머니의 행위를 골똘히 응시하는 어린이의 시선에는 오히려 어머니의 행위를 당연하게 여기는 감정과 어리둥절한 감정이 복합된 것이 숨어 있다는 것이다.

여성을 자주 그렸던 이 화가는 남성적 술수의 희생자인 여성을 감성적으로 예찬하지는 않는다고 토도로프는 말한다. 이 화가는 남성보다 덜 고립적이고 더 사회적인 존재로서의 여성을 그리면서, 집 안에서 자신의 감정 세계에 몰두하고 있는 여성을 그리는 것을 즐겨 한다. 여성들은 집 안에서 이 일상적인 집안일에 몰두하면서 자신의 내적인 감정 세계를 드러내고 있다는 것이다. 사과를 깎는 어머니와 이를 응시하는 어린이의 시선 속에서 느껴지는 감정의 흐름을 은유적이고 함축적으로 보여 주고 있는 것이다.

즉 일상성의 관심은 화가든 시인이든 단지 일상적 생활의 이야기들을 직접 재현하는 데에 관심을 두는 것은 아니다. 그들은 다같이 일상성의 문제로부터 인간의 문제, 인간의 내면 문제, 인간 간의 관계에 대한 문제를 제기한다. 일상성이 단순히 통속적인 삶이나 생의 파편적인 것에 관심을 갖는다는 세간의 비판을 넘어서는 중요한 이유다.

가재미

문태준

1970~ | 경북 김천 출생. 고려대 국문과 졸업 1994년 『문예중앙』 신인문학상으로 등단

시집으로 『수런거리는 뒤란』, 『맨발』이 있음. 현재 '시힘' 동인으로 활동

가재미

김천의료원 6인실 302호에 산소마스크를 쓰고 암 투병중인 그녀가 누워 있다

바닥에 바짝 엎드린 가재미처럼 그녀가 누워 있다

나는 그녀의 옆에 나란히 한 마리 가재미로 눕는다[1]

가재미가 가재미에게 눈길을 건네자 그녀가 울컥 눈물을 쏟아 낸다

한쪽 눈이 다른 한쪽 눈으로 옮겨 붙은 야윈 그녀가 운다[2]

그녀는 죽음만을 보고 있고 나는 그녀가 살아 온 파랑 같은 날들을 보고 있다[3]

좌우를 흔들며 살던 그녀의 물 속 삶을 나는 떠올린다

그녀의 오솔길이며 그 길에 돋아나던 대낮의 뻐꾸기 소리며

가늘은 국수를 삶던 저녁이며 흙담조차 없었던 그녀 누대의 가계를 떠올린다[4]

두 다리는 서서히 멀어져 가랑이지고

폭설을 견디지 못하는 나뭇가지처럼 등뼈가 구부정해지던 그 겨울 어느 날을 생각한다

그녀의 숨소리가 느릅나무 껍질처럼 점점 거칠어진다[5]

나는 그녀가 죽음 바깥의 세상을 이제 볼 수 없다는 것을 안다

한쪽 눈이 다른 쪽 눈으로 캄캄하게 쏠려 버렸다는 것을 안다[6]

나는 다만 좌우를 흔들며 헤엄쳐 가 그녀의 물 속에 나란히 눕는다

산소호흡기로 들이마신 물을 마른 내 몸 위에 그녀가 가만히 적셔 준다[7]

《『현대시학』, 2004》

가자미('가재미'는 사투리)

1) '가재미'의 외형적 형상이 어머니에게로, 나에게로 전이되는 과정과, 죽음을 앞에 둔 어머니를 보면서 어머니의 삶과 인생에 대한 나의 회한과 슬픔이 깊이 각인되는 과정이 겹쳐 있다.

2) 바짝 야위고 눈이 한쪽으로 붙은 '가재미'의 형상이 어머니의 형상으로 전이되었다. '나'가 '가재미'가 된 것은 어머니와 나의 동일시로 인한 것이다. 이로써 나는 어머니의 인생과 삶을 깊숙이 들여다볼 수 있게 되며, 억누를 수 없는 슬픔을 어머니와 함께 나누게 되는 것이다.

3) 어머니는 죽음을 보고 있고, 나는 어머니에게서 어머니의 삶과 인생을 돌이켜 본다. '가재미'의 삶에서 '파랑 같은 삶', '그녀의 물 속의 삶'이 전개되어 나가는 이미지의 연결이 긴밀하다.

4) 가난한 어머니의 삶이 아름답게 부조되어 있는 구절이다. '가늘은 국수' '흙담조차 없었던'이라는 구절은 가난의 모습이기는 하지만 어머니의 삶 속에서 아름답게 빛난다. '누대의 가계'는 가난을 대물림한 어머니 가계의 역사를 의미한다. '어머니의 오솔길'처럼 '흙담조차 없었던 것'으로 공간화되어 있다.

5) 어머니가 나무로 이미지화하는 부분이다. '폭설을 견디지 못하는 나뭇가지처럼 구부정한 등뼈' '서서히 밀어져 가는 사랑이' '느릅나무 껍질처럼 거친 숨소리'는 나무에 비유된 늙고 노쇠한, 죽음을 기다리는 어머니의 육체다. 나무의 육체에서 어머니의 늙음과 죽음의 육체를 성찰한다.

6) 이제는 죽음 이외에는 어떤 것도 볼 수 없는 어머니에 대한 슬픔이 드러나 있다. '가재미'를 어머니의 육체에 비유하면서 시인은 죽음을 마주한 어머니에 대한 연민과 안타까움을 드러낸다.

7) 어머니의 육체에 나의 육체가 온전히 겹치는 대목으로, 감동적인 장면이다. '나'가 어머니에게서 나왔던 것처럼 죽음을 앞둔 어머니의 육체 속에 다시 내가 들어가 어머니의 육체와 완벽하게 포개진다. 이 같은 합일은 상징적이다. 어머니는 죽음의 순간에도 나에게 생명의 물을 나누어 준다. 죽음을 앞둔 어머니가 습기고 생명력 있는 '물'을 나누어 주는 것은 역설적이다. 상대적으로 '나'는 마르고 야윈, 불모의 육체를 가지고 있다. '어머니'의 육체는 모성성과 생명력을 강하게 환기시킨다.

문태준의 시 「가재미」는 문인들이 뽑은 2004년 '올해의 좋은 시' 다. 시인은 병으로 죽음을 기다리며 누워 계신 어머니를 보고 있다. 어머니는 '바닥에 바짝 엎드린 가재미처럼' 누워 있다. '가재미' 는 '가자미' 의 경상도 방언이다. '가재미 눈은 원래 떨어져 있다가 나중에 한쪽으로 몰린다. 그것이 늙는 것이며 죽음에 가까워지는 증거일 수 있겠다' 는 생각에서 시를 썼다고 한다. '한쪽 눈이 다른 한쪽 눈으로 옮겨 붙은 야윈 그녀' 는 가재미의 형상을 닮았다. '죽음만을 보고' 있는 어머니의 시선과, 그 시선에서 어머니의 인생과 회한을 읽어 내는 시인의 시선이 겹쳐지면서 어머니의 육체는 시인의 육체에 포개진다. 가재미가 점차 어머니에게로, 나에게로 전이되는 과정은 긴밀한 이미지의 결합으로 이루어진다. 그 이미지의 전개를 따라가다 보면 시인의 상상력에 대한 경이와 시적 언어의 확장이 주는 깊이를 느끼게 된다.

나와 세계를 만나는 시읽기

'가재미' 의 외형적 형상이 바짝 야윈 채로 침상에 누워 있는 어머니의 모습으로 전이되는 순간을 포착한 시인의 시선이 경이롭다. 흔히 '비유' 를 사물들 간의 유사성에 의해 획득되는 것이라고 생각하지만, 이 유사성은 단순한 외적인 형상의 유사성이나 피상적인 닮음을 의미하는 것은 아니다. '가재미' 에서 어머니의 모습이 유추된 것은, 눈이 한쪽으로 쏠려 있다는 특징과, 납작하게 엎드려 있는 외형적 모습의 유사성 때문이다.

그러나 시인이 발견해 낸 '유사성' 은 실제로는 내면적인 것에 있다. 즉 사물 간의 외면적 유사성은 시가 전개되어 가는 과정에서 별로 중요하지 않다. 시인은 '가재미' 가 된 어머니의 모습에서 어머니의 회한 어린 인생과 고단했던 삶을 이끌어 내며 거기에 시인 자신의 깊은 슬픔을 투영한다.

시에 있어 비유의 조건인 '사물들 간의 유사성' 이란 원칙은 결국 시인의 시선이 포착해 내는 이미지의 내적인 유사성을 의미한다. 그 유사성조차 사물의 형태적 유사성이나 인간의 고정된 인상에서 온 유사성이 아니라 시인이 사물들 간의 내적인 연관성을 통해 발견해 가는 '낯선' 유사성이라는 점이 중요하다 하겠다.

언어논술 Q & A

문태준의 시 「가재미」에서 '가재미'의 특징이 어떻게 형상화되고 있는지 서술하라.

이 시는 죽음을 앞둔 어머니를 가재미에 비유하면서 시인의 깊은 슬픔을 드러낸 시다. 어머니의 삶과 인생을 깊이 들여다보는 시인의 시선이 인상적이다. '가재미'로 비유된 시적 대상이 가지는 여러 특징들이 구체적이고 긴밀한 이미지로 연결되어 있어 시를 읽는 맛을 배가한다. 단순히 시인의 사변으로 서술된 시와 결정적으로 다른 점이다.

시인은 병으로 죽음을 앞둔 어머니의 바짝 마르고 여윈 모습에서 한쪽 눈이 쏠린 채 납작 바닥에 엎드려 사는 '가재미'를 연상한다. 한쪽 눈이 쏠린 어머니는 죽음을 바라본다. 생에 대한 애착인지, 아들을 두고 떠나는 슬픔 때문인지 어머니는 눈물을 흘린다. '나'도 '가재미'가 되어 어머니에게 바짝 옆으로 다가가 눕는다.

가재미가 된 어머니에게서 어머니의 삶이 떠올려진다. 시인은 이를 바다와 관련지어 '파랑 같은 날들'이라고 표현한다. 가재미의 헤엄치는 모습은 삶의 파고를 넘나들며 좌우로 헤엄치는 어머니의 물 속의 삶으로 전이된다. 이를 통해 떠올려진 어머니의 삶은 가난과 헐벗음이다. 그 속에서 어머니는 겨울 폭설에 쓰러진 나뭇가지처럼 점차 메말라 간다.

그리고 죽음을 눈앞에 두고 나무껍질처럼 거칠게 숨을 내쉬고 있다. 메마른 나무 같은 어머니가 마지막까지 나에게 생명의 물을 다 나누어 주는 모습은 감동적이다. 산소호흡기에서 들이마신 것은 나를 적셔 주는 생명의 물이다. '가재미'에서 '나무'로 변이된 어머니의 육체는 궁극적으로 '나'와 합쳐진다. '나'는 어머니에게서 나와 다시 어머니의 육체로 들어간다. 자연스럽고 신비하고 아름답게 이미지가 전개되면서 어머니의 육체는 나의 육체로 온전하게 합쳐진다. 이 시의 감동은 시적 언어가 보여 주는 은유의 힘에서 비롯한다.

『티베트 사자의 서』

통합논술 Q & A

다음은 『티베트 사자의 서』중 일부분이다. 여기서 말하는 '인간의 가장 높은 차원의 완성을 위한' 죽음은 무엇을 의미하는지 생각해 보자.

영적 체험의 클라이막스는 생이 끝나는 순간에 다가온다. 따라서 인간의 삶은 가장 높은 차원의 원성을 위한 하나의 수레라고 할 수 있다. 사자로 하여금 어떤 대상에도 집착하지 않고 텅 빈 충만(空)의 영원한 빛 속에 살며, 생과 사의 온갖 환영으로부터 벗어나 윤회의 수레바퀴의 중심축에서 휴식할 수 있게 하는 것—그런 위대한 카르마를 가능케 하는 것이 바로 인간의 삶이다. 바르도 체험은 사자에게 영원한 보상이나 징벌을 가져다 주는 게 아니라 다만 새로운 육체의 삶으로 끌고 내려갈 뿐이다. 이 새로운 삶은 그가 궁극적 목적에 한 걸음 더 다가갈 수 있도록 해 줄 것이다. 그러나 이것은 그가 지상의 삶에 대해 최선을 다하고 힘들게 노력할 때 비로소 얻어지는 최후의 열매다. 『티베트 사자의 서』의 이런 시각은 고상할 뿐 아니라 또한 대담하고 영웅적이다.

—정신세계사, 1995

죽음은 인간이 마주친 가장 공포스러운 것임에 틀림없다. 거의 모든 종교는 죽음과 사후에 대해 기록하고 있고, 죽음을 자연스럽게 받아들이는 방법을 제시하고 있다. 티베트 밀교의 경전인 '티베트 사자의 서'는 '이집트 사자의 서'와 더불어 죽음에 관한 2대 경전으로 손꼽힌다. 이 책은 이미 프로이트의 제자인 칼 융을 비롯한 세계 여러 석학들에게 주목받은 바 있다.

이 책은 티베트 밀교의 대가 파드마 삼바바—연꽃 위에서 태어난 자—가 1200년 전에 저술한 100여 권의 책 중 한 권이며, 그는 제자들에게 원하는 때에 환생하는 능력을 가르쳐, 세상이 준비될 때마다 티베트 동굴에 고이 숨겨 둔 그 책들을 한 권씩 내놓도록 했다.

원제인 '바르도 퇴돌(Bardo Thos-grol)'은 '이 세계와 저 세계의 사이에서 듣는 것으로 영원한 자유에 이르기'라는 뜻이며, 이생이 끝나고 다음 생으로 넘어가기 위한 49일 동안을 설파하고 있다. 죽음의 순간에 단 한 번 듣는 것만으로도 영원한 해탈에 이른다고 부연하고 있는 것만 보아도 인간이 죽음이라는 문제를 얼마나 공포스럽게 받아들이고 있는가를 말해 준다고 하겠다.

티베트 사자의 서에는 나의 육체가 다시 어머니의 자궁으로 돌아가는 방법에 대한 서술이 있다. 티베트 불교의 경전에서 삶의 신비를 말하기 위해 인용되는 구절이다. 이는 생과 사의 영원한 굴레에서 벗어나 해탈하기 위한 방법이기도 하다.

위 시에서 어머니의 육체는 나를 위한 희생의 육체로 그려지지만, 나의 육체가 어머니의 육체와 상징적으로 겹치면서 어머니는 죽지 않고 나의 몸으로 다시 태어난다. 인간이 죽음의 공포를 어떻게 초극할 것인가에 대한 인간 역사의 오랜 물음을 '윤회'의 방식을 통해 해결하고자 한 것이다. 자궁으로 들어가는 법을 습득함으로써 인간은 삶의 번민과 죽음의 공포에서 해탈할 수 있는 것이다.

인간은, 인간의 유한성에 대한 비애, 절멸과 단절의 공포, 한 개의 고립된 개체로서 죽음으로 자신의 역사를 마무리하는 것에 대한 참을 수 없는 안타까움을 평생 지니고 살게 된다. 육체의 고통과 질병을 정신적으로 초월할 수 있는 힘은 정신적 훈련에서 온다. '자궁'으로의 회귀는 영적인 훈련으로 죽음을 초월하는 길을 열어 준다. 인간은 이로써 미래의 시간을 다시 열고, 환생할 수 있는 가능성을 찾게 된다. 인간이 숙명처럼 가진 죽음의 공포나 삶의 번뇌에서 해탈할 수 있는 길은 멀리 있지 않다. 분명한 의식을 지닌 채 마음의 평정을 이룬 상태에서 맞는 죽음이 가장 높은 차원의 삶을 완성하는 것이며, 이것이 바로 죽음을 통해 삶의 궁극적 완성에 도달하는 길이라고 할 수 있다.

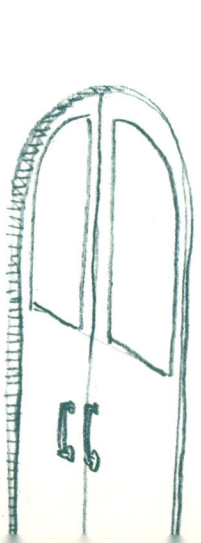